Kerstin Sgonina arbeitet als Autorin, Journalistin und Lektorin. Mit achtzehn Jahren kam sie nach Hamburg und schlug sich nach ihrem Abitur dort unter anderem als Türsteherin und Barfrau in Sankt Pauli durch. Nach wie vor liebt sie die Stadt an der Elbe heiß und innig, lebt aber heute mit ihrem Mann und ihren beiden Kindern nahe Berlin. 2021 erschien ihr Roman «Als das Leben wieder schön wurde».

«Gut recherchiert und eindringlich erzählt.» *(Freundin)*

«Frauenpower vom Allerfeinsten!» *(Laura)*

KERSTIN SGONINA

—

UND WENN WIR WIEDER TANZEN

—

ROMAN

Rowohlt Taschenbuch Verlag

Veröffentlicht im Rowohlt Taschenbuch Verlag,
Hamburg, April 2023
Copyright © 2022 by Rowohlt Verlag GmbH,
Hamburg
Covergestaltung Hafen Werbeagentur, Hamburg
Coverabbildung Elisabeth Ansley / Trevillion Images;
Shutterstock; ullstein bild – Imagno
Satz aus der Dante
bei Pinkuin Satz und Datentechnik, Berlin
Druck und Bindung GGP Media GmbH, Pößneck
ISBN 978-3-499-00651-7

Die Rowohlt Verlage haben sich zu einer nachhaltigen Buchproduktion verpflichtet. Gemeinsam mit unseren Partnern und Lieferanten setzen wir uns für eine klimaneutrale Buchproduktion ein, die den Erwerb von Klimazertifikaten zur Kompensation des CO_2-Ausstoßes einschließt.
www.klimaneutralerverlag.de

Fill my heart with song
Let me sing forever more
You are all I long for
All I worship and adore
In other words, please be true
In other words, I love you

Bart Howard
«Fly Me to the Moon (In Other Words)»

1

Hamburg, Atlantic Hotel
Freitag, 16. Februar 1962

Eigentlich war es ganz einfach. Man konnte das Putzen als Kampf begreifen und jedem schmierigen Fleck und klebrigen Zahncremerest mit einer Inbrunst entgegentreten, als gelte es, die ganze Welt zu vernichten. Oder man konnte dabei tanzen.

Genau das tat Marie, während sie die Zimmer des Atlantic Hotels reinigte. Damit zog sie nicht selten den Spott der Kolleginnen auf sich, die mutmaßten, sie probe wohl für die *Westside Story*. Marie machte sich nichts vor: Sie war Zimmermädchen, und für eine Karriere als Kinostar fehlte ihr jegliches Talent. Aber war es nicht viel schöner, den Wedel aus Straußenfedern im selben Rhythmus wie die Hüften zu schwingen? Im Viervierteltakt staubsaugte es sich leichter, auch wenn sie eher wie ein Entenküken aussah als wie die Schauspielerin Natalie Wood. Doch das kümmerte sie nicht. Vor sich hin singend, ließ sie den dunklen Pferdeschwanz schwingen, während sie fettige Fingerabdrücke von den Fensterscheiben entfernte, drehte beim Bettenmachen die Fußspitzen ein und folgte mit den Knien.

Glücklicherweise war bislang nie ein Gast hereingeplatzt. Auch heute, einem Freitagnachmittag, an dem das Hotel vor Aufregung schier zu brummen schien, blieb es auf der dritten Etage angenehm ruhig. Im herrschaftlichen Tanzsaal des Grandhotels würde heute Abend der Abtanzball stattfinden, doch wer daran teilnahm, blieb in den seltensten Fällen über Nacht hier. So wuselten zwar in der Lobby Dutzende aufgeregte junge Damen in glänzenden Kleidern und picklige Jünglinge in bierernsten dunklen Anzügen umher, die Flure in den oberen Etagen aber blieben leer.

Zu gern hätte Marie zu späterer Stunde einen Blick in den Ballsaal geworfen, wenn die Tanzschüler zeigten, wofür ihre Eltern ein halbes Vermögen ausgegeben hatten. Doch dies war ihr letztes Zimmer für heute. Erst weit nach Mitternacht war der Gast aus der 312 angereist, hatte ihr die Hausdame mitgeteilt und explizit um eine Reinigung am späten Nachmittag gebeten. So sang und tanzte Marie sich, nachdem sie stoßgelüftet hatte, vom Bad in den hohen, luftigen Raum zurück, wo Regen gegen die Fensterscheiben prasselte.

«Come on, everybody», sang sie dabei leise, «clap your hands!» Ihr Englisch klang weitaus holpriger als bei Chubby Checker. Sei es drum, es hörte sie ja niemand. «We're going to do the twist, and it goes like this.» Und dann lauter, welches Lied würde sich schließlich schlechter dafür eignen, geflüstert zu werden? «Let's twist again, like we did last summer. Yeah, let's twist again, like we did last year. UUuh, do you ...»

Sie stoppte, als sie unter dem Bett etwas Glänzendes

entdeckte. Eine Kollegin behauptete ständig, so exotische Dinge wie Strassohrringe und Goldbarren in den Zimmern zu finden, bei Marie waren es meist weit weniger aufregende Überbleibsel. So wie auch jetzt. Leeres Stanniolpapier, rosa, blau und grün, zerknittert und manche noch mit klebrigen Schokoladenresten behaftet. Der Gast hatte eine exorbitante Vorliebe für Süßes, mutmaßte sie, während sie weitere und weitere Papierchen unter dem Bett hervorangelte und langsam ins Schwitzen geriet. Mit dem Vorwerk kam sie dummerweise nicht so weit unter das Bett, sie liebte es aber auch gar nicht, sich in Bauchlage halb hinunterzuschieben, damit ruinierte sie sich bloß die Strumpfhosen. Welches Zimmermädchen konnte es sich schließlich schon leisten, einen endlosen Vorrat davon anzulegen? Also betete sie inständig darum, sich keine Laufmasche zu reißen, während sie bei zwanzig Stanniolpapieren aufhörte zu zählen. Der gute Mann schien überhaupt nicht geschlafen und stattdessen die halbe Nacht lang Schokolade in sich hineingestopft zu haben. Endlich war der flanellweiße Teppich unter dem Bett sauber. Marie stand auf, strich sich behutsam den Rock glatt, beäugte die Strumpfhose von oben bis unten und stellte erleichtert fest, dass sie heil geblieben war.

«Do you remember when», begann sie wieder zu singen und griff, um einen Weg zum Rollwagen zu sparen, auch gleich den Papierkorb, «things were really hummin', yeaaaaah let's twist again, twistin' time is ...» Das Stanniolpapier hatte sie schon in den Müllsack geworfen, der halb geöffnet an dem Putzwagen hing, nun hatte sie den Inhalt des Papierkorbs nachschütten wollen, doch dabei war ein zusammengeknäultes Blatt Papier auf den Boden gefallen. Nachdem sie sich gebückt hatte, um es aufzuheben, packte sie die Neugier.

Gab es nicht dieses Sprichwort, die Augen seien die Seele der Menschen? Da war Marie gänzlich anderer Ansicht! Die Leute gaukelten einem doch Gott weiß etwas vor, während sie einen freundlich ansahen. In ihren Papierkörben aber, da fand sich, was sie wirklich ausmachte. Nahm man nur die weltgewandte, wunderschöne Frau von Boyen, die alle Zimmermädchen ehrfürchtig staunen und den Kofferjungen die Augen aus ihren Höhlen kullern ließ. Gestern hatte es ordentlich geklirrt, als Marie in Frau von Boyens Suite den Müll in die Tüte gekippt hatte. Sie hatte zwei leere Flaschen entdeckt, probeweise an einer geschnuppert und denselben Duft eingeatmet, den auch ihr selbstgebrannter Mirabellenschnaps verströmte.

Tatsächlich, hatte sie gesehen, war der Inhalt in den großen braunen Glasflaschen ziemlich hochprozentig. Ihr Etikett wies sie als *Frauengold* aus, für das Marie im Kino einmal eine Werbung gesehen hatte. Angeblich schenkte die Flüssigkeit Freude und Kraft und schaffte neuen Lebensmut. Nun, *das* ließ doch Rückschlüsse auf Frau von Boyens Seelenleben zu und nicht etwa ein Blick in ihre hellblauen Augen mit dem betörend dunklen Wimpernkranz.

Im Falle des Gastes aus der 312 stand etwas Interessantes auf dem zusammengeknüllten Blatt Papier. Eine Zahl nämlich, genau in der Mitte mit der Maschine darauf getippt. 89.

Was hatte das zu bedeuten? Fragte sich der gute Mann, ob er dieses Jahr 88 oder 89 Jahre alt wurde oder ob 1989 irgendetwas Interessantes auf der Welt geschähe? Oder schloss er mit sich selbst Wetten ab, wie viele Schokoladenbonbons er in sich hineinstopfen konnte, deren Papiere er anschließend unter seinem Bett entsorgte?

Marie schüttelte den Kopf und warf einen Blick in den dunklen Müllsack, in dem sie noch mehr zerknülltes Papier entdeckte. Sie entfaltete ein weiteres. 88. Und das nächste? 85. Nun wurde es wirklich sonderbar.

Ein melodisches *Ping* ertönte und kündigte die Ankunft eines Gastes auf der dritten Etage an. Marie beschloss, für heute ausreichend neugierig gewesen zu sein, und stopfte sämtliche Papiere zurück in den Müllsack. Sie warf einen letzten Blick hinter sich: das Bett ohne auch nur die Idee einer Falte gemacht, der Boden zu hundert Prozent flusen- und stanniolpapierfrei. Gegen die glasklaren Fensterscheiben pladderte der Regen; weiter unten schäumte zornig das Wasser der Außenalster. Die Schränke waren geschlossen, das Licht gelöscht, der Papierkorb an seinen angestammten Platz neben dem Sekretär zurückgekehrt, auf dem der Schokoladenliebhaber einen Koffer mit einer *Remington*-Reiseschreibmaschine verwahrte.

Zimmer 312 war picobello sauber, da gab es nichts zu beanstanden. Nicht einmal Fräulein Körber, die Hausdame, würde etwas zum Herummäkeln finden können. Zufrieden schob Marie den Rollwagen in den Gang und schloss die Tür hinter sich. Nach dem *Ping* des Fahrstuhles war niemand vorbeigekommen, was nicht weiter verwunderlich war – der Flur des Atlantic Hotels verlief, von unzähligen Türen gesäumt, in einem ebenmäßigen Quadrat um den Lichthof herum. Man konnte Stunden unterwegs sein, ohne einer Menschenseele zu begegnen.

Leise vor sich hin singend, steuerte Marie den mit Putzmitteln, einer Rolle Müllsäcke, Staubwedel und Staubsauger beladenen Wagen den Flur hinab. Von dem kaum hörbaren Quietschen der Räder abgesehen, war es hier so still, dass sie sich wie im Bauch eines Wals vorkäme, wäre da nicht der Wind, der vor den Fenstern am Ende des Ganges tobte und die bunten Bleiglasfenster klappern und knarren ließ. Bei dem unseligen Wetter wirkte der Gedanke, in wenigen Minuten in ihrem für diese Temperaturen viel zu dünnen Trenchcoat (der allerdings fliederfarben war. Wer könnte einem fliederfarbenen Trenchcoat widerstehen?) auf die Straße zu müssen, wenig verlockend. Auf der anderen Seite würde sie es sich zu Hause herbstlich-gemütlich machen – auch wenn gar kein Herbst war, sondern Februar, auch bekannt als scheußlichster Monat des Jahres –, im Ofen das Feuer entzünden, sich eine Tasse Tee brauen und vielleicht, in einem Anfall von Übermut, ein Schlückchen Schnaps trinken.

Sie brannte am Dienstag doch sowieso neuen. Da konnte sie sich heute auch einmal etwas gönnen.

Beinahe hatte sie die in der Wand versteckte Tür erreicht, in der auf wundersame Weise Zimmermädchen, Kofferjungen und Rollwagen verschwanden, als sie ein lautes Hicksen hörte. Oder hatte sie es sich nur eingebildet? Sie verlangsamte ihr Tempo, blickte den langen Gang hinauf und dann hinter sich. Niemand zu sehen. Nun, sie war wohl schon zu lange auf den Beinen.

Hicks.

Schon wieder. Und dann ein lang gezogenes Ächzen.

Marie ließ den Wagen ausrollen, parkte ihn an der Seite und warf einen Blick um die Ecke. Zunächst sah sie nichts Außergewöhnliches, bloß eine Reihe dunkler Holztüren, die allesamt geschlossen waren. Doch bewegte sich ganz hinten nicht etwas?

Ein neuerliches Hicksen, dann gab, wer auch immer dort auf dem Marmorfußboden hockte, einen Rülpser von sich.

Als Marie näher kam, fiel ihr Blick auf volles blondes Haar, das im Nacken zu einem Dutt gebunden war. Die Dame, die es sich auf den kalten Steinplatten bequem gemacht hatte, war unzweifelhaft Frau von Boyen. Sie trug ein schwarz-weißes Kostüm, bei dem Marie auf Chanel tippte, schwarze Lackstiefeletten und hatte sich, das sah sie, als Frau von Boyen den Kopf hob, die Augen mit Kajalstift schwarz umrandet. Da sie verschwitzt wirkte und womöglich sogar geweint hatte, befand sich die schwarze Farbe nunmehr fast überall – sie zog sich in verkrusteten Linien die Wange hinab.

«Kann ich Ihnen helfen, Frau von Boyen?»

Die Dame starrte sie an, als sehe sie ein Gespenst.

«Ich bin Marie, Ihr Zimmermädchen.»

Frau von Boyen, die heute nicht ganz so wunderschön aussah wie sonst, verzog das Gesicht und begann kläglich zu schluchzen. Dabei murmelte sie etwas, das Marie beim besten Willen nicht verstand.

Marie ging in die Hocke und hoffte, ihr Rock möge es ihr verzeihen und nicht etwa mit lautem Ratsch reißen. «Kommen Sie, ich bringe Sie auf Ihr Zimmer.»

Als Frau von Boyen noch lauter zu weinen begann, wurde Marie in eine Wolke aus Parfum und Alkoholdünsten gehüllt. Behutsam legte sie der Dame die Hand auf den Arm.

«Kommen Sie. Ich helfe Ihnen.»

Es dauerte ein bisschen, bis Frau von Boyen nickte, und noch etwas länger, bis sie sich aufrappelte. Sie schwankte gefährlich. Marie nahm ihre Hand, legte den Arm um ihre Taille und manövrierte sie Schritt für Schritt bis zur Suite 310. Aus dem Nachbarzimmer war lautes Klappern zu hören, dann eine Männerstimme, die verärgert etwas rief. Offenbar war der bonbonverrückte Gast auf sein Zimmer zurückgekehrt, doch Marie hatte genug damit zu tun, sich um Frau von Boyen zu kümmern.

«Wissen Sie, wo Ihr Schlüssel ist?»

Natürlich hatte auch Marie einen Schlüssel, wie sonst sollte sie wohl in den Suiten sauber machen? Doch ihr war strikt untersagt, ihn nach der Reinigung noch zu benutzen.

Wortlos vor sich hin schluchzend, deutete Frau von Boyen auf die an ihrem Ellbogen baumelnde Handtasche. «Da drin», lallte sie und hielt ihr die cognacfarbene Handtasche vor die Nase, in deren Goldverschluss in kleinen Buchstaben *Hermès* eingraviert war. «Nun machen Sie schon auf.»

Nein, sie nahm doch lieber ihren eigenen. Mit einem freundlichen Lächeln schob Marie Frau von Boyens Ellbogen wieder nach unten, öffnete die Tür zur Suite und knickste.

«Bitte, Frau von Boyen. Es ist offen.»

«Aber ich will nicht. Ich will nicht allein sein!»

Immerhin klangen ihre Worte nun etwas verständlicher. Mitleidig sah Marie sie an. So schön, so reich und doch so unglücklich, wie es schien. Vielleicht aber hatte sie nur zu viel Frauengold intus, manche Menschen weinten ja, wenn sie zu viel tranken, statt wie die meisten anderen vorübergehend in Glückseligkeit zu verfallen.

«Kann ich jemanden benachrichtigen? Soll ich Ihren Mann anrufen lassen?»

«Den Schuft?», sagte Frau von Boyen und schüttelte so heftig den Kopf, dass sie das Gleichgewicht verlor und gegen die Wand sank.

«Hoppla!» Marie gelang es, sie aufzufangen, bevor sie zu Boden ging. «Ich bringe Sie hinein.»

Gesagt, aber noch längst nicht getan. Unter Frau von Boyens Gewicht schwankend, touchierte Marie mit der Stirn den Türrahmen, was sicher eine ganz schöne Beule zur Folge haben würde.

«Nie wieder in meinem Leben will ich mit dem reden!», fuhr Frau von Boyen unter Tränen fort. «Niemals wieder! Sie wissen doch, wie die Männer sind, oder? Gaukeln einem Liebe vor, und dann ...» Die Tränen schossen ihr nur so aus den Augen. «Meine besten Jahre habe ich ihm geschenkt. Und ich werde sie nicht wiederbekommen. Ich war Modell, ich bin in einem Kaufhaus schaugelaufen. Ich war die Schönste von allen Mädchen. Die Welt hätte mir offengestanden. Paris! New York! Rio! Und nun ...»

«Sie sind immer noch sehr schön», ächzte Marie, während sie sie auf die Bettkante verfrachtete. «Sie sind die hübscheste Frau, die ich je gesehen habe. Wirklich.»

Frau von Boyen ließ sich nach vorn fallen und landete mit dem Gesicht voran an Maries Schulter. Unsicher, was sie tun sollte, tätschelte Marie ihr den Arm.

«Können Sie mich festhalten?», flüsterte Frau von Boyen in Maries Bluse hinein.

«Natürlich.» Auch wenn es ihr seltsam erschien. Zimmermädchen zu sein, wirkte sich nicht gerade auf die Konversationsfähigkeiten aus. Sie war ja stets allein und sang, statt zu reden. Die einzigen Probleme, vor die ihre Arbeit sie stellte, waren klebrige Flecken und hin und wieder einmal ein nackter Mann im Schrank, der aus Furcht, dem Ehemann seiner Geliebten entgegenzublicken, nach einem Kleiderbügel griff.

Einen Gast hatte sie bislang nie trösten müssen.

«Sie können sicher immer noch schaulaufen», sagte sie nach einer Weile.

«Ich bin siebenunddreißig Jahre alt. Uralt.» Frau von Boyen, die zumindest zu weinen aufgehört hatte, schüttelte den Kopf. «Wie alt sind Sie?»

«Siebenundzwanzig.»

«Verheiratet?»

Marie schüttelte den Kopf.

«Aber einen Verlobten haben Sie.»

«Nein.»

Marie und die Männer, nun ... Die Kurzfassung lautete: Es passte einfach nicht, mit keinem der Herren, die ihr bislang über den Weg gelaufen waren. Die Langfassung beinhaltete eine Menge Verehrer, nicht jedoch ihre, sondern die ihrer Mutter, die eine begnadete und eine Zeit lang auch eine beinahe berühmte Sängerin gewesen war. Abend um Abend hatten die Männer mit schmachtenden Blicken in ihrer Küche gesessen und Marie sowohl Furcht als auch Eifersucht eingeflößt. Keiner von ihnen war lange geblieben. Und stets war die Sache damit ausgegangen, dass ihre Mutter weinend und mindestens so stark nach Alkohol riechend wie Frau von Boyen auf dem Sofa eingeschlafen war.

Sie wurde sich bewusst, dass Frau von Boyen sie mit trübem Blick anstarrte. «Wie machen Sie das?»

Verwirrt hob Marie die Schultern. «Was meinen Sie?»

«Wie leben Sie, wenn Sie nicht verheiratet sind? Sie müssen doch ... Haben Sie ein eigenes Bankkonto? Wer hat Ihre Wohnung angemietet, Sie *selbst*?»

Marie unterdrückte ein Lächeln. «Meinen Lohn erhalte ich in bar, und das Sparkonto hat mein Adoptivvater für mich eingerichtet, als ich noch nicht volljährig war. Aber das Haus, in dem ich lebe, habe ich selbst gekauft.»

«Ein ganzes Haus», echote Frau von Boyen erstaunt. «Da müssen Sie aber gut verdienen als Zimmermädchen.»

Nun lächelte Marie doch. «Es befindet sich in einem Schrebergarten. Eigentlich ist es eher eine Hütte, die sich vor dem Wind wegduckt. Und die Pacht für das Grundstück kostet kein Vermögen, glücklicherweise.»

«Wie hübsch», sagte Frau von Boyen, deren Interesse an Maries Leben nun erschöpft schien. Sehnsüchtig blickte sie zu ihrem Koffer. Ob sich darin noch ein paar Flaschen Frauengold befanden oder ein mit Wodka gefüllter

Silberflachmann? Nun, es war nicht an Marie, darüber zu richten. Sie erhob sich, strich sich den Rock glatt und knickste erneut.

«Ich lasse Sie nun allein.»

«Mhm», murmelte Frau von Boyen und ließ sich ohne einen weiteren Blick rücklings aufs Bett fallen.

«Fräulein Hansen, kommen Sie bitte zu mir.»

Marie, die gerade aus dem Personallift in den schummrig beleuchteten Flur im Untergeschoss des Grandhotels getreten war, erstarrte.

Zu Fräulein Körber zitiert zu werden, war nie ein gutes Zeichen. Nervös blickte sie an sich hinab und stellte erschrocken fest, dass sie eine Menge verschmierten Kajal auf der Bluse spazieren führte. Doch deswegen würde Frau Körber sie ja kaum sprechen wollen, schließlich hatte die Hausdame zwar durchaus einen siebten Sinn für Schlampereien der Zimmermädchen und schoss immer genau dann um die Ecke, wenn sich eine Kollegin im Hauseingang neben dem Personaltrakt eine heimliche Zigarette anzündete, doch sie hatte Marie ja seit deren überraschendem Besuch in Suite 310 nicht zu Gesicht bekommen.

«Fräulein Hansen?», schallte die erstaunlich dunkle Stimme der nicht besonders hochgewachsenen Hausdame durch den Flur.

«Ich komme!», rief Marie und setzte sich eilig in Bewegung. Während das Atlantic Hotel in den oberen Etagen ebenso behaglich wie elegant war, war der Personaltrakt ausschließlich dem Praktischen verpflichtet. Der Boden war mit abblätterndem Linoleum belegt, dessen Tannengrün das wenige Licht verschluckte, das aus den Funzellampen an der Decke seinen Weg nach unten fand.

Beim Anblick von Fräulein Körbers Bienenkorbfrisur wunderte Marie sich, dass ihre Vorgesetzte nie nach Haarspray duftete. Wie bekam sie ihre Unmengen an aschblondem Haar dazu, senkrecht in die Höhe zu stehen? Marie sähe bestenfalls so aus, wenn sie kopfüber an einer Schaukel hinge.

Ohne ein weiteres Wort trippelte Fräulein Körber den Gang entlang. Hier unten roch es nach Waschmittel, und die Luft troff nur so von Feuchtigkeit. Ein paar Türen weiter befand sich der Wäschetrakt, wo gespült und geplättet wurde. Das dumpfe Dröhnen der Maschinen glaubte Marie manchmal bis ins ferne Wilhelmsburg zu hören, wo sie lebte.

Mit leicht versteiften Schultern, weil sie sich fragte, was die Hausdame von ihr wollte, folgte Marie ihr bis in deren Büro.

«Fräulein Hansen», sagte Fräulein Körber, kaum hatte Marie die Tür hinter sich geschlossen. «Mir wurde eine Beschwerde über Sie angetragen.»

In dem winzigen fensterlosen Raum fühlte sich Marie augenblicklich schuldig. Vielleicht lag es an dem grellen Licht der Neonröhre, vielleicht aber auch an dem Umstand, dass sie Fräulein Körber nun dicht gegenüberstand. Gerade so passte zwischen sie ein schmaler Schreibtisch, das einzige Möbelstück in dem Raum.

«Ich muss wohl nicht erst betonen, wie ungern ich diesen Umstand zur Kenntnis nehme.»

Erst jetzt sickerte zu Marie durch, was Fräulein Körber gesagt hatte. Moment, eine Beschwerde?

Sie wäre allerdings dumm, diese Frage laut auszusprechen. War anderswo Angriff die beste Verteidigung, so hieß es im Grandhotel: Wer schweigt, stirbt zuletzt.

So nickte sie nur und guckte angemessen nachdenklich wie auch vorsorglich entschuldigend.

«Haben Sie dazu etwas zu sagen?»

Wenn sie wüsste, wie der Vorwurf lautete, wäre es erheblich leichter, dazu Stellung zu beziehen. Aber auch das sprach sie nicht aus. Stattdessen knickste sie und lächelte, oh, wie sie lächelte, denn das war das Wichtigste. Aber ja nicht zu fröhlich, andernfalls würde ihr Arroganz unterstellt werden. Allzu deutlich zur Schau gestellte Demut wiederum behagte Fräulein Körber ebenso wenig. Es hieß also, den äußerst schwierigen Mittelweg zu finden.

«Sie enttäuschen mich», sagte Fräulein Körber kalt.

«Ich habe Frau von Boyen nur deswegen in ihr Zimmer begleitet, weil ich sie nicht betrunken auf dem Flur zurücklassen wollte», platzte Marie heraus. Höfliches Schweigen hin oder her, dass sie etwas Falsches getan hatte, war nicht einzusehen. Sie hatte doch nur geholfen.

Fräulein Körber blinzelte irritiert. Sie griff nach einem Brillenetui auf dem Schreibtisch und setzte sich ein Schildplattgestell auf die Nase, das Maries Einschätzung nach nur Fensterglas enthielt.

«Sie haben Frau von Boyen in ihrem Zimmer aufgesucht?»

Perplex stockte Marie. Das aber müsste ihre Vorgesetzte doch wissen, wenn sie sie deswegen hierherzitiert hatte.

«Sie enttäuschen mich, Fräulein Hansen, sogar weit mehr, als ich es für möglich gehalten hatte. Sie suchen einen Gast in seinem Zimmer auf?»

«Es war eine, ähm, Dame.» Die Erklärung nützte jedoch nichts, das sah sie Fräulein Körber an der aufwärts gebogenen Nasenspitze an. «Und nein, ich habe sie nur dorthin gebracht. Frau von Boyen war betrunken.»

Von einem zum nächsten Augenblick wirkte Fräulein Körber fuchsteufelswild. «Wir verlieren kein schlechtes Wort über unsere Gäste!»

«Es ist ja auch eine Tatsache, keine Beleidigung.»

«Fräulein Hansen!», donnerte die Hausdame, und ihre Frisur geriet gefährlich ins Wanken.

Marie wünschte, sie könnte sich darüber amüsieren, denn eigentlich war es lustig. Tatsächlich aber wurden ihr die Knie weich. Widerworte wurden im Atlantic nicht geduldet, nicht von Fräulein Körber jedenfalls. Bisher hatte Marie nie Anlass zu einem derartigen Gespräch geliefert – sie wusste also nicht, was nun auf sie zukam.

«Um Frau von Boyen kümmere ich mich später. Aber nun zu dem Grund für die Beschwerde. Sie haben in Zimmer 312 etwas durcheinandergebracht.»

«Durcheinanderge...» Marie konnte es nicht fassen. Sie? Rasch ging sie gedanklich die Räume und Suiten durch, die heute auf ihrer Liste gestanden hatten. 312 ... Aber natürlich, das Zimmer neben Frau von Boyens Suite. Das war doch der Schokoladenliebhaber gewesen.

«Ich habe dort nichts durcheinandergebracht», sagte

sie leise und war sich voll und ganz bewusst, wie dünn das Eis unter ihren Füßen gerade wurde. «Ich habe wie überall sonst meine Arbeit erledigt, und zwar gewissenhaft wie immer.»

«Keine Widerrede. Dann hätte sich der Gast ja wohl kaum über Sie beschwert. Ihr Arbeitsethos, Fräulein Hansen», sagte Fräulein Körber, als habe sie ihr nicht zugehört, «lässt arg zu wünschen übrig. Glauben Sie, ich wäre hier ...», mit dem Kinn deutete sie halbkreisförmig durch den Raum und auf den mahagonifurnierten Schreibtisch, «... wenn ich mir nicht zu jedem Zeitpunkt zum Ziel gesetzt hätte, vortreffliche Arbeit abzuliefern?» Wenn sie zornig war, rollte sie das R. Jetzt schien sie exorbitant zornig zu sein. «Es gilt zu jeder Stunde, in jedem Augenblick, Perfektion anzubieten. Dieses Haus gehört nicht umsonst zu den besten der Welt. Unser Anspruch ist Vollkommenheit, nicht mehr, doch gewiss auch nicht weniger.»

«Aber was soll ich in dem Zimmer getan haben?»

«Der Herr aus der 312 war sehr unglücklich darüber, dass Sie seine Unterlagen durcheinandergebracht haben.»

Marie blinzelte verwirrt. Auf dem Sekretär hatte eine Reiseschreibmaschine gestanden, die sie nicht angerührt hatte. Bloß den Staubwedel hatte sie hinübereilen lassen, das war alles. Und an Unterlagen konnte sie sich überhaupt nicht erinnern. Nur an Bonbonpapier unter dem Bett und wirre Zettel mit Zahlen im Papierkorb. Der Herr schien ja zweifelsohne ein reichlich eigenartiger Zeitgenosse zu sein, aber wie kam er dazu, sich über Marie zu beschweren?

«Sie haben seine Unterlagen durcheinandergebracht», wiederholte Fräulein Körber.

Mit einem Mal kam Marie das Büro noch kleiner und beengter vor. Sie glaubte, Fräulein Körbers Seife zu riechen. Damit, schoss ihr überflüssigerweise durch den Kopf, richtete sie sich das Haar: Seifenlauge, das hatten vor zehn Jahren doch die Ärmeren unter den Rockabillys immer benutzt, um ihre Tollen zu frisieren.

«Ich versichere Ihnen, ich habe nichts in Unordnung gebracht.»

«Der Gast sagt etwas anderes.»

Und der Gast, vervollständigte Marie in Gedanken, hat immer recht. Selbst wenn er nackt im Schrank steht – was immerhin bei dem Herrn aus der 312 nicht der Fall gewesen war.

Wieso dachte sie an so etwas Albernes? Sie arbeitete zu lange hier, um sich des Ernstes der Situation nicht gewahr zu sein. Unzählige Frauen hatte sie in den drei Jahren kommen und gehen sehen. Manche waren wegen angeblicher Liebschaften mit den Gästen vor die Tür gesetzt worden, eine hatte den Verlust ihrer Stelle einem schwellenden Bauch zu verdanken, bei den meisten aber gab es überhaupt keine Erklärung. Bloß Fräulein Körbers harten Blick hinter Fensterglasbrillengläsern.

«Es tut mir sehr leid, sollte ich meine Arbeit in diesem Fall nicht zur Zufriedenheit des Herrn geleistet haben. Ich versichere Ihnen, dass das nicht meine Absicht war.» Alles in ihr knirschte widerwillig. Sie wollte nicht buckeln, doch was blieb ihr anderes übrig? Ihr Sparkonto barg ganze zwanzig Pfennige, hinzu kam ein äußerst dürftiger Notgroschen. Damit kam niemand weit, nicht einmal sie, die gelernt hatte, mit ausnehmend wenig auszukommen.

Streng sah Fräulein Körber sie über das Schildplattgestell hinweg an. Sie hatte graue Haut, sogar gräuliche Lippen, und niemand wusste, wie alt sie eigentlich war. Doch das war auch nicht wichtig. Es schien, als sei sie schon immer hier gewesen und würde es bis zum Ende aller Zeiten sein.

«Eine Woche», sagte Fräulein Körber leise.

Marie schluckte.

«Ohne Bezahlung, aber das versteht sich ja von selbst. Seien Sie pünktlich, wenn Sie kommenden Samstag wieder zum Dienst erscheinen. Ich denke, auch das versteht sich von selbst. Guten Tag.»

Blinzelnd starrte Marie sie an. Eine Woche, hämmerte ihr durch den Kopf. Eine Woche ohne Lohn. Dabei musste sie die Pacht bezahlen und dringend das Dach reparieren, das dem seit einer Woche andauernden Sturm kaum noch etwas entgegenzusetzen hatte.

Der Schleichweg vom Bahnhof Wilhelmsburg am Deich entlang zu der Kleingartensiedlung *Zur alten Landesgrenze* gestaltete sich schon an normalen Tagen schwierig, heute jedoch kam Marie nur mit Mühe voran. Ihre Absätze versanken im Matsch, während auf der anderen Deichseite das Wasser mit einer Lautstärke gegen die Umrandung des Spreehafens klatschte, die sie unwillkürlich die Schultern hochziehen ließ. Ihr fliederfarbener Trenchcoat schlackerte, der kalte Regen hatte sich durch den Stoff hindurchgefressen und rann ihr nun in schmalen Bahnen unter der dünnen Bluse die Schultern hinab.

Ihre Zähne klapperten, der Schirm entwickelte ein Eigenleben und schoss mal nach rechts, dann nach links, verharrte aber nie auch nur eine Minute über ihrem Kopf.

Neben den Utensilien, die sie für eine Dachreparatur benötigte, hatte sie mit einem neuen Rock geliebäugelt, den sie im Kepa-Kaufhaus entdeckt hatte. Obwohl die Kleidung dort nicht teuer war, überstieg der glockig fallende Stück aus mauvefarbenem Leinen bei Weitem ihre finanziellen Möglichkeiten. Ihre Nachbarin Rosalind hatte schon mit einem Haufen Schnittmustern gewedelt, doch sie sahen erstens viel zu kompliziert für Maries bescheidene Fähigkeiten aus, zweitens wirken sie so altbacken, als stammten sie von 1915. Marie wollte einen modernen Rock, der sanft schwingend bis kurz unterhalb der Knie fiel, und kein Ungetüm aus Stoff, unter dem man eine Isetta parken konnte. Ein neuer Schirm wäre zudem nicht übel in Anbetracht der Tatsache, dass ihrer gerade aus ihrer Hand geflogen war und auf Nimmerwiedersehen in der Dunkelheit verschwand.

Finster sah sie ihm nach. Was sollte sie eine ganze Woche lang tun, wenn sie nicht arbeitete?

Als sie die ersten schaukelnden Lichter der notdürftig zusammengenagelten Hütten erblickte, drang eine heisere, vom Sturm verzerrte, aber wohlbekannte Stimme an ihr Ohr.

«Na moin, moin, wer eilt denn da durch Nacht und Wind?»

Ihr Nachbar kam durch den Matsch auf sie zugestapft. Peer trug einen leuchtend gelben Friesennerz und hatte die Kapuze weit in die Stirn gezogen. Kaum mehr als die mit Torf gestopfte Pfeife und seine dunklen, lustig blitzenden Augen waren darunter zu erkennen.

«Was machst du denn zu dieser Uhrzeit noch draußen?», fragte Marie und schob eine klatschnasse Strähne unter ihr durchfeuchtetes Kopftuch zurück. Die Tropfen perlten von ihren Wimpern ab, und ausnahmsweise war es mal von Vorteil, sich keine Wimperntusche leisten zu können und auch keinen Kajal, denn sonst sähe sie sicher aus wie Frau von Boyen.

«Heidewitzka», brüllte Peer zurück, statt ihr zu antworten, und grinste. «Das is ma 'n Wetterchen, ne? Will noch schnell zu Kurt, n Lütt un Lütt besorgen. Bei dem Schietwedder braucht man was, das einen wärmt, findste nich? Und da wir doch erst Dienstach den Schnaps brennen», er zuckte mit den Schultern, und sein wettergegerbtes Gesicht, das nur aus Falten zu bestehen schien, glänzte vom herabströmenden Regen, «muss ich mir eben anders behelfen, nech? Was 'n los mit dir, min Deern? Büschen betrübt siehste aus.»

Marie hatte keine große Lust, von ihrem Tag zu erzählen. So wie alle anderen Nachbarn war auch Peer der Ansicht, dass sie viel mehr könnte, als Betten zu machen und Bäder zu reinigen. Doch das sagte sich so leicht.

«Wir können auch morgen schon loslegen», rief sie stattdessen, um den Wind zu übertönen, der noch einmal an Stärke zugenommen hatte. «Ich habe unverhofft früher freibekommen.»

Sie arbeitete meist an den Wochenenden, dafür waren der Dienstag und der Mittwoch ihre freien Tage.

«Na, was, das ja man fein! Dann gehen wir schon morgen ans Werk, ich bin dabei, Marieken! Aber nu sach ma, was is los?»

Sie schüttelte den Kopf. «Nichts. Ich bin nur müde.»

«Ja, Mensch, kein Wunder, wenn de dich den ganzen lieben langen Tach abrackerst, für 'n Appel und 'n Ei. Wieso suchst du dir denn nich 'n netten Mann?»

Nicht auch noch das, dachte Marie, nicht Peers berüchtigte Verkupplungsversuche, bei denen sie sich regelmäßig mit steinalten Herren konfrontiert sah, die sich kaum ohne Krückstock fortbewegten.

«So einen wie mich, nech?» Er grinste und zwinkerte ihr zu. Niemals würde Peer tatsächlich mit ihr zu flirten versuchen, es war bloß seine Art, sie aufzumuntern. Sie mochte den krummbeinigen Kauz. Er war die gute Seele der Siedlung, dessen alkoholumnebelter Blick immer gerade noch ausreichend klar war, um Trauer oder Verzagtheit zu erkennen und alles dafür zu tun, um sie zu vertreiben.

«Soll ich dir 'n Lütt un Lütt mitbringen? Und dann erzählste dem ollen Onkel Peer, wo dich der Schuh drückt?»

Grinsend schüttelte sie den Kopf. Das Lieblingsgetränk der Hafenarbeiter bestand aus auf zwei Gläser verteiltem Bier und Schnaps, die mit nur einer Hand balanciert werden mussten und exakt gleichzeitig auf die Zunge zu fließen hatten. Man konnte kaum einmal Luft holen und war schon betrunken, und das war für heute Abend nicht ihr erklärtes Ziel.

«Schade, Deern.» Er legte den Kopf schief, und noch mehr Regen rann sein rundes Gesicht hinab. «Dann man tau, und gräm dich nich so, versprochen? Bist doch noch jung! Und hübsch! Solltest freitagabends unterwegs sein und tanzen!»

Sie zuckte mit den Schultern. «Vielleicht nächsten Freitag.»

«Jau, dann nächsten Freitach. Mach's gut und lass dich aufm Weg nich fressen.»

Lächelnd sah sie die gedrungene Gestalt im Friesennerz in Richtung Hafenkiosk wanken. Als sie sich wieder den Lichtern zuwandte, fühlte sie sich fröhlicher. Sie würde eben das Beste aus der Situation machen. Und wenn sie schon nichts schneidern konnte, weil ihr neben dem Talent eben auch der Stoff fehlte, dann konnte sie ja, nun … zeichnen. Ja, sie könnte zeichnen üben, darin war sie zeit ihres Lebens schlecht gewesen. Und ihre Hütte aufräumen. Außerdem … Ach was, ihr würde schon etwas einfallen.

Entschlossen, sich von Fräulein Körber und dem Gast aus der 312 nicht die Laune verderben zu lassen, stapfte sie auf die Kleingartensiedlung zu. Nach dem Tod ihrer Mutter war Marie im Alten Land bei Adoptiveltern aufgewachsen, doch nirgendwo auf der Welt fühlte sie sich so geborgen wie in der *Alten Landesgrenze*, die seit sechs Jahren ihr Zuhause war. Im Frühling verstreuten ihre Nachbarn und sie gemeinsam Samen in der Erde, sie buddelten Kartoffeln ein, deren Grün auf dem Deich wie Unkraut wucherte, und veranstalteten Feste. Es gab Erntetage, Schnapsbrenntage, Festtage, von denen man im Rest Deutschlands noch nie gehört hatte, sowie Dialekttage, an denen die Sorben oder die Ostpreußen unter ihnen ausschließlich in ihrer Sprache redeten, während alle anderen lachend versuchten, sie zu verstehen. Selbstverständlich waren sich nicht alle grün, es gab immer jemanden, der grummelte oder sich beschwerte, aber im Großen und Ganzen kamen alle gut miteinander aus. Wenn sie es sich aussuchen könnte, dauerhaft im Atlantic zu wohnen oder hier, sie würde immer wieder ihre blassgrün gestrichene kleine Hütte wählen.

Durch die Fensterläden der umstehenden Häuser drang funzeliges Licht nach draußen. Die Hütten sahen aus, als würden sie sich am liebsten in den schlammigen umliegenden Wiesen verkriechen. Lautstark pfeifend umtoste sie der Sturm und zog und zerrte an allem, was nicht niet- und nagelfest war. Immer wieder bis zu den Knöcheln im Matsch versinkend, stiefelte Marie an Mechthilds braun gestrichener Hütte vorbei – der ersten Adresse am Deich, wie seine Bewohnerin gern sagte. Unter den Böen hinweg duckten sich Peers und Tomtoms Häuser, die fast ausschließlich aus Wellblech bestanden. Eiskalt war es darin im Winter und zum Sterben heiß in den Sommern. Wie die beiden das aushielten, war Marie schleierhaft. Nun, von Peer wusste sie ja, wie er für Wärme sorgte, mit Schnaps nämlich, wie aber für Abkühlung?

Den schmalen, krummen Pfad säumten weitere einstöckige Bauten, ein paar Beerensträucher, deren Zweige nackt und kalt im Wind schwankten, und drei riesige Buchen, deren Eckern ein sättigendes, wenn auch nicht gerade köstliches Mehl ergaben. Die letzten Meter bis zu ihrer eigenen Hütte waren nicht mehr anstrengend, der Wind trieb sie, vom Deich her durch die Siedlung schießend, vor sich her.

Marie stieß einen kleinen Seufzer aus, als ihr angesichts der unebenen Sauerkrautplatten einfiel, dass sie dringend die Außenwände streichen musste. Bei ihrem Einzug war sie einundzwanzig Jahre alt gewesen und gerade Hals über Kopf aus dem Haus ihrer Adoptiveltern geflüchtet, das ihr einengend und düster erschienen war. Dagegen hatte die Schrebergartenhütte regelrecht possierlich ausgesehen mit den lindgrünen Wänden und den weiß lackierten Fensterrahmen. Jetzt hingegen wirkten sie bloß grau und holzwurmzerfressen, das Grün verblichen, das Dach löchrig, und nein, weiter wollte sie nicht darüber nachdenken, dass sie zwar nun eine Woche Zeit hatte, um etwas zu tun, aber kein Geld, um Farbe oder neues Wellblech zu kaufen.

Nicht die Laune verderben lassen!

Marie drehte den Knauf, trat einmal fest gegen die bei feuchtem Wind klemmende Tür und öffnete sie Stück für Stück, wobei die Scharniere verärgert quietschten. Das kleine niedrige Zimmer, in das sie trat, war eiskalt und düster. Durch die Wände verflog die Wärme schneller, als man bis zehn zählen konnte. Aber sie würde einfach so viel Holz in den Kanonenofen stopfen, wie hineinpasste, und sich dann mit einer Tasse Tee in ihren Lieblingssessel kuscheln. Und bis es richtig warm war, würde sie ein bisschen tanzen.

Das kostete schließlich nichts!

Mit spitzen Fingern hängte sie ihren durchnässten Mantel auf, schlüpfte aus den Stiefeln, deren sonst cognacfarbenes Leder vom Regen und Matsch rabenschwarz war, überlegte, ob sie den knielangen Rock gegen eine Wollhose tauschen sollte, entschied sich jedoch dagegen. Bloß rasch Wasser für den Tee aus dem Brunnen holen, nachdem sie Feuer gemacht hatte. Als die ersten Flammen im Ofen knisterten, griff sie nach dem Blecheimer, zog an der Tür und wurde, kaum draußen, von einem derart kräftigen Windstoß erfasst, dass sie zur Seite taumelte. Den Henkel des Eimers fester umfassend, sah sie nach Herbert, ihrem Huhn, dem sie aus Gründen, die sie nicht mehr erinnerte, einen Männernamen verpasst hatte, und stieß, als sie den Kopf wieder hob, mit etwas Braunem, unangenehm Hartem zusammen.

«Autsch!»

«Dein Fensterladen is kaputt», bemerkte Tomtom trocken, dessen länglicher Kopf unter einer Pickelhaube aus Pappe verschwand, die Regen und Wind ziemlich übel zugerichtet hatten. Er war es jedoch nicht, gegen den Marie gelaufen war, sondern gegen einen Bären. Genauer gesagt einen Menschen im Bärenkostüm, dessen Fell aus Stroh bestand und aus diesem Grund das glatte Gegenteil von kuschlig weich war.

«Ich weiß», gab sie zurück und musterte neugierig die dritte Gestalt im Bunde, deren Gesicht und Haare unter schwarzem Ruß kaum erkennbar waren. «Wieso seht ihr so aus, wie ihr ausseht? Es ist doch noch gar nicht Fasching.»

«Wir illustren Herrschaften haben uns zum Ziel gesetzt, Väterchen Frost zu vertreiben», erwiderte Tomtom. «Dafür ist es nie zu früh.»

«Das stimmt wohl.» Mit schräg gelegtem Kopf blickte sie den Bären an, dessen Strohkostüm für dieses Wetter nun gar nicht gemacht war. Jeder einzelne Strohhalm bog sich im Wind, und wenn er Pech hatte, würde eine weitere Böe ihn unweigerlich zu Boden fegen. «Wer bist du denn?»

«Karl», erklang es dumpf unter dem Bärenschädel hervor.

«Pass nur gut auf, dass dein Kopf den Abend überlebt», sagte Marie. «Ich habe daran mitgebastelt und mache es kein zweites Mal.»

«Jau, jau, ich passe auf», lautete die dumpfe Antwort.

Das Kostüm war ein Geschenk an Rosalind gewesen, die ihre schlesische Heimat, gerade wenn der Winter nicht weichen wollte, sehr vermisste. Die alte Dame hatte ihnen einst von dem Brauch erzählt, der auf Polnisch *Wodzenie niedźwiedzia* hieß und auf Deutsch «Bären führen».

«Damit kommt der Frühling, ihr werdet schon sehen.»

Marie bezweifelte, dass der Frühling auf die drei Gestalten hören würde, die jetzt lautstark zu singen begannen. Nun erkannte sie auch, wer im dritten Kostüm steckte, das den Tod verkörperte, Kristin nämlich, die mit zwei Kindern und einem Ehemann in der direkten Nachbarschaft Peers und Tomtoms lebte.

«Du weißt, warum wir hier sind?», fragte Tomtom mit tiefer Stimme.

«Weil ihr so verrückt seid, dass ihr glaubt, den Sturm vertreiben zu können?»

«Nee. Um Schnaps zu trinken.»

Nun hätte Marie ein bisschen beleidigt sein können, dass sie ausgerechnet bei ihr anfingen. Denn das taten sie allem Anschein nach, wäre sie die Zweite oder Dritte, würde sie es an dem hochprozentig riechenden Atem der drei erkennen, gegen den selbst ein Sturmtief nicht ankam. Bären führen war eigentlich ein mäanderndes Trinkgelage durch die Nachbarschaft, bei dem derjenige, der den drei Gestalten den geforderten Alkohol verweigerte, so gehässig ausgeschimpft wurde, dass er es sich im nächsten Jahr zweimal überlegte.

Auf der anderen Seite wunderte es sie natürlich nicht. Ihr Schnaps war der beste, das zum einen, zum Zweiten hatte sie immer welchen im Haus.

«Dann nichts wie rein mit euch.»

Schon standen die drei Gestalten im Haus, ließen sich mit zufriedenen Gesichtern – die jedenfalls, die man erkennen konnte – einschenken und tranken, was Karl wegen seines Bärenkopfes nicht ganz leichtfiel.

Eine halbe Flasche Kartoffelschnaps später griff Tomtom nach Maries Arm und begann sie durch den kleinen Raum zu wirbeln, obwohl außer ihm niemand die Musik hörte, zu deren Takt er auf den Boden stampfte.

Der Bär sah ihnen still zu und fragte nach einer Weile: «Was gibt es jetzt?»

«Ihr könnt die Flasche austrinken», schlug Marie außer Atem vor.

«Och, noch 'n büschen Abwechslung wär aber auch nett.»

Marie hatte noch etwas Mirabellenschnaps, fand aber nicht, dass die drei die Flasche zur Gänze leeren sollten.

Das war etwas Feines, Mirabellen gab es im Alten Land zwar in rauen Mengen, hier in der Stadt jedoch waren sie schwer zu bekommen. Zudem trank sie selbst gern fingerhutgroße Mengen davon, wenn ihr kalt und traurig zumute war.

Sie holte eine kleine Tasse aus dem Schrank, füllte sie bis zur Hälfte mit Schnaps und reichte sie dem Bären.

«Die müsst ihr euch teilen.»

«Pah», murrte der Bär, der Tod aber immerhin fand, dass Marie Dank gebührte und drückte ihr einen rußigen Kuss auf die Wange.

Nachdem Tomtom seinen Teil in die Kehle gekippt hatte, stieß er ein markerschütterndes «Hossa» aus, umfasste Marie erneut und tanzte im Polkaschritt mit ihr zur Tür und wieder zurück, kreiste einmal um den Küchentisch und ließ sie anschließend keuchend los.

«Weiter geht's, los, Leute!»

Und damit waren sie verschwunden.

Marie war heiß vom Tanzen. Sie ließ sich in den Sessel fallen, wo ihr auffiel, dass sie nun nicht beim Brunnen gewesen war, um Wasser zu holen. Ach nein, jetzt hatte sie keine Lust, noch einmal hinauszugehen.

Sie schloss die Augen und begann leise zu summen. Im Ballsaal des Atlantic wurde jetzt getanzt. Die eleganten jungen Damen mit ihren Frisuren, an deren Vervollkommnung sie den ganzen Tag gesessen hatten – über dem Ohr in eine riesige Welle gedreht und der Rest des Haares über die andere Kopfhälfte gebürstet, sodass die Damen aussahen, als eigneten sie sich zum Kugelstoßen –; die jungen Herren in geschniegelten Anzügen und mit einer Nelke im Knopfloch ... Ach, da würde sie schon gern Mäuschen spielen. Vor allem zu später Stunde. Und was Frau von Boyen wohl gerade tat?

Marie hatte sonst eher selten die Gelegenheit, Mitleid mit einem der Gäste zu empfinden, Frau von Boyen aber rührte sie. Hoffentlich schlief sie einfach ihren Rausch aus, statt sich über weitere braunglasige Flaschen herzumachen oder den Rest der Nacht mit der Wange auf dem Tresen der Atlantic Bar zu verbringen.

Der Barchef klagte andauernd über solche Gäste. Da Marie jedoch fast ausschließlich am Tage arbeitete, erlebte sie derartige Ausfälle kaum. Ihr war allerdings schon öfter zu Ohren gekommen, dass sich die feinen Herrschaften zuweilen auch nicht besser benahmen als die vergnügungswütige Jugend auf der Reeperbahn ...

Der Sturm ließ den Fensterladen gegen die Hauswand krachen und rüttelte an ihrem Dach, und nachdem sie die Tasse und Schnapsflaschen aufgeräumt hatte, schlurfte sie ins Schlafzimmer, das eher eine Art Schrank mit Fenster war. Im Garten bog sich der Apfelbaum, der nicht wachsen wollte, im Wind. Regen klatschte gegen die Scheibe. Von den Bärenführern war nichts mehr zu sehen, auch ihre grölenden Stimmen waren längst verstummt.

Ohne sich die Mühe zu machen, sich auszuziehen, ließ sich Marie auf die Matratze plumpsen und schlief augenblicklich ein.

Als sie erwachte, war ihr eiskalt, und die Finsternis kam ihr seltsam bedrohlich vor. Sie hatte sich in ihrem kleinen Häuschen nie gefürchtet. Bis auf Rosalind schloss hier niemand ab, auch weil es nichts gab, das jemand würde haben wollen. Doch nun lauschte Marie mit klopfendem Herzen in die Dunkelheit. Sie hatte etwas gehört. Aber was?

Nur den Sturm, versuchte sie, sich zu beruhigen und hoffte, dass sie trotz des Klackerns des Fensterladens wieder einschlafen würde. Sie schloss die Augen, doch bevor sie wieder einschlummern konnte, begann sie an Fräulein Körber und den unangenehmen Gast aus der 312 zu denken, und schlagartig war sie hellwach. Dass sie eine Woche lang keinen Lohn erhielt, war ja das eine, und es war schlimm genug. Aber dass die Anschuldigungen zudem noch so ungerechtfertigt waren! Sie hatte nichts getan, was jemanden verärgern müsste. Und sie hatte gewiss keine Unordnung in diesem Stanniolpapiersaustall gemacht.

Zornig setzte sie sich auf. Dieser Blödmann! Nun konnte sie bestimmt nicht mehr schlafen. Sie schwang die Beine über die Bettkante und erinnerte sich, dass sie ja gar nicht ihr Nachthemd trug, doch bevor sie sich dazu entschließen konnte, sich jetzt noch umzuziehen, atmete sie erschrocken ein und stieß einen Schrei aus.

Der Fußboden war eiskalt. Aber nicht nur das, da war auch Wasser. War das möglich? Nein, sie war wohl noch im Halbschlaf.

Doch da war noch etwas. Es roch komisch. Muffelig. Aber auch salzig. Sie beugte sich vor, um mit den Fingerspitzen über den Boden zu fahren.

«Verdammt noch mal», flüsterte sie heiser. Es war nicht bloß feucht, nein, der Dielenboden schwamm geradezu.

Konnte es derart hineinregnen? Das Loch im Dach musste riesig sein.

Kurzerhand sprang Marie aus dem Bett. Das Wasser war kühl, immerhin aber sog sich ihre Nylonstrumpfhose nicht voll. Mit storchenhaften Schritten hüpfte sie zum Lichtschalter und drehte daran. Es tat sich nichts. Sie versuchte es noch einmal. Wieder vergeblich.

Wo waren die verflixten Streichhölzer? Beim Ofen nicht und auch nicht auf dem Fensterbrett oder dem Tisch. Marie tastete sich zum Fenster vor und versuchte, draußen etwas zu erspähen. Zappenduster der Himmel. Kein Mondlicht, kein Stern am Firmament. Das Einzige, was sie schemenhaft erkennen konnte, war ihr Garten, den sie Pampadusa getauft hatte. Nichts wuchs darin bis auf eine kampferprobte Brombeerranke – der Apfelbaum nicht und nicht einmal Pilze oder Moos, was sonst sogar an den unwirtlichsten Stellen spross.

Wie es wohl Herbert erging? Unwirtlich und kalt war es sowieso schon, doch wenn es so weiterging, würde der Sturm den Käfig einfach umwerfen. Nun, sie würde besser einmal nach dem Huhn sehen. Sie griff nach ihrem Mantel, der glücklicherweise fast getrocknet war, nahm auch gleich den großen Schlapphut vom Haken und schlüpfte in ihre Stiefel. Als sie die Tür, die sonst nur mit viel Überredungskünsten aufging, öffnete, schlug ihr diese mit solcher Wucht entgegen, dass Marie zurücktaumelte.

Sie schrie auf. Die Kälte verschlug ihr den Atem. Ungläubig blickte sie nach unten. Eisig war das Wasser, das nun ins Innere des Hauses strömte und den Geruch von

Salz und Öl mit sich brachte. Ihre Zähne begannen zu klappern. In ihrem Kopf rasten die Gedanken. Der Deich stand zwischen ihnen und dem Spreehafen, hoch, sicher und dick. Unmöglich, dass die Fluten ihn untergraben haben konnten. Oder doch? Auf der anderen Seite des Feldes, über das sie morgens und abends lief, gab es Kanäle, doch sie führten längst nicht ausreichend Wasser, um die ganze Siedlung zu fluten.

Der eisige Wind presste sie fast gegen die Hauswand, kaum hatte sie einen Schritt in den Vorgarten getan. Regen, vermengt mit Schneetreiben, prasselte in ihr Gesicht. Die Dunkelheit schien nach ihr zu greifen.

Ihre Füße versanken im Matsch, während sie zu Herberts Käfig watete. Täuschte sie sich, oder stieg das Wasser stetig an? Vor Angst klopfte ihr das Herz bis zum Hals.

Zusammengekauert saß das Huhn da, den Kopf unter den Flügel gesteckt.

«Komm, na komm», sagte sie bibbernd. Sie griff ins Innere, packte das Tier, das ein erschrockenes Gackern ausstieß, und presste es an sich. Blinzelnd sah sie sich um. Abgesehen vom Sturm herrschte eine gespenstische Ruhe. Schliefen alle? Wie spät mochte es sein?

Zuerst zu Rosalind, die ihre nächste Nachbarin war. Dann zu den anderen. Marie setzte sich in Bewegung, was Herbert dazu veranlasste, heftig mit den Flügeln zu schlagen.

«Ruhig, ruhig», murmelte sie, sie hörte jedoch selbst, dass ihre Stimme alles andere als beruhigend klang.

«Herbert, ruhig.»

Das Huhn hörte nicht auf sie. Es zappelte, versuchte,

nach ihr zu picken, und als Marie ins Straucheln geriet, weil ein im Sturm tanzender Ast ihren Nacken streifte, kämpfte es sich aus ihrem Griff und verschwand mit einem hektischen Gackern im eiskalten Wasser.

«Herbert!

Das Huhn hörte sie nicht. Erschüttert starrte sie in die schwarzen Fluten. Der Wind rüttelte und zog an ihr, schob sie mal hier-, mal dorthin. Und das Wasser, es stieg und stieg und reichte ihr jetzt schon bis über die Knöchel.

Sie besann sich. Sie konnte jetzt nicht nach Herbert suchen, sie musste ihre Nachbarn warnen.

Vermutlich kam das Wasser von der Deichseite. Was hieß, dass es zunächst Peers Haus erreicht hatte, dann Tomtoms. Sollte sie erst dorthin? Doch was war mit Rosalind? Die Dame war über siebzig und hörte schlecht.

Marie zog den klammen Mantel eng um ihren Körper und hastete, während das Wasser gegen ihre Beine klatschte, auf Rosalinds Hütte zu. Als sie ihre Hand auf das grün lackierte Gartentor legte, über dem sich im Sommer die Rosen rankten, riss die Wolkendecke auf. Silbrig-mattes Licht ergoss sich über Wellblechdächer, Schuppen und Schornsteine. Ihr stockte der Atem. Wasser, wohin sie blickte. Es schlängelte sich zwischen den Hauswänden hindurch, ließ Bretter und Müll auf seiner Oberfläche tanzen, strömte über Sträucher und Hühnerverschläge, aus denen sie ängstliches Gackern zu hören glaubte, doch vielleicht bildete sie es sich nur ein. Für einen kurzen Moment schien die Zeit stillzustehen. Dann, als sei nichts gewesen, schloss sich der Spalt in den Wolken. Nur Schneetreiben blieb noch und ein dumpfes, beängstigendes Grollen.

Sie hatte das Gefühl, durch einen Tunnel zu rasen, hörte sich keuchen und etwas sagen und wusste selbst nicht, was und zu wem. Heftig atmend rannte sie durch den wassergetränkten Vorgarten und schlug mit der flachen Hand gegen die Tür.

«Aufwachen, Rosalind, wach auf!»

Im Dröhnen des Sturms verblasste ihre Stimme. Eine Böe packte sie und drängte sie von Rosalinds Haus fort, doch sie kämpfte sich wieder zurück.

«Rosalind!»

So laut war das Brausen, dass die alte Dame sie unmöglich hören konnte. Verzweifelt hämmerte sie gegen das altersschwache Holz und rüttelte an der Klinke, obwohl sie doch wusste, dass Rosalind nachts die Tür verschloss.

«Ja?», glaubte sie nach unendlich lang erscheinender Zeit endlich eine ängstliche Stimme aus dem Innern zu hören.

«Ich bin es, Marie. Komm raus, Rosalind! Die Siedlung steht unter Wasser.»

Inständig hoffte sie, dass die alte Dame nicht wieder einschlief.

«Rosalind, beeil dich!»

Sie presste das Ohr gegen die Tür, konnte jedoch nicht ausmachen, ob sich im Haus jemand bewegte. Marie begann mit den Fäusten dagegen zu trommeln und rief, bis ihre Stimme wegkippte.

Ein gewaltiges tiefes Raunen ertönte, dann legte sich

eine plötzliche atemberaubende Stille über die Siedlung. Marie hielt die Luft an. Sie hörte nichts als das Rauschen ihres Blutes. Das Ächzen ging in ohrenbetäubendes Knarren über. Mit Tränen in den Augen wandte sie sich um und rannte los, ohne noch einen Blick zurückzuwerfen.

Die Strecke zu Peer kannte sie im Schlaf. Als sie an Kristins Hütte vorüberkam, hielt sie inne, lief zurück und stieß, ohne zu klopfen, die Tür auf.

«Aufstehen, alle aufstehen!»

«Was? Wie?», hörte sie eine müde Stimme. Drinnen war es nicht viel wärmer als draußen bei ihr. Und es war dunkel und roch nach warmer Milch.

«Die Flut, Kristin, los, steht auf!»

Kristin begriff schnell. Marie hörte sie die Kinder und ihren Ehemann wecken und war schon wieder aus der Tür heraus. Im Wasser trieb etwas Dunkles an ihr vorüber. Sie griff danach und zog einen Ast aus den Fluten, mit dem sie gegen alles schlug, an dem sie vorbeikam, den Laternenpfahl, Zäune, Laternen, die schwankend vorübertrieben. Dabei schrie sie, bis ihr klar wurde, dass sie auf diese Weise zu viel Kraft verlor. Ihr war heiß und eiskalt. Ihr Körper schien von allein vorwärtszukommen, traf seine eigenen Entscheidungen, doch sie spürte, wie die Erschöpfung schon durch sie hindurchkroch, wie ihr Atem keuchender wurde und ihre Rippen zu schmerzen begann, sobald sich nur ihr Brustkorb hob.

Kaum hörbar erklangen von irgendwoher Rufe. Dann Sirenen, die stetig näher kamen.

«Aufwachen!», glaubte sie eine Männerstimme in der Ferne schreien zu hören. «Die Flut kommt!»

Nichts als Schneeflocken und Regen konnte Marie erkennen, Wasser, Schutt, der an ihr vorüberhüpfte wie ein Borkenschiffchen. Sie hörte ihren eigenen Atem, laut und zischend, manchmal abgehackt. Keuchend blieb sie stehen und versuchte, sich zu sammeln.

«Achtung!», ertönte hinter ihr ein gellender Schrei.

Das Krachen klang, als wenn sich ein gefangener Riese mit einem wilden Schrei befreite. Gerade noch rechtzeitig wandte Marie den Blick, um Unmengen von Zweigen auf sich zukommen zu sehen. Mit letzter Kraft hechtete sie zur Seite. Als sie sich wieder aufrichtete, sah sie, dass das Haus fort war, vor dem sie gestanden hatte. Peers Wände, Peers Dach, eingestürzt und zermalmt unter der Buche, die ihnen im Sommer Schatten gespendet und deren Eckern sie in harten Wintern zu Mehl gemahlen hatten.

Sie presste die Lippen aufeinander, stolperte auf die Reste von Peers Behausung zu, fand nichts. Kein silberner Haarschopf. Keine gedrungene Gestalt. Kein Friesennerz, nicht einmal eine Torfpfeife.

Aus den Augenwinkeln nahm sie eine Bewegung wahr. Zwei Erwachsene mit einem Kind hasteten an ihr vorüber, so gut es die Wassermengen zuließen. Mittlerweile versanken sie bis über die Knie in den Fluten.

«Wir müssen über den Kanal!», schrie der Mann.

Doch wer über den Kanal wollte, musste am Deich entlang. Marie winkte, es kostete sie enorme Kraft. Ihre Stimme war kaum zu hören, als sie rief: «Nicht da lang, bleibt weg vom Deich!»

Die drei hörten sie nicht. Schon waren sie verschluckt von der Dunkelheit und dem Schneetreiben. Ein umgekippter Kinderwagen streifte sie, verfing sich in den Zweigen der Buche und schaukelte dann weiter, getrieben von einer unsichtbaren, unermüdlichen Kraft. Wieder erklang ein ohrenbetäubendes Dröhnen, das ihr bis ins Mark fuhr, das zu einem Knirschen, dann einem Grollen wurde.

Und dann krachte es erneut, und das Geräusch war so gewaltig, so schrill, so bedrohlich, dass sich Marie unwillkürlich die Hände auf die Ohren presste. Aus weit aufgerissenen Augen starrte sie in die Finsternis. Da sah sie, wie der Deich sich teilte, rechts verschwand, links verschwand, und das Wasser kam, jetzt kam es wirklich. Eine Welle umschlang sie, hob sie vom Boden und zog sie mit sich. Den Kopf unter Wasser, wurde sie herumgeschleudert, bekam etwas zu fassen. Aber es gelang ihr nicht, sich festzuhalten. Sie kreiselte rechts und links herum, ihr Haar streifte über Erde, sie ertastete Boden, dann war er wieder fort. Ihre Lunge schien zu bersten. Doch sie brachte Schwimmbewegungen zustande, sie zappelte und stieß das Wasser mit den Beinen zurück und erreichte, spuckend und nach Atem ringend, die Oberfläche.

Wo war sie? Ihr Bein stieß gegen etwas, doch ihr fehlte die Kraft, den Schmerz zu spüren. Ein Schatten flog auf sie zu, dem sie im letzten Augenblick ausweichen konnte. Ein ... Schornstein?

Erneut ergriff sie von hinten eine gewaltige Woge und hob sie an. Sie versuchte, die Orientierung wiederzuerlangen. Luftblasen glitten vorüber. Schemenhaft sah sie etwas – Menschen? Würgend, den Mund voll Salzwasser, tauchte sie auf. Lauter hörte sie nun Schreie und wusste nicht, woher sie kamen. Von vorn, von hinten? Wo befand sich der Klütjenfelder Damm? Wo war die Familie, die zum Deich gelaufen war?

Sirenen, Dröhnen, Schreie, voller Verzweiflung. Als die Wolkendecke wieder aufriss, erblickte Marie in nicht allzu weiter Entfernung Häuser, große, rettende vierstöckige Häuser. Erneut raste etwas Dunkles auf sie zu.

Plötzlich fühlte sie nichts mehr.

Frieda

Stoltebüll, Provinz Schleswig-Holstein
19. Mai 1910, in den frühen Morgenstunden

Das runzlige Wesen, das ihr die Hebamme gewaschen und in weißes Tuch eingehüllt in die Arme legte, wirkte wie aus weiter Ferne zu ihr gekommen. Die Haut war bleich und faltig, die Augen zusammengekniffen, und auf dem Kopf, der rechts oben ein wenig eingedellt war, wuchs krauses Haar, das im flackernden Licht der Gaslampe nachtschwarz wirkte. Behutsam fuhr Frieda mit der Spitze ihres Zeigefingers darüber. Ein kaum wahrnehmbares Zittern ging durch den warmen Körper.

Frieda lehnte sich in den Kissen zurück und schloss die Augen, öffnet sie jedoch sofort wieder, als sie auf der Stiege das Getrappel zahlreicher Füße hörte. Sie glaubte das niemals leise Flüstern der Köchin zu hören. Martha, das Dienstmädchen, antwortete ihr nicht minder lautstark.

«... einen großartigen Tag ausgesucht, um auf die Welt zu kommen», drang durch die poröse Holztür hindurch. «Wo doch gleich die Welt untergeht!»

Die Zeitungen schrieben seit Wochen darüber. Es gab unzählige Leute, die sich zur Sicherheit schon im Vorhinein umgebracht hatten, andere wiederum vertrauten inniglich auf Gott, während Frieda auf modernere Hilfsmittel setzte und sich eine Dose Kometenpillen und zwei Gasmasken besorgt hatte. Die eine für sie, die andere für das Kind. Und die Hebamme? Hätte sie nicht auch für sie Schutz kaufen müssen, ebenso wie für Werner, der von dem Niedergang allen Lebens auf der Erde allerdings sowieso nichts wissen wollte?

Sie senkte erneut den Kopf und betrachtete das runzlige Gesicht. Sie selbst fühlte sich mit einem Mal unendlich alt. Vielleicht auch, weil sie tief in sich nicht nur Erschöpfung verspürte, sondern auch Angst. Nicht vor dem Kometen, der sie alle dahinmetzeln sollte mit seiner todbringenden Säure, sondern vor dem Ausdruck im Gesicht des Mannes, den sie liebte. Was würde Werner empfinden, wenn er hereinkam? Er, dessen Augen so sanft blicken konnten, so hungrig manchmal und voll Sehnsucht und in dessen Augen sie bei ihrer ersten Begegnung geglaubt hatte, sich selbst zu entdecken?

Alles hatte er sich zurechtgelegt für diesen herrlichen Tag, an dem, nach fruchtlosen Jahren, der Stammhalter das Licht der Welt erblickte. Lort Joke Ferdinand von Tieck, ein Name, der nicht bloß dezent andeutete, dass in seinen Schuhen der künftige Gutsbesitzer und Herr über das Dorf Stoltebüll wandelte, nein, er rief es einem geradezu entgegen. Frieda fand es ein *bisschen* zu viel, aber als sie das andeutete, hatte Werner sie nur reglos angestarrt.

Unruhig blickte sie nun zum Fenster, hinter dem tiefe Nacht war. Aus dem Hof drangen dumpfe Stimmen herauf. Das Gesinde wollte keinesfalls im Schlaf von Gevatter Tod überrascht werden. Seltsam, dachte Frieda, dass zu diesem Zeitpunkt wohl fast die ganze Welt auf den Beinen war, egal, ob die Sonne schien oder der Mond. Nirgends, vielleicht nicht einmal im Dschungel, schlummerten die Leute selig, sie alle standen da, den Kopf in den Nacken gelegt, und hielten aufgeregt die Luft an. Verband so ein Ereignis die Menschen miteinander, die sich sonst fremd waren?

«Und jetzt bist auch du hier», flüsterte sie dem kleinen unbekannten Wesen in ihren Armen zu, das die Stirn noch etwas weiter knautschte und mit seinem kleinen entzückenden Mund gähnte. Die Lippen hatten die Farbe von reifen Himbeeren, ganz wie Friedas. Ansonsten sah ihre Tochter ihr nicht besonders ähnlich. Friedas Gesicht war länglich geschnitten, sie hatte weit auseinanderstehende hellblaue Augen, die intelligent dreinblickten, so hatte es einmal ein Verehrer beschrieben, aber stets ein wenig benebelt. Benebelt, was sollte man damit anfangen?

Nun, ob ihre Tochter ähnlich die Welt betrachtete, ließ sich unmöglich sagen – seit sie in ein Tuch aus weißer Baumwolle gewickelt in ihre Arme gelegt worden war, hielt sie die Lider zusammengepresst, als wolle sie weder ihre Mutter noch das Leben, das nun ihres würde, einer genaueren Untersuchung unterziehen.

Als auf der Stiege die schweren Schritte ihres Mannes ertönten, schlug Friedas Herz schneller. Mittlerweile war es still im Hof geworden. Sicher starrten alle in den silbrig werdenden Himmel. Werner hingegen hatte das Turmzimmer erreicht. Er klopfte und trat ein. Auch nach zehn Jahren, die sie nun schon verheiratet waren, empfand sie jedes Mal eine fast heilig zu nennende Ehrfurcht, wenn sie ihn sah. Er war hochgewachsen und sah in dem schmal geschnittenen Anzug so herrschaftlich aus, wie man es von einem Gutsherrn erwartete. Der Stehkragen seines Hemdes leuchtete in brillantem Weiß, die Weste darüber passte wie angegossen, und nicht einmal auf seinen Lederschuhen fand sich das kleinste bisschen Dreck. Als sie ihm das erste Mal begegnet war, hatten sie vor allem seine breiten Schultern beeindruckt, beim zweiten Treffen sein einnehmendes Lächeln. Das Schönste aber waren seine Augen. Von einem schokoladigen Braun, fröhlich funkelnd, als gehöre ihm die Welt.

«Es ist so weit?», fragte Werner und strich sich mit einer charmanten Geste das Haar aus der hohen Stirn. Wie gern würde sie aufstehen und ihm mit einem Kuss den Mund verschließen, in sein Ohr murmeln, alles sei gut, wie es sei, er müsse sich keine Sorgen machen, ein Junge werde sicher auch noch kommen …

«Ja», antwortete die Hebamme statt ihrer. «Es ist ein Mädchen.»

Stumm sah er Frieda an, in seinen Augen war keinerlei Regung zu entdecken. Hatte er die Worte der Hebamme gar nicht gehört?

«Möchtest du sie halten?», fragte Frieda. Ihre Stimme klang rau und ängstlich. Sie wusste, dass ihn dieser Tonfall verstörte, dass ihm dann die Nerven durchgingen, dass er nicht wusste, was er tat, wenn er sie so hörte, und doch kam sie nicht dagegen an. Ihre Stimme, sie gehorchte ihr nicht. So wie seine Hand nicht ihm gehorchte.

Alles in ihr war mit einem Mal wie eingefroren. Nur ihren Herzschlag hörte sie, dumpf und schnell wie den einer Maus.

Er presste die Lippen zusammen. Sie sah, wie er verstohlen zur Hebamme blickte, sich zusammenriss, nur die Faust ballte, den Kopf schüttelte, so etwas wie ein Lächeln auf sein Gesicht klebte und sich umwandte.

Die Tür krachte ins Schloss. Seine Schritte hingegen klangen leise und kontrolliert und verloren sich auf der Treppe.

Eine Träne tropfte auf das kleine runzlige Kindergesicht. Draußen ertönte ein Knall. Nachdem die Hebamme zum Fenster geeilt und sich hinausgelehnt hatte, um das Gesinde zur Ordnung zu rufen, wandte sie sich kopfschüttelnd um.

«Sie wollen dem Teufel mit der Peitsche entgegen», sagte sie. «Dummes Volk.»

«Los, los!», hörte Frieda die Stimme ihres Mannes, die nun aus dem Hof zum Fenster hinaufwehte. «Immer her mit dem Weltuntergang!»

Normalerweise mischte er sich nicht unter die einfachen Leute, die für sie arbeiteten; das tat nur Frieda, die gern in der Küche saß und den Mädchen beim *Sludern* zuhörte. Erneut erklang ein Peitschenknall. Hektisch zog die Hebamme die Vorhänge vor.

Die Kleine öffnete ihre Augen. Nie zuvor hatte Frieda in ein so strahlendes Blau geblickt. Ihr Herz zog sich zusammen, und alle Furcht verschwand von einem Moment zum nächsten.

«Das war ja mal ein Knall, wie?», flüsterte sie. «Aber

wenn du hier bist, kann die Welt gar nicht untergehen. Und weißt du, wie du heißt? Helly. Fast wie der Komet.»

2

Hamburg-Wilhelmsburg
Nacht auf Samstag, 17. Februar 1962

Gebäude, die aus unscharfen Umrissen bestanden, zogen an ihr vorbei. Davor ein umgekipptes Auto, das in vollkommener Stille auf dem Wasser vorüberglitt. Luftblasen. Wasser. Wieder Schwärze.

«Was …?», murmelte Marie, viel mehr als ein Gurgeln kam jedoch nicht aus ihrem Mund, sie schmeckte Salz in der Nase und würgte.

Jemand hatte sie sich über die Schulter gelegt, sodass ihr Haar durchs Wasser schleifte. Sie sah die Welt verkehrt herum, versuchte, dennoch etwas zu erkennen und sich aufzurichten, doch ihr fehlte die Kraft. Der Kopf pochte. Hart schlugen ihre Zähne aufeinander. Ihre Gedanken schienen sich aufzulösen, bevor sie Gestalt annahmen. Sie sah Farben, ein helles Sonnengelb aus ihrer Erinnerung, hörte Lachen und die Stimme ihrer Mutter, die kichernd nach ihr rief.

Klaviermusik. Klaras wunderschön tiefe Stimme. Marie, die auf ihre Kinderknie herabsah, zerkratzt und schmutzig, auf ihre Füße, die in hellroten Riemchensandalen steckten. Starb sie jetzt, auf der Schulter eines Mannes, den sie nicht kannte? Wieso hörte sie ihre Mutter so dicht an ihrem Ohr, dass sie ihren Atem zu spüren glaubte? Und wieso sehnte sie sich plötzlich so sehr nach ihr?

Wieder Schwärze. Wärme wich Kälte. Als Marie erneut zu sich kam, befand sie sich an einem Ort, an dem kein scharfer Wind mehr fegte. Still war es, trocken und leidlich warm. Sie öffnete die Augen und sah einen Dachstuhl, in dem zusammengekauert noch fünf oder sechs weitere Menschen hockten. Schneeflocken rieselten durch Risse im Gebälk und schmolzen, kaum hatten sie den Boden erreicht. Jemand hatte eine Kerze angezündet, deren unruhiges Flackern Schatten auf die Gesichter warf.

Ruckartig setzte sich Marie auf und stieß mit dem Hinterkopf gegen einen Holzbalken. Vor Schmerz zuckte sie zusammen.

«Immer schön langsam», sagte ein Mann neben ihr mit beruhigender Stimme. Sie hatte ihn noch nie gesehen, aus der *Alten Landesgrenze* war er offenbar nicht.

Seine Kleidung war so nass wie ihre, sie beide saßen in nur langsam versickernden Wasserlachen. Nachdem er den Mund wieder geschlossen hatte, hörte sie ihn mit den Zähnen klappern. Ihnen gegenüber saß zusammengekauert eine alte Frau, deren Gesicht runzlig war und voll von Schorf. Sie kroch auf allen vieren zu ihr hinüber und starrte sie aus nächster Nähe an.

«Wieder wach, ja?»

Marie nickte. Unsicher blinzelnd umfasste sie ihre Knie. Ihr war so kalt!

«Wo sind wir?», fragte sie und stellte fest, dass ihre

Stimme fremd klang. Dunkel, zittrig und heiser, als habe sie seit Menschengedenken nicht mehr gesprochen.

«In der Fährstraße.»

«Wie bin ich hergekommen?»

Niemand antwortete ihr.

«Die Siedlung», sagte sie in die Stille hinein. «Ich lebe in der Kleingartensiedlung am Spreehafen. Wissen Sie, ob von dort jemand gerettet wurde?»

Ein Schnauben war die Antwort. Langsam wandte sie den schmerzenden Kopf. Zu ihrer anderen Seite saß ein junger Mann, die Knie angezogen. Sie war sich nicht sicher, ob er den Laut von sich gegeben hatte.

«Wissen Sie etwas darüber?» Ihre Lippen waren taub.

Ruppig schüttelte er den Kopf, schluchzte auf und begann zu weinen. Marie rieb sich das Gesicht und betrachtete ihre Hände, die feuerrot und zugleich blau von der Kälte waren, verkrustet von Blut. Ob sie schlief und alles nur träumte? Doch so fühlte es sich nicht an.

Aber wie fühlte es sich an? Sie wusste es nicht. Sie wusste nur, dass die Angst an ihr nagte. Was war mit Peer geschehen? Sein Haus ... Sie schüttelte den Kopf, doch so ließ sich der Gedanke nicht daraus vertreiben, stattdessen durchzuckte sie ein stechender Schmerz, der von der Schläfe bis zu ihrem Mundwinkel zog.

«Wo geht es raus?», fragte sie heiser. Nur weg von hier. Zur Siedlung. Um nachzusehen, was heil geblieben war.

Die alte Frau schüttelte den Kopf. «Nirgends, wenn du nicht lebensmüde bist. Das Wasser stand bis weit in den ersten Stock, als ich rein bin. Wir müssen warten, bis uns jemand holt.»

Erschüttert starrte Marie sie an. Dann schüttelte sie erneut den Kopf. «Es muss einen Weg geben!»

«Spring vom Dach, wenn dir danach ist», murmelte der junge Mann neben ihr.

Die alte Frau gab ein Zischen von sich.

«Durch die Tür kommst du ins Treppenhaus», wandte sie sich wieder an Marie und deutete mit dem Daumen auf die niedrige Holztür, die in die Wand zur Linken eingelassen war, «aber ab da ist Schluss. Zur Haustür geht's weder raus noch rein. Nur durch die Fenster. Ich hab ein kaputtes gefunden und die anderen auch. Aber wenn du das Haus verlässt, wenn du wirklich schwimmen gehen willst, bist du auf dich allein gestellt. Niemand hat mir helfen wollen. Wo ich geklopft hab, haben sie getan, als sei niemand da.»

Kristin, schoss es Marie durch den Kopf. Hatte ihre Familie irgendwo Zuflucht gefunden, oder waren sie noch da draußen? Und was war mit Peer, mit Tomtom? Sie biss sich auf die Unterlippe und versuchte, nicht zu weinen, doch ihr Schluchzen ließ sich nicht lange unterdrücken. Niemand störte sich daran, jeder war damit beschäftigt, in sein eigenes Inneres zu blicken.

Nach einer Weile fing sie sich wieder. Sie hatte schon vieles erlebt, sie hatte nie einen Vater gehabt und ihre Mutter verloren, und sie hatte es geschafft, sich mit einer Adoptivmutter wie Erna so weit zu vertragen, dass sie gemeinsam am Abendbrottisch sitzen konnten, ohne einander an die Gurgel zu gehen. Sie würde auch diesen Dachboden verlassen. Und sie würde ihre Nachbarn und Freunde wiederfinden.

Als ihr Blick das Gesicht des älteren Mannes streifte, beugte sie sich vor. «Haben Sie mich hergebracht?»

Er nickte.

«Danke.»

Er nickte erneut.

Sie waren zu siebt, zählte sie. Der weinende junge Mann neben ihr, zwei Kinder, die sich mit schreckerfüllten Gesichtern an ihre Mutter drängten, der Herr, die alte Frau und sie.

«Weiß von Ihnen jemand, wie spät es ist?»

Ihr Mund schmerzte, wenn sie sprach. Zaghaft tastete sie nach der Haut um ihre Lippen, die sich verkrustet und geschwollen anfühlte.

«Manchmal werden die Schreie lauter, dann leiser», sagte die alte Frau nach einem kurzen Moment des Zögerns, als wenn das einen Hinweis auf die Uhrzeit gäbe. «Ob jemand kommt, uns zu retten?»

Der junge Mann gab ein Schnauben von sich, das nur bedeuten konnte, er glaube nicht daran.

Mit eingezogenem Kopf kroch Marie zu einem handbreiten Spalt im Dach, durch den ihr Schneeflocken ins Gesicht rieselten. Sie drückte die Stirn gegen das Holz und versuchte auszumachen, wie es dahinter aussah, aber da war nur Grau. Am Horizont dämmerte es. Weiße Wölkchen stiegen aus ihrem Mund auf, ihre Stirn wurde eisig kalt. Nachdem sie länger hinausgeblickt hatte, glaubte sie, ihre Umgebung besser erkennen zu können. Dunkel die Straßen, dunkel die Häuser. Doch Moment. Was sie sah, war kein Pflasterstein. Und die dunklen Zweige, die sich im Wind bogen, keine Sträucher. Das Wasser stand tatsächlich bis zu den Fenstern. Was sie für Sträucher gehalten hatte, waren Baumkronen.

Maries Brust fühlte sich eng an. Innerhalb einer Nacht war die Welt zu einem schrecklichen Ort geworden.

«Setz dich, Mädchen. Wir müssen warten, anders geht es nicht.» Es war die alte Frau, die erneut das Wort ergriffen hatte. Marie nickte und kehrte an ihren Platz zurück, legte behutsam die Stirn auf ihre Knie und schloss die Augen. Doch in der Dunkelheit sah sie nichts als schreckliche Bilder. Die Buche, die auf Peers winziges Haus niederkrachte. Schwarzes Wasser, das durch den geborstenen Deich hindurchquoll. Nach einer Weile schlief sie dennoch ein, erwachte ruckartig und sah sich um, dann entschlummerte sie wieder in eine mattschwarze Dunkelheit. Manchmal glaubte sie Rufe zu hören. Davon abgesehen erklang bloß das Rauschen des Windes, das sich mal abschwächte, dann wieder Fahrt aufnahm. Kein Vogel zwitscherte. Keine Straßenbahn glitt surrend durch die Straßen, kein Motor brummte. Doch plötzlich wurden Schritte laut und Stimmen, die etwas riefen.

Hastig richtete sie sich auf. Auch die anderen waren mit einem Mal hellwach.

«Ist da wer?», rief die alte Frau mit vor Kälte zitternder Stimme. «Hallo, ist da jemand?»

In weißnebligen Wolken stieg ihr Atem zum Giebel auf.

Marie robbte zu der niedrigen Holztür und zog sie auf. Im Treppenhaus war das Trappeln von Schritten zu hören. Schon war sie umringt von der alten Frau und der Mutter samt ihren Kindern. Gespannt und mit einem

Funken Hoffnung in den Gesichtern begannen sie zu rufen, so laut sie konnten. Eine Männerstimme antwortete, Poltern war zu hören. Als im Dunkeln ein Kopf sichtbar wurde, wurde Marie schwindelig vor Erleichterung.

Drei Männer rannten die Stufen hinauf. Sie trugen Soldatenuniformen.

«Erst die Kinder», rief der eine.

Marie war die Letzte, die die schmale Stiege hinunterkletterte. Sie hatte wacklige Beine und sah, dass auch ihre Hände zitterten, dabei spürte sie die Kälte längst nicht mehr.

«Kommen Sie, eilen Sie sich!»

Marie nickte. Sie hatte das Gefühl, nicht mehr sie selbst zu sein, während sie von Stufe zu Stufe stolperte. Ihre Mantelschöße wippten, und da waren ihre Knie, rot und geschwollen, die Strumpfhose zerrissen, doch ihr schien, als renne jemand anderes dem Soldaten hinterher. Noch eine Treppe und eine weitere. Dann waren sie im ersten Stock, nahm sie an. Der Soldat scheuchte sie in eine Wohnung, deren Teppich sich mit Wasser vollgesogen hatte. Die Fenster waren aufgerissen. Auf dem Wasser ein wenig unterhalb des Fensterbretts wippte ein schwarzes Schlauchboot.

Die Menschen, mit denen sie die Nacht auf dem Dachboden verbracht hatte, hatten mit eingezogenen Köpfen Platz genommen, auch zwei der Soldaten saßen schon darin und blickten Marie abwartend an. Ohne lange zu zögern, schwang sie sich aufs Fensterbrett und ließ sich nach unten fallen. Das Boot schwankte gefährlich, die Kinder schrien erschrocken auf. Kaum war sie zwischen der alten Frau und ihrem Retter zusammengesunken, kletterte der Soldat hinzu, der hinter ihr gewesen war, und seine beiden Kameraden begannen aus Leibeskräften zu paddeln.

Maries Augen füllten sich mit Tränen, als sie ihre Umgebung betrachtete. Dies war nicht das Wilhelmsburg, das sie kannte, sie könnte nicht einmal mit Sicherheit sagen, wo sie sich befanden. Fremd sahen die Häuser aus, wie sie als leere dunkle Hüllen aus dem Wasser ragten. Auf einer gefrorenen Wiese machten sich Krähen über etwas her, das einmal ein Tier gewesen war. Das Licht war gräulich, alles wirkte wie gepudert; nicht einmal die Wasseroberfläche reflektierte.

Von einem Dachgiebel, unter dem sie schweigend vorüberglitten, winkte eine Gruppe Menschen mit den Armen und schrie.

«Wir kommen zurück!», rief ihnen einer der Soldaten zu.

Ob sie ihn verstanden? Wie dünne Fetzen wehten ihre Rufe hinüber. Wieder ein Kinderwagen, der vorüberschaukelte. Schutt und Zaunpfähle, abgebrochene Äste, einer mit einem alten Vogelnest darin. In der Ferne entdeckte sie einen Deich, auch dieser war gebrochen. Eine tiefe schwarze Wunde klaffte darin; mit kreuz und quer abstehenden Streben des auseinandergerissenen Stahlzaunes.

Nach einer Weile tauchte ein Kirchturm aus dem grauen Nichts auf. Marie setzte sich auf und schwankte hin und her, bibbernd und zähneklappernd, während die Soldaten geschickt durch die Gartenpforte steuerten.

Die Kirchentür wurde aufgestemmt, sie sah den Pastor auf den Treppenabsatz treten. Einer der Männer warf ihm ein Seil zu. Dann waren sie an Land. Eilig legte man ihr und den anderen Decken um die Schultern, jemand ergriff sie am Arm, sagte etwas und lotste sie ins Innere. Als sie sich umdrehte, um ihren Rettern zu danken, hatten sie ihr schon wieder den Rücken zugewandt und waren beinahe bei der Straße angelangt.

In der Kirche war es fast so kalt wie draußen. Bleich und übermüdet, mit nassem Haar und nassen Kleidern, saßen die Menschen dicht an dicht. Maries Herz klopfte zu schnell und schmerzhaft, während sie von einer Bankreihe zur nächsten lief. Sie blickte in jedes Gesicht. Doch Kristin war nicht hier, Tomtom nicht, und auch Peer war nirgends zu sehen.

Sie fühlte sich so erschöpft, als habe jemand auch den letzten Funken an Kraft aus ihr herausgesogen. Zitternd ließ sie sich auf einen freien Platz sinken und legte die Stirn auf die Lehne der Vorderbank.

Marie wusste nicht, wie viel Zeit vergangen war, bis sie ihre Fingerspitzen wieder zu spüren begann, ihre Füße und Knie. Mit all den anderen hatte sie in der Kirche ausgeharrt; immer mehr und mehr Menschen waren hinzugekommen, Frierende und Weinende, die ihre Kinder verloren hatten, Kinder, die nicht wussten, wo Mutter und Vater waren. In Hubschraubern wurden Bottiche mit heißer Erbsensuppe herangeflogen und von den Soldaten der Bundeswehr verteilt.

Jedes Mal wenn sich die schwere Kirchentür öffnete,

hob Marie voll Hoffnung den Kopf. Bei jedem, der hinzukam und den sie nicht kannte, empfand sie Enttäuschung und schämte sich dafür.

Eine düstere Nacht folgte, darauf ein kalter, nebliger Sonntagmorgen. Am Vormittag trat sie auf den Treppenabsatz und starrte auf die Landschaft, die wirkte, als sei die Welt untergegangen. Immer noch stand das Wasser rund um den Hügel, auf dem sich die Kirche befand, wenngleich das meiste abgeflossen war. Marie hatte sich zu Fuß aufmachen wollen, um zu ihrer Siedlung zurückzukehren, war aber schon nach wenigen Metern zur Umkehr gezwungen worden. Die Straße war ein einziger Krater, in dem sich schlammiges Wasser sammelte. Sich hindurchzuwagen, war blanker Irrsinn. So verkroch sie sich wieder in der Kirche, versuchte zu schlafen, saß jedoch nur mit unruhig trippelnden Füßen da, bis ihr klar wurde, dass sie die Umsitzenden störte.

Gegen Mittag brachte man eine Gruppe nach der anderen mit Sturmbooten der Bundeswehr fort. Nicht nach Wilhelmsburg, wie man ihr knapp sagte, sondern nach Neugraben. Eine gute Stunde später saß Marie in dem Klassenraum einer Schule auf einem feuchten, kratzigen Strohballen und hatte das Gefühl, ihr platze der Kopf. Die Luft war leidlich warm und roch nach Tafelkreide. Leise wurden Fragen ausgetauscht, auf die niemand eine Antwort wusste.

«Woher kommen Sie?», wandte sie sich an die Frau, die reglos neben ihr auf einem Strohhaufen gelegen hatte, sich nun aber aufrichtete und ihr Haar zu glätten versuchte.

«Aus der Mokrystraße. Ich wohne ... habe im Parterre gewohnt», flüsterte sie und wandte das Gesicht ab, um sich verhalten zu schnäuzen.

Da sie nicht weiterredete, wandte Marie den Blick zum Fenster, an dem vor einem weißgrauen Nebel Schneeflocken herabschwebten.

War es nicht einfach unglaublich, dass nun alles anders war als noch vor zwei Tagen? Zu dieser Stunde hatte sie am Freitagnachmittag Frau von Boyen getröstet. Und dann war sie zu Fräulein Körber zitiert worden. Eine Woche ohne Arbeit, ohne Lohn. Wie scheußlich ihr allein die Vorstellung erschienen war ... Und nun? Nun war alles nichtig, so winzig wie eine Laus im Vergleich mit einem Elefanten.

Vor zwei Tagen war sie noch eine fröhliche junge Frau gewesen, die es nicht immer leichtgehabt hatte, doch der nie der Glaube daran flöten gegangen war, dass schon alles gut würde. Daran, dass die Dinge manchmal ungemütlich waren, manches Mal auch zu traurig, um sie ertragen zu können, doch dass letztlich die Welt, in der sie lebte, ein schöner Ort war, ein Ort des Lachens und der Hoffnung.

Jetzt erschien sie ihr düster. Schniefend zog sie die Nase hoch. Sie dachte an ihre Mutter, die zu früh von ihr gegangen war, um ihr mit Ratschlägen aushelfen zu können. So hatte sich Marie als kleines Mädchen ihre eigenen gebastelt, Leitsätze, die ihr stets weitergeholfen hatten.

Trag die Nase immer so hoch, dass sie die Spitze einer Sonnenblume berührt, war der eine. Ein anderer: *Wenn du weinen willst, frag dich, ob deine Tränen nicht wenigstens nach Bonbons schmecken können.*

Sie stand auf und ging vorsichtig, um nicht versehentlich über einen der dicht an dicht Liegenden zu stolpern, zur Tür.

Die Schulflure waren lang, schmal und verlassen. Weißgraues Licht sickerte durch die Fenster. Überall war es still, obwohl auch die anderen Räume so vollgestopft waren wie der, den sie eben verlassen hatte. Nur hin und wieder hörte sie Husten oder ein Räuspern. In jedes Zimmer blickte sie, suchte nach blondem Haar und nach dem schütteren Weiß Peers, das sie genauso wenig entdeckte wie Rosalinds Locken, die so weich und dünn waren wie der Flaum junger Enten.

Am Ende des Flurs machte sie kehrt. Ihre Stirn pochte dumpf, und ihr war übel. Angeblich gab es in weiten Teilen der Stadt keinen Strom, kein Telefon, keine funktionierende U-Bahn, keine Straßen- oder S-Bahn. Das hatte sie von den Soldaten aufgeschnappt. Aber Tote, hieß es, viele. Marie schloss die Augen und zwang sich, ruhig und tief einzuatmen.

Tränen, die nach Bonbons schmeckten, hatte sie keine, ihre waren salzig, dennoch tat es gut zu weinen, auch wenn sie das in den zurückliegenden zwei Tagen weit häufiger getan hatte als sonst.

Außer dem nicht nachlassen wollenden Wind, dem Regen, der gegen die Fensterscheiben klatschte, und dem Rattern der Hubschrauber, das in unregelmäßigen Abständen zu hören war, regte sich draußen nichts. Doch auf dem weiten Flur erklangen entschlossene Schritte, die von einem Mann mit einem Klemmbrett verursacht wurden.

Marie hob den Kopf. «Wie komme ich nach Wilhelmsburg?»

Verblüfft musterte er sie. «Was wollen Sie da?»

«Ich kann helfen. Jetzt, wo ich wieder bei Kräften bin.»

Sein Blick, zunächst spöttisch, wurde milder. «Sehen Sie sich doch mal im Spiegel an, Verehrteste.»

Ungläubig runzelte sie die Stirn, die schlagartig wieder stechend zu schmerzen begann. Warum sollte sie sich im Spiegel betrachten?

«Außerdem gibt's keinen Weg nach Wilhelmsburg», fügte er widerstrebend hinzu. «Nicht von hier, nicht mal nach Hamburg rein. Wir sitzen fest. Alle Brücken sind überflutet, die Schienen sieht man nicht mal mehr. Umgestürzte Lokomotiven. Seien Sie froh, dass Sie hier sind.»

«Ich will aber nicht hier sein», sagte sie. «Ich will zurück.»

Er starrte sie an, als sei sie von allen guten Geistern verlassen.

«Wo sind die Überschwemmungen?», fragte sie weiter. «Außer in Wilhelmsburg, meine ich?»

«Stade, Kollmar, alle getroffen.»

«Und Rübke?» Ihr Herz schlug schneller.

Ratlos schüttelt er den Kopf.

«Ein Dorf im Alten Land», erklärte sie.

Rübke, wo ihr Adoptivvater noch immer lebte, lag nicht direkt an der Elbe, was sie Hoffnung schöpfen ließ.

Doch der Herr sah sie bedauernd an. «Das Alte Land steht mehr oder weniger komplett unter Wasser, soweit ich weiß.»

Ungläubig starrte sie ihn an. Heinrich ... Seit Ernas

Tod hatten sie wieder mehr Kontakt zueinander, wenngleich das Haus, in dem seine Frau und er Marie einst aufgenommen hatte, viele unliebsame Erinnerungen barg. Heinrich schien ihr nachzutragen, dass sie ihn nicht häufiger besuchte, was sie bestenfalls von seinem Gesicht ablesen konnte, das dann noch verschlossener wirkte. Doch auch wenn sie sich selten sahen, wusste Marie, dass er das Herz am rechten Fleck trug, sosehr er das auch hinter seiner ruppigen Fassade zu verbergen versuchte.

Was, wenn er die Flut nicht überlebt hatte? Was, wenn der Hof überschwemmt worden war, auf dem im Frühjahr Tausende hellrosa Apfelblüten erstrahlten, und ihr wortkarger brummiger Adoptivvater dem nichts hatte entgegensetzen können?

«Kann ich im Ort telefonieren?», fragte sie heiser.

«Alles zusammengebrochen. Es tut mir leid, junge Frau, Sie können derzeit rein gar nichts tun.»

Zum Abendessen gab es Graubrot mit Margarine und einer dünnen Schicht Schmelzkäse. Jemand hatte ihr etwas zum Anziehen ausgehändigt, ein Kittelkleid, das ihr zu klein war, und eine dicke Strumpfhose, die bei jeder Bewegung auf der Haut kratzte. Den Trenchcoat und ihre andere Kleidung hatte sie neben ihrem Bett zusammengerollt. Es erschien ihr immens wichtig, sie bei sich zu wissen. Das, was sie getragen hatte, wirkte wie eine bereits verblassende Erinnerung an ihr Zuhause.

Sämtliche Leute, die aussahen, als wüssten sie, was draußen vor sich ging, hatte Marie den Nachmittag über um Informationen angebettelt.

Gab es mittlerweile Nachricht über die Geretteten? Zahlen, Namen, wo fand man Menschen, die man suchte?

Das weiß ich nicht, es tut mir leid. Schlafen Sie, ruhen Sie sich aus. Sie sehen schrecklich aus.

Es war ihr doch ganz gleich, wie sie aussah! Nachgesehen hatte sie dennoch. Das linke Auge war zugeschwollen und rotblau gefärbt, Schrammen leuchteten auf der Stirn und den Wangen. Blutkrusten am Mund, am Hals, weiter hinunter blickte sie nicht. Reglos hatte sie ihr Spiegelbild gemustert. Es war egal. Das waren nur Wunden, sie lebte.

Regen klatschte an die Fenster der Turnhalle, in der das Abendessen ausgeteilt wurde. Müde starrte Marie auf die Schlieren an den Scheiben und kämpfte gegen das Gefühl der Verzweiflung an, das sich in ihr ausbreitete.

«Gute Nachrichten», verkündete der Mann mit dem Klemmbrett, der sich neben der Tellerausgabe auf einen Stuhl gestellt hatte. Gespanntes Schweigen legte sich über den Raum. «Im ganzen Land wurde im Fernsehen und Radio dazu aufgerufen, die von der Flut betroffenen Hamburger in dieser schweren Zeit zu unterstützen. Man hat uns mit zahlreichen Hilfeleistungen versorgt. Decken, Kleidung, Nahrung; für den Abend werden die ersten Lastwagen mit Gütern aus München und Frankfurt erwartet. Ich weiß, es wird Sie wenig trösten, Tee und Kaffee zu erhalten, wenn Ihnen das Haus genommen wurde, dennoch muss ich gestehen, dass mich der Wille, denen zu helfen, die Unterstützung brauchen, rührt. Nun hat das *Hamburger Abendblatt* in seiner Morgenausgabe zudem darum gebeten, Menschen Obdach zu gewähren.»

Ein Raunen ging durch den Raum.

«Ich hoffe, Sie alle haben Verständnis dafür, dass zuerst den Kindern und deren Eltern geholfen wird. Um alle sonstig Verbliebenen kümmern wir uns im Anschluss. Ich werde nach dem Abendbrot Ihre Namen aufrufen. Bitte kommen Sie dann zügig zu mir.»

Er ließ das Klemmbrett sinken und blickte in die Runde, die langsam wieder das Essen aufnahm. Seine Miene zeigte einen Hauch von Enttäuschung. Er nickte in unbestimmte Richtung und sah sich nach einem freien Platz um.

Es überraschte Marie nicht, dass ihr Name nicht unter jenen war, die aufgerufen wurden. Es war ihr ganz gleich, wo sie untergebracht war, wenn sie nur nicht hier festsitzen musste! Doch als sie, nachdem auch der Letzte die Turnhalle verlassen hatte, noch einmal auf den Herrn mit dem Klemmbrett zuging, schüttelte er nur stumm den Kopf.

«Ich will mich nicht vordrängeln», beeilte sie sich klarzustellen. «Ich möchte nur wissen, wie die Menschen in die Stadt kommen.»

«Sobald die Brücken wieder frei sind ...»

Jäh flammte Hoffnung in ihr auf.

«Haben Sie denn jemanden, zu dem Sie können?», fragte er. «Die Lager in der Stadt sind vollkommen überfüllt. Sie quellen schier über. Daher rate ich Ihnen, erst einen Schlafplatz zu finden. Was wollen Sie schließlich in der Stadt, wenn es nichts als kalten Gehsteig für Sie gibt?»

Sie könnte im Atlantic nachfragen, ob sie ein Zimmer bekäme. Ha.

«Danke», sagte sie und kehrte auf ihren Strohballen zurück.

Ihre Augen füllten sich wieder mit Tränen. Sie wollte nicht weinen. Sie wollte die Kraftlosigkeit, die sie dann überkam, nicht spüren. Sie wollte vergessen, was geschehen war.

Trage die Nase stets so hoch, dass sie die Spitze einer Sonnenblume berührt. Zaghaft lächelte sie. Sie dachte an das Mädchen zurück, das sie einmal gewesen war. Ein Mädchen, das von einem Tag auf den anderen allein gewesen war. Jetzt war sie kein Mädchen mehr, allein aber fühlte sie sich.

Sie wischte sich über das Gesicht. Sie wollte an etwas Schönes denken. An Wärme und an nach Rosalinds Rosen duftende Luft, die ihr durchs Haar strich, wenn sie in einem krummen Liegestuhl neben Herbert, dem Huhn, lag und in den mattblauen Himmel blinzelte.

Herbert ... Dass ihr Huhn überlebt haben könnte, daran wagte sie nicht zu glauben. Doch die anderen. Die anderen schon.

Frieda

*Stoltebüll, Provinz Schleswig-Holstein
8. Juli 1912*

Der Garten stand in voller Blüte. Rittersporn und Levkojen hatten sich bis weit über die Beetränder ausgebreitet, wuchsen zwischen blau leuchtenden Teppichen aus Vergissmeinnicht unter den Buchen und Ulmen bis an den Wegrand, wo Werner regelmäßig mit dem Spazierstock Löcher in die blumigen Wucherungen riss, die sich seinem Streben nach Geradlinigkeit und Ordnung widersetzten.

«Lass sie doch», sagte Frieda, die Helly auf dem Arm trug, obwohl diese langsam zu schwer dafür wurde. «Der schöne Rasen geht auch kaputt.»

Finster sah er sie an. Sie hatten einen harten Winter hinter sich, doch Frieda hatte mit aller Kraft auf das Frühjahr gehofft. Wenn erst die Sonne schiene, hatte sie geglaubt, würde auch Werners Stimmung lichter werden. April, Mai und der Juni gingen vorüber, ohne dass er seine wortkarge Bissigkeit verlor. Doch nun war Sommer. Ihr Geburtstag nahte. Sie wünschte sich Tanz und Gelächter in ihrem Garten, Sahnetorte, warme Kirschgrütze und Bowle. Und wenn sämtliche Bauernregeln, die sie zu Rate gezogen hatten, sie nicht täuschten, würde es in knapp zwei Wochen tatsächlich sonnig und womöglich sogar heiß werden.

«Nun lass sie endlich runter», sagte Werner in ihre fröhlichen Gedanken hinein. «Sie ist zwei Jahre alt. Sie wird wohl in der Lage sein, selbst zu laufen.»

«Natürlich», sagte Frieda sanft. «Aber sie ist müde.»

Er tat einen neuerlichen Hieb in eine Gruppe Löwenmäulchen hinein, deren Blüten in zartem Weißrosa schimmerten.

«Wie wäre es hier?», fragte sie, um ihn von seinem Zorn abzulenken, dessen Quell, so unerklärlich es ihr war, Helly und sie sein mussten. Nun, dass *sie* es war, war ja eigentlich keine Überraschung mehr, immerhin waren sie seit zwölf Jahren verheiratet. Helly aber, die süße, zarte Helly, bei deren Anblick selbst Fremde in Verzückung ausbrachen – Frieda blieb es unerklärlich, dass Werner an einem so kleinen Wesen derart viel Anstoß nehmen konnte.

«Eine Gruppe von Tischen im Schatten der Buchen», fuhr sie fort und hoffte, mit den Vorbereitungen für das Fest würde sie ihn auf andere Gedanken bringen. Nicht dass Werner auf solcherlei Tand viel gab, immerhin aber lag ihm etwas daran, als liebender Ehemann wahrgenommen zu werden. Eine große Feier zum dreißigsten Geburtstag seiner Gattin käme da doch sicher gerade recht.

«Und es ist nicht so weit vom Haus entfernt, dass sich das Personal die Hacken ablaufen müsste.»

Sie deutete auf das aus Muschelkalk errichtete Herrenhaus. In seinen Kupferdächern spiegelte sich das Sonnenlicht. Zu Beginn ihrer Ehe hatte Werner auf ihren langen Spaziergängen über das Anwesen stolz über sämtliche architektonische Einflüsse gesprochen, die einst in den Bau eingeflossen waren. Englischer Tudor, erinnerte sie, und Gotik; verspielt und zugleich so düster, dass das Gebäude von den Dorfbewohnern als Spukschloss bezeichnet wurde.

«Wie weit das Personal rennen muss, sollte dich in deiner Entscheidungsfindung nicht beeinflussen», sagte er finster und ohne sie anzusehen.

Er war siebenunddreißig Jahre alt und benahm sich wie ein Kind, wenn er vor Zorn rot anlief und zu schreien begann, weil etwas nicht nach seinen Wünschen ging. Kindischer war er dann sogar als Helly, was, im anderen Licht betrachtet, so schwierig aber auch nicht war, da Helly immer noch uralt wirkte, auch wenn sie mittlerweile keine Runzeln mehr hatte. Sie sprach kaum, aber ihr Blick war es, dieser tiefgehende, unendlich intensive Blick aus den meerblauen Augen.

Frieda wollte etwas entgegnen, schloss aber doch wieder den Mund. Aus Erfahrung wusste sie, dass sie bei Streitereien mit Werner den Kürzeren zog. Er war sprachgewandter als sie, unerbittlich zudem und schien nicht zu fürchten, ihre Liebe durch harte, gemeine Worte zu verlieren.

«Wenn du das Kind endlich auf den Boden setzen würdest», sagte er nach einer kurzen Pause, «würde es mir leichter fallen, mit dir über so unglaublich Wichtiges wie Geburtstagsfeiern, deren Vorbereitung und Ausführung zu reden.» Seine Stimme troff geradezu vor Sarkasmus.

Mit aller Kraft versuchte sie, das Lächeln auf ihrem Gesicht zu behalten, es fiel ihr leichter, nicht zu weinen, wenn ihre Mundwinkel nach oben zeigten. Verwundert sah Helly sie an, streckte eine pummelige, nach dem Saft reifer Himbeeren riechende Hand aus und strich ihr sanft über die Wange.

«Aua, Mama?»

Frieda wappnete sich für einen erneuten Wutausbruch ihres Gatten. Werner verstand nicht, wieso Helly so wenige Worte benutzte. «Ist Ihnen nicht wohl, Frau Mutter?», hätte sie fragen müssen oder mindestens: «Tut dir etwas weh?» Doch auch wenn es sie selbst manchmal verunsicherte, war Frieda fest davon überzeugt, dass Helly es noch lernen würde. Sie würde die Dorfschule zwar besuchen müssen, doch konnte sich Frieda nicht vorstellen, dass sie dort Hänseleien ausgesetzt sein würde. Schließlich nährte das Gutshaus sämtliche Familien aus dem Ort.

«Mir geht es gut, mein Spatz.»

Werners Lippen formten einen weißen Strich. Kosenamen waren ihm verhasst. Er nannte Helly bei ihrem vollen Namen: Almeria Viktoria Dorothee. Immerhin ließ er den Nachnamen weg, dachte Frieda manchmal müde.

«Und hier», fuhr sie fort und deutete auf die Linde, die in voller Blüte stand, «können wir tanzen.»

Ein weiterer Hieb mit dem Stock, diesmal musste der Löwenzahn dran glauben. Immerhin nickte Werner und lief weiter. Langsam wurde Frieda heiß, und Helly erschien ihr mit jeder Minute schwerer.

«Was möchtest du mir eigentlich zeigen?», erkundigte sie sich.

Sie hatten die Linde und die Blumenwiesen hinter sich gelassen und näherten sich der Koppel, über der sich blassblau der Julihimmel wölbte. Werner hatte es sich in den Kopf gesetzt, Rennpferde zu züchten, Frieda jedoch war sich nicht sicher, wie ertragreich dieses Unterfangen werden würde. Mit Pferden kannte er sich nur theoretisch aus. Er besaß zahlreiche Werke mit wohlklingenden Titeln wie *Der edle Trakehner* oder *Nachrichten von der Pferdezucht der Araber*. Exzellent reiten konnte er zudem, wenngleich Frieda nicht entgangen war, dass die Pferde einen gequälten Eindruck machten, wenn er auf ihrem Rücken saß. Aber müsste er nicht einen gewissen … Zugang zu den Tieren haben?

Bislang jedenfalls tummelte sich noch kein Rassehengst auf ihren Weiden. Nur das dicke alte Kutscherpferd, das ihnen gemütlich entgegenblickte.

«Gib sie mir», sagte Werner und streckte die Arme aus.

Verwundert sah Frieda ihn an. Sie spürte, dass sich Helly klein zu machen versuchte.

«Was hast du vor?»

«Sie wird reiten lernen.»

«Dafür ist sie zu jung.»

«Mit drei ist ein Pferd längst angeritten, da wird ein Kind wohl auch in der Lage dazu sein.»

«Was hat denn das eine mit dem anderen zu tun, mein Lieber? Außerdem ist sie gerade erst zwei Jahre alt geworden, das weißt du doch.» Sie klang unterwürfig. Wenn sie sich von außen sehen könnte, würde sie wahrscheinlich feststellen, dass sie auch so aussah. Ihr wurde heiß, vor Sorge, vor Angst, gleichzeitig hoffte sie inständig, er scherzte.

«Nun gib sie mir schon.»

Es war keine Bitte, nicht einmal mehr eine Aufforderung, sondern ein Befehl.

«Nein.»

Furchtbar. Ihr Nein klang durchaus wie eine Bitte.

«Gib mir das Kind.»

«Nein», sagte sie, mit mehr Kraft nun in der Stimme. «Willst du sie etwa einfach auf den Pferderücken setzen und dem Tier einen Klaps verpassen?»

«Ich bin doch nicht verrückt», sagte er, in diesem Augenblick jedoch zweifelte sie daran. «Aber sie ist alt genug. Und wenn sie nicht sprechen und laufen lernen will, dann lernt sie zumindest, wie man reitet. Ich selbst habe mit zwei auf einem Gaul gesessen und ihm mit drei schon ordentlich die Sporen gegeben. Almeria Viktoria Dorothee wird reiten lernen, so wahr mir Gott helfe, und wenn sie hinunterfällt, so ist es auch nicht allzu tragisch, besonders viel Gehirn kann ja dabei nicht zu Schaden kommen.»

Die Grausamkeit seiner Worte ließ Frieda erstarren. Sie hielt Helly so fest umklammert, dass diese leise zu wimmern begann. Ihr dunkles Haar war nach der Geburt immer lichter geworden und dann in spröden Kringeln nachgewachsen. Sosehr Frieda auch bürstete, Glanz bekam sie nie in die dunkle Mähne, die Hellys blasses Gesicht umrahmte.

«Frieda», sagte Werner leise und trat auf sie zu. «Mach mich nicht zornig.»

Gekonnt schützte sie Hellys Gesicht mit der warmen,

flachen Hand. Geübt darin, keinen Laut von sich zu geben und so wenig wie möglich zu taumeln, ließ Frieda die Schläge über sich ergehen. Sie kamen schnell und hart, mit der Handkante ausgeführt, die ihr Ohr und das Schlüsselbein rasch anschwellen ließ.

Als Werner heftig keuchend geendet hatte, starrte er sie ermattet an. Auch Enttäuschung fand sich in seinem Blick und wiedererwachte Sehnsucht. Wonach nur? Dass sie ihm verzieh, ihn bat, den Kopf auf ihre Schulter zu legen, wie sie es früher getan hatte? Doch seit Helly auf der Welt war, war sie *ihr* die Mutter. Sie konnte diese Aufgabe nicht auch für Werner übernehmen, es fühlte sich nicht richtig an, auch fehlte ihr die Kraft dazu. Wenn sie jemand fragen würde, so wüsste sie keine Erklärung dafür.

«Wenn du mich nur nicht immer so herausfordern würdest, Liebste.»

Zärtlich strich er ihr über das volle, im Sommer stets fast weiß ausgeblichene Haar. Stumm wandte sie sich ab, hangelte mit der einen Hand nach dem Rocksaum und ließ den Unterrock über den Weg schleifen. So gut es ging, mit einem Kind auf dem Arm und vor Tränen und Schmerz blinden Augen, eilte sie auf das Gutshaus zu. War es wirklich ihre Schuld, dass er immer brutaler wurde? Was tat sie, das ihn derart verwandelte?

«Mama», sagte Helly tröstend. «Warm.»

«Ja, es ist warm», presste sie hervor. «Ein schöner Sommertag, nicht?»

Wieso sagte sie so etwas?

«Warm. Arika.»

«Afrika. Aber ja, sicher.»

Helly nickte, froh, ihre Mutter auf andere Gedanken gebracht zu haben. Sie spielten das Spiel häufig miteinander, wenn Werner nicht hinhörte; Frieda mit dem riesigen Atlas auf den Knien und dem Zeigefinger auf dem Blatt. Sie reisten in ihren Gedanken in die Ferne. Zu den Meeren und schneebedeckten Bergen, nach Afrika, Südamerika, China.

Hinter sich hörte sie, wie Werner den Stock in die Erde hieb. Sicher flogen ein paar Gänseblümchenköpfe durch die Luft. In Frieda wurde es kühl, so kühl wie in einer Winternacht in Russland. Der Schmerz in ihrer Brust verblasste, nur ein dumpfes Pochen blieb zurück.

«Hi», sagte Helly verzückt.

«Haie? Ja, die gibt es in Afrika.»

«Un' Affs.»

«Ja», sagte sie sanft. «Affen und Delfine und sogar Löwen.»

«Grrr», sagte Helly. «Grrrr.»

Es klang so freundlich. So anders, als ihr Vater je klang.

Ob ihre Liebe noch zu retten wäre, fragte sich Frieda, während der Kies unter ihren Sohlen knirschte, wenn sie dieselbe Liebe für ihn empfände, wie sie es für Helly tat? Aber sie war nur noch Mutter und gar nicht mehr Gattin.

Es war, als müsse restlos alles verblassen hinter dieser Aufgabe, für ihre Tochter da zu sein. Nichts mehr fühlte sie für Werner, der, wann immer er sie geschlagen hatte, wenig später voll Reue und Trauer vor ihr kniete und sie inständig bat, ihm zu verzeihen. Nichts aber fühlte sie auch für sich selbst, und seine Hiebe schmerzten nur kurzzeitig, sie verursachten nicht mehr als einen leise zuckenden Schmerz an der Oberfläche, der rasch wieder verschwinden würde.

In ihrem Innern herrschte Leere. Eine Art kalter Wüste, vielleicht mit Raureif bedeckt.

3

Hamburg-Sankt Pauli
Montag, 19. Februar 1962

Es war früh, als der Fahrer des Lieferwagens sie nahe der Davidwache absetzte. In erschöpftem Gelb flackerten die Laternen, während die Neonreklamen der Reeperbahn so fröhlich leuchteten, als sei heute Weihnachten. Zu dieser Zeit war nicht viel los, stellte Marie fest, während sie aus dem Wagen kletterte. Wer etwas erleben wollte, hatte wohl längst aufgegeben und war nach Hause zurückgekehrt. Ein paar Arbeiter jedoch schlurften mit müden Augen an ihr vorbei, den Henkelmann am Gürtel klappernd.

Überraschend hatte ihr der Mann mit dem Klemmbrett eine Stunde zuvor mitgeteilt, er habe einen Platz für sie. Viel hatte er ihr nicht verraten können, nur dass Frau von Tieck in der Schmuckstraße wohne, einer Querstraße zur Großen Freiheit. Marie hatte nicht gewusst, dass so nahe der Reeperbahn überhaupt jemand lebte.

Behutsam, um auf dem mit Raureif überzogenen Pflaster nicht auszugleiten, stakste Marie die Straße entlang. Auf halber Höhe der Reeperbahn jedoch wurde sie langsamer. Es war gerade sechs Uhr. Würde Frau von Tieck zu dieser Stunde überhaupt wach sein?

Zögernd sah sie sich um, dann kehrte sie unsicheren Schrittes zur Davidwache zurück und atmete erleichtert auf, als ihr aus dem Innern Wärme entgegenschlug. Ein nicht gerade ausgeschlafen wirkender Wachtmeister hob den Kopf und musterte sie.

«Was kann ich für Sie tun, Fräulein?»

«Ich wüsste gern, ob Sie schon etwas über die Flut sagen können. Ob …» Sie schluckte und zwang sich dann weiterzureden. «Ob sie wissen, wo die Überlebenden aus einer bestimmen Siedlung untergekommen sind.»

Er hob die Augenbrauen. «Man kann wohl nicht gerade behaupten, dass in den Tagen alles nach Plan verlaufen ist. Es gab ja nicht mal einen. Ich muss Sie also enttäuschen. Die Leutchen wurden kreuz und quer über dem Stadtgebiet verteilt. Wo ein Plätzchen frei war, kam wer hin.»

Sie nickte. Es überraschte sie natürlich nicht. Dennoch hatte sie gehofft …

«Danke.» Sie lächelte. «Es hätte ja sein können, dass Sie schon ein bisschen mehr wissen.»

«Ach, Kindchen, wissen tut überhaupt keiner was, ausgenommen vielleicht Herr Polizeisenator Schmidt, der die Weisheit augenscheinlich mit Löffeln …» Er machte eine wegwerfende Handbewegung. «Hören Sie nicht auf mich. Ich wünsch Ihnen viel Glück bei Ihrer Suche.»

«Danke.» Sie nickte und wandte sich um.

«Warten Sie noch ein Momentchen. Waren Sie auch darunter?»

Woran sah er es bloß? Womöglich daran, dass sie einen halb zerfallenen Herrenmantel trug, der sich nicht mehr schließen ließ, und darunter das zwei Größen zu kleine Kittelkleid? Heute Morgen hatte sie im Dunkeln danach und nicht nach ihren eigenen Sachen gegriffen.

Sie nickte.

«Und nu? Sie sind ja hoffentlich nicht derart verzweifelt, dass Sie jetzt hier ...» Er machte eine Kopfbewegung zur Reeperbahn hin.

Unschlüssig sah sie ihn an, dann dämmerte es ihr. «Dass ich mich unter die Damen mischen will? Nein!»

«Dann ist es ja gut. Haben Sie Geld?»

Marie lächelte freundlich. «Nein. Aber jemand nimmt mich bei sich auf. Ich habe also immerhin ein Dach über dem Kopf.»

«Ah, das ist gut. Wart mal, Kindchen.» Er beugte sich unter den Tresen und tauchte kurz darauf mit geröteten Wangen wieder auf. «Ist nicht viel, nur ein bisschen aus der Kaffeekasse. Aber besser als nix, würde ich meinen. Komm mal her.»

Unschlüssig trat sie an den Tresen heran.

«Hand auf.»

Sie hob die Hand und öffnete sie.

«Da.» Mit einem Rasseln ließ er ein paar Münzen hineinfallen.

Verblüfft starrte sie darauf, dann hob sie den Kopf. «Danke!»

«Och, da nicht für, Mädchen.»

Wenig später saß sie bei einer Tasse dünnem, aber herrlich heißem Kaffee in einem Lokal, das auf einem Schild neben der verrummsten Tür damit warb, an allen Tagen des Jahres vierundzwanzig Stunden lang geöffnet zu haben. Die Luft war rauchgeschwängert und roch zudem nach Alkohol, doch keiner der Männer, die mit gebeugten Schultern am Tresen saßen und in ihre Gläser starrten, beachtete sie. So trank Marie in kleinen Schlucken von ihrem Kaffee, betrachtete durch die verschmierten Scheiben die wenigen Autos, die über die Reeperbahn rollten, sah den Straßenbahnen nach und stand erst auf, als der Himmel zu grauen begann und eine Gruppe schwatzender Schulkinder vorüberlief.

«Dürfte ich zahlen?»

Die Bedienung, eine Frau, deren Alter sie unmöglich schätzen konnte, blickte nicht gerade begeistert auf die Groschen und Pfennige in ihrer Hand. Doch der Betrag war abgezählt, und Marie hatte sogar noch einen Groschen Trinkgeld hinzugetan, was zugegeben kein Vermögen war, aber doch besser als nichts.

Nun, diese Meinung teilte die Dame womöglich nicht.

«Auf Wiedersehen», sagte Marie.

«Na, besser nicht», erwiderte die Frau.

Marie trat auf die Reeperbahn, eisiger Wind blies ihr ins Gesicht. «Schmuckstraße, wo finde ich die, bitte?», rief sie einer gebückt laufenden Gestalt zu, die ihr weder das Gesicht zuwandte noch es für nötig befand zu antworten. Die Rinnsteine waren voll Müll, der Asphalt bedeckt von ausgetretenen Zigaretten. In Wilhelmsburg war es hübscher. Dort krakeelten, sobald der Morgen dämmerte, die Möwen, und manchmal stießen Zugvögel ihre beruhigend klingenden Rufe aus.

Endlich fand sie die gesuchte Straße und nach einer

kleinen Weile auch die Nummer 18. Etwas abseits stand das schmale Gebäude und wirkte immerhin geringfügig weniger heruntergekommen als die Nachbarbauten. Dennoch gab es weder eine Klingel noch Namensschilder. Bloß eine Türklinke, und an dieser baumelte ein Brief.

Schlüssel bei der Nachbarin, stand darin in krakeliger, ausufernder Schrift. Mit gerunzelter Stirn starrte Marie auf das Papier. War sie die Adressatin?

Nun, das war immerhin anzunehmen. Doch bei welcher Nachbarin? Aus der Nummer 19 oder 17, oder war eine Wohnungsnachbarin damit gemeint? Dann wiederum wüsste sie gern, auf welcher Etage sie mit ihrer Suche beginnen sollte.

Gut, dass sie schon Kaffee intus hatte. Wäre der Wachtmeister nicht so freundlich gewesen, hätte sie wahrscheinlich eine halbe Stunde lang rätselnd auf das Papier in ihrer Hand gestarrt. So hatte ihr Kopf immerhin schon gemächlich seine Arbeit aufgenommen. Sie rüttelte an der Klinke, stellte fest, dass sich die Tür öffnete, und nannte sich einen Hasenfuß, weil sie nicht gleich voller Entschiedenheit den düsteren Hausflur betrat.

Nun gut. Sie atmete ein.

Im Erdgeschoss, wo es nur eine Wohnung gab, öffnete niemand. Im Stockwerk darüber blickte sie, nachdem sie geklopft hatte, in das übermüdete Gesicht einer jungen Mutter, die weder mit dem Hinweis darauf, dass es eine Sturmflut gegeben hatte, noch dem Aufruf des *Hamburger Abendblatts* etwas anzufangen wusste.

«Aber Frau von Tieck kennen Sie?»

Es dauerte ein wenig, dann nickte die junge Frau. «Probieren Sie es ganz oben.»

In der dritten Etage ertönten auf Maries Klopfen hin schlurfende Schritte. Die matschbraune Tür vor ihr flog auf, und eine hochgewachsene Dame mit vorspringendem Kinn steckte den Kopf heraus. Misstrauisch musterte sie Marie.

«Ja?»

«Ich suche Frau von Tieck.»

Die Frau kniff die Augen zusammen. Ihre Stimme klang frostig, als sie fragte: «Ach so?»

«Ich wohne für ein paar Tage bei ihr, und es könnte sein, dass sie einen Schlüssel bei Ihnen hinterlegt hat.»

Augenblicklich veränderte sich die Miene der Frau. Theatralisch schlug sie die Hände über dem Kopf zusammen. «Aber natürlich, das hätte ich mir doch denken können. Sie sind eine von *denen*? Sie Ärmste, ach du je, ach du je. Manfred, bitte, komm einmal her und bring das Knäckebrot mit, hörst du mich. Effie wird nichts zu essen haben, sie ist einfach immer zu beschäftigt, um an die wichtigen Dinge zu denken. Sie kümmert sich, wissen Sie, sie ... Manfred!», schrie sie gellend, sodass Marie ein Stück zurückwich. «Manfred, nun komm doch mal her!»

Im Türspalt wurde nun auch ein Herr sichtbar, der etwas kleiner als seine Frau war und weitaus mehr Gewicht auf den Rippen spazieren führte. Er trug einen Teller mit drei Knäckebrotscheiben und blinzelte Marie verwirrt an.

«Guten Tag?»

«Guten Tag.»

«Ähm, hier ...» Unschlüssig hielt er ihr den Teller hin.

Marie wusste nicht, was sie tun sollte, doch die Entscheidung wurde ihr von der Nachbarin abgenommen, die ihrem Mann den Teller aus der Hand riss.

«Nun gib dem Mädchen das Brot. Nicht den Teller, Manfred, denk doch mal nach.» Sie setzte ein gewinnendes Lächeln auf, das ziemlich missglückte.

Marie nahm die drei Scheiben getrocknetes Brot und bedankte sich.

«Und der Schlüssel?»

«Ach, natürlich, hach, ich bin manchmal ein bisschen schusselig. Nun, bitte, Manfred, hörst du denn nicht? Bring der jungen Frau endlich den Schlüssel, soll sie sich denn hier die Beine in den Bauch stehen?»

«Welchen Schlüssel?»

Grimmig sah sie ihren Gatten an. «Den zu Frau von Tiecks Wohnung, welchen denn sonst?»

Den Kopf zwischen die runden Schultern gezogen, verschwand er hinter seiner Frau und kehrte kurze Zeit später mit einem Umschlag in der Hand zurück.

«Dies wird er wohl sein.»

Mit rollenden Augen entriss ihm seine Frau das Kuvert.

«Sicher ist er es, schließlich steht ‹FVTs Schlüssel› darauf, oder etwa nicht? *Frau von Tieck*. Manfred, wirklich, manchmal weiß ich nicht, was ich mit dir noch anfangen soll.»

Der Herr tat Marie leid. Sie warf ihm einen tröstenden Blick zu, doch er hatte den Kopf schon wieder gesenkt und verschwand so schnell, wie er gekommen war

«Haben Sie vielen Dank.»

«Woher kommen Sie denn? Waltershof? Die Bekannte meiner Schwester lebt dort.»

«Aus Wilhelmsburg», sagte Marie leise und riss den Umschlag auf. Sie wünschte sich nichts mehr, als allein zu sein, einen kurzen Augenblick, ankommen, tief Luft holen, wieder klar denken ...

«Ach, ach, ach, haben Sie viele Tote gesehen?» Ihre Augen leuchteten voll Neugier auf.

In Maries Mund breitete sich ein metallener Geschmack aus.

«Nein», sagte sie leise.

«Aber es sind so viele gestorben!»

«Ich weiß.»

«So ein tragisches Unglück! Also, ich bin eigentlich immer hier ... Und freitags gebe ich ein Kaffeekränzchen. Die Damen sind mit Sicherheit sehr interessiert an dem, was Sie zu erzählen haben. Wir würden uns freuen ...»

«Danke», sagte Marie hastig. In ihren Augen brannten Tränen. Allein die Vorstellung, bei Kaffee und Plätzchen von den Eindrücken der vergangenen Tage zu berichten, rief Übelkeit in ihr hervor.

Mit zitternden Händen schob sie den Schlüssel in das Schloss der Nachbartür, trat in vollkommene Stille ein und schloss aufatmend die Tür hinter sich. Die Diele, die sich vor ihr ausbreitete, war ein typischer Altbauflur, lang und dunkel, sich von einer Hausseite bis zur anderen ziehend. Hamburger Knochen wurden solche Wohnungen genannt, die nach vorn hinaus zwei große helle Zimmer präsentierten, in der Mitte schmal wurden und düster und sich zum Hof hin wieder öffneten.

Weil ihr einfiel, dass Frau von Tieck ja durchaus zu Hause sein könnte und womöglich noch schlief, tastete sie nach dem Lichtschalter und schlich, als eine nackte Glühbirne den Holzboden erhellte, an geschlossenen Holztüren vorbei auf die einzige zu, die geöffnet war.

Das Holz knarrte, ansonsten war es so still hier wie im Hotel – seltsam, es war, als befände sich die Reeperbahn meilenweit entfernt. Maries Blick streifte Fotografien, die kreuz und quer an der Wand hingen. Die Bilder zeigten eine Frau mit einprägsamen Zügen. Sie hatte dunkelblondes, gewelltes ausnehmend dichtes Haar, hohe Wangenknochen, weit auseinanderstehende Augen und einen vollen Mund. Es gab Bilder, auf denen sie bestenfalls vierzig war, andere zeigten sie als Frau von schätzungsweise siebzig Jahren. Ob es sich um Frau von Tieck handelte? Im Nachhinein wüsste sie gar nicht mehr zu sagen, wieso sie darauf gekommen war, doch sie hatte angenommen, die Wohnungsbesitzerin sei in etwa in ihrem Alter.

Behutsam strich sie mit dem Zeigefinger über den Rand einer Fotografie, auf der ein Hof voll Palmen zu sehen war. Als sie einen Schritt nach links tat und sich vorbeugte, um eine Schwarz-Weiß-Aufnahme besser zu betrachten, die einen stolzen Platz in der Mitte des Flures erhalten hatte, lachte sie erstaunt auf. Diese Fotografie wirkte noch älter als die anderen. Sie könnte aus den Zwanzigern stammen, nahm Marie an, und dann lachte sie erneut vor Verwunderung darüber, dass sich jemand so ablichten ließ. Die Dame trug nichts bis auf eine Pfauenfeder. Im Haar!

«Ah», ertönte eine dunkle Stimme von der Tür her. «Du kennst mich schon.»

Marie war so versunken in den Anblick gewesen, dass sie zusammenzuckte. Die Frau, der sie sich nun zuwandte, war kräftig und immer noch auf dieselbe herbe Weise hübsch wie auf den zahlreichen Abbildungen an der Wand. Ihr Haar leuchtete mittlerweile schlohweiß und reichte ihr bis zu den Ohrläppchen. Sie war ungeschminkt, und tiefe Linien, die genauso gut Sorgen- wie Lachfältchen sein könnten, umrandeten ihre großen Augen. Die Falten gefielen Marie. Sie fand Menschen immer dann am schönsten, wenn sie nicht so aussahen, als hätten sie sich vor dem Spiegel einer genauen Fehlersuche unterzogen und alles zu kaschieren versucht, was ihnen als Makel erschien.

Als sie dicht vor ihr stand, legte Effie von Tieck den Kopf schräg und betrachtete sie herausfordernd.

«Hübsch bist du», sagte sie nach einer Weile, in der sich Marie wie ein Pony vorzukommen begann, das zum Verkauf angeboten wurde.

Weil Marie darauf keine intelligent klingende Antwort einfiel, stellte sie sich vor.

«Hältst du mich für dermaßen alt, dass ich deinen Namen auf dem kurzen Weg von der Wohnungstür hierher schon wieder vergessen haben könnte?»

«Wie? Nein, das meinte ich nicht, aber …»

Nun, es war ein Akt der Höflichkeit, sich vorzustellen, oder etwa nicht? Dennoch schloss sie mitten im Satz wieder den Mund.

«Ich weiß übrigens gar nicht, wieso ich das gemacht

habe», bemerkte Frau von Tieck und betrachtete sie immer noch auf irritierend forschende Weise.

Fragend sah Marie sie an. «Was denn?»

«Dich bei mir aufgenommen.»

«Oh.» Verblüfft fragte sich Marie, ob sie in gerade einmal zwei Minuten, die sie einander schon kannten, wirklich dermaßen unangenehm aufgefallen sein konnte. «Wenn ich Sie störe, kann ich auch wieder gehen.»

Prüfend sah Effie sie an, dann schüttelte sie den Kopf und sagte ruppig: «Leg nicht alles auf die Goldwaage, was ich sage, sonst kommen wir schlecht miteinander aus. Willst du Kaffee?»

Nun, sagte sich Marie, allzu lange würde sie gewiss nicht hierbleiben. Was Frau von Tieck während dieser kurzen Zeit von sich gab, würde sie einfach an sich abprallen lassen. Wer hätte darin schließlich mehr Übung darin als ein Zimmermädchen? «Kaffee wäre toll.»

«Ich hab allerdings mit Sicherheit keinen da, aber wir können gern nachsehen.» Damit polterte ihre Gastgeberin den Flur hinunter. Sie stapfte so entschlossen vorwärts wie eine Horde Elefanten, die eine Wasserstelle gesichtet haben. Was wohl die Nachbarn aus der unteren Etage von ihr hielten?

Vor einer geschlossenen Tür machte sie halt und blickte Marie aus zusammengekniffenen Augen an. «Du siehst übrigens aus wie in eine Schiffsschraube geraten, weißt du das?»

«Das bringt eine Sturmflut, die man knapp überlebt, wohl so mit sich», erwiderte Marie, deren Mund sich mit einem Mal unangenehm trocken anfühlte. *Alles* würde sie womöglich doch nicht an sich abprallen lassen können.

Frau von Tieck stieß ein Schnauben aus. «Nicht auf den Mund gefallen, das wird unser Zusammenleben erleichtern. Ich mag keine Duckmäuser, und ich habe außerdem auch ein bisschen überlegen müssen, ob ich mir nicht lieber einen Herrn zulege, der wenigstens anpacken kann, wenn ich schon die Wohnung mit jemandem teile. Aber die Männer haben es schon leicht genug, außerdem bin ich selbst eine Frau und kann mehr als die meisten Kerle. Meine Hoffnung ist, dass du auch ein bisschen Mumm hast und nicht wehleidig bist, denn das kann ich nicht leiden: wehleidige Leute, die den ganzen Tag über heulen.»

Marie runzelte sie Stirn. Wie kam man bloß auf solche Gedanken? Sie hatte eine Sturmflut überlebt, alles, was sie besaß, war ihr unter den Füßen weggespült worden, ihr kleiner Notgroschen, die wenigen Kleider ... Vor allem aber fürchtete sie, Menschen, die sie mochte, mit denen sie die vergangenen Jahre verbracht hatte, verloren zu haben. Und dann sollte sie aus Rücksicht auf ihre Gastgeberin nicht *wehleidig* sein?

Außerdem: Was, bitte, sollte heißen, dass sich die Dame jemanden zugelegt hatte? Sie etwa?

«Jetzt sagst du nichts mehr», stellte Frau von Tieck fest. «Habe ich dich schon vergrault?»

«Sie sind jedenfalls nahe dran. Ich bin nicht wehleidig, wenn ich traurig bin, weil mir und unzähligen anderen etwas Furchtbares zugestoßen ist. Nennen Sie es nicht so, bitte.»

Frau von Tieck zog die Augenbrauen an und musterte

sie erstaunt. Schließlich nickte sie, drückte die Türklinke hinunter und öffnete die Tür, die in einen Gang führte, der augenscheinlich die Küche war. Ein schmales Fenster ging zum Hof hinaus, über dem sich ein wolkenverhangener Himmel wölbte. Der Raum selbst war spärlich möbliert mit einem kleinen Tisch auf der rechten Seite, an dem zwei Stühle standen, einem schmalen Ausziehschrank links sowie einem Herd mit gusseisernen Platten. Aber es war warm und allein dadurch gemütlich.

Frau von Tieck begann den Ausziehschrank zu durchforsten. «Gibt keinen Kaffee, ganz wie ich es mir gedacht habe.»

«Das ist nicht schlimm. Wenn es Ihnen nichts ausmacht, würde ich mich gern einen Moment lang ausruhen.» Vielleicht lag es an der Hitze, die der bullige Herd verströmte, doch mit einem Mal fühlte sich Marie so erschöpft, als sei sie seit einer Woche auf den Beinen.

Ihre Gastgeberin starrte sie aus ihren hellblauen Augen an. Schließlich nickte sie. «Ich hab dir das Gästezimmer vorbereitet. Ich denke, damit kommen wir zurecht, du und ich, es ist weit genug von meinem Zimmer entfernt. Ich habe selten Gäste.»

Seltsam, dachte Marie sarkastisch. *Dabei fühlt man sich bei Ihnen so willkommen.*

«Aber es wird schon gehen die paar Wochen.»

«Wochen?»

«Bis du was Neues gefunden hast. Ist nicht ganz einfach in dieser Stadt. Hast du Arbeit?»

Marie nickte, obwohl ihre Gedanken rasten. «Wochen?», erkundigte sie sich. «Wie kommen Sie darauf? Ich werde Ihnen sicher nicht allzu lange auf der Pelle sitzen. Ein paar Tage, nehme ich an.»

«Tage, ja?» Frau von Tieck stieß ein Schnauben aus und ließ die Tür des Ausziehschranks mit einem Krachen wieder zufahren. «Nein, Herzchen, da hast du aber ganz falsche Vorstellungen. Du kommst doch aus Wilhelmsburg, richtig?»

Erneut nickte Marie. Etwas an dem Gesichtsausdruck der alten Dame ließ sie urplötzlich wieder frieren, obwohl es in der Küche so heiß war.

«Das kannst du vergessen, nach Hause zurückzukehren. Die Wanne ist vollgelaufen. Steht bis Oberlippe Unterkante. Außerdem duzt du mich. Bitte, sag Effie zu mir.»

Marie, die Frau von Tiecks Worte erst einmal hatte sacken lassen müssen, blinzelte ungläubig.

«Was soll das heißen?», fragte sie schließlich. «Die Wanne steht bis Oberlippe Unterkante?»

«Es soll heißen, Kind, dass ihr abgesoffen seid.»

«Ich bin kein Kind! Und hören Sie auf, so mit mir zu reden. Ich sieze Sie, so lange ich möchte.»

Effie von Tieck hob die Hände. «Gut, gut. Mach. Aber wenn wir miteinander auskommen wollen, solltest du mich duzen. Sonst fühle ich mich alt.»

Mit dieser Dame auskommen? Marie bezweifelte, dass das möglich war.

«Gut», sagte Frau von Tieck, weil sie einzusehen schien, dass dieser Moment nicht der angenehmste war. «Ich mache dir dein Zimmer zurecht.»

Marie sparte sich die Bemerkung, dass ihre Gastgeberin vor nicht einmal fünf Minuten davon gesprochen hatte, dass sie das Gästezimmer schon vorbereitet hatte. Stattdessen ließ sie sich ins Wohnzimmer führen und wartete dort im Stehen, obwohl Effie von Tieck mehrfach darauf hingewiesen hatte, dass man wunderbar auf dem Boden sitzen könne.

Ja, seltsam. Es gab keinerlei Möbel. Bloß den blanken Holzboden und einen Kachelofen. Kein Sofa, keinen Tisch, nicht einmal einen Stuhl. In der Tür klaffte eine tiefe Kerbe. Marie hatte kurz darüber nachgedacht, danach zu fragen, es dann jedoch lieber gelassen.

«So», sagte Frau von Tieck, als sie trampelnd ins Wohnzimmer zurückkehrte. «Du hast den Raum neben der Küche. Mein Lieblingszimmer», fügte sie hinzu und klang plötzlich weich und verletzbar. Aufmerksam musterte Marie sie, doch die alte Dame hatte sich abrupt abgewandt und schnäuzte sich vernehmlich.

Lautes Klopfen ertönte, das von der Wohnungstür herrühren musste. Zu Maries Verwunderung wurde Effie von Tieck bleich und erstarrte. Es wirkte, als habe sie schlagartig aufgehört zu atmen.

«Soll ich zur Tür gehen?», fragte Marie.

«Nein», sagte ihre Gastgeberin mit rauer Stimme. Sie hatte die flache Hand an ihre Brust gepresst und starrte angespannt in den Flur.

Wieder ertönte das Klopfen, lauter nun, dass es fast wie ein Hämmern klang.

«Sie möchten nicht, dass ich öffne?», fragte Marie zur Sicherheit noch einmal.

«Nein. Pscht. Er soll uns nicht hören!»

Verwundert nahm Marie zur Kenntnis, dass von der

anfänglichen Barschheit der alten Dame nichts übrig geblieben war. Wer immer im Hausflur vor der Tür stand, schien ihr eine Heidenangst einzujagen.

Als endlich ein Scharren zu hören war und wenig später jemand die Treppe hinabpolterte, stieß Frau von Tieck einen erleichterten Seufzer aus. Bevor Marie etwas sagen konnte, verbarg sie ihr Gesicht in den Händen.

«Würde es dir etwas ausmachen, mich einen Augenblick allein zu lassen?»

Nachdenklich schüttelte Marie den Kopf. Sie trat in den Flur und blickte erneut auf die Fotos. Auf den früheren Bildern, auf denen ihre Gastgeberin dreißig, vielleicht vierzig Jahre alt gewesen sein mochte, hatte sie wie eine zurückhaltende, glückliche Frau gewirkt, auf manchen auch – besonders jenem mit der Pfauenfeder im Haar – herausfordernd, mutig und zu allem entschlossen. Effie von Tieck schien ein rätselhafter Mensch zu sein. Doch die Porträts jüngeren Datums zeigten eine andere Frau. Alles Lichte und Heitere war verschwunden. Zurückgeblieben waren bloß Trauer und ein harter Zug um den Mund.

Frieda

Provinz Schleswig-Holstein
16. März 1913

Durch den Tränenschleier hindurch sah sie die vorüberfliegende Landschaft kaum. Ratternd und dampfstrotzend schlängelte sich die Lokomotive zwischen den schneebedeckten Hügeln der Holsteinischen Schweiz hindurch. In dem Abteil erster Klasse war es warm, die Luft stickig, auch wenn die Sitze nur spärlich besetzt waren. Nach dem Halt in Tingleff hatte sich eine junge Dame ihnen gegenüber niedergelassen und so freundlich gegrüßt, dass Frieda erneut Tränen in die Augen geschossen waren. Es war so albern wie armselig, dass ein Hauch von Nettigkeit diese Reaktion in ihr auslöste, doch «wenn der Schmerz am größten ist», wiederholte sie in Gedanken Worte, die sie einmal gelesen hatte, «nimmt das Herz besonders viel auf».

Ob das der Wahrheit entsprach?

Immer noch glaubte sie, jedes einzelne ihrer Haare zu spüren. In einer wenig besuchten Gasse in der hübschen Kleinstadt Hadersleben, wohin sie einen Ausflug unternommen hatten, hatte Werner ihr den Hut vom Kopf gerissen und sie am Schopf gepackt. Sie war zunächst gestolpert, dann hingefallen, doch er hatte nicht losgelassen, sondern sie mit eisernem Griff hinter sich hergeschleift.

Ihr war vor allem peinlich gewesen, was die Menschen denken mochten, die aus den Fenstern sahen. Das war doch seltsam, dachte sie, dass man sich dermaßen von sich selbst entfernen konnte, dass ein so alberner Gedanke der erste und einzige war.

«Vater böse», hatte Helly empört gesagt, und da hatte er losgelassen und sich mit blassem Gesicht zu dem Mädchen umgedreht.

«Helly, ruhig», hatte Frieda zu rufen versucht, doch ihre Stimme war gekippt und kaum zu hören gewesen.

«Vater böse», hatte Helly wiederholt und ihn aus ihren blauen weisen Augen strafend angesehen.

«Du kannst also sprechen, du Missgeburt?», hatte Werner gezischt.

Mit letzter Kraft hatte sich Frieda aufgerappelt. Sie war zu Helly gestürzt, hatte sie hochgehoben und zu rennen begonnen, nach wenigen Metern atemlos, mit dem metallenen Geschmack von Blut im Mund und dem Getrappel von Werners Schritten im Ohr. Die Angst im Nacken verlieh ihr ungeahnte Kräfte. Sie rannte, sie stolperte nicht, sie erreichte den Bahnhof und löste eine Fahrkarte nach Schleswig. Als sie das Billett entgegennehmen wollte, entglitt es ihr mehrfach, derart zitterten ihre Finger. Und nun saß sie hier. Von Schleswig aus würde sie sich eine Kutsche nehmen müssen.

«Sie reisen nur mit Ihrer Tochter, Verehrteste?», fragte die Dame, die auf der Holzbank gegenübersaß. Sie war schmal und hochgewachsen und trug das dunkle Haar in der Mitte gescheitelt und über den Ohren in Schnecken aufgesteckt. Sie sah so adrett aus, dass Frieda unwillkürlich nach ihrer Frisur tastete. Als ihre Fingerkuppen die Kopfhaut berührten, verzog sie unwillkürlich das Gesicht.

«Ist Ihnen nicht gut?»

«Doch», flüsterte Frieda. «Danke. Und ja, wir reisen allein.»

Helly blickte aus dem Fenster. Was um sie herum vorging, schien sie nicht wahrzunehmen. Auch als Frieda nach ihrer kleinen kalten Hand griff, wirkte sie wie weit, weit entfernt.

«Und Sie fahren nach Hamburg?»

«Ach nein!» Für einen kurzen Moment vergaß Frieda die Ereignisse des heutigen Tages. Sie erlaubte sich den verwegenen Gedanken, einfach Ja zu sagen und weiterzureisen, über die holsteinischen Landesgrenzen des nördlichen Zipfels Preußens in die sagenumwobene Hansestadt, die sie nur aus Erzählungen kannte. Doch die Freude über einen solchen Wachtraum währte nur kurz. Sie war eine Ehefrau, sie war Mutter, selbstverständlich führte ihr Weg, nachdem sie die Unverfrorenheit besessen hatte, ihrem Gatten fortzulaufen, zurück nach Hause.

Was sie dort erwartete, darüber allerdings wagte sie nicht nachzudenken. Natürlich würden sie vor Werner in Stoltebüll ankommen, doch der nächste Zug fuhr sicher schon am kommenden Morgen, was bedeutete, dass er das Gut gegen Nachmittag erreichen würde.

«Wir sind auf dem Weg nach Hause», sagte Frieda. «In Schleswig steigen wir aus. Und Sie?»

«Ich fahre tatsächlich nach Hamburg. Das ist für mich, als wenn es nach Amerika ginge.» Leise lachte die Dame in sich hinein und zeigte dabei eine Reihe kleiner, ordentlich stehender Zähne. «Ich freue mich unendlich darauf, einmal am Kai zu stehen und den abfahrenden Reisenden zuzuwinken. Ich dachte lange, dass man in Hamburg auch die großen Schiffe bewundern könne, die *Imperator* zum Beispiel, all diese herrlichen Ozeandampfer. Doch sie können ja gar nicht bis Hamburg fahren, dazu ist die Elbe nicht tief genug, wussten Sie das?»

«Nein», sagte Frieda. Trauer erfasste sie. Sie würde niemals so weit reisen können, nicht außerhalb ihrer Träume und Phantasie. Nicht nach Amerika, nicht einmal nach Hamburg. Nach Werners Ansicht schickte es sich nicht für eine Dame, die gute Stube zu verlassen. Nur auf Anraten ihres Arztes erlaubte er ihr, einmal am Tag spazieren zu gehen, wobei sie jedoch meist von Frau von Haldern, ihrer Nachbarin, begleitet wurde.

«So reisen all die Menschen, die zunächst in den Auswandererhallen gesammelt werden, in kleineren Booten nach Stade weiter», fuhr die Dame fort. «Dort ist der Fluss ausreichend tief, und sie können in die Ozeanriesen umsteigen.» Sie seufzte. «Die Glücklichen.»

Frieda schloss für einen Moment die Augen. Sie sah einen Passagierdampfer vor sich, dessen strahlendes Weiß vor dem Blau des Himmels schier zu gleißen schien. Möwen schrien heiser, der Duft des Meeres strich um ihre Nase, sie schmeckte Salz auf ihren Lippen.

«Die Glücklichen», wiederholte sie leise.

«Glücklich, Mama?», fragte Helly.

Frieda riss die Augen wieder auf. Auch wenn Werner nicht bei ihr war, zerrte das Wort Mama erneut die Angst in ihr hervor. Er hasste es, wenn Helly sie nicht Mutter nannte, und konnte nicht verstehen, wieso Helly nicht längst damit begonnen hatte, ihre Eltern zu siezen.

«Dumm», hörte sie ihn zischen. Spucketröpfchen schossen aus seinem Mund hervor. «Das dümmste Gör im ganzen Reich.»

«Ja, glücklich», sagte sie und strich ihrer Tochter über das struppige Haar.

Die Dame betrachtete Helly interessiert. Augenblicklich begann Frieda zu fürchten, in ein medizinisches Gespräch verwickelt zu werden. Werner hatte Doktoren und Lehrer angeschleppt mit dem Ziel, Frieda endlich zu beweisen, wie rückständig ihre Tochter war. Seiner Meinung nach gehörte sie in ein Spital für Nervenschwache, und es hatte Frieda ihre gesamte Entschlossenheit gekostet sowie einen Fetzen ihres Ohrläppchens, um ihn davon abzuhalten, Worten Taten folgen zu lassen. Aber wie lange noch?

«Ich würde gern nach Amerika», sagte die Dame zu Friedas Überraschung. «Oder nach Afrika. Ich habe mit dem Gedanken gespielt, mich an der Reifensteiner Schule für einen Aufenthalt in Namibia ausbilden zu lassen. Eine wunderbare Möglichkeit für Frauen. Doch letztlich habe ich es nicht gewagt und trete nun eine Stelle als Lehrerin in Hamburg an.» Sie lächelte. «Nicht dass ich deutschen Kindern nicht auch etwas abgewinnen könnte, doch wie viel aufregender wäre es natürlich im Ausland!»

«Das wäre es, ja.»

«Sie haben keinen Beruf? Ach nein, natürlich nicht.» Erneut sah sie Helly an, nicht mit Argwohn, glaubte Frieda zu bemerken, oder prüfendem Blick, sondern mit lebendigem Interesse.

«Natürlich nicht», stimmte ihr Frieda zu. «Ich habe ja meine Kleine.»

«Aber es gibt sie mittlerweile, Frauen, die arbeiten, obwohl sie Mütter sind.» Die hellen Augen der Dame begannen zu glänzen. «Ich denke, es ist in diesem Land noch schwierig, aber glauben Sie nicht auch, es kann irgendwann möglich sein, beides zu vereinbaren?»

Perplex schüttelte Frieda den Kopf. «Wie sollte man das bewerkstelligen? Natürlich haben Sie recht, auf den Feldern arbeiten ja durchaus Frauen mit Kindern, aber ...»

«Natürlich», stimmte ihr die Dame zu, «aber es sollte doch auch anderen Ständen möglich sein. In Amerika etwa ... ach ich fange ja schon wieder damit an, verzeihen Sie.»

«Was geschieht denn dort?», fragte Frieda interessiert.

«Nun, dort argumentiert man, dass die Scheidungsraten nur dann zu senken sind, wenn gut ausgebildeten Frauen auch neben der Familie zugestanden wird, einer gut bezahlten Erwerbstätigkeit nachzugehen. Und natürlich frei darüber zu bestimmen, wem sie ihre Zeit schenken – genau wie ihre Wahl.»

Vor Verblüffung musste Frieda an sich halten, nicht laut aufzulachen. So etwas hatte sie ja noch nie gehört!

«Aber das lässt sich auf die hiesige Gesellschaft doch nicht anwenden. Zum Beispiel gibt es Scheidungen kaum.»

«Da irren Sie sich, meine Liebe», widersprach ihr die Dame. «Immer mehr Menschen heutzutage entschließen sich, den Bund der Ehe wieder zu lösen. Es gibt viele, die erst nach einer Weile offenbaren, wer sie wirklich sind ...» Ihr Blick war an etwas hängengeblieben, das Frieda zunächst nicht zu deuten wusste. Sie senkte den Kopf und bemerkte, dass der spitzenbesetzte Bund ihrer Bluse hochgerutscht war und am linken Handgelenk eine violett schimmernde Schwellung offenbarte. Hastig zog sie den Ärmel hinab.

«Manche», fuhr die Frau leise fort, «auch erst Jahre später.»

Frieda bemühte sich, mit starrer Miene ihre Tränen zurückzuhalten. Der Wunsch, einer vollkommen Fremden ihr Herz auszuschütten, nahm geradezu lächerliche Ausmaße an. Wie Werner, wollte sie schluchzen, der einmal so hingebungsvoll und zärtlich gewesen war, interessiert, freundlich. Was war passiert, dass er sich so sehr verändert hatte? War es ihre Schuld? Seit Jahren nagte diese Frage an ihr. Je näher er sie kennengelernt hatte, desto ungeduldiger war er mit ihr geworden. Sie genügte nicht, war nicht schön, nicht belesen genug, und dann das Kind ... Was Frieda anfasste, verwandelte sich in rabenschwarzes Pech.

Sie lächelte. Ihre Lippen zitterten.

«Mama traurig?»

«Aber nein», flüsterte sie. «Gar nicht, mein Spatz.»

Ein weißer Flaum aus frisch gefallenem Schnee bedeckte die Wälder, die an ihnen vorüberflogen. Rauchwolken durchzogen das Grau des Himmels. Nicht mehr lange, nahm sie an, und sie würden Schleswig erreichen.

Dort mussten sie aussteigen. Eine Kutsche suchen. Nach Hause fahren und auf Werner warten.

«Haben Sie gehört, was in England geschehen ist?», fragte die Dame nach einer Weile, in der sie sich stumm hatten durchschütteln lassen.

«In England?» Frieda hatte Mühe, sich auf die Frage zu konzentrieren, mit der sie nichts anzufangen wusste. «Ich fürchte nicht, nein.»

«Eine Gruppe von Frauen hat den Landsitz eines Ministers in die Luft gesprengt. Ist so etwas vorstellbar?»

Verblüfft sah Frieda sie an. «Wie bitte?»

«Haben Sie je den Begriff Suffragette gehört?»

«Ich erinnere mich nicht.»

Auch das würde ihr Werner vorhalten. Hatte er davon gehört? Suffragette, was für ein seltsames Wort.

«Frauen, die das Wahlrecht einfordern. Sie haben sich zusammengetan und erst geredet, aber weil das Reden nicht ausreicht, folgen dem nun Taten.»

«Mit Gewalt? Sie ... sind gewalttätig?»

Der Gedanke gefiel ihr nicht. Sie würde niemanden verletzen oder gar töten wollen. Aber war diese Geschichte überhaupt wahr? Sie konnte sich nicht vorstellen, dass eine Frau zu einer solchen Tat in der Lage war.

Als könne sie ihr die Gedanken vom Gesicht ablesen, beugte sich die Dame vor.

«Kennen Sie denn nicht auch Wut? Zorn? Diese Hitze, die einem in den Kopf schießt und man möchte nur ... schreien?»

Frieda blinzelte. «Nein», sagte sie schließlich, doch sie wusste, sie log. Sie empfand Zorn, auch wenn sie das Gefühl so nicht nennen würde, sie kannte die Hitze, den unbändigen Wunsch, etwas zu zerstören, und vor allem jenen, sich zu wehren. Doch dann tat sie nichts. Sie kniff die Augen zusammen und litt, wie es Frauen seit Menschengedenken taten.

«Lesen Sie.»

Die Dame hatte in ihre Manteltasche gegriffen und eine mehrfach zusammengefaltete Zeitungsseite hervorgeholt. Nun strich sie sie glatt, warf Frieda dabei einen nervösen, aber entschlossenen Blick zu und reichte sie ihr schließlich.

«Lesen Sie», wiederholte sie.

Frieda wollte nicht lesen, was dort stand, tatsächlich wehrte sich jede Faser ihres Körpers dagegen, auch nur ein Wort aufzunehmen. Gleichzeitig empfand sie eine brennende Neugier.

«Wir haben zu lange gewartet», wurde eine der Damen zitiert, die am frühen Morgen den 19. Februar auf dem Landsitz des britischen Schatzkanzlers David Lloyd George eine Bombe gezündet hatten. «Wenn es für Männer richtig ist, für ihre Rechte zu kämpfen, dann ist es auch richtig für Frauen.» Die Bombe hatte aus Schwarzpulver und Paraffin bestanden, und tatsächlich waren es zwei gewesen, von denen jedoch nur eine explodiert war.

«Woher haben sie denn ein solches Wissen?»

Erstaunt über Friedas Frage, der augenblicklich verlegene Röte ins Gesicht schoss, legte die Dame den Kopf schief.

«Was meinen Sie?»

«Ich wüsste nicht, wie man eine Bombe baut», flüsterte Frieda, nachdem sie sich vergewissert hatte, dass niemand ihnen zuhörte. Das Abteil war leer bis auf eine Person, einen Herrn, der, den Kopf in den Nacken gelegt, sonor schnarchend schlief.

«Ich weiß überhaupt nicht, wie Dinge funktionieren. Wie zum Beispiel das Gas in die Lampe gelangt und warum es brennt. Oder wieso bei einem Auto zunächst gekurbelt werden muss. Oder ... wie kommt das Zeppelin in die Luft, und wieso bleibt es dort und fällt nicht hinunter?»

«Sie haben eine Menge physikalischer Fragen.» Die Dame nickte. «Es ist gut, dass Sie sie stellen.»

«Aber ...» Frieda klopfte auf den Zeitungsartikel. Ein unbekanntes Prickeln hatte sie erfasst. Am liebsten wäre sie aufgesprungen, um etwas zu tun, auch wenn sie nicht wusste, was. «Wo haben diese Frauen so etwas gelernt? Werden sie in Großbritannien etwa in Naturwissenschaften unterrichtet?»

«In einigen Schulen durchaus. Doch letztlich ist es an jeder einzelnen, sich fortzubilden. Kein Staat kann seinen Bürgern das Lesen verbieten. Es gibt zu allem Lektüre, die ausreichend erklärt und Wissen auf eine Weise vermittelt, die jeder versteht.»

«Auch eine Frau?»

«Ja, wieso denn nicht?» Die Dame lächelte. Ihre Augen strahlten in lichtem Grau, die Iris durchdrungen von leuchtend orangenen Punkten. «Sind Frauen dümmer als Männer? Sicherlich nicht. Sind sie naiver? Jeder Mensch ist am Anfang seines Lebens klein. Doch er wird größer, das ist die Natur der Dinge, in den Schulen aber wird wider diese Natur gehandelt. Die Jungen dürfen sich intellektuellen Fragen stellen und daran wachsen. Die Mädchen jedoch werden in kleinen Sphären gehalten; der Ausblick in die weite Welt wird ihnen verwehrt.»

«Aber wieso?»

«Damit sie den Herren nicht das über Tausende von Jahren Verteidigte streitig machen.»

Frieda runzelte die Stirn. Nein, so einfach konnte es nicht sein – so *menschengemacht*. Diese Dinge folgten den Gesetzen der Natur. Eine Frau besaß ein kleineres Gehirn, das lange nicht zu so viel fähig war wie das eines Mannes. Und warf ihr Werner nicht ebendies immer wieder vor? Er war gewiss niemand, der sie klein halten wollte, vielmehr wollte er sie groß sehen, klug, wortgewandt ... Eine Erinnerung schob sich in ihren Gedankenfluss. Da hatte er sie geschlagen, weil sie auf die Frage des Pfarrers hin, wieso sie die heidnischen Bräuche der Landbevölkerung nicht störten, damit geantwortet hatte, dass ihr eben diese Bräuche gefielen. Schließlich gäbe es viel mehr Weiblichkeit darin. Der Pfarrer hatte schmallippig das Haus verlassen, und danach war eine Teetasse zu Bruch gegangen, und ihre rechte Schulter hatte noch Tage lang geschmerzt.

«Nun ja», sagte sie abwehrend und reichte der Dame den Artikel zurück. «Ich bin zumindest froh, dass es hierzulande keine Bomben gibt.»

Nachdenklich sah die Frau sie an. Dann nahm sie den Zeitungsartikel, faltete ihn sorgfältig zusammen und ließ ihn wieder in ihrer Manteltasche verschwinden. Sie schwiegen, und dieses Schweigen war derart unangenehm, dass Frieda Erleichterung verspürte, als sie die ersten Dächer von Schleswig entdeckte. Dann fiel ihr ein, was sie erwartete.

«Auf Wiedersehen. Haben Sie noch eine gute Weiterreise.»

«Sie ebenso», antwortete ihr die Dame. «Und falls Sie je nach Hamburg kommen, besuchen Sie mich. Emmeline Kolsch ist mein Name. Bitte, meine Karte.»

Auf dem Bahnsteig glitt Frieda die Visitenkarte aus der Hand und landete in einer schmutzdurchtränkten Pfütze. Im ersten Augenblick wollte Frieda sie liegen lassen, doch dann besann sie sich. Das Fräulein sah ihnen ja vielleicht noch aus dem Zugfenster zu. Sie bückte sich und ließ die Karte mit einem Kopfschütteln in ihrer Brusttasche verschwinden.

«Frau nett», sagte Helly.

«Ja, Mäuschen, das stimmt.»

«Hause?»

Frieda nickte. Das Gesicht ihrer Tochter verdüsterte sich.

Auf der Hälfte der Strecke, kurz vor Süderbrarup, bat Frieda den Kutscher anzuhalten. Sie kletterte die Stufen hinab und war erstaunt, wie herb und bitter die Luft schmeckte. Mit zusammengekniffenen Augen sah sie sich um. Vielleicht verbrannte jemand Torf, Rauchwolken aber konnte sie nicht entdecken. Graublau war der Himmel, schwere, beinahe bewegungslose Wolken verharrten über der platten Landschaft. Kaum ein Laut war zu hören bis auf das Rauschen des Windes im Gras, hier und da ein Zwitschern, das sie keinem Vogel zuordnen konnte. Wie sehr hatte sie die Landschaft rund um ihre Heimat stets geliebt. Sie kannte keine andere, was ihrer Liebe jedoch keinen Abbruch tat. Eine einzige Nacht, in der sie sie nicht gesehen hatte, reichte, um ihr Herz am Morgen wieder froh hüpfen zu lassen.

Nun aber fühlte sie sich traurig und so bitter wie die Luft, die sie umgab. Die Angst schnürte ihr das Herz zusammen. Ihr Zuhause war kein Ort des Schutzes mehr. Es war ein Ort voller Gefahren, und dies war ihr nur bewusstgeworden, weil sie ihn einmal verlassen hatte. Nichts würde sich ändern, wenn sie zurückkehrten. Und bald, sicher schon nach wenigen Tagen, würde sich ihre Wahrnehmung verändern, die Angst würde wieder ihr Geleit, sie würde stetig das Rauschen ihres Blutes hören und das zu rasch klopfende Herz. Es würde keinen Ausweg mehr geben, nicht weil Werner sie zurückhielte, sondern weil sie selbst vergessen würde, dass ein anderes Leben möglich war.

Doch das war es. Die Frauen aus England, von denen sie in dem Artikel gelesen hatte, waren das deutlichste Beispiel. Wie auch Emmeline Kolsch, auf deren Visitenkarte in geschwungener Schrift *Weltreisende in Gedanken* stand.

Sie dachte an die Reisen, die sie in ihrer Phantasie mit Helly unternahm. Kolumbien. Mexiko. Afrika. Danach fühlte sie sich immer, als habe sie etwas Verbotenes getan, und es schnürte ihr für einen kurzen Moment die Luft ab.

«Kehren Sie um», sagte Frieda zu dem Kutscher, der sie baff anstarrte. «Und fahren Sie nicht auf den Hauptstraßen.»

4

Hamburg-Sankt Pauli
Dienstagnachmittag, 20. Februar 1962

Vielleicht passt dir etwas.»

Erstaunt blickte Marie Frau von Tieck nach, die eine wedelnde Geste durch den Raum gemacht hatte und wieder in den Flur getreten war. Nun sah sie sich in dem kleinen Zimmer um, das wohl einst als begehbarer Kleiderschrank gedient hatte, aber bis auf ein paar Bügel, an denen etwas hing, so leer wie das Wohnzimmer wirkte.

Sie wusste nicht recht, was sie hier sollte, aber sie war ja auch noch gar nicht richtig wach. Ihre erste Nacht in der Schmuckstraße war weit unruhiger gewesen, als sie gedacht hatte. Nicht etwa weil Musik und Gelächter aus den Straßen zu ihrem Hoffenster hochgedrungen wären, sondern weil die alte Dame stündlich auf die Toilette ging. Andauernd war Marie aufgeschreckt, denn die Wasserspülung hatte laute glucksende Geräusche von sich gegeben, zudem schien Effie von Tieck stets erst eingefallen zu sein, dass sie nicht allein war, wenn sie die Tür zu ihrem Schlafzimmer hinter sich schloss, während sie jene zum Bad noch mit einem lauten Krachen zugeworfen hatte.

Marie gähnte ausgiebig.

«Keine falsche Scheu», rief ihre Gastgeberin aus dem Flur. «Du brauchst etwas zum Anziehen.»

«Ja, aber ich sehe gar nichts.»

Ein ungläubiges Schnauben ertönte. «Guck hinter der Tür nach.»

«Welche Tür?»

«Na die in der Wand!»

Tatsächlich, da war eine Tür eingelassen, die mit derselben cremeweißen Tapete beklebt war wie die Zimmerwände. Ein Kunststück, sie auf den ersten Blick zu erkennen.

Marie drehte den Knauf und zog die Tür auf. Staubige Luft schlug ihr aus einer niedrigen Kammer entgegen, die mit Regalbrettern ausgekleidet war. Darauf lagen Kleider, Blusen, Pullover, Hemden, allesamt gefaltet, zwischen den Lagen knisterte Duftpapier. Der zarte Geruch von Lavendel drang an Maries Nase.

Den Gedanken, in anderer Menschen Kleidung herumzuwühlen, fand sie doch äußerst befremdlich. Zumal Frau von Tieck größer war als sie selbst und kräftiger.

«Nun bediene dich schon!»

«Jaja», murmelte Marie in sich hinein. Aufs Geratewohl griff sie nach einer Strickjacke, die sich überraschend weich anfühlte. Eine teure Wolle, vielleicht Kaschmir, mutmaßte sie, auch wenn sie so etwas bislang nur im Alsterhaus gesehen hatte, wo sie hin und wieder mit großen Augen durch die Gänge lief, ohne sich je auch nur eine Haarspange leisten zu können.

Entweder war das Kleidungsstück eingelaufen oder

es hatte ihrer Gastgeberin nie gepasst, denn als Marie hineinschlüpfte, saß es bis auf die etwas zu kurzen Ärmel wie angegossen. Der Schnitt kam ihr altmodisch vor – eher aus den Dreißigern stammend als der aktuellen Mode entsprechend.

«Es ist von allem etwas da», rief Frau von Tieck. «Röcke. Oder magst du lieber Hosen?»

Hosen hatte Marie bislang nur einmal zu tragen gewagt und war prompt von einem empörten Mann mit einem Apfelbutzen beworfen worden. Danach hatte sie sich für lange Zeit nichts sehnlicher gewünscht, als nach Amerika zu ziehen, wo man in dieser Hinsicht offenbar weniger Vorbehalte hatte.

«Ich habe schon länger keine mehr getragen», sagte sie ausweichend.

Effie von Tieck polterte ins Zimmer. «Wieso nicht? Du hast lange Beine, auch wenn du insgesamt ja eher kurz geraten bist. Aber wenn man schöne Beine hat, sollte man Hosen tragen, da kommen sie viel besser zur Geltung. Außerdem kann man zum Bus rennen. Und sich bücken, ich finde, das ist das Beste daran. Oder auf Bäume klettern. Auch nicht schlecht.»

Ihre Laune schien heute Morgen weit besser zu sein als gestern. Sie wirkte geradezu fröhlich. Marie unterdrückte ein Lächeln, als Frau von Tieck sie sanft an den Schultern packte und zur Seite schob.

«Ich suche dir was raus.»

Wenig später stand Marie in einer weit geschnittenen, weich fallenden Hose mit hohem Bund vor dem Badezimmerspiegel. Dazu trug sie eine blau-weiß gestreifte

Bluse mit Schluppe und die blaue Strickjacke und kam sich geradezu mondän vor. Das Einzige, was ihr Kopfzerbrechen bereitete, war die Frage, woher ihre Gastgeberin all diese hübsche Kleidung wohl hatte.

Als Marie in den Flur trat und sich verlegen eine Haarsträhne hinter das Ohr strich, betrachtete Effie sie mit leuchtenden Augen. Doch das dauerte bestenfalls Sekunden. Schlagartig fiel ihre fröhliche Miene in sich zusammen, ihr schossen Tränen in die Augen, und sie stapfte wortlos, aber so laut, dass das Geschirr im weit entfernten Küchenschrank klapperte, zur Wohnungstür.

Mit einem lauten Rumms fiel die Tür hinter ihr ins Schloss. Enttäuscht und mindestens ebenso erschrocken kehrte Marie zum Badezimmerspiegel zurück. Was war in Frau von Tieck gefahren? Sollte sie die Sachen doch lieber wieder ausziehen?

Sie entschied, genau das zu tun, und schlüpfte in das Kittelkleid, das sie als Spende in der Neugrabener Schule erhalten hatte. Ihre eigene Bluse und der Rock starrten vor Schmutz, vor allem aber waren beide Kleidungsstücke eingerissen, wie sie bei einer genaueren Untersuchung am vergangenen Abend festgestellt hatte.

Ihr erneuter Anblick im Spiegel war alles andere als erhebend. Der verblichene einst rosa geblümte Kittelstoff roch nach fremdem Schweiß, nach Gallseife und Zigarettenrauch, auch wenn er zweifelsfrei gewaschen worden war, bevor man ihn ihr ausgehändigt hatte. Sie sah blass darin aus und unförmig, und die Schrammen und blauen Flecken in ihrem Gesicht, die zwar schon verblassten, traten wieder deutlicher hervor.

Nun ja, es gab Schlimmeres. Marie blickte ihrem Spiegelbild fest in die Augen.

«Das bekomme ich schon hin», sagte sie. Sie wusste nicht, was genau sie meinte, aber das war egal. Ein ganzer Tag lag vor ihr. Sie würde ihn dazu nutzen, nach ihren Nachbarn zu suchen. Womöglich wusste der Beamte auf der Davidwache heute mehr. Und dann gab es sicher Aushänge, so wie damals im Krieg, wo ganze Hauswände voll Zettel gewesen waren, auf denen die Namen von Gesuchten gestanden hatten.

Sie erinnerte genau, dass auch sie einen aufgehängt hatte mit dem Namen ihrer Mutter darauf. Es war vollkommen überflüssig gewesen, sie hatte ja gewusst, dass Klara gestorben war. Dennoch war es ihr tröstlich erschienen, den Zettel dort hängen zu sehen.

Manchmal galt es eben, Hoffnung zu finden, wo eigentlich keine war. Und die Nase hoch zu tragen. Hoch wie Spitze einer Sonnenblume.

Nachdem sie das Badezimmerlicht gelöscht hatte, wollte sie gerade nach ihrem Mantel greifen, als ihr Blick auf eine Zeitung fiel, die hinter einer der Kisten im Flur hervorlugte. Sie trat näher. Es war eine Ausgabe des *Hamburger Abendblatts*. Marie atmete tief ein und zog sie aus dem Spalt zwischen Karton und Wand hervor. In großen Lettern stand auf dem Titelblatt:

**HAMBURGER, BITTE HELFT!
NEHMT OBDACHLOSE AUF!**

Darunter, in kleinerer Schrift:

> Die Sturmflutkatastrophe hat nach den bisherigen Ermittlungen 119 Todesopfer gefordert. Mindestens 150 Männer, Frauen und Kinder werden noch vermißt. Rund 12000 Hamburger sind immer noch vom Wasser eingeschlossen.

Marie wischte sich über die Stirn. 119 Todesopfer!

> Auch heute Vormittag ließ sich das Ausmaß der Flutkatastrophe noch nicht annähernd übersehen. In Hamburg stehen rund 70 Quadratkilometer unter Wasser. Die Flut läuft aus den meisten Überschwemmungsgebieten nur sehr langsam ab. Mehrere Deiche mußten durchstochen werden, damit das Wasser in die Elbe strömen kann. Auf der Wilhelmsburger Insel, die in der Nacht zum Sonnabend fast völlig überflutet worden ist, (...) beginnt das Wasser allmählich zu fallen.

Es gab Hoffnung, hämmerte es in ihrem Kopf. Der Wasserpegel fiel, aber wann würde sie zurückkehren können? Bis Oberlippe Unterkante, so hatte Effie von Tieck gesagt, was bedeutete das für die Siedlung? Und wie sah wohl ihr Haus aus? Die Fotografien, die in der Zeitung abgedruckt waren, ließen nur wenig erkennen. Dennoch verbarg das grobkörnige Schwarz-Weiß kaum, dass der Sturm eine Bresche der Verwüstung geschlagen hatte.

Von der Süderelbbrücke, las sie weiter, *drohte heute Mittag die wichtigste Verbindungsstraße im Katastrophengebiet, die Georg-Wilhelm-Straße, total einzustürzen.*

Marie schloss die Augen. Dann öffnete sie sie wieder, nahm ihren Mantel, der nicht ganz so mitgenommen wirkte wie der Rest ihrer Kleidung, schlüpfte in ihre Stiefel und eilte aus dem Haus. Sie würde zuerst zur Davidwache gehen und dann jede einzelne Schule im Umkreis abklappern, denn sie nahm an, dass jene in Neugraben nicht die einzige war, in der die Opfer der Flut untergebracht worden waren. Und dann würde sie versuchen, nach Hause zu kommen.

Wie auch immer.

Schwärze und Kälte. Wasser, nichts als Wasser, über, neben und unter ihr. Ein klägliches Wimmern war zu hören, das sie mit Grauen füllte. Das Wasser stieg, erst bis zu ihrer Brust, dann bis zum Hals. Sie wollte den Mund öffnen und schreien, doch kein Ton kam über ihre Lippen.

«Marie!»

Licht flammte auf. Verwirrt sah sich Marie in dem kleinen Zimmer um, das ihr vollkommen fremd war. Eine Lampe aus Korbgeflecht baumelte von der Decke. Schatten zuckten über die roh verputzten Wände.

In der Tür stand eine Gestalt in einem rüschenbesetzten Nachthemd. Effie von Tiecks Gesicht war in besorgte Falten gezogen. Über dem schlohweißen Haar trug sie ein Haarnetz.

«Hast du schlecht geträumt?», fragte sie.

Noch halb im Schlaf gefangen, nickte Marie. Sie glaubte das eiskalte Wasser zu spüren, das sich den Stoff ihres Kleides hinauffraß und im Nullkommanichts ihre Hüften umspülte. Hastig setzte sie sich auf und zog die Beine an.

«Ich wünschte, ich könnte wieder arbeiten», murmelte sie.

«Was?»

«Arbeiten. In dem Hotel, bei dem ich angestellt bin.»

Ihre Gastgeberin setzte sich auf die Bettkante und streckte die in ovalen samtbezogenen Pantoffeln steckenden Füße aus. «Ja, und wieso tust du es nicht? Abgesehen natürlich vom Offensichtlichen, dass du aussiehst wie in eine Schiffsschraube geraten. Aber langsam geht es.»

Unwillkürlich tastete Marie wieder über ihre Stirn, doch da war kaum mehr eine Beule zu spüren. Nur noch etwas Schorf.

«Du siehst schon wieder halbwegs annehmbar aus.»

«Danke.»

Frau von Tieck lächelte, wurde aber gleich wieder ernst. «Wieso hast du die Sachen zurückgelegt, die ich dir gegeben habe? Haben sie dir nicht gefallen?»

Marie wunderte sich, wieso die Dame mitten in der Nacht derart Unwichtiges ansprach, und schüttelte den Kopf. «Ich hatte das Gefühl, es würde Sie ...» Wie sollte sie es ausdrücken? Vielleicht lag sie ja komplett daneben, aber Frau von Tieck hatte ausgesehen, als sehe sie ein Gespenst. «Als würde der Anblick Sie verletzen», schloss sie.

Nachdenklich sah Effie von Tieck sie an. «Du hast recht», sagte sie leise und senkte den Blick auf ihre mit Altersflecken gesprenkelten Hände. «Ja, das tut es. Die Sachen erinnern mich an jemanden, den ich sehr vermisse. Aber das ändert sich nicht dadurch, dass du die Sachen trägst oder nicht trägst, also bitte. Nimm mir meine Reaktion nicht übel und zieh sie morgen an, ja?»

Marie zog es vor, darauf nicht zu antworten. Effie von Tiecks Stimmung schien so wechselhaft wie der Himmel über Hamburg zu sein, da wollte sie lieber keine Voraussage treffen, ob sie oder ob sie nicht morgen eine seidenweiche Strickjacke überstreifen würde.

«Was hast du heute gemacht?», wechselte Effie von Tieck unvermittelt das Thema. Sie hatten sich am Abend kaum mehr zu Gesicht bekommen. Bloß einen Teller mit Knäckebrot hatte Marie auf dem Küchentisch vorgefunden. Vermutlich hatte die Nachbarin es vorbeigebracht. Sie hatte alle fünf Scheiben verputzt, anschließend jedoch immer noch Hunger gehabt und war zeitig zu Bett gegangen. Wer schlief, bemerkte seinen knurrenden Magen nicht.

«Ich habe versucht, meine Nachbarn ausfindig zu machen. Und dann habe ich versucht, meinen Adoptivvater anzurufen.»

«Und?»

Marie hob die Schultern. «Weder das eine noch das andere war sonderlich erfolgreich.»

«Nicht sonderlich oder gar nicht?»

«Gar nicht.» Marie presste die Lippen aufeinander. Auf der Wache hatte man sie freundlich gebeten, in den kommenden Tagen nicht wiederzukommen. Niemand wisse, wer wann wo untergekommen sei, bestenfalls der Herr im Himmel, aber der habe wohl auch gerade eine Menge zu tun und wolle womöglich nicht belästigt werden.

Das Telefonnetz im Alten Land funktionierte noch nicht wieder. Nach wie vor wurden die vom Wasser eingeschlossenen Regionen aus der Luft versorgt. Sie durfte nicht daran denken, was alles Schreckliches geschehen sein konnte.

«Und Sie?»

«Kannst du nicht du sagen?» Frau von Tieck seufzte verlegen. «Ich komme mir ja wie auf dem Amt vor, wenn du mich ständig siezt.»

«Gut», sagte Marie nach kurzem Überlegen. Einerseits war ihr die alte Dame nicht ganz geheuer – sie war so wankelmütig, manchmal außerordentlich freundlich, dann wieder so harsch, dass Marie am liebsten auf der Stelle das Weite suchen würde. Doch sie durfte nicht vergessen, dass Effie von Tieck sie bei sich aufgenommen hatte. Einfach so. Ohne im Gegenzug etwas zu erwarten.

«Gern.»

Erleichtert atmete Effie von Tieck auf. «Also, ab jetzt nennst du mich Effie und nicht Frau von Was-weiß-Ich?»

«Einverstanden.»

«Dann gute Nacht.» Damit erhob sich die alte Dame und warf die Zimmertür hinter sich zu, dass sie nur so schepperte.

Verwirrend, diese Frau.

Marie drehte den Lichtknauf und ließ sich wieder auf das Bett sinken, das herrlich warm war, die Matratze fest, das Kissen nicht zu dick, genau, wie sie es mochte. Nachdenklich blinzelte sie in die Dunkelheit. Wieder kehrten ihre Gedanken zu ihren Nachbarn zurück. Hoffentlich waren Kristin samt Familie und Peer wohlauf. Marie weigerte sich zu glauben, dass die Buche Peer etwas getan hatte. Bestimmt war er noch gar nicht vom Kiosk wieder nach Hause zurückgekehrt, als die Welt sich zu drehen aufhörte und das Wasser kam.

Und ihr Adoptivvater, wie erging es wohl ihm? Ob Heinrich dieselbe miesepetrige Miene zur Schau stellen würde wie immer, wenn sie sich endlich zu ihm durchschlagen konnte? Das vergangene Weihnachtsfest war ihr als ziemlich traurige Veranstaltung im Sinn geblieben. Nach zwei Stunden, die er beharrlich geschwiegen hatte, hatte Marie einen Spaziergang vorgeschlagen. Er hatte sie angesehen, als habe sie ihn zu einer Reise zum Mond überreden wollen.

«Aber geh nur», hatte er gebrummelt. «Ich merk doch, dass du lieber schneller als langsamer wieder zurück nach Hamburg willst.»

Sie schloss die Augen und begann gerade in ihre Träume zu gleiten, als ein Geräusch sie hochschrecken ließ. Keuchend setzte sich auf, als sie sich gewahr wurde, dass ihr in diesem Haus kein Sturm etwas anhaben konnte. Sie befand sich in der dritten Etage.

Aber was hatte sie dann aufschrecken lassen? Sie spitzte die Ohren und lauschte in die Dunkelheit. Da war es wieder. Kein Wind, kein Rütteln am Dach oder an den Fensterläden, nein, es war ein verhaltenes Schluchzen.

Ohne zu zögern, schwang Marie die Füße aus dem Bett und schlich in den Flur.

«Effie?», fragte sie dann leise, nachdem sie sachte gegen Effies Zimmertür geklopft hatte.

Sie hörte, wie Effie sich räusperte, eine Kommodenschublade aufzog und dann wieder schloss.

«Darf ich hereinkommen?»

Schweigen. Schließlich: «Ja.»

Die alte Dame sah aus wie ein Häuflein Elend, wie sie in ihrem bauschigen Nachthemd auf dem Bett saß. Das weiße Haar steckte immer noch unter dem Haarnetz, doch es sah aus, als habe es sich Effie trotzdem gerauft. Ihre Augen wirkten verquollen, Tränenspuren glänzten auf ihrer Haut.

«Was ist denn?», fragte Marie. «Wieso bist du traurig?»

Gequält verzog Effie das Gesicht. Sie begann wieder in sich hineinzuschluchzen. Ihre Schultern bebten.

Nach einem kurzen Augenblick, in dem sie sich überlegt hatte, ob sie sich pietätsvoll wieder zurückziehen sollte, setzte sich Marie auf die Bettkante und nahm die alte Dame in die Arme. Effie ließ es widerstandslos geschehen und weinte, immer lauter und heftiger weinte sie, bis Maries Nachthemd am Hals durchfeuchtet war und Effie alle Kraft verließ.

«Möchtest du darüber sprechen?»

Effie schüttelte den Kopf.

«Kann ich etwas für dich tun?»

Erneutes Kopfschütteln, das jedoch zögerlich wirkte.

«Wenn es irgendetwas gibt», sagte Marie und griff behutsam nach Effies Hand, die so heiß war, als fieberte sie, «bitte lass es mich wissen. Eine Kleinigkeit.» Sie dachte an das Hämmern gegen die Tür. Wer hatte dort nur gestanden? «Oder eine größere Sache. Wo immer ich dir helfen kann, versuche ich es.»

Effie schluckte. Sie sah so aus, als würde sie am liebsten mit etwas herausplatzen, wage es aber nicht.

«Was kann ich tun?», wiederholte Marie.

«Mein Danzhus», wisperte Effie. «Es ist alles futsch. Alles wurde mir genommen.»

Wovon redete Effie nur?

«Danzhus?», fragte Marie.

Die alte Dame nickte.

«Was ist das?»

Nachdenklich sah Effie sie an. Dann stand sie auf und ging mit wackligen Beinen zu einem schmalen Schreibtisch am Fenster, öffnete eine Schatulle und zog einen Zeitungsausschnitt hervor.

Als Effie ihn ihr in die Hand gedrückt hatte, sah Marie, dass er aus dem Jahr 1918 stammte. In Frakturschrift titelte er:

Feierliche Eröffnung zu Silvester. Am 31. Dezember dieses so ereignisreichen Jahres wird das Ballhaus Danzhus seine Pforten eröffnen und Jung und Alt zum Tanze einladen. Wir bitten um zeitnahe Anmeldung unter folgender Adresse: Danzhus c/o Kolsch, Kornträgergang 6, Hamburg

Die körnige Schwarz-Weiß-Fotografie zeigte vier Menschen vor einem zweistöckigen Gebäude. Einen Mann mit Schiebermütze, zwei Frauen, die lachend in das Kameraobjektiv blickten, und ein Mädchen mit dunklem, vollem Haar und dem ernsthaftesten Gesicht, das Marie je gesehen hatte.

«Wer ist das?», fragte sie.

Erneut quollen Tränen unter Effies Lidern hervor. «Sei mir nicht böse», sagte sie und streckte die Hand aus. Sachte reichte ihr Marie den Zeitungsartikel zurück. «Es ist spät, ich brauche meine Ruhe. Vom Danzhus erzähle ich dir ein andermal. Bitte lass mich allein.»

«Natürlich.» Nachdenklich ging Marie zur Tür, wo sie sich noch einmal zu dem Häuflein Elend auf dem Bett umwandte. Doch Effie hatte sich schon auf die Seite gedreht.

So zog Marie sachte die Tür hinter sich zu und ging ins Bett, wo sie noch lange ins Dunkel starrte und sich fragte, was es mit dem Danzhus auf sich hatte und wer die Menschen auf dem körnigen Bild waren.

Der Hauptbahnhof lag keine fünf Minuten vom Hotel Atlantic entfernt und war an diesem Donnerstagvormittag noch voller als sonst. Beinahe hätte Marie den altbekannten Aufgang zum Hachmannplatz hin gewählt, um zur Arbeit zu gehen. Wie ein alter Gaul, dachte sie, während sie sich einen Weg durch das Gedränge zu bahnen versuchte. Doch ihren Dienst im Atlantic durfte sie noch immer nicht wieder antreten, davon abgesehen wirkte ihre Arbeit als Zimmermädchen so weit entfernt wie alles andere, was mit ihrem vorherigen Leben zusammenhing; als wären seit dem vergangenen Freitag Jahrzehnte vergangen und nicht ein paar Tage.

Um einen Schaffner, der sich verlegen unter seiner Mütze kratzte, hatte sich eine kleine Menschengruppe gebildet. Nicht, was sie sagten, hatte Maries Aufmerksamkeit erregt, sondern der verzweifelte Ausdruck auf ihren Gesichtern.

«So leid es mir tut», hörte sie den Schaffner murmeln,

«ich weiß auch nicht, wann die Bahnstrecke wieder freigegeben wird.»

Sie trat näher.

«Aber wenn Sie es nicht wissen, wer dann?», fragte eine junge Frau, die den Tränen nahe zu sein schien.

«Der Senat, wertes Fräulein, sonst fällt mir beim besten Willen niemand ein. Fragen Sie Helmut Schmidt, der scheint ja alles zu wissen neuerdings.»

Hatte der Polizist auf der Davidwache nicht etwas ganz Ähnliches gesagt?

«Ja, aber wie soll ich denn zu Senator Schmidt durchdringen?» Die Dame nahm ihren Hut ab und zog die Schultern hoch. Wie ein schutzbedürftiges Vögelchen sah sie aus. «Mein Verlobter, wissen Sie, ich habe seit Freitag nicht von ihm gehört.»

«Und ich nicht von meiner Tochter», sagte eine Frau mit geröteten Wangen und einem seltsamen Ausschlag auf den Händen.

«Niemand sagt einem, wo man sich erkundigen kann. Und die Polizei weiß nichts oder will nicht helfen und...», erregte sich ein Herr in einem steif sitzenden, weit geschnittenen Anzug. «Und wieso kommt denn die Bundeswehr rüber, aber wir nicht? Keiner kann uns sagen, wo unsere Angehörigen sind. Niemand kann helfen, und da kommen die daher und... Es ist ja nicht so lange her, dass sie ihre Verbrechen begangen haben in diesem Land, aber jetzt helfen sie pl...»

«Hans, bitte», unterbrach ihn eine Dame, die wohl seine Frau war. «Nicht jetzt. Wir sind doch wegen Martin hergekommen.»

«Natürlich.» Der Mann schloss den Mund und zog die Stirn in Falten. Er sah aus wie ein zerknautschtes Kissen, dachte Marie und fragte sich im selben Augenblick, wieso derlei unpassende Gedanken durch ihren Kopf geisterten.

«Unser Sohn», erklärte er den Umstehenden, die voller Mitleid nickten. «Ein guter Junge. Einen besseren kann man sich kaum wünschen.»

Blinzelnd wandte sich Marie ab.

«Die Straßenbahn fährt», sagte ein junger Mann, der im Begriff war, an der kleinen Gruppe vorüberzulaufen, und wohl das Gespräch aufgeschnappt hatte.

«Nach Wilhelmsburg?», erkundigte er sich zur Sicherheit. «Dorthin wollen Sie?»

«Ja!», drang es ihm aus mehreren Mündern entgegen.

«Dann müssen Sie nach draußen. Busse fahren, heißt es in der Zeitung, und auch eine Straßenbahn.»

Marie hörte nicht mehr, ob er auch eine Liniennummer nannte. Sie wusste, wo die Straßenbahn über die Elbbrücken abfuhr, die von der Lombardsbrücke aus kommend den Hauptbahnhof passierte und dann weiter die Süderelbe ansteuerte. Erst als sie losgelaufen war, fiel ihr ein, dass sie den Umstehenden hätte Bescheid geben sollen, doch als sie sich umsah, bemerkte sie, dass ihr der ganze Tross sowieso folgte.

«Die Nummer elf», rief sie über ihre Schulter, «fährt vom Klosterwall ab.»

Eine gute Stunde später stand sie reglos auf dem Feld, das einmal ihr Nachhauseweg gewesen war. Der Wind wollte sie vor sich herdrängen, aber sie hatte die Stiefelabsätze in den Matsch gerammt und sah sich um, während ihr Herz raste und sich ein scheußlich bitterer Geschmack in ihrem Mund ausbreitete.

Nichts sah so aus wie am vergangenen Freitag. Der Deich war gebrochen, ein entsetzliches klaffendes Loch, das wie eine riesige Wunde aussah. Schwarz ragte daraus der geborstene Zollzaun in den dunkelgrauen Himmel. In ihrem Kopf erklang sein Knirschen, als er barst, dieses scheußliche durchdringende Geräusch, und dann war das Wasser gekommen ...

Graupel wehte ihr ins Gesicht. Mit der Zungenspitze fuhr sich Marie über die Oberlippe. Sie zog die Schultern hoch, schlang die Arme um den Körper und war froh darum, Effies weiche Strickjacke zu tragen, die sie tröstlich wärmte. Je näher sie der Schrebergartensiedlung kam, desto beschwerlicher wurde der Weg. Jetzt war es nicht bloß der Schlamm, sondern zerborstene Bretter, verbogene Metallstühle und allerlei weiterer Unrat, den das Meer gebracht und zurückgelassen hatte.

Das Meer ...

Es war doch unvorstellbar, dass es bis hierher gedrungen war. Normalerweise floss die Elbe zur Nordsee, doch diesmal hatte die See den Fluss zurückgedrängt.

Marie verlangsamte ihre Schritte. Hier hatte sie am Freitag mit Peer gestanden. Worüber hatten sie geredet? Über Lütt un Lütt, sein Lieblingsgetränk. Peer mit seinem Grinsen, seiner nach Torf stinkenden Pfeife, seiner berüchtigten Neugier. Er hatte zum Kiosk gehen wollen, und diesen Kiosk gab es nicht mehr.

Vergebens blinzelte Marie ihre Tränen fort, fuhr sich

mit dem Handrücken über die Nase und stapfte weiter. Sie hob erst wieder den Kopf, als sie vor dem Eingang der Kleingartenanlage stand. Ein Eingang, der jedoch keiner mehr war, sondern ins Nichts führte. Nur zwei Zaunpfosten standen dort noch. Daran befestigt war ein Holzschild, das im Wind klapperte. *Seuchengefahr* stand darauf. Etwas weiter dahinter flatterte ein großer Zettel. Darauf hatte jemand mit großen schief stehenden Buchstaben geschrieben

> *Typhusimpfung bei Doktor Malchow,*
> *Koppelstieg 8*
> *Nach der Impfung zwei Tage Alkoholverbot!*

Das Haar wehte ihr ins Gesicht, doch Marie spürte es kaum. Sie war weitergelaufen und starrte nun auf die Stelle, an der Mechthilds Haus gestanden hatte.

Das erste Haus am Deich.

Ein paar Dielenbohlen waren davon übrig geblieben. Und ein Kanten des gelb gestrichenen Fensterrahmens lag noch da. Von Peers Haus daneben war gar nichts mehr zu sehen, stattdessen starrte Marie auf ein Gewirr aus kahlen Ästen und einem zerknickten Stamm.

«He!», drang eine Stimme an ihr Ohr.

Marie strich sich das Haar aus der Stirn und sah sich um. Ein schlaksiger, ärmlich bekleideter junger Mann stakste über den Schutt hinweg auf sie zu. Seine Haut war rot gefleckt, und alles an ihm schien zu rasch gewachsen zu sein, von seinem Kopf und dem Mund angefangen bis zu Händen und Füßen.

«He, Sie, zu stehlen gibt es hier nix!»

«Ich will nichts stehlen», entgegnete sie wütend.

«Was wollen Sie dann hier? Die Plünderer haben sich längst alles unter den Nagel gerissen, was von Wert war. Viel dürfte es aber nicht gewesen sein.»

«Ich habe hier gelebt», sagte sie und taxierte ihn aus zusammengekniffenen Augen. «Und manchmal sind Dinge für ihren Besitzer durchaus wertvoll, auch wenn sie nicht teuer waren.»

Zu ihrer Überraschung nickte der Junge und legte den Kopf schief. «Ich passe hier auf. Wie wechseln uns ab. Eigentlich gehen wir zur Schule, aber wir wurden freigestellt, um zu helfen.»

«Danke», sagte sie. «Mein Haus», Marie schluckte. Ihr Mund fühlte sich wie ausgetrocknet an. «Es stand dort drüben. Ganz am Ende.»

«Dann haben Sie Glück gehabt.»

«Ja», antwortete sie leise. «Wahrscheinlich.»

Er reichte ihr die Hand. «Soll ich Ihnen den Weg zeigen? Es ist ein bisschen schwierig, sich durchzukämpfen. Überall rausgerissene Bretter mit rostigen Nägeln, da sollte man besser nicht reintreten.»

Sie nahm seine Hand und war erstaunt darüber, dass es sich tröstlich anfühlte, nicht allein über das Trümmerfeld zu laufen, sondern mit einem vierzehn- oder fünfzehnjährigen Schüler an ihrer Seite.

«Wo warst du in der Sturmnacht?», fragte sie ihn.

«Oh, ich hab geschlafen wie ein Murmeltier. Ich wohne in Harburg, da haben wir kaum was mitbekommen. Erst tags drauf bin ich mit dem Rad so weit gefahren, wie ich gekommen bin. Und dann gab es den Aufruf an meiner Schule, zu helfen.»

«Ich weiß, es klingt albern, aber bist du einer Frau namens Kristin begegnet? Sie hat dunkles Haar, leicht gewellt, ist etwas älter als ich und hat zwei Kinder. Und einen Mann. Er heißt Janusz.»

Bedauernd hob er die Schultern.

«Oder einem Mann, so einem richtigen Seebären? Klein, o-beinig, immer eine Pfeife im Mund, Peer ist sein Name. Und dann suche ich nach Tomtom, ein richtiger Lulatsch, und …» In ihren Augen brannten Tränen. Himmel, es war doch albern, jeden einzelne Namen abzufragen.

«Wenn ich Sie wär, würd ich bei der Polizei nachfragen.»

«Das habe ich schon getan.»

«Und den Krankenhäusern. Und beim Ortsamt, weil die ja Bescheid bekommen, wenn sich jemand wegen der Hilfsgelder meldet, ne?»

Baff starrte sie ihn an.

«Das wissen Sie nicht? Wenn es Ihr Haus war, das die Flut plattgemacht hat, bekommen Sie Hilfe.»

«Das wusste ich nicht, nein.»

«Dann gibt's Handgeld. Fünfzig Mark. Und Geld für die Wiederbeschaffung von Möbeln und so 'nem Kram. Teppiche, Tiere, falls Sie welche hatten …»

Herbert. Sie senkte den Blick und atmete tief ein.

«Ich hatte nur das Nötigste, aber …»

«Ja, aber das Nötigste brauchen Sie jetzt doch auch, oder?» Er grinste aufmunternd. «So, hier besonders achtgeben. Da ist es rutschig, und überall ist zersplittertes Glas.»

Vorsichtig kletterte Marie über die Reste eines Hauses, das sie beim besten Willen nicht wiedererkannte. Ebenso wenig konnte sie ausmachen, wo Rosalinds Hütte gestanden hatte. Sämtliche Bezugspunkte, die anderen Gebäude, Hühnerverschläge, Gärten und Bäume, waren verschwunden. Alles lag brach, eine Ödnis aus kaputten Dingen, die so bedrückend wirkte, als stünde man am Rand eines Abgrunds.

«Hier waren Plünderer?», fragte sie. «Die haben das letzte bisschen geholt, was den Leuten noch geblieben ist?»

Der Junge nickte mit düsterem Gesicht.

«Wo es was zu ergattern gibt, gibt's Menschen, denen alles andere piepegal ist. Vom Geschäft vom Erdmann in der Fährstraße haben sie Fernseher geklaut und alle Radios. Geier sind das. Deswegen haben sich die Schüler aus den umliegenden Schulen zusammengeschlossen. Wir halten Wache.»

Sie hatten das hintere Drittel der Anlage erreicht. Hier türmte sich, aufgeschoben von den gewaltigen Wellen, noch mehr Schutt. In riesigen schlackigen Pfützen lagen durchweichte Daunendecken und Matratzen, Kinderspielzeug, Töpfe und Kleider. Zersplittertes Holz ragte schräg in den Himmel. Manche Hütten waren in der Mitte durchgeschnitten, die eine Seite in die Schräge gekippt. Andere waren schlicht verschwunden. So wie ihre, von der rein gar nichts übrig geblieben war.

«Da stand mein Zuhause», sagte Marie und bemühte

sich, nicht in Tränen auszubrechen, obwohl die Trauer alles in ihr erfasste.

Der Junge folgte ihrem Blick. Er runzelte die Stirn und nickte halb mitleidig, halb verständig. Marie musste sich auf die Unterlippe beißen, sie glaubte die Verzweiflung sogar in den Zehen zu spüren.

Mit schweren Schritten, den Kopf gebeugt, um ihre Umgebung nicht wahrnehmen zu müssen, machte sie sich auf den Rückweg zur Haltestelle.

Wie ausgestorben lag Sankt Pauli zur Mittagszeit da. Die Bordsteine glänzten vor Regen; in den Rinnen sammelte sich Unrat. Seit Marie an der Reeperbahn aus der Straßenbahn gestiegen war, kam sie sich vor wie in Wolken gehüllt. Alles fühlte sich taub an, ihr Körper, vor allem aber ihr Geist. Müde und erschöpft schloss sie fünf Minuten später die Haustür auf. Als sie die Treppe in den dritten Stock zu gehen begann, hörte sie von oben ein dumpfes Wummern. Dann eine Stimme: «Muss ich von nun an wirklich jeden Tag wiederkommen?»

Jäh waren ihre Sorgen und ihre Verzweiflung wie fortgewischt. Stand da etwa schon wieder jemand vor Effies Wohnung? Sie ballte die Hände zu Fäusten und eilte, zwei Stufen auf einmal nehmend, in die dritte Etage hinauf. Tatsächlich! Vor Effies Türe hatte sich ein Mann mit blondem streng nach hinten gekämmtem Haar aufgebaut, der gerade die Hand hob, um erneut anzuklopfen.

«Wenn sie nicht da ist, ist sie nicht da», schnappte Marie.

Der Kerl drehte sich um und betrachtete sie erstaunt,

wobei er ihren schlammverdreckten Stiefeln besondere Aufmerksamkeit schenkte. Mit seiner vornehmen Blässe und den tiefblauen, irritierend intensiv blickenden Augen wirkte er eigentlich nicht wie jemand, der ältere Damen belästigte. Zudem war er teuer gekleidet – in dem Anzug aus festem glänzendem Stoff könnte er glatt als Gast im Atlantic durchgehen.

«Ähm», sagte er zögerlich.

Marie stemmte die Hände in die Seiten und blitzte ihn voll Zorn an. «Waren Sie am Montag schon einmal hier?»

Er zog die Stirn in Falten.

«Wie kommen Sie darauf?»

«Nun, jemand *war* hier und hat geklopft, und da ich Sie eben sagen hörte, Sie müssten nun wohl jeden Tag wiederkommen, habe ich eins und eins zusammengezählt.»

Er sah aus, als wolle er zu einer Verteidigungsrede ansetzen, ließ es aber sein. Stattdessen zuckte er entschuldigend mit den Schultern. «Ich muss mit Effie sprechen.»

Nun waren es Maries Augenbrauen, die in die Höhe schossen.

«Für Sie Frau von Tieck», sagte sie, obwohl sie sich sehr gut an Effies Worte erinnerte, nicht gesiezt werden zu wollen. Doch wenn ein … nun, Zeitungsverkäufer oder so etwas vor der Tür stand oder jemand, von dem sich die alte Dame vielleicht aus einer Notlage heraus Geld geliehen hatte, oder was der Kuckuck auch der Grund für den Besuch dieses Herrn war, dann hatte er gefälligst höflich zu bleiben. Keine Vertraulichkeiten, so viel konnte man doch wohl verlangen!

Wenn er ein Gläubiger war, schoss ihr durch den Kopf,

würde das im Übrigen erklären, wieso Effie so blass geworden war vor Angst.

Marie trat so nahe an den Mann heran, dass sich ihre Nasenspitzen beinahe berührten. Sie dachte an die Plünderer, die keine Scham kannten und kein Mitgefühl. Da der Kerl keinen Platz hatte, um auszuweichen, drückte er seinen Rücken gegen Effies Tür und blickte Marie mit einer Mischung aus Nervosität und Belustigung an.

«Lassen Sie die arme Frau in Frieden.»

«Sie wissen doch gar nicht, was ich von ihr möchte.»

«Nein, aber ich weiß, dass sie Sie nicht sehen will.»

«Und woher?»

«Weil ich ebenfalls hier war, aber auf der anderen Seite der Tür.»

Nun blickte er nur noch belustigt drein, was Maries Zorn weiter anstachelte.

«Und was hatten Sie bei Effie zu suchen?», erkundigte er sich.

Da er sie abwartend ansah und seine Augen vor Schalk nur so funkelten, sagte sie schließlich langsam: «Ich wohne bei ihr. Und was wollen Sie hier?»

«Ich würde gern meine Großtante besuchen.»

«Oh.»

Davon, dass es ein Verwandter war, dem sie nicht die Tür öffnen wollte, hatte Effie kein Wort gesagt.

«Es tut mir leid», sagte sie verlegen und trat wieder einen Schritt zurück, damit er Platz zum Atmen hatte. «Marie. Hallo.»

Er streckte die Hand aus. «Konstantin Kirchner.»

«Verzeihen Sie, falls ich unfreundlich war.»

«O ja, das waren Sie.»

«Ich konnte ja kaum ahnen, dass Sie verwandt sind. Wieso würde sich Ihre Großtante lieber zwei Tage in den Regen stellen, als Sie zu sehen?»

Er blickte zu Boden und schnaubte. «Sie sind ein bisschen unangenehm ehrlich, hat Ihnen das schon einmal jemand gesagt?»

Ehe Marie etwas erwidern konnte, hob er die Hand.

«Nein, es ist schon gut. Entschuldigung, das war nicht nett. Nun, meine Großtante, na ja, ich sage Effie zu ihr, Großtante, das klingt so förmlich, finden Sie nicht? Als käme in der nächsten Minute zuerst der Jäger und dann auch noch der Wolf die Treppe hochgestapft.» Da Marie verwirrt guckte, lachte er auf. «Kennen Sie Rotkäppchen nicht?» Er musterte sie mit durchdringendem, aber wohlwollendem Blick.

Hitze stieg in ihr Gesicht, und sie war froh, dass es im Treppenhaus fast schummrig dunkel war.

«Natürlich kenne ich Rotkäppchen!», entgegnete sie und versuchte, ihre Verlegenheit zu überspielen, indem sie besonders laut redete. «Wer kennt Rotkäppchen nicht? Mir sind bloß Ihre Gedanken etwas zu phantasievoll. Zudem bei Rotkäppchen weit und breit keine Großtante zu sehen ist.»

«Stimmt», sagte er. «Jedenfalls», nahm er den Faden wieder auf, «ist sie der großartigste Mensch auf der Welt, glauben Sie mir, aber sie gehört außerdem zu den kompliziertesten. Und ...» Er überlegte, offenbar unschlüssig, wie er sich ausdrücken sollte. «Sagen wir es so: Wenn Effie etwas nicht sehen will, wird sie förmlich blind. Wenn

Entscheidungen anstehen, wenn etwas geschieht, das Probleme mit sich bringt, vor allem wenn sie etwas tun *muss,* was sie auf keinen Fall tun möchte, dann steckt sie am liebsten den Kopf in den Sand.»

«Und was will sie nicht sehen?»

Er seufzte und schüttelte den Kopf. «Ich finde es wunderbar, dass Sie sich um Effie kümmern, aber das ist eine Familienangelegenheit, die möchte ich schon lieber mit ihr persönlich besprechen.»

Unschlüssig sah sie ihn an. Würde er von der Tür weggehen oder dort stehen bleiben, bis der Mond vom Himmel fiel? Als hätte er ihre Gedanken erraten, sagte er verlegen lächelnd: «Nehmen Sie mich nun mit hinein?»

Elegant drängelte sie sich an ihm vorbei, trat ihm versehentlich ein wenig auf den Fuß, was sicher nicht schmerzhaft war, doch sah sein rechter Schuh danach beinahe so schlammig aus wie ihre Stiefel, drehte den Schlüssel im Schloss und sagte: «Natürlich nicht.»

Damit schloss sie die Tür hinter sich, freute sich über seinen verdatterten Gesichtsausdruck, lehnte die Stirn gegen das kühle Holz und begann, als die Bilder des heutigen Tages in ihre Erinnerung zurückkehrten, erschöpft zu weinen.

Frieda

Hamburg, Besenbinderhof
18. August 1916

Es tut mir schrecklich leid», sagte Frieda.

Sie war so erschöpft, dass ihr gesamter Körper nach unten gezogen zu werden schien, als sie das Wohnhaus in St. Georg betrat. Um den Schwindel zu besiegen, der in letzter Zeit immer häufiger als ihr treuer Begleiter auftrat, tastete sie nach dem Türrahmen und hielt sich daran fest. Es war aber auch so heiß hier drinnen, während draußen immerhin die Morgenluft entfernt an Frische erinnerte.

«Ich verspreche Ihnen, es kommt nicht wieder vor», sagte sie mit matter Stimme und sah genau, dass die Mundwinkel ihrer Nachbarin abfällig zuckten.

Nie und nimmer würde sie dieses Versprechen halten können, das wusste Frau Henstett ebenso wie Frieda selbst, deren Arbeitszeiten es kaum zuließen, dass sie sich um Helly kümmern konnte, wie es nötig wäre. Auch gestern Abend hatte sie die Sechsjährige wieder in die Obhut ihrer Nachbarin geben müssen. Und nun musste sie wieder vor ihr zu Kreuze kriechen.

Drei Jahre lebten sie nun schon in Hamburg. Im ersten war Frieda das Leben leicht und froh erschienen; erstaunt, aber auch glücklich über ihre eigene Courage. Sie hatte es tatsächlich gewagt! Sie hatte Werner verlassen, war ohne Kleider, Möbel und mit nicht viel mehr als ein paar Reichsmark in der Tasche in die Großstadt gekommen. Gleich am dritten Tag hatte sie Arbeit in einer kleinen Bäckerei gefunden. Am dritten!

Doch dann war der Krieg ausgebrochen. Ein Jahr später hatte es so gut wie kein Getreide mehr gegeben. Sie hatte ihre Stelle verloren. Nun arbeitete sie als Straßenbahnfahrerin. Und als Postbotin. Und als was auch immer sich ergab. So wie es alle Frauen taten, deren Männer im Krieg waren und die sich und die Kinder alleine durchbringen mussten, mit einer Arbeitsstelle oder mehreren, wenn sie denn das Glück hatten, eine Stelle zu bekommen. All die Frauen mit den grauen Gesichtern, die manchmal vor Erschöpfung bei der Arbeit einschliefen und vergaßen, dass zu Hause ein hungriges Kind auf sie wartete.

Aber Frieda mühte sich. Sie schlief nie ein. Sie vergaß nicht, wo Helly war, Frau Henstett kümmerte sich um die Kleine, auch wenn ihre Nachbarin immer deutlicher zeigte, wie ungern sie ihr diesen Gefallen tat.

«Das haben Sie schon so oft versprochen, dass ich nicht mehr mitzählen kann.» Frau Henstett blickte sie mahnend an.

Sie war die Einzige, die Frieda kannte, die in den vergangenen zwei Jahren nicht dürr wie ein Besenstiel geworden war. Woher bloß nahm sie das Fett für ihre fülligen Wangen?

«Ich weiß», murmelte Frieda. «Ich ... Es gab einen Notfall.»

«Wieder einmal.»

«Ja, wieder einmal.»

Nicht dass Frau Henstett nicht recht hätte, die Notfälle waren mittlerweile schier inflationär. Ständig rauschte eine Straßenbahn in ein plötzlich auf der Fahrbahn auftauchendes Fahrrad, manchmal auch in ein Auto, fuhr Fußgänger an oder entgleiste von überfrorenen Schienen. Nicht im Sommer, selbstverständlich, in den warmen Monaten aber kam es häufiger vor, dass eine Kollegin am Morgen nicht bei der Arbeit erschien und daher selbst jene, die schon den gesamten vergangenen Tag über gefahren waren, von einem Laufburschen rausgeklingelt wurden. Genau das war gestern Abend geschehen.

So hatte Helly wieder einmal die Nacht bei der Nachbarin verbracht. Verschlafen und mit missmutigem Gesicht erschien sie nun in der Tür und starrte ihre Mutter böse an.

«Wach», stellte sie fest.

«Ja, mein Schatz, das ist gut.» Frieda breitete die Arme aus und hoffte, Helly täte einen Schritt vor und ließe sich, wie früher, einfach hineinfallen. Stattdessen kniff ihre Tochter böse die Augen zusammen.

«Mama weg.»

«Es tut mir leid.» Wieder diese Worte. Sie schienen die einzigen zu sein, die sie überhaupt noch benutzte.

«Mama dumm.»

Frau Henstetts Hand schnellte in die Höhe. Bevor sie Hellys Gesicht treffen konnte, ging Frieda blitzartig dazwischen.

«Lassen Sie das!»

«Wen wundert's, dass sie so redet, wenn sie keine Strafe erhält?», murrte Frau Henstett, ließ die Hand jedoch sinken.

«Ja, ich ... Es tut mir leid.» Frieda hatte Mühe, ihre Tränen im Zaum zu halten. Sie hatte seit Tagen, ach was, seit Wochen nicht mehr durchgeschlafen, und wenn sie einmal die Zeit dazu fand, in ihrem Bett zu liegen, zerbrach sie sich den Kopf darüber, ob das Geld reichte, ob sie Helly eine ausreichend hingebungsvolle Mutter war, ob Werner sie finden könnte ...

«Komm, Helly, sag der lieben Frau Henstett artig Danke.»

«'nke», sagte Helly und starrte bockig zu Boden.

Frieda warf der Nachbarin erneut ein entschuldigendes Lächeln zu und griff nach Hellys Hand, die ihr diese jedoch abrupt wieder entzog. Nebeneinander stiegen sie die ausgetretenen Stufen empor. Frau Henstett wohnte mit ihrer Familie im vierten Stockwerk, von dem man von außen annehmen durfte, es handele sich um das oberste. Doch es gab noch ein Zimmer unter dem Dach, dort, wo in anderen Bauten wohl die Fledermäuse lebten, und hier waren Frieda und Helly zu Hause. Im Winter zog es eiskalt durch die Dachsparren, im Sommer war es erstickend heiß. Doch Frieda war dankbar für ihr kleines Reich samt abschließbarer Tür. Er war bezahlbar, sie hatte Frau Henstett im Haus, die zwar unerbittlich auf immerwährende Dankbarkeit pochte, aber doch Gold wert war, und wie scheußlich war die erste Zeit in Hamburg gewesen, als sie und Helly in einem Haus für gefallene Mädchen untergekommen waren.

Eine halbe Ewigkeit schien seitdem vergangen zu sein. Damals war sie ein anderer Mensch gewesen, der aus blauen Augen nachdenklich in die Welt blickte, wozu sie nun keine Zeit mehr fand.

Mit schweren Armen hangelte sie den Schlüssel aus ihrer Hemdtasche, als eine Etage weiter unten erneut Frau Henstetts Stimme erklang.

«Ich fahre heute noch zu meinen Eltern. Nur für den Fall, Sie haben damit gerechnet, es könne Ihnen auch morgen und übermorgen wieder leidtun.»

«Danke», rief Frieda so laut, dass Frau Henstett sie hoffentlich verstand. «Dann weiß ich ja Bescheid.»

Müde drückte sie die Tür auf. Helly marschierte vor ihr ins Innere und stellte sich, die Hände in die Hüften gestemmt, im Halbdunkel in die Mitte des kleinen Raums. Frieda war zu müde, um sie zu fragen, ob sie sich nicht wieder hinlegen wolle, schließlich war es gerade erst kurz nach sechs in der Frühe. Stattdessen ging sie mit schleppenden Schritten zu einem der beiden Stühle, nahm den kleinen blauen Hut ab und schälte sich aus ihrer Uniform. Sie ließ die Kleider auf dem Boden liegen und stand nach anderthalb Schritten vor der Pritsche, die Helly und ihr als Bett diente. Mit geschlossenen Augen ließ sie sich auf die harte Unterlage fallen. Als sie sie wieder öffnete, stand die Sonne hoch und ließ die Löcher im Dach warmgelb leuchten. Die Luft war zum Schneiden dick. Als sie an sich hinunterblickte, entdeckte sie Schweißperlen auf ihrer Brust und den Unterarmen. Auch ihr Haar war feucht, und ihr war, als sei sie kurz vorm Verdursten. Sie wandte den Kopf und sah, dass ihre

Tochter noch an exakt der gleichen Stelle stand wie ein paar Stunden zuvor.

«Du hast dich ja nicht mal hingesetzt.»

Helly, deren Arme nun schlaff hinabhingen, wandte erschrocken den Kopf. Dann nickte sie. Ihr Gesicht, das unter dem Wuschelhaar stets verschwand, nahm langsam eine Herzform an. Sie hatte kaum noch Ähnlichkeit mit Werner. Gott sei Dank.

Wie immer, wenn Frieda an ihn dachte, zuckte sie zusammen, als habe seine Handkante sie getroffen. Albern. Doch auch wenn der körperliche Schmerz schon so lange vergangen war, die Erinnerung an ihn war doch noch wach. In manchen Nächten, wenn es im Gebälk knackte und Schritte auf der Stiege zu hören waren, wurde Frieda im Bett stocksteif vor Angst. Sie konnte sich noch so oft sagen, dass niemand wusste, wo sie war … Was, wenn er es dennoch herausfand?

Ihren Eltern hatte sie nie geschrieben, auch wenn sie das schrecklich plagte. Doch manchmal war ihre Mutter eigentümlich naiv. Zudem hatten ihre Eltern Werner verehrt und stets verlauten lassen, wie glücklich Frieda ihrer Ansicht nach sein müsse, dass der stolze Gutsbesitzer ausgerechnet sie gewählt habe.

Was, wenn sie ihr nicht glaubten, dass Werner sie geschlagen hatte? Und was, wenn sie weitertragen würden, wo Frieda war? Allein bei dem Gedanken bekam sie eine Gänsehaut.

Die Augen ihrer Tochter, immer noch von einem außergewöhnlich dunklen Blau, schienen stetig größer zu werden, eine Entwicklung, die bei anderen Kindern ge-

genteilig verlief. Ihr Mund hingegen wurde kleiner, er sah aus wie eine frisch gewachsene Rosenknospe, fand Frieda, das Himbeerfarbene war einem zarten Rosé gewichen. Nicht nur, wie sie dastand, vor allem, dass sie offenbar seit Stunden an exakt derselben Stelle dastand wie eine Salzsäule, bereitete Frieda Kummer. Wie seltsam sie dabei aussah. Nun, kurz gesagt *war* sie seltsam, darum würde Frieda ohne Frau Henstetts Unterstützung wirklich in der Klemme stecken. Niemand sonst war bereit, auf Helly aufzupassen. Alle hatten Angst, sie werde plötzlich zu schreien beginnen oder sich die Haare raufen, was aber gar nicht Hellys Art war. Frieda liebte ihre Tochter über alles, aber auch ihr gab sie jeden Tag neue Rätsel auf.

Mit dem Baumwolllaken fuhr sich Frieda über das Gesicht und räusperte sich. «Möchtest du nicht etwas anderes tun, als nur so dazustehen?»

Helly kniff den Mund zusammen, sagte aber nichts.

«Hast du Hunger? Hat dir die Henstett etwas zu essen gegeben?»

Helly blieb ihr eine Antwort schuldig. Sie tat, was sie beinahe immer tat, wenn sie nicht schlief: Sie schien ihren Körper zu verlassen und an einen Ort zu reisen, den niemand außer ihr erreichen konnte. Dann senkten sich ihre Lider, die langen dunklen Wimpern warfen Schatten auf ihre Wangen, sie wirkte noch bleicher und beinahe durchsichtig.

«Ach, Spatz.» Obwohl ihre Muskeln streikten, rappelte sich Frieda auf. «Ich habe heute frei, was sagst du dazu? Wir sollten etwas unternehmen.»

Doch was konnte man schon tun, wenn das Geld nicht einmal für eine anständige Mahlzeit reichte? Nun, ein paar wenige Dinge waren umsonst, und wenn sie Glück hatten, fanden sie im Park sogar etwas Essbares. Löwenzahn oder Brennnesseln. Ein kleiner Umweg würde zudem nicht schaden. Üblicherweise mied Frieda die Mittagshitze lieber, aber dass Helly wieder bewegungslos den Tag verbrachte und nach innen blickte, ohne die Welt dort draußen wahrzunehmen, durfte nicht sein.

«Sollen wir eine kleine Reise machen, mein Spatz?»

Helly, so dachte sie immer wieder, war tatsächlich wie der Komet, nach dem Frieda sie benannt hatte. Aus der weitesten Ferne kommend und die Erde nur streifend, bevor sie weiterflog. Doch sie musste ihre Umgebung kennenlernen. Sie musste wissen, wo sie lebte und was sich um sie herum befand. Nun waren sie immerhin in Hamburg, weiter aber würden sie zumindest in nächster Zeit nicht kommen.

Da Helly weder nickte noch den Kopf schüttelte, sagte Frieda: «Kolumbien.»

Bockig schob Helly die Unterlippe vor.

«Palmen», warf Frieda zur Unterstützung ein.

Hellys Blick flackerte. Ihr Interesse war geweckt. «Heiß.»

«Ja, genau, heiß.» Frieda schlüpfte in das Unterhemd, das noch am Boden lag, wechselte die Unterhose und griff sich aus dem windschiefen Regal eine leidlich saubere Bluse samt Hose.

«Meer.»

«Richtig!»

Helly verzog das Gesicht. Sie sah aus, als habe sie sich niemals in ihrem Leben mehr angestrengt. «Eisbär?»

«Nein, Eisbären gibt es dort nicht. Aber hohe Berge und Affen und Wildkatzen. Und viele Schlangen. Sssssss.»

«Ssss», wiederholte Helly verzückt. «Ssssssssssss.»

«Hier.» Frieda hielt Helly deren Lieblingskleid hin. «Zieh das an.»

Es passte längst nicht mehr, was Helly jedoch nicht weiter beschäftigte, und auch Frieda hatte es aufgegeben, auf die Meinung anderer auch nur fünf Pfennige zu geben. Mit jedem Jahr, das Helly älter wurde, fiel ihre Andersartigkeit mehr ins Gewicht. Mit sechs Jahren sollte sie längst flüssig sprechen, doch sie tat es immer noch nicht. War es ihre Schuld, fragte sich Frieda häufig. Was wäre geschehen, wenn sie bei Werner auf dem Gut in Stoltebüll geblieben wären? Ohne Hunger leiden zu müssen, hätte Helly dort aufwachsen können. Das jedenfalls nahm Frieda an. Tatsächlich aber wusste sie kaum, was in Schleswig-Holstein vor sich ging. Seit etwas mehr als zwei Jahren herrschte nun schon Krieg. Werner war vermutlich eingezogen worden. Falls er jedoch wie so viele Männer gefallen wäre, hätte sie es gewiss erfahren. Vielleicht aber auch nicht, da doch niemand wusste, wo sie war ...

Der rot-weiß karierte Rock reichte bis kurz vor Hellys Knie. Das geknöpfte Oberteil ließ sich am Bauch nur deswegen schließen, weil Helly so ausgemergelt war. Wären die vergangenen Monate nicht derart von Hunger geprägt gewesen, würde ihr Helly schon bis zur Brust reichen. In den vergangenen beiden Jahren, das bezeugte der Balken mitten im Raum, an den Frieda ihre Tramfahrermütze hängte und Hellys Wachstum mittels Bleistiftstrichen dokumentierte, war das Mädchen nur eineinhalb Zentimeter gewachsen.

«Komm», sagte Frieda und erhob sich aus der Hocke.

«Sssss.»

«Ja, Schlange.» Ein wenig bereute sie, dass sie ausgerechnet von den Schlangen angefangen hatte. Aber ach, dachte sie dann, sollte Helly doch Geräusche machen, so viel sie wollte.

«Komm», wiederholte sie. Die deutlich hervortretenden Schlüsselbeine ihrer Tochter zerrissen ihr das Herz. Doch sie sah selbst genauso knochig aus. Wie die meisten anderen Menschen, die draußen in sengender Spätsommerhitze durch die Gassen schlichen.

Es dauerte, bis Helly aus einer erneuten Erstarrung erwacht war und einen Schritt machte. Frau Henstett fand immerhin dies ausnehmend praktikabel, wenn sie wieder einmal von Frieda darum gebeten wurde, auf ihre Tochter aufzupassen: Wenn sie einholen ging, drückte sie Helly auf den Küchenstuhl, und egal, ob sie eine halbe Stunde oder einen ganzen Nachmittag später zurückkehrte, saß das Mädchen noch in exakt derselben Pose da.

Frieda griff nach der kleinen, einst so pummelig-weichen Hand, die feucht und warm war.

«Komm», wiederholte sie, und Helly ging mit, leise «Ssss» murmelnd.

In den wenigen Grünflächen, die es rund um den Hauptbahnhof gab, hatte Frieda vergebens nach Essbarem Ausschau gehalten. Der Löwenzahn war verblüht, alle Gänseblümchen abgerupft, für Bucheneckern war es zu früh, für Kresse zu spät. Nicht einmal Brennnesseln fand sie am Wegesrand. Sie spielte mit dem Gedanken, weiter bis zum Botanischen Garten zu ziehen, doch würde sie dort mehr Glück haben? Zumal Helly aussah, als schlafwandle sie. Die Hitze machte ihr zu schaffen, und sie hasste das Sonnenlicht. Die Hände vor die Augen gelegt, schlurfte sie hinter Frieda her und sagte hin und wieder leise: «Hause. Dunkel, Mama.»

Als sie in die Altmannstraße einbogen, die zwei Kreuzungen weiter in den Besenbinderhof mündete, entdeckte sie dunkle Flecken in der Ferne, die sich, wie sie bei genauerem Hinsehen feststellten, bewegten. Wenig später hörte sie rau ausgestoßene Flüche, Beschimpfungen und spürte die Wut, die sich dort zusammenbraute, noch bevor sie ein Gesicht erkennen konnte.

«Mama?», fragte Helly unsicher.

Frieda blieb stehen und blickte aus zusammengekniffenen Augen auf die Leute, die sich vor dem Schaufenster des Krämers versammelt hatten. Hellys schwitzige Hand schob sich wieder in ihre.

«Wütend, Mama?»

«Ja, mein Spatz», sagte Frieda. «Aber nicht ich. Die Leute dort sind zornig.»

Helly nickte verständig. In Frieda stieg Nervosität auf. Seit Werners Tobsuchtsanfällen schreckte sie vor jeder erhobenen Stimme zurück. Aus einem Impuls heraus wollte sie mit Helly die Straßenseite wechseln, doch als sie die Fahrbahn halb überquert hatte, sah sie, wie sich auch dort eine Menschenmenge zusammenrottete. Nun verstand sie deren Rufe.

«Gebt uns Brot», skandierte eine Gruppe aus sicher dreißig Leuten, Frauen und Kinder, ein paar Männer sah Frieda auch darunter. «Gebt uns Brot, oder wir holen es uns!»

Mit jedem Schritt wurde Helly langsamer. Aus weit aufgerissenen Augen starrte sie auf die Frauen und Kinder, an deren ausgemergelten Körpern die lumpige Kleidung schlackerte.

«Gebt uns Brot, oder wir holen es uns!»

«Brot», sagte Helly, und ihre Augen begannen zu leuchten.

«Nicht für uns, mein Schatz», sagte Frieda und versuchte, sie sanft hinter sich herzuziehen, doch Helly drückte einem störrischen Maultier gleich die Knie durch.

«Brot. Fein.»

«Ja, aber wir können es uns nicht kaufen.»

Seit vergangenem Herbst hatten sie kein richtiges Brot mehr bekommen. Mit dem Geld, das Frieda als Straßenbahnfahrerin und beim Postaustragen verdiente, konnten sie sich jene Graubrotlaibe nicht leisten, die nur im Austausch gegen stapelweise Münzen die Tresenseite wechselten. Das KK-Brot hingegen, das sie für ihre Brotmarken erhielten, verdiente die Bezeichnung nicht. Klumpen aus Wasser, Gerstenschrot und Sägemehl waren es, unten schwarz angebrannt, oder aus gemahlenen, bitter schmeckenden Eicheln hergestellt.

«Gebt uns Brot, oder wir holen es uns!»

Die Stimmen klangen immer wütender. Als Frieda in

das runzlige Gesicht einer Alten blickte, wurde ihr angst und bange. Die Frau sah aus, als habe sie nichts mehr zu verlieren; das graue Haar zu größten Teilen ausgefallen, die Haut so kränklich gelb verfärbt wie ihre Augäpfel. Immer öfter sah Frieda Menschen wie sie. Der Hunger machte, dass sie gelb wurden, gelb von den Zehenspitzen bis zur Stirn, was Helly vor Angst stets das Gesicht verziehen ließ. Auch jetzt begann sie leise zu wimmern.

«Ist schon gut», murmelte Frieda. Schritt für Schritt bewegte Helly sich nun vom Fleck, was Frieda allerdings nur so lange erleichterte, bis sie am Ende der Straße berittene Polizei auftauchen sah. Sie umfasste Hellys Hand noch fester.

«Komm.»

Doch kaum hatte sie sich umgewandt, entdeckte sie auch am anderen Ende der Straße die dunklen Pickelhauben. Ihr wurde kalt vor Angst, und sie sah sich nach einer Fluchtmöglichkeit um. Etwas krachte laut, dann ertönte ein Scheppern, und aus den Augenwinkeln sah Frieda, dass die Schaufensterscheibe des Krämers zu Bruch gegangen war. Vor Angst stieß Helly einen heiseren Schrei aus und sah sich panisch um. Ihr Blick erinnerte Frieda an den eines jungen Fohlens, das sie auf Stoltebüll hatten einfangen müssen; Panik, die sich in jedem Winkel des Körpers zeigte, dem Blick, den hochgezogenen Schultern, dem Erstarren mitten in der Bewegung.

Mit einem Mal durchzuckte sie eine weitere Erinnerung. Sie war schwanger, ihr Bauch rund, sie saß am geöffneten Fenster, und der zarte Geruch von Buschwindröschen zog herein. Oder war es Holunder gewesen? Sie hatte einen Namen finden wollen für das ungeborene Leben in sich und stattdessen diesen Satz aufgeschrieben: *Du wirst mir Kraft geben.*

Und genau das tat Helly jetzt, wie sie es schon einmal getan hatte, während der Kutschfahrt von Schleswig nach Stoltebüll, als Frieda den Kutscher umkehren hieß.

«Komm», drängte Frieda.

Sie hatte eine Toreinfahrt entdeckt, deren Pforte ein Stück weit geöffnet war. Während sich der Pulk über die Waren im Schaufenster des Krämerladens hermachte und die Polizisten ihre Knüppel zückten, über allem Geschrei und das Wiehern der Pferde ertönte, zog sie Helly hinter sich her, die zunächst willig mitkam, dann aber erneut abrupt abbremste.

«Was ist denn?», rief Frieda nervös und hoffentlich laut genug für Hellys Ohren, um das Gebrüll der Polizisten zu übertönen. Ein Stein schoss wenige Zentimeter von ihrem Ohr entfernt an ihnen vorbei. Sie riss Helly an sich.

«Wir müssen fort!»

Doch Helly bewegte sich nicht. Wie hypnotisiert starrte sie auf die Menschenmenge, in die nun, von Sporen angetrieben, die Pferde einbrachen; Schneisen bildeten sich, doch nicht allen gelang es, rechtzeitig zur Seite zu springen. Frieda glaubte, das Knacken von Knochen zu hören, aber gab es ein solches Geräusch überhaupt?

Wie waren sie nur hier hereingeraten? Sie konnte die Menschen ja verstehen, die ihr Schicksal in die eigenen Hände nahmen, weil der Staat ihnen nicht half. Einmal pro Woche eine Suppe in der Kriegsküche und in den kalten Frühjahrsnächten ein paar Stunden aufwärmen in den Wärmehallen reichte nicht, wenn das Brot teurer und teurer wurde. Doch sie selbst hatte nie mit dem Gedanken gespielt, sich einfach zu holen, was sie sonst nicht bekam. Für solche Gedanken taugte sie nicht.

Verzweifelt versuchte sie, Helly auf den Arm zu nehmen, die sich jedoch mit Händen und Füßen zur Wehr setzte.

«Da, da», schrie die Kleine und fuchtelte so wild herum, dass Frieda sie kaum mehr halten konnte. Hellys Fingernagel kratzte über ihre Wange, Frieda brach der Schweiß aus, und sie musste tief Luft holen, um nicht in eine verzweifelte Schimpftirade auszubrechen.

«Da, da, Frau!»

«Helly, bitte», ächzte Frieda. «Bitte, sei still.»

Sie hörte das Klappern der Hufen, das Sausen der Knüppel in der Luft, und vor Furcht begannen ihre Zähne zu klappern. Unbewusst zog sie die Schultern hoch und den Kopf ein, doch sie musste vor allen Dingen Helly schützen. Die Männer in Uniform nahmen keine Rücksicht. Sie schlugen die Kinder wie die Frauen, hatte sie in der Zeitung gelesen, und wenn sie sich selbst in der Unterzahl wähnten, kam sogar noch die Kavallerie hinzu.

Anfangs hatte man das Volk glauben lassen, der Krieg dauere nur kurz an. Und jetzt? Das dritte Kriegsjahr war angebrochen. Und der Kaiser hatte kundgetan, er werde nicht zurückweichen. «Frei, sicher und stark», hatten seine Worte gelautet, «wollen wir wohnen unter den Völkern des Erdballs. Dieses Recht soll und wird uns niemand rauben.»

Frei, sicher und stark fühlte sich niemand mehr. Auf

den Schlachtfeldern starben die Männer wie Fliegen. Zu Hause gab es nichts zu kauen. Alles war rationiert. Doch selbst wer Lebensmittelkarten ergatterte, bekam längst nichts Essbares dafür. In den feinen Wohnungen an der Alster hingegen stapelten sich die frischen Eier und die sahnige Milch, Mehl und Zucker. Wer Geld hatte, konnte auf dem Schwarzen Markt einkaufen wie in den Jahren vor dem Krieg.

Wie sollte man angesichts dieser himmelschreienden Ungerechtigkeit nicht Unruhe stiften wollen?

Das Wiehern der Pferde war nun ganz nahe, untermalt von dem Geräusch donnernder Hufe und den Schreien jener, die hastig auseinanderstoben. Körper, die zu Boden fielen. Frieda war wie erstarrt. Werner schien plötzlich ganz nah. Sie sah seine zornige Fratze. Die glühenden Augen. Den Hass darin, seine Verachtung, die niemand als sie in ihm auslöste.

«Mama», rief Helly und klang mit einem Mal wieder ängstlich.

Um Frieda herum war alles schwarz. Sie musste die Augen öffnen, das wusste sie, doch sie konnte nicht. Es war, als habe ihr Kopf vergessen, wie man diese Aufgabe löste, und da die Lider schwer waren, die Wimpern gen Wangen gezogen wurden, sie ihre Finger benötigen würde, um sie emporzuschieben, aber doch Helly in ihren Armen hielt, schien es ihr schlicht unmöglich. Reglos stand sie da. Sie glaubte, den warmen Atem eines Pferdes in ihrem Nacken zu spüren, und zog die Schultern noch weiter hoch.

Gleich würde das Holz auf sie niederdreschen. Konnte sie Helly davor bewahren, ebenfalls getroffen zu werden?

Plötzlich eine warme Hand auf ihrer Schulter. Jemand riss ihr Helly aus den Händen und schob sie zugleich zur Seite. Frieda taumelte, und nun sah sie wieder. Blut auf den Pflastersteinen und gekrümmte Körper, die Polizei und Pferden zu entkommen versuchten. Sie sah keinen Mann mehr bis auf die Uniformierten; nur Frauen und Kinder, bestenfalls einen hochgewachsenen Jugendlichen, der zu jung für den Kriegsdienst sein musste. Gnadenlos prügelten die Polizisten weiter. Von Weinen und Schreien erfüllt, flirrte die Luft. Es roch nach Metall und brennendem Holz. Als Frieda den Kopf wandte, um herauszufinden, wer sie nicht grob, aber entschieden vor sich herstieß, konnte sie nur eine Fülle brünetter Locken entdecken. Durch eine angelehnte Tür gelotst, stolperte sie in ein kühles Treppenhaus. Als sich knarrend die schwere Holztür hinter ihnen schloss, blieb sie heftig atmend stehen. Erleichtert stellte sie fest, dass Helly unversehrt schien.

«Frau», rief ihre Tochter begeistert, während sie sich aus den sie umfassenden Armen freikämpfte.

Durch die verschmutzten Scheiben auf dem Treppenabsatz gelangte nur eine Ahnung von Licht. Dennoch war Frieda sicher, das Gesicht der Frau ihr gegenüber schon einmal gesehen zu haben. Es war ausgesprochen mager, mit deutlich hervortretenden Wangenknochen und riesenhaft erscheinenden grauen Augen. Ihr dunkles Haar war staubig und glanzlos und sah derart verfilzt aus, dass sie mit Helly in einen Wettstreit hätte treten können.

«Wir kennen uns, nicht wahr?», fragte die Dame. Sie hatte eine angenehm sanfte, dunkle Stimme. Das Kleid, das sie trug, wirkte, als sei es einmal teuer gewesen. Der

Stoff fest und glänzend noch an ein paar wenigen Stellen, während der Rest abgetragen und zerrissen wirkte.

Unschlüssig sah Frieda sie an. «Ich bin mir n...»

«Frau», rief Helly fröhlich. «Frau!»

«Dich kenne ich auf jeden Fall.» Aufmerksam und mit bemerkenswert freundlichem Blick betrachtete die Dame Helly. Frieda war anderes gewohnt. Kaum jemand äußerte sich wohlwollend über Helly, ganz im Gegenteil, häufig wurde Frieda von Fremden dazu aufgefordert, ihr Kind endlich härter anzufassen. Nicht selten wurde Helly von Leuten geschlagen, denen sie nie zuvor begegnet war. Damit ging Frieda um, indem sie sie so selten wie möglich allein unter Menschen ließ.

«Aus dem Zug», rief die Dame.

Auf der anderen Seite des Tores war es nun ruhiger geworden. Langsam entspannte sich Frieda.

«Auf dem Weg von Tingleff nach Hamburg», redete die Frau weiter und lächelte. Sie hatte kleine ebenmäßig stehende Zähne, die jedoch ein Grauschleier überzogen hatte.

«Bombe», stieß Helly fröhlich aus.

Frieda wusste nicht einmal, dass ihre Tochter dieses Wort kannte. Bevor sie sie ermahnen konnte, so etwas nicht noch einmal in den Mund zunehmen, kehrte plötzlich die Erinnerung zurück.

«Natürlich!» Verlegen lachte sie. «Vor, um Gottes willen, drei Jahren? Sie haben mir Ihre Visitenkarte überreicht.»

«Das war ich, ja.»

Frieda erinnerte sich noch gut daran, die Karte wochenlang bei sich getragen zu haben. Hin und wieder hatte sie darüber nachgedacht, ihrer flüchtigen Bekannten einen Besuch abzustatten, es sich jedoch immer wieder anders überlegt. Sie hatte nicht aufdringlich erscheinen wollen. Zudem arbeitete die Dame als Lehrerin, während sie selbst keine Ausbildung hatte und sicher keine anregende Gesellschaft war.

«Sie sind also doch nach Hamburg gekommen», bemerkte die Frau, die längst nicht mehr so jung und gut gestellt wirkte wie bei ihrem ersten Zusammentreffen. Auch an ihr schienen die Kriegsjahre nicht spurlos vorbeigegangen zu sein. Während sie auf ihrer Reise nach Hamburg anständig gekleidet gewesen war und wohlgenährt gewirkt hatte, hing ihr nun das Kleid wie ein Sack von den dürren Schultern. Ob die Lehrerinnen nicht weiterbezahlt wurden? Häufig fiel der Unterricht ohne Vorankündigung aus, das erlebte sie mit Helly am eigenen Leib. Und die höheren Schulen wurden, so war ihr zumindest zu Ohren gekommen, teils ganz geschlossen, weil die Unterrichtenden allesamt an der Front waren. Die Frage, ob nicht auch Lehrerinnen die Jungen an den weiterführenden Schulen unterrichten könnten, stellte sich, so schien es jedenfalls, niemand.

Bevor Frieda ihre Gedanken weiterwandern lassen konnte, setzte die Dame leise hinzu: «Mit Ihrem Gatten oder ohne ihn?»

«Ohne», sagte Frieda. Sie konnte nicht einmal an Werner denken, ohne dass sie das Grausen bekam.

«Das ist gut.» Ein Lächeln legte sich über das verhärmte Gesicht.

Jemand klopfte laut polternd gegen die Tür. «Polizei!»

Ängstlich presste sich Frieda mit dem Rücken dagegen. Die Dame, deren Name ihr einfach nicht einfallen wollte, unterstützte sie, indem sie ihre Hände gegen das Holz drückte. Unter den verschmutzten Bündchen ihrer Bluse traten die Handgelenke so mager hervor, dass sie Frieda an abgenagte Hühnerbeine erinnerten.

«Aufmachen», ertönte dicht neben ihrem Ohr erneut die Stimme.

Mit aller Kraft stemmte sich Frieda gegen die Tür und hoffte inständig, dass es in diesem Haus keinen gesetzestreuen Bewohner gab, der den Forderungen der Polizei nur zu gern Folge leistete.

In einem der oberen Stockwerke schlug eine Tür auf. Die Dame und sie wechselten besorgte Blicke. Polternde Schritte auf der Treppe, gleich darauf erschienen im Halbdunkel grobe Lederstiefel, zwei umgeschlagene Hosenbeine und dann der Rest des Mannes, der die Dreiergruppe argwöhnisch anstarrte. Als er den Mund öffnete, verströmte er den beißenden Geruch von Schnaps.

«Schendarmerei?», fragte er.

«Jau», entgegnete die Dame an Friedas Seite ebenso knapp.

«Na, denn macht ma hinne.»

Er drehte sich auf dem Absatz um und bedeutete ihnen mit einem Winken, ihm treppaufwärts zu folgen. Frieda zögerte. Einem wildfremden Mann hinterherlaufen? Doch Helly rannte ihm schon polternd nach, so konnte Frieda nicht anders, als sich in Bewegung zu setzen. Ihre Begleiterin folgte ihnen hastig.

In seiner Wohnung herrschte dasselbe gräuliche Licht wie im Treppenhaus, das nur hier und dort einen Weg durch die verschmierten Kassettenfenster fand. Das Apartment bestand aus einem Zimmer, das wie bei Frieda Koch- und Schlafstelle zugleich bot, einen winzigen Tisch unterbrachte sowie einen Stuhl, auf dem sich Helly niederließ, sowie eine Anrichte, aus der der Mann drei fettig glänzende Gläser und eine Flasche mit einer klaren Flüssigkeit holte.

«En Lüttje?»

«Gern!»

Schon überraschend, dachte Frieda, dass die junge Frau sich so gar nicht unwohl in der Behausung eines fremden Mannes zu fühlen schien. Unbefangen sah sie sich um und fand wohl rein gar nichts befremdlich daran.

«Emmeline», fiel Frieda endlich ein. Ja, so hatte der Name gelautet, nicht wahr? «Emmeline Koch?»

«Kolsch.» Die Dame strahlte. «Ihren Namen haben Sie mir nie verraten. Und deinen», damit wandte sie sich an Helly und blickte sie aufmunternd an. «Wie heißt denn du?»

«Helly. Un' das Effie. Mama.»

«Effie.» Emmeline lächelte erfreut. «Wie schön, dein Name fängt mit demselben Buchstaben wie meiner an.»

Frieda wollte protestieren und sagen, dass sie Frieda hieß. Effie – so nannte Helly sie ab und zu, seitdem sie einmal Äffchen und gleich darauf Mami hatte sagen wollen und dabei bei diesem lustigen Spitznamen gelandet war. Doch mit der Zeit hatte sie begonnen, Gefallen daran zu finden.

Effie statt Frieda. Eine neue Chance, schoss ihr durch den Kopf.

«Ole», stellte ihr Retter sich vor, nachdem er sein Glas in einem Zug geleert hatte, während Frieda an ihrem nur nippte und dennoch einen Hustenreiz unterdrücken musste, derart hochprozentig war das Getränk. «Ole Booms, aber jeder nennt mich Ole.»

«Wir sagen alle Du, wollen wir?», fragte Fräulein Kolsch. Sie hatte ihr Glas geleert, ohne auch nur mit der Wimper zu zucken.

«Aufs Du.» Zu Friedas Entsetzen schenkte Ole nach, und alle drei hielten ihre Gläser in die Höhe.

Draußen war das Geschrei nun gänzlich abgeebbt. Auch die trabenden Schritte der Pferde waren nicht mehr zu hören.

«Vorbei der Spuk», sagte Emmeline und blickte sich kopfschüttelnd in dem spärlich möblierten Raum um. Etwas schien ihre Neugier geweckt zu haben, denn sie trat auf die Anrichte zu und betrachtete die Rücken der darauf liegenden Bücher. *«Die Akkumulation des Kapitals?»*

«Jau», entgegnete Ole knapp.

«Der nette Herr liest Rosa Luxemburg», erklärte Emmeline Frieda, die den Namen nicht einordnen konnte, und nahm das Buch in die Hand. «Kennst du sie?»

Frieda blickte zu Boden. Wie gern würde sie die Frage bejahen können!

«Das macht nichts», sagte Emmeline, und als Frieda den Blick wieder hob, fühlte sie sich ein wenig besser angesichts Emmelines warmem Blick. Sie schien nicht schlecht von ihr zu denken, auch wenn sie selbst weitaus belesener war.

«Falls du magst, erzähle ich dir von ihr. Denn du und ich, wir werden viel Zeit miteinander verbringen, irgendwie ...» Zu Friedas Überraschung trat ein verlegenes Grinsen auf Emmelines Gesicht. «Irgendwie weiß ich das. Dabei glaube ich nicht an dieses spiritistische Zeug.»

Erneut etwas, von dem Frieda noch nie gehört hatte.

«Wieso warst du denn da unten nicht dabei?», wandte sich Emmeline an Ole.

«Irgendwer muss die Lage von oben beobachten und die Tür öffnen, wenn den Schendarmen wer zu entkommen versucht.»

Emmeline betrachtete Ole nachdenklich. Er stieß ein Seufzen aus. Mit gesenktem Blick deutete er auf sein rechtes Bein.

«Geht nicht. Gehen klappt. Rennen nicht.»

«Kriegsverletzung?»

Beschämt nickte er. Immer noch ließ Emmeline ihren sanften wissenden Blick auf ihm ruhen, während er Frieda nur unsäglich leidtat. Sie hatte Gespräche aufgeschnappt über die Versehrten, die mancher als verweichlicht beschimpfte. Sie hatten Scheußliches getan und gesehen, und wenn sie zurückkehrten, wollte sie hier niemand mehr.

«Luxemburg also», sagte Emmeline, und Oles Gesicht leuchtete dankbar auf. Sicher sprach er nicht gern über das, was hinter ihm lag. «Was ist mit Liebknecht?»

Ole stieß ein verärgertes Knurren aus. «Dass er einsitzt ... Schande, das. Eine wahre Schande.»

«Man hat ihn verhaftet», erklärte Emmeline ausgerechnet Helly, die das gewiss nicht interessierte. «Wegen angeblichen Kriegsverrats. Unglaublich, nicht wahr?»

Helly blickte froh, weil Emmeline mit ihr sprach, da war es wohl egal, über welches Thema. Zumal in Frieda der Verdacht aufkam, Emmeline habe sich bloß deswegen an Helly gewandt, um Frieda die Peinlichkeit zu ersparen, schon wieder nicht zu wissen, um was sich das Gespräch eigentlich drehte.

Schmerzhaft erinnerte sie sich daran, dass Werner sie stets als unwissend beschimpft hatte. Wahrscheinlich hatte er recht. Bei aller Mühe, die sie sich gegeben hatte, die Namen und Bezeichnungen aus dem Atlas zu lernen oder aber sich zu merken, wie ein männliches Pferd mit dicken Beinen und wie ein weibliches mit schmalen Fesseln hieß ... Nein, als klug konnte man sie sicherlich nicht bezeichnen.

Als habe sie ihre Gedanken erraten, legte Emmeline das Buch beiseite und trat auf Frieda zu. «Es kommt nicht darauf an, was man weiß», sagte sie, «sondern auf das, was man tut. Und das ist es, woran es in diesem Land fehlt. In England, da haben die Damen einfach zu den Waffen gegriffen. Bei uns hingegen wird gestritten. Und dann, wenn die Männer einen Krieg beginnen, wird alles vergessen, wofür sie kämpfen wollten. Da wird der Burgfrieden angenommen, als gebe es keine Alternative. Alle Auseinandersetzungen werden beigelegt oder vertagt, man ist plötzlich wieder ein Volk, das zusammensteht, Männer wie Frauen, und sich dem Rest der Welt entgegenlehnt. Aber nicht mit mir. Ich bin Pazifistin, aber ich will wählen dürfen, ich will meine eigenen Entscheidungen treffen können, und falls es Not täte, würde ich dafür auch ...», ihr Blick wanderte zu Helly, und sie senkte ihre Stimme, «kämpfen.»

Frieda, die nur die Hälfte verstanden hatte, aber gern von Emmeline lernen wollte, nickte.

«Menschenskinners», murmelte Ole da alarmiert. Er war ans Fenster getreten und blickte hinaus.

Emmeline und Frieda wechselten einen erschrockenen Blick und gesellten sich zu ihm. Die Straße wirkte verwaist, das Pflaster war scherbenübersät. Doch als Frieda genauer hinsah, bemerkte sie die gekrümmten Gestalten nahe den Hauswänden.

Ohne ein Wort zu sagen, wirbelte Emmeline herum, und Ole folgte ihr. Wenig später erklangen ihre hastigen Schritte aus dem Treppenhaus, und gleich darauf konnte Frieda durch die staubige Scheibe hindurch beobachten, wie die beiden Seite an Seite den Verwundeten wieder auf die Beine halfen.

Frieda schwirrte der Kopf. Frauenrechte, Luxemburg, und wie hieß die andere Frau noch gleich? Oder war Liebknecht gar keine Frau? Irgendwo glaubte sie den Namen schon einmal gehört zu haben ... Sie hatte noch so viel zu lernen! Doch sie hatte auch eine Tochter, eine, deren Großziehen nicht ganz einfach war. Und sie musste arbeiten, oft Tag und Nacht.

«Es gibt auch anderes, was wichtig ist, nicht wahr?», flüsterte sie Helly zu, die sie aus großen Augen ansah.

«Frau», sagte ihre Tochter und lächelte verträumt.

Zum ersten Mal, stellte Frieda erstaunt fest, hatte Helly die Welt nicht verlassen, nein, sie hatte aus weit aufgerissenen Augen auf das Leben um sie herum geblickt und sich nicht in sich selbst zurückgezogen.

Frieda wischte sich eine Träne von der Wange. Sie spürte, wie ihre Unterlippe zitterte.

«Ja, Frau», sagte sie. Ihre Stimme klang rau vor Freude. «Mag.»

«Ich auch, mein Spatz.»

5

Hamburg-Sankt Pauli
Freitag, 23. Februar 1962

Guten Morgen.» Marie wandte sich zu Effie um, die eben in die Küche geschlurft war und so müde und erschöpft wirkte, als habe sie seit Wochen kein Auge zugetan. Auch Marie fühlte sich nicht gerade wie das blühende Leben. Als sie vor einer guten Stunde erwacht war, hatte sie wieder einmal nicht gewusst, wo sie war. Und dann hatten sich die Erinnerungen hereingestohlen. Eine Woche, hatte sie gedacht. Sieben Tage war es her, seit ihr Leben aus den Fugen geraten war.

«Morgen», nuschelte die alte Dame und öffnete seufzend den Ausziehschrank. Sie spähte hinein, als hege sie die Hoffnung, dass sich dort über Nacht wundersamerweise Kaffee und Frühstücksutensilien manifestiert hatten.

Durch das Küchenfenster beobachtete Marie, wie das nächtliche Schwarz des Himmels dem Grau schneegefüllter Wolken wich, und fragte sich mit einem Mal erschrocken, ob sie für etwas Essbares sorgen sollte. Immerhin war sie hier zu Gast. Sie müsste zumindest eine Kleinigkeit zum gemeinsamen Leben beitragen, doch sie war gestern zu erschöpft und traurig gewesen, um sich zum Ortsamt zu bewegen und das Handgeld zu beantragen.

Das würde sie heute nachholen. Am besten gleich, schließlich hatte sie sonst nicht viel zu tun. Der Wachhabende auf der Davidwache wäre ihr jedenfalls sicher dankbar, wenn sie heute ausnahmsweise einmal nicht aufkreuzte.

Apropos ungebetener Besuch. «Gestern war dein Großneffe hier», sagte Marie.

Effie gab ein Japsen von sich und wurde kreidebleich.

«Hast du ihn etwa hereingelassen?», wisperte die alte Dame, die Augen vor Schreck geweitet.

«Nein. Ich habe ihn vor der Tür getroffen und wieder weggeschickt.»

Effie ließ sich auf den Stuhl sinken. Nachdenklich starrte sie auf die Küchenanrichte.

«Ihr versteht euch wohl nicht besonders?», wagte Marie zu fragen. Ein Familienzwist, sicher.

«Ich ...» Erneut schüttelte Effie den Kopf. «Es ist schwierig.»

Wann waren Familienzwiste das nicht?

«Er klang nicht so, als würde er von nun an nicht mehr wiederkommen.»

Effie presste die Lippen aufeinander, sagte darauf aber nichts.

«Was soll ich tun, wenn ich ihm noch einmal über den Weg laufe?»

«Ignorier ihn.»

Marie runzelte die Stirn. Das könnte schwierig werden, wenn er den Weg durch die Tür versperrte.

«Ich muss los», sagte ihre Gastgeberin und erhob sich.

«Effie», hielt Marie sie zurück, «was will Konstantin von dir?»

«Wieso willst du das unbedingt wissen?», fragte Effie ruppig. Sie hatte zweifelsfrei keine Lust, jetzt darüber zu sprechen.

«Weil ich dir helfen möchte.»

«Und wieso?» Zornig funkelte Effie sie an.

«Weil du mich bei dir aufgenommen hast! Weil ich Glück hatte und noch lebe. Und weil ich das Gefühl habe, dass du Hilfe gebrauchen könntest. Du hast mir diesen Zeitungsartikel gezeigt, der dir augenscheinlich Kummer bereitet, aber ... Was ist das Danzhus?»

Effie holte tief Luft. «Es ist ein Tanzlokal.» Ihre Stimme klang flach und traurig, als sie das sagte.

«Und du ... Was ...?» Marie holte tief Luft. Sie hoffte, sie war nicht zu aufdringlich, auf der anderen Seite ließ sich ihre Gastgeberin doch sonst nicht alles so aus der Nase ziehen. «Ein Tanzlokal also. Hast du da gearbeitet? Ich habe noch nie davon gehört.»

«Es war meines. Es *ist* meines», berichtigte Effie sich. «Es lief unlängst nicht gerade herausragend, aber es geht ja immer mal runter und dann wieder rauf, das ist bei Ballhäusern nicht anders als im echten Leben. Eine Zeitlang war es jedenfalls eines der beliebtesten Lokale der Stadt, kannst du dir das vorstellen? Die Leute sind aus ganz Hamburg gekommen, um bei uns die Nächte durchzutanzen. Da war Leben in der Bude, das kannst du mir glauben! Es gab schwere Jahre, natürlich ...» Verstohlen wischte sie sich über die Augen. «Während der Kriege durften wir teilweise nicht öffnen. Aber das Danzhus hat sich nie unterkriegen lassen. Und ich ebenso wenig. Doch dann kam die vermaledeite Flut, und jetzt kann man es höchstens wieder als die Badeanstalt eröffnen, als die die Franzosen das Haus einst erbaut haben! Ich weiß gar nicht, wie ich es überhaupt je …» Mit trauriger Miene schüttelte sie den Kopf.

Verwirrt sah Marie sie an. «Franzosen? Und was meinst du mit Schwimmbad?»

«Es steht unter Wasser! Alles stinkt und fault und … Was guckst du mich so erschrocken an? Was soll ich denn tun, deiner Meinung nach, jeden Tropfen selbst rausschaufeln? Sieh mich doch nur an!» Tränen schossen aus ihren Augen und kullerten die weiche, runzlige Haut hinunter.

Erschüttert sagte Marie: «Aber das Wasser ist doch längst abgeflossen.» Und hatte, zumindest in Wilhelmsburg, eine Schneise der Verwüstung hinterlassen. Nichtsdestotrotz war das Meer wieder dort, wo es hingehörte.

«In den Kellern nicht.»

«Dein Lokal liegt in einem Keller?»

«Nein. Aber am Fleet. Und der Tanzsaal befindet sich drei Stufen unterhalb der Straße. Du kannst dir ausrechnen, was das heißt.»

Oh ja, das konnte Marie. Ob Konstantin deshalb ständig vor der Tür stand? Er musste wissen, welches Lokal seine Großtante betrieb. Wollte er helfen, und sie ließ ihn nicht? Das wäre äußerst seltsam, aber wenn auf jemanden dieses Wort passte, dann wohl auf Effie von Tieck.

«Zeigst du es mir?»

«Nein.»

«Wieso nicht?»

«Der Anblick ist zu scheußlich.»

«Ja, aber ...» Verblüfft kam Marie zu dem Schluss, dass Effie tatsächlich eine Meisterin darin war, blind für das zu sein, was sie nicht sehen wollte. Genau, wie ihr Großneffe es ausgedrückt hatte. «Effie, du kannst nicht einfach abwarten, bis sich das Problem von allein löst, das wird es nicht.»

Effie wich ihrem Blick aus.

Marie überlegte. Ihr Leben war ihr geblieben, und dafür war sie mehr als dankbar. Das Atlantic Hotel war trotz seiner Nähe zur Außenalster von den Wassermengen verschont geblieben. So stand sie nicht ohne alles da – sie hatte ihre Stelle und würde außerdem, mit etwas Glück, ein wenig Geld vom Senat erhalten, wenn auch nicht ausreichend, um ein neues Grundstück zu pachten. Solange ungewiss war, wie es für sie weiterging, erschien es ihr klüger, sich mit Dingen zu beschäftigen, die sie in Angriff nehmen konnte. Wasser aus einem Tanzsaal schippen, zum Beispiel.

«*Ich* könnte es für dich lösen.»

Effie entfuhr etwas, das sich wie ein Prusten anhörte. «Du? Sei mir nicht böse, aber ...» Sie schüttelte den Kopf.

Marie kniff die Augen zusammen. «Ich arbeite härter als irgendwer sonst, den ich kenne.»

«Ja, aber du ...»

«Ich bin eine Frau, willst du das sagen?»

Effie rollte mit den Augen. «Das wollte ich *nicht* sagen. Ich weiß selber, dass die meisten Frauen weit mehr schaffen als manche Herren, die sich für die Krone der Schöpfung halten. Aber ich habe nicht einmal ausreichend Geld, um mir einen Eimer und einen Schrubber zu kaufen.»

Maries Entsetzen wich neuerlicher Verblüffung. Und dann Scham. Sie war seit Dienstag hier und hatte das wenige, was Effies Nachbarin vorbeibrachte, womöglich allein verspeist. Sie besaß zwar keinen Pfennig Geld, aber sie hätte die Zuwendung des Polizisten nicht für die Tasse Kaffee in der 24-Stunden-Kaschemme ausgeben sollen!

«Wenn ich bis heute Abend Geld für einen Eimer besorge», sagte sie nach kurzem Nachdenken, «zeigst du mir dein Lokal dann?»

Nachdenklich sah Effie sie an. Und schließlich, nach einer unendlich langen Weile, nickte sie.

«Ja, Fräulein Körber, mir ist durchaus bewusst, dass heute Freitag ist.» Zu ihrer eigenen Überraschung fiel es Marie überhaupt nicht schwer, strahlend zu lächeln. So seltsam es klang, aber der Gedanke, Effie unter die Arme zu greifen, belebte sie und flößte ihr neuen Mut ein.

Unter ihrer enormen Bienenkorbfrisur musterte Fräulein Körber sie misstrauisch. Bevor sie etwas sagen konnte, fuhr Marie fort.

«Ich weiß, dass ich erst morgen zum Dienst erscheinen sollte. Aber Sie sind sich wahrscheinlich im Klaren darüber, dass die derzeitigen Umstände…»

«Welche Umstände?», unterbrach Fräulein Körber sie.

Erstaunt überlegte Marie, ob ihre Vorgesetzte von der Flut womöglich nichts bemerkt hatte. Doch das war schlicht unmöglich. Selbst wer die Katastrophe in seiner

Niendorfer Einzimmerwohnung verschlafen hatte, konnte unmöglich an den von scheußlichen Schlagzeilen dominierten Zeitungen vorüberlaufen, die in den Kiosken und Tabakläden feilgeboten wurden.

«Ich habe in Wilhelmsburg gelebt», sagte sie, da Fräulein Körber darauf zu warten schien, dass sie endlich eine Erklärung dafür lieferte, wieso sie an ihrem letzten Tag, für den sie freigestellt war, an ihrem Arbeitsplatz erschienen war. «Mein Haus ist zerstört. Alles wurde fortgespült.»

Immer noch sagte Fräulein Körber nichts.

«Und daher brauche ich Geld.»

Aus ihren kühlen grauen Augen blickte Fräulein Körber sie forschend aus. Um Gottes willen, dachte sie etwa, Marie log? Doch Marie war nicht willens, sich ausführlicher zu erklären. So stand sie einfach da, wartete darauf, dass Fräulein Körber eine Entscheidung fällte. Genoss ihre Vorgesetzte die Situation womöglich sogar ein wenig?

Fräulein Körber schnalzte mit der Zunge. «Sie hoffen doch wohl nicht etwa darauf, eines der freien Zimmer beziehen zu können? Wir sind keine Pension für in missliche Situationen geratene Menschen.»

«Nein», sagte Marie laut und deutlich, «das habe ich nicht angenommen. Ich benötige nur ein paar Mark.»

«*Nur*», wiederholte Fräulein Körber.

«Ich war immer verlässlich. Ich war nie krank. Und ich habe Sie nie darum gebeten, mich aus anderen Gründen früher gehen zu lassen. Auch habe ich nie wegen eines Arzttermins gefehlt. Heute allerdings möchte ich Sie bitten, mir fünf Mark von meinem Lohn im Voraus auszuzahlen. Selbstverständlich unterschreibe ich Ihnen, dass ich die Summe erhalten habe. Und ich verspreche Ihnen, dass dies eine Ausnahme bleiben wird.»

Die Bienenkorbfrisur schwankte, als Fräulein Körber den Kopf schräg legte. Schließlich nickte sie. «Dann will ich einmal Gnade vor R...» Zu Maries Überraschung schluckte Fräulein Körber den Rest des Satzes herunter.

Erleichtert knickste Marie. Fünf Mark würden ausreichen, um einen Eimer und einen Schrubber zu besorgen. Und vielleicht bekam sie sogar noch ein Paar gebrauchter Gummistiefel dazu.

«Dann ziehen Sie sich doch am besten gleich um.»

«Wie bitte?», fragte Marie verwirrt.

«Nun, Sie sind hier, wir haben heute mehr Gäste als erwartet, und da Sie ja mit einer Bitte auf mich zukamen, möchte ich nun Ihnen gegenüber eine aussprechen. Springen Sie bitte heute ein. Der morgige Samstag wäre dann ausnahmsweise einmal frei.»

Verblüfft knickste Marie ein zweites Mal und eilte in die Garderobe.

«Reinigungsservice», rief Marie, nachdem sie eine gute Stunde später an die Tür mit der Nummer 312 geklopft hatte, «ich komme jetzt herein.»

Es war das vierte Zimmer, das auf ihrer Liste stand. Der Gast, der maßgeblich dazu beigetragen hatte, dass sie beinahe eine Woche lang ohne Arbeit gewesen war, logierte noch immer hier.

Nicht dass sie wütend auf ihn wäre. Dafür war zu viel

passiert, und eine simple Beschwerde, selbst wenn sie auf einer falschen Einschätzung beruhte, konnte sie nach allem, was sie seither erlebt hatte, nicht mehr aus der Ruhe bringen.

Heute war der kleine Tisch vor dem Doppelfenster derart beladen, dass er beinahe zusammenbrach. Aktenordner, großformatige Bücher und ein Haufen ungeordneter Papiere stapelten sich darauf. Die Schreibmaschine, ohne Koffer diesmal, ebenfalls. Die Tasten sahen so malträtiert aus, als hämmere ihr Besitzer mit einem Stein darauf herum.

In gebührendem Abstand – nicht dass sie versehentlich ein Papier fortpustete – betrachtete sie das Chaos und wandte sich dann ab. Es war genug zu tun, auch wenn der Herr, der peinlichster Ordnung zwar nicht gerade zugeneigt schien, wenigstens keine Sauerei im Badezimmer veranstaltete wie einige andere Gäste. Nachdem Marie sichergestellt hatte, dass bei einem Windstoß nichts durcheinanderwirbeln würde, öffnete sie die Fenster und ließ feuchte, nach Holzkohle riechende Luft herein.

Leise vor sich hin singend, nahm sie sich im Anschluss das Bad vor. «Oh yes, wait a minute Mister Postman, wait, Mister Postman.» Den Po immer in Bewegung, scheuerte sie das Waschbecken, bis es glänzte, und entfernte Zahnpastareste und ein paar brünette Haare. «Please, Mister Postman, look and see, oh yeah, if there is a letter in your bag für me.» Mit schwingendem Pferdeschwanz ordnete sie die wenigen Mitbringsel, die er im Bad verwahrte, und polierte sämtliche Armaturen. «Please, please, Mister Postman. Why is it taking such a long time?»

Zurück in dem großzügigen Zimmer, das nun ausreichend gelüftet war, schüttelte sie das Bett aus, zog das Laken straff, ließ die Handkante auf das Kissen niedersausen, sodass eine exakt rechtwinklige Falte darauf entstand, schlug die Überdecke um, zog erneut alles glatt und warf dann einen Blick unter das Bett.

Stanniolpapier. Wieder in rauen Mengen. Wie sahen bloß seine Zähne aus? Auch ein Buch fand sie, das ihm womöglich beim Einschlafen aus der Hand geglitten war.

Menschen im Hotel.

Sie schnaubte leise. Vielleicht war er zu Studienzwecken hier. Um herauszufinden, wie die Spezies Mensch darauf reagierte, zu Unrecht der Chaosstifterei bezichtigt zu werden.

Sie machte sich daran, die glatten Oberflächen abzustauben. Anschließend schnappte sie sich den Staubsauger, um den Flusen zu Leibe zu rücken, die kaum groß genug waren, bemerkt zu werden. Diesen Teil mochte sie am liebsten. Nicht mehr dem Offensichtlichen ging es nun an den Kragen, sondern jenem Schmutz, der sich unbemerkt zwischen die Falten in den Polstermöbeln setzte, feine Härchen, winzige Sandkörner, in Hosenbeinen vom Elbstrand angeschleppt, Schokokrümel, aber natürlich auch das, was weniger appetitlich war: Schuppen, tote Käfer und Sonstiges, das man lieber nicht urplötzlich in den Händen hielt, während man eigentlich nur nach dem aus der Hosentasche gerutschten Groschen suchte.

Ihre Kolleginnen ließen diesen Teil meist weg, aber ihr machte es Spaß. Sie war gern gründlich. Sie fand es irgendwie befriedigend und trällerte, weil der Staubsauger ja sowieso alles übertönte, «Itsy Bitsy Teenie Weenie Yellow Polka Dot Bikini» vor sich her.

Als sie den Kopf hob, um nachzusehen, ob ihr etwas entgangen war, blickte sie unvermittelt in ein schmales Gesicht und klappte den Mund zu. Der Mann, der sie unter seiner Filzhutkrempe mit nachdenklichem Blick ansah, hatte nicht, wie es der gute Ton gebot, hinter ihrem Rollwagen haltgemacht, den sie im Türrahmen geparkt hatte, um zu signalisieren, dass in dem Raum geputzt wurde. Stattdessen stand er mitten im Zimmer. Er war groß und schlaksig, nicht viel älter als sie und trug einen fadenscheinig wirkenden Anzug. Er sah beileibe nicht aus, wie man sich einen Gast im Grandhotel vorstellte, aber andererseits war dieser Gedanke blanker Unsinn. Es gab Leute, die in mottenzerfressenen Pullovern in der Präsidentensuite im obersten Stock logierten. Noch verwunderlicher allerdings fand Marie, dass er seine Schuhe ausgezogen hatte und in den Händen hielt.

Verblüfft schaltete sie den Staubsauger aus. Als das laute Röhren erstarb, hickste er und brach gleich darauf in dunkles Lachen aus.

«Ich hatte gehofft, noch ein paar unfeine Geräusche machen zu können, bevor Sie dieses Monster abwürgen.»

Unfeine Geräusche? War dieser komische Kauz tatsächlich der Bewohner von Zimmer 312? Der Mann, der sich über sie beschwert hatte? Oder hatte sie einen Verrückten vor sich, der sich verlaufen hatte?

«Oh, nicht, was Sie denken! Was Sie *vielleicht* denken. Entschuldigung.» Er lüpfte den Hut. «Bitte glauben Sie nicht, ich wollte mich in Ihrer Gesellschaft scheußlich benehmen. Das tue ich normalerweise nur, wenn ich allein bin.»

«Kann ich Ihnen behilflich sein?», fragte sie steif. «Ist das hier Ihr Zimmer?»

«Natürlich ist das mein Zimmer. Und ob Sie mir behilflich sein können … Ja. Nein. Ehrlich gesagt – keine Ahnung. Wenn Sie mir ein wenig von sich erzählen, hilft es mir womöglich durchaus.»

Nun vollkommen verdattert, schaltete Marie den Staubsauger wieder an. Der Mann hatte ja einen Vogel! Sie sollte von sich erzählen, mitten bei der Arbeit? Für wen in aller Welt hielt er sich?

«Verzeihung», rief sie nach einer Weile, in der er sie beobachtet hatte, als sei sie ein Zootier, und bemühte sich, langsam und deutlich zu sprechen. Der Mann war offenbar wirklich nicht ganz bei Trost. «Ich bin hier das Zimmermädchen. Es dauert nicht mehr lange, aber wenn Sie so gut wären, draußen zu warten? Ich brauche nicht länger als eine Minute.»

Sie sah, dass er die Lippen bewegte. Da der Staubsauger derart viel Krach veranstaltete, dass nebenan auch ein Hubschrauber hätte landen können, ohne dass es groß auffiele, lächelte sie bloß freundlich. Sie saugte weiter, von rechts nach links, und fragte sich, wie lange er wohl noch dort stehen würde. Sie schaltete den Staubsauger wieder aus. «Ich bin jetzt fertig.» Das entsprach nicht ganz der Wahrheit, doch nur jemand, der dem Teppich mit einer Lupe zu Leibe rückte, würde das bemerken.

«Möchten Sie mir nicht dennoch etwas über sich erzählen?»

Seltsamerweise klang er ehrlich verzweifelt. Verlegen kratzte er sich am Nacken und ließ die Hand wieder sinken. Er hatte hübsche Finger. Nicht zu lang, aber auch nicht stummelförmig. Dazu eine olivfarbene Haut.

«Auf Wiedersehen», sagte sie, statt ihm zu antworten. Sie machte sich daran, sämtliche Utensilien wieder in dem Rollwagen zu verstauen.

«Ich brauche jemanden, der mir etwas über sich erzählt, auch wenn ich mir durchaus dessen bewusst bin, dass Sie mich wohl für einen Idioten halten.»

Ich halte Sie eher für einen besserwisserischen Nörgler, korrigierte sie ihn in Gedanken.

In einer so theatralisch wie albern anmutenden Geste ging er in die Knie. Irritiert betrachtete Marie ihn, dann brach sie in Gelächter aus.

«Wollen Sie um meine Hand anhalten?»

Perplex öffnete er den Mund, sprang rasch wieder auf die Füße und wirkte so verlegen, als habe sie ihm einen unvermittelten Antrag gemacht.

«Das hatte ich nicht vor, nein», stammelte er. «Sie sind ganz schön dreist.»

Mit gerunzelter Stirn betrachtete sie ihn. Er war auf nicht gerade herkömmliche Art gut aussehend, trotz der schlampigen Kleidung, die jedoch breite Schultern und einen sportlichen Körper verbarg. Er war groß, mit einem unsymmetrisch anmutenden Gesicht und dunklen, sanft wirkenden Augen. Wenn er lächelte, entblößten seine Lippen eine Reihe weißer Vorderzähne mit einer riesigen Zahnlücke.

«Jetzt möchte ich Ihnen einmal etwas sagen», entgegnete Marie ruhig. «Ich weiß, mir als Zimmermädchen steht es nicht zu, einen Gast zu belehren, aber da Sie nun schon seltsame Fragen stellen und vor mir auf die Knie gehen, im Anschluss allerdings *mich* dreist nennen, bin ich so frei. Außerdem durfte ich Ihretwegen eine Woche lang nicht arbeiten und habe demzufolge auch keinen Lohn erhalten. Menschen wie Ihnen ist das vielleicht ganz gleich, weil sie derart viel Geld auf dem Bankkonto liegen haben, dass es schier überquillt, ich hingegen bin auf meinen Lohn angewiesen.»

Er starrte sie an. Sein Adamsapfel bewegte sich, als er schluckte. «Wieso sollte ich etwas damit zu tun haben, dass Sie nicht arbeiten durften?»

«Sie haben behauptet, ich hätte Ihre Papiere in Unordnung gebracht.»

«Ach, Sie waren das.»

«Ich war was?», fragte sie in scharfem Ton.

«Meine Unterlagen. Sie waren weg, nachdem das Zimmer gereinigt wurde.»

«Die zusammengeknäuelten Blätter?», fragte sie ungläubig.

«Ja, genau die.»

«Die, auf denen Zahlen standen? 99 oder so etwas?»

«89», sagte er zornig. «89, 88 und so weiter.»

Kampflustig funkelte sie ihn an. «Sie lagen im Papierkorb.»

«Niemals.»

«Doch. Und was in aller Welt war an den Zahlen so wichtig?»

«Das geht Sie nichts an», erwiderte er schroff.

Sie nickte. «Das wiederum ist wahr. Nun, haben Sie noch einen guten Tag.»

So seltsam es war, sie fühlte sich befreit, als sie den Rollwagen in den Flur schob. Als wenn ihr jetzt, wo sowieso schon alles futsch war, eigentlich nichts mehr genommen werden konnte, schon gar nicht ihre Würde.

Mit erhobenem Kopf schob sie den Wagen zum Fahrstuhl und fragte sich, ob er wohl immer noch mit zornesroten Wangen mitten im Zimmer stand.

«Nicht mehr lange», murmelte Effie mehr zu sich als zu Marie. Sie hatte den gesamten Weg in die Speicherstadt über kaum geredet, was Marie auch deswegen nicht unrecht gewesen war, weil sie Eimer und Schrubber balancieren musste und zugleich mit der älteren Dame Schritt zu halten versuchte, die erstaunlich behände unterwegs war. Hinzu kam, dass ihr auch ein Arbeitstag, der etwas kürzer gewesen war als üblich, unweigerlich in den Knochen steckte – Putzen war körperliche Arbeit, daran gab es nichts zu rütteln.

Nun bogen sie in eine schmale Straße ein, von der aus man linkerhand über den Kanal zu den alten herrschaftlichen Kaffee- und Gewürzlagern der Speicherstadt hinüberblicken konnte. Das Fleet barg schwarzes spiegelglattes Wasser. Ein schmiedeeisernes Geländer, das an manchen Stellen verbogen war, sollte betrunkene Gestalten zu nachtschlafender Zeit wohl davor schützen, in die Tiefe zu stürzen.

Im matten Licht der Straßenlaternen entdeckte Marie kaputtes Holz und einen triefenden, nur halbwegs ordentlich zusammengerollten Teppich, um den herum sich eine Pfütze gebildet hatte. Überbleibsel der Flut, folgerte sie.

Vor einem zweistöckigen Gebäude, das bis zum Dach mit Efeu überwuchert war und zwischen den bedeutend größeren Nachbarbauten schier verschwand, wurde Effie noch langsamer und blieb schließlich stehen.

«Hier», flüsterte sie kaum hörbar und räusperte sich. Sie vermied es, Marie anzusehen.

Neugierig blickte Marie auf das verwilderte Grün. Drei abgetretene Stufen führten zu einer ausgeblichenen Tür empor, deren Farbe abgeblättert war, aber einmal himbeerrot gewesen sein musste. Sie war doppelflügelig, eher ein Tor eigentlich. *Danzhus* stand auf dem verbogenen Messingschild, das darüber baumelte. Das Gemäuer bestand aus hell- und dunkelroten Ziegelsteinen, die zu wabenförmigen Mustern angeordnet waren. Zwei filigrane Balkone im oberen Stockwerk, deren metallene Geländer verbogen waren, vermittelten zwar keinen vertrauenerweckenden Eindruck, verströmten aber ein französisch anmutendes Flair.

«Wenn du willst, geh rein.» Effie kramte einen Schlüsselbund aus ihrer Manteltasche und hielt ihn in die Luft.

Marie nahm den Schlüssel entgegen und stieg die Stufen hinauf. Der dritte, den sie ausprobierte, passte. Ein Klacken ertönte, dann ließ sich die Tür aufziehen, deren Holz gesplittert und aufgequollen war.

Im Innern des schmalen Flures war es stockdunkel, so tat sie einen vorsichtigen Schritt hinein und stützte sich an der Wand ab, während sie vorsichtig zwei Treppenstufen hinunterging.

«Effie?»

«Hm?»

«Gibt es Licht?»

«Wer in aller Welt sollte das bezahlen?»

«Du, würde ich annehmen, wenn dir das Haus gehört.»

«Ja, denk mal, das hat die Stromgesellschaft auch gesagt.»

Marie wartete, ob Effie noch ein Wort darüber verlieren wollte, augenscheinlich aber brütete die alte Dame lieber stumm vor sich hin.

Mit einem dumpfen Krachen fiel die Tür hinter ihr ins Schloss.

«Mist», murmelte Marie, während sie sich an den Wänden entlangtastete. Die Luft roch feucht und modrig – und nach Salz. Blitzartig glaubte Marie das Klappern der Fensterläden in der *Alten Landesgrenze* zu hören, das Krachen, als die Buche auf Peers Haus stürzte ... Sie schluckte, dann schüttelte sie den Kopf. Sie würde sich nicht bange machen lassen. Jetzt war sie nicht mehr in Gefahr, niemand starb. Noch ein Schritt, dann ertastete sie zur Rechten eine weitere Tür.

Was würde sie dahinter erwarten? Nun, sie würde es wohl nie erfahren, wenn sie nicht langsam in die Puschen kam.

Marie drehte den Knauf und zog langsam. Sie war froh, dass das schummrige Licht der Gaslaternen durch die zur Straße gelegenen Fenster fiel, so sah sie sich zumindest nicht wieder vollkommener Dunkelheit gegenüber. Drei weitere Stufen führten in den Ballsaal hinab. Stumm vor Erstaunen blickte sie sich um. Abgesehen vom Wasser, das den gesamten Boden bedeckte und ruhig und übelriechend dalag, war der Raum schlicht bezaubernd.

Unter einer gewölbten Decke tat sich ein Saal von sicher zwölf Meter Länge auf. Ein Kronleuchter – oder das, was davon übrig geblieben war – baumelte herab. Während zu ihrer Rechten zwei schmale Fenster zur Straße führten, gab es auf der gegenüberliegenden Seite gleich mehrere, die bis zum Boden reichten und nur deswegen nicht im Nass verschwanden, weil sich zu beiden Seiten des Raumes eine Empore entlangzog. Was sich hinter dem schwarzen Glas verbarg, konnte Marie nicht erkennen; zu dunkel war es dort.

Am Ende des Saals führte eine gusseiserne Wendeltreppe nach oben. Stumm vor Staunen schüttelte Marie den Kopf. Das Danzhus war eine echte Schönheit – wie aus einem Märchen. Sie empfand tiefes Mitleid mit Effie, die zu Recht bittere Tränen darum weinte.

Nun gut, sie hatte alles gesehen, jetzt galt es allerdings noch festzustellen, wie hoch das Wasser eigentlich stand. Vorsichtig tat sie einen Schritt die Stufen hinab, dann den nächsten, bis sich kaltes Wasser um ihre Beine schloss. Sie spürte es selbst durch die Gummistiefel hindurch, die ihr Effie gegeben hatte. Ein wenig fürchtete sie sich davor, dass ihr ein Aal um die Beine streifen könnte, doch das war sicher Unsinn.

Nachdenklich sah sie sich um. Es war allerhöchste Eisenbahn, das Wasser hinauszuschaffen, doch im Dunkeln war die Gefahr zu groß, zu stolpern oder sich in etwas zu verfangen, das sie nicht sah.

Langsam ließ sie die Tür wieder hinter sich ins Schloss fallen. Als sie draußen bei Effie ankam, erschien ihr die Luft frisch und wunderbar süß. Tief atmete sie ein.

«Ich mache das.»

Ungläubig sah Effie sie an. «Was machst du?»

«Ich lege den Laden wieder trocken.»

Stille breitete sich in der wie ausgestorben daliegenden Gasse aus. Nur eine Fledermaus schoss in geringer Entfernung an ihnen vorüber.

«Danke», sagte Effie nach einer Weile schließlich heiser und klang, als habe sie dieses Wort seit Langem nicht mehr gesagt.

Frieda

Hamburg, Kornträgergang
Heiligabend 1916

Der Kanonenofen in der hinteren Ecke von Emmelines Stube bollerte fleißig vor sich hin. Seine orangefarben glühende Kochstelle aus Gusseisen verbreitete einen heimeligen Schein und war, abgesehen von einer flackernden Kerze auf dem Küchentisch, die einzige Lichtquelle in dem kleinen Raum.

«Gesegnete Weihnachten», sagte Ole Booms und hob sein Glas. Er stand gegen die dunkle Holzwand gelehnt, hatte die Ärmel seines einst weißen Hemdes hochgekrempelt und grinste. Seine Augen aber wirkten müde, daran konnte auch der Schnaps nichts ändern, den er sich in immer kürzer werdenden Abständen genehmigte.

«Effie?»

«Ja?» Lachend, weil sie vor sich hin geträumt hatte, wie es doch sonst nur Helly tat, wandte Effie den Kopf. Sie hatte sich daran gewöhnt, von ihren neuen Freunden bei diesem Namen genannt zu werden. Immer häufiger stellte sie sich sogar selbst so vor, und die Frieda, die sie einmal gewesen war, verblasste mehr und mehr.

«Ob du ein Haferplätzchen möchtest.» Emmeline hielt

ihr den Teller hin, auf dem drei Kekse lagen, von denen jeweils eine halbmondförmige Stelle abgeknabbert war – Hellys Werk, die gern die Vorkosterin spielte und immer annahm, dass das nächste Plätzchen noch feiner wäre als jenes, das sie gerade zwischen ihren Zähnen zerkrachen ließ.

«Danke.» Genüsslich schmeckte Effie der zaghaften Süße nach, die trotz des schwarz verbrannten Randes deutlich hervortrat. Zucker – oder etwas Vergleichbares, genau wusste sie schließlich nicht, was Emmeline zum Backen verwendete – hatte sie seit zwei Jahren nicht mehr zu sich genommen. Obwohl sie beinahe unablässig arbeitete, die Straßenbahn fuhr und zudem den Menschen die Post brachte, reichte das Geld hinten und vorne nicht. Immer weniger wurden die Lebensmittel, und mit dem fortschreitenden Winter gab es, selbst wenn sie um drei in der Frühe aufstand, um sich mit ihren Lebensmittelkarten vor dem Laden bei der Badeanstalt am Steintorwall anzustellen, kaum einmal eine Kartoffel oder etwas Mehl.

Wo Emmeline wohl welches ergattert hatte? Doch Effie fragte lieber nicht. Sie wusste, dass Emmelines karges Gehalt, das sie als Lehrerin an der Volksschule erhielt, hinten und vorn nicht reichte. Aber sie fand die Stimmung zu behaglich, um sie stören zu wollen, zumal Emmeline unlängst zu verstehen gegeben hatte, sie kenne ein paar Tricks, wie an Essen zu kommen sei.

Genaueres wollte Effie lieber nicht wissen, darum klappte sie bei dem Thema die Ohren zu, genauso wie bei den hitzigen Diskussionen, in die Emmeline manchmal Ole verstrickte, und beschäftigte sich gedanklich mit anderem. Voll Zärtlichkeit betrachtete sie das Gesicht ihrer Tochter, der es bei Emmeline gut gefiel, das war ihr deutlich anzusehen. Helly saß da, still, aber mit einem leisen, entzückten Lächeln, und schien alles in sich aufzunehmen, ohne sich vor der Welt zurückzuziehen.

Effie selbst war so fröhlich wie seit Langem nicht mehr. Nachdem Emmeline Helly und sie zu sich eingeladen hatte, hatte sie eine nebulöse Andeutung hinterhergeschoben, doch nicht die angekündigte Überraschung war es, die Effie lächeln machte. Nein, es war die Stille, die in der Luft lag. Als gäbe es nirgends ein lautes Wort und abfeuernde Kanonen, als zöge weder die Kälte durch jede Ritze, noch herrsche draußen eine tiefe, nicht enden wollende Dunkelheit. Als gäbe es keine Bösartigkeit und keinen Hass auf der Welt.

So lange zog sich der Krieg nun schon hin, dass sie vollkommen vergessen hatte, wie sich Frieden anfühlte. Aber so, genau so fühlte er sich an.

Nachdem sie zum wiederholten Male angestoßen und die Erwachsenen an ihrem Schnaps genippt hatten, räusperte sich Ole.

«Ich habe was für euch.» Er kruschtelte in seiner Jackentasche und förderte drei kleine zerknautschte, mit Packpapier umwickelte Geschenke hervor.

«Oh!», sagte Helly, und ihre Augen leuchteten noch mehr.

Als Ole auf Emmeline zutrat, wirkte er weit verlegener als zuvor. Ohne ihrem Blick zu begegnen, streckte er die Hand aus.

«Bidde, ne?»

Interessiert beobachtete Effie, wie Emmeline errötete. Oder bildete sie es sich nur ein? Im Halbdunkel ließ es sich nicht gut erkennen, aber so verlegen hatte sie Emmeline noch nie gesehen.

Über Männer hatten sie nie gesprochen. Über die Liebe, über Zärtlichkeit. Effie hatte einfach angenommen, dass es so etwas in Emmelines Leben nicht gab. Und auch in ihrem nicht, wahrscheinlich niemals mehr wieder.

Vielleicht aber täuschte sie sich, was ihre Freundin betraf. Vielleicht liebte Emmeline Ole, so wie Ole mit Sicherheit Emmeline liebte …

Die Erkenntnis weckte eine zähe, dunkle Sehnsucht in Effie. Wonach, fragte sie sich und wollte das Gefühl verscheuchen wie eine lästige Fliege. Nach Werner gewiss nicht, oh nein. Von ihrer Mutter, der sie im Herbst nun doch endlich geschrieben hatte, wusste sie, dass er noch immer nach ihnen suchte. Und offenbar fuchsteufelswild war, weil er sie bisher nicht gefunden hatte.

Wieso war er nicht an der Front? War er aus dem Grund nicht eingezogen worden, weil er sich um das Gut kümmerte? Und was bedeutete das für sie?

Dass er sie vielleicht doch irgendwann fand? Aber wie sollte er? Ihre Eltern waren die Einzigen aus ihrem alten Leben, die ihre Adresse kannten. Trotzdem erschauderte sie, obwohl in der kleinen Stube doch solche Bullenhitze herrschte.

Wie sie so dasaß und Ole beobachtete, der in der Dunkelheit leuchtete wie ein exorbitant großes Glühwürmchen, dachte sie über ihre eigenen Sehnsüchte nach. Sie sehnte sich danach, keine Angst mehr zu haben. Keine Furcht, wenn sie erwachte, kein Atemanhalten, während sie auf Geräusche im Treppenhaus lauschte. Keine Angst, dass ihr das Kind unterm Arm wegverhungerte. Oder erfror. Und auch keine Angst davor, was geschah, wenn der Krieg noch weitere Jahre dauerte; was passieren würde, wenn es keine Männer mehr gab, die an der Front kämpften. Sie selbst würde ohne zu zögern zur Waffe greifen, an diesem Punkt befand sie sich mittlerweile. Bloß: Wer war der Feind, den man erschießen sollte? Lauerte er wirklich auf der anderen Seite?

«Danke, mein Lieber», sagte Emmeline leise und strich Ole über die Hand.

Abrupt wandte er sich ab und stürmte zu seinem Platz an der Tür zurück. Unter seinen Schritten erzitterten die Dielen, und in den offenen Hängeschränken klirrte das Geschirr. Emmeline legte das Päckchen auf dem Tisch vor sich ab und betrachtete es, hob dann den Kopf und blickte fragend zu Ole, der etwas von «Du hast mir da doch was erzählt, ne?» nuschelte.

«Willst du es nicht auspacken?», fragte Effie.

Auch Helly klatschte aufgeregt in die Hände. Trotz ihrer sechseinhalb Jahre hatte sie manchmal nach wie vor die Geduld einer Zweijährigen.

Zögernd nahm Emmeline das Geschenk in die Hand, drehte und wendete es und öffnete das Schnürband. Auf ihren Schoß fiel ein weiteres Band, breit, glänzend und aus hagebuttenfarbener Seide.

«Oh», flüsterte sie nur, während sie es über den Zeigefinger gelegt emporhielt, um es genau zu betrachten.

In sicherer Entfernung lief Ole tiefrot an.

«Das ist aber hübsch. Danke, Ole.»

«Da nich' für, ne?»

«Oh doch, dafür auf jeden Fall», sagte Emmeline, stand auf und ging zu ihm, reichte ihm die Hand, die er, den Blick weiterhin abgewendet und vor Verlegenheit kurz vor dem Platzen, entgegennahm und mit enormem Nachdruck schüttelte.

«Und jetzt ihr», forderte er Effie und Helly auf und blickte flehend.

Um ihn zu erlösen, riss auch Effie das Packpapier auf. Darin lag ebenfalls ein Seidenband, diesmal in hellem Violett.

«Passt zu deinen Augen», murmelte Ole, der sich nun nicht mehr ganz so sehr danach zu sehnen schien, im Boden zu versinken. «Die sind ja auch so helllila, find ich.»

Gerührt betrachtete Effie das Band. «Ich weiß gar nicht, ob ich es lieber über mein Bett hängen möchte, um jeden Morgen mit Blick darauf aufzuwachen, oder mir ins Haar binden.»

«Das bindest du dir aber mal hübsch um den Kopf», sagte Emmeline nachdrücklich. Sie stand auf, nahm es ihr aus der Hand und stellte sich hinter Effie. Sanft strich sie ihr das Haar zurück und vollführte mit ein paar wenigen Handgriffen das Kunststück, das Seidenband zum Haarreif umzufunktionieren, der Effies weiche Locken aus der Stirn hielt. Es gab keinen Spiegel in der kleinen Wohnung, aber im Schwarz der Fensterscheibe konnte Effie einen Blick auf sich selbst erhaschen.

«Hab vielen Dank, Ole.»

«Ich», sagte Helly, die ohne großes Aufheben auch ihr Geschenk ausgewickelt hatte. Ihr Haarband war von exakt demselben kräftigen Blau wie ihre Augen. «Schön!»

«Und wie», sagte Effie und spürte, dass ihr vor Rührung die Tränen kamen. Sie hatte kein Geschenk, nicht einmal eines für Helly, abgesehen von dem Weihnachtsbaum, den sie aus krummen Stöcken zusammengesteckt hatte und der wahrscheinlich schon morgen verfeuert würde. Sie hatte allerdings auch nicht damit gerechnet, dass es Geschenke geben würde. Emmelines Andeutung hatte eher nach einer Einladung zu einem gemeinsamen Spaziergang geklungen. Und Ole wirkte erst recht kaum wie jemand, der im Geld schwamm; zudem wusste sie doch, dass er kurz vor Kriegsbeginn seine Arbeit am Hafen verloren hatte, jeden Pfennig umdrehte und manchmal tagelang nicht aß.

Seine Statur war sicher einmal beeindruckend gewesen, die breiten Schultern waren ihm geblieben, aber die Hosen schlackerten, und wenn er lachte, was selten vorkam, musste Effie an einen Totenkopf denken. Oles Gesicht bestand dann nur noch aus Zähnen, der Rest war knochig und von lediger Haut bedeckt. Aber sein ruhiges Wesen und seine freundliche Art waren geblieben.

«Dann geht es jetzt los, ja?», fragte Emmeline und wechselte mit Ole einen bedeutungsschwangeren Blick.

Verwunderlich, fand Effie, doch dann zog Helly ihre Aufmerksamkeit auf sich. Sie hatte ihren dünnen Mantel übergezogen und versuchte, sich das Band in den Zopf zu flechten. Den Kopf schräg gelegt, mit dem Ausdruck von höchster Konzentration im Gesicht, wollte es ihr nicht gelingen, doch sie versuchte es wieder und wieder.

Effie setzte an, aufzuspringen und ihr zu Hilfe zu eilen, aber Emmeline hielt sie zurück.

«Lass sie es allein machen.»

«Aber ...»

«Glaub mir. Sie kann es.»

Es kostete Effie Überwindung, mit anzusehen, wie Helly an dem Band herumfummelte. Was, wenn sie sich vor Ungeduld das Haar auszureißen begann? Doch Helly war heute in friedlicher Stimmung, auch sich selbst gegenüber gnädig, und irgendwann, Effie konnte es kaum glauben, leuchtete das Blau aus ihrem fast schwarzen Haar und sah wunderschön, wenn auch nicht unbedingt ordentlich aus. Doch wen scherte das?

«Hübsch», fand sie, und die Erwachsenen stimmten ihr zu, zogen sich ihre Mäntel an und brachen auf zu einem Spaziergang durch die Heilige Nacht.

Der Kornträgergang, in dem Emmeline lebte, lag dunkel und still da. Normalerweise drängten sich in der schmalen Gasse zu jeder Tages- und Nachtzeit Passanten, die, wenn sie bepackt waren, nur mit Mühe aneinander vorbeikamen; doch heute war Weihnachten, und selbst wer traurig und allein war, versuchte, es sich zu Hause gemütlich zu machen. Ein schneidender Wind fegte zwischen den eng stehenden Häuserwänden hindurch. Als Effie den Kopf in den Nacken legte, sah sie nicht einen einzigen Stern. Was nicht an einem wolkenverhangenen Himmel lag, der war klar, sondern an den vier- und fünfstöckigen Gebäuden, die sich im Abstand von nicht einmal zwei Metern gegenüberstanden. Von hier unten wirkte es, als beugten sie sich über sie – bedrohlich, womöglich aber auch schützend.

Als sie wenig später den Alten Wall passierten und auf den Adolphsplatz zuliefen, streifte Emmeline die vornehmen Bauten rechts und links mit einem zornigen Blick.

«Einer wie der andere», sagte sie und deutete mit dem Kopf auf die Börse und die Reichsbank. «Mögen die Jahre ins Land ziehen. Einer kommt, einer geht, letztlich aber zählt nur das Geld.»

Weder Effie noch Ole sagten etwas darauf. Stumm liefen sie durch die wieder schmaler werdenden Gassen, in denen nur das Echo ihrer Schritte zu hören war. In einer düsteren Ecke raschelten die Ratten. Nach zehn oder fünfzehn Minuten Wegzeit erreichten sie das Wasser. Schwarz und still lag das Fleet da, kein Windhauch strich in dieser eisigen Dezembernacht über die Oberfläche. Wieder legte Effie den Kopf in den Nacken. Jetzt sah sie Sterne, einen ganzen Kranz silbrig leuchtender Gestirne, deren Anblick in ihr unvermittelt Hoffnung auslöste. Die Jahre, die hinter ihr lagen, waren mühsam gewesen. Fast ununterbrochen hatte sie gearbeitet, und wenn nicht, dann hatte sie sich um Helly gekümmert, die sie Tag um Tag bei Frau Henstett abgeholt hatte. Seltsamerweise verspürte Effie nun ein erwartungsvolles Prickeln, ganz so, als ob es für sie womöglich doch noch etwas Schönes gäbe, ein bisschen Glück nur für sich, abseits ihrer über alles geliebten Tochter ...

«Seht», sagte Emmeline, die stehen geblieben war.

Nachdem sich Effie zu den anderen umgedreht hatte,

versuchte sie, in der Dunkelheit die gegenüberliegende Straßenseite zu erkennen. Hinter ihnen schwappte kaum hörbar das Wasser gegen die Kaimauern der Speicherstadt. Wer hier lebte, schoss ihr durch den Kopf, wurde sicher häufig vom Herabdonnern der Kaffeesäcke geweckt, die über lange Rampen die oberen Lager mit den Straßen verbanden. Aber was, wenn einer der Säcke aufplatzte? Strich dann der bittere Duft den Anwohnern um die Nase? Was für ein wunderbarer Gruß am frühen Morgen, selbst wenn man selbst nicht in den Genuss kam, Kaffee zu trinken!

«Möchtest du nicht mitkommen, Effie?», riss Emmelines Stimme sie aus den Gedanken. Die drei waren schon über die grob gepflasterte Straße gelaufen und standen nun vor einer Tür, die himbeerrot gestrichen war, wie Effie beim Näherkommen erkannte. Im flackernden Licht der Gaslaternen stiegen sie nacheinander behutsam drei Treppenstufen hinunter. Emmeline steckte einen Schlüssel ins Schloss und wandte sich vor Vorfreude strahlend zu ihnen um, während sie knirschend die Tür aufschloss.

«Ole habe ich schon davon erzählt, aber euch beide wollte ich überraschen.»

«Überraschen», murmelte Helly undeutlich, und ihre Augen strahlten.

Emmeline stieß die Tür auf. Neugierig starrte Effie in die Finsternis. Die Luft im Innern roch trocken und kalt und nach Bohnerwachs.

«Ich wünschte, ich könnte einen Schalter drehen und Licht würde aufflammen», sagte Emmeline, deren Stimme vor angespannter Vorfreude zitterte. «Aber im Kerzenlicht erkennt ihr hoffentlich auch etwas.»

Es dauerte ein wenig, bis das Streichholz in ihrer Hand flackerte. Emmeline entzündete den Docht einer Kerze und betrat einen schmalen Flur, an dessen Ende Effie nicht das Geringste erkennen konnte. Hintereinander tasteten sich die vier durch das nur von der flackernden Kerze erhellte Halbdunkel. Dann öffnete Emmeline eine weitere Tür.

«Vorsicht, Stufe.»

Als sie den großen Saal betraten, sprach niemand, selbst Helly drehte sich erstaunt um die eigene Achse und sah fragend ihre Mutter an. Viel konnte Effie nicht erkennen, außer dass der Raum hoch war wie eine Kapelle. Wie groß mochte er sein? Hundert Quadratmeter, überschlug sie, vielleicht etwas mehr. Im Kerzenlicht, das jetzt ein wenig von den Straßenlaternen unterstützt wurde, deren Licht durch die Fenster fiel, glänzte das Parkett frisch gebohnert. Die von der Straße abgewandte Wand hatte unzählige deckenhohe Fenster, in denen sich die Kerzenflamme und ihre vier blassen Gesichter spiegelten. Als Effie näher trat, erkannte sie, dass dahinter ein Hof lag, so lang wie der Raum, in dem sie sich befand, aber bestenfalls halb so breit.

«Was ist das?», fragte Effie, als sie sich wieder umdrehte.

«Tanzen», sagte Helly.

Überrascht wandte sich Emmeline ihr zu. «Richtig, Helly, das ist es. Ein Ballsaal.»

Effie blinzelte ungläubig. «Woher hast du denn den Schlüssel?»

«Er gehört mir. Der Schlüssel, der Saal aber auch. Genau genommen», sie zuckte verlegen mit den Schultern, «das ganze Haus.»

«Das haste mir aber nicht erzählt», bemerkte Ole, der bislang fast unbeweglich dagestanden hatte.

«Ja. Nein. Ich ...» Emmeline wurde rot, glaubte Effie trotz des funzligen Kerzenlichts zu bemerken. «Ich habe gefürchtet, du findest mich angeberisch. Und ehrlich gesagt, entspricht es auch nicht ganz meinen politischen Idealen. Ich hatte nie im Sinn, irgendwann einmal mehr zu besitzen, als ich brauche. Ein Haus? Nein, das hätte ich mir im Traum nicht vorstellen können.» Verlegen rieb sie sich die Nase. «Deswegen wollte ich euch erst einmal herführen.»

Immer noch zu verblüfft, um Emmelines Worte wirklich zu begreifen, folgte Effie Hellys Blick zur Decke. Sie war reich verziert und gewölbt wie in einem Kirchenschiff. Allerdings gab es in einem solchen wahrscheinlich weniger Frauen, deren Körper lasziv gebogen und relativ unbekleidet waren.

«Das Haus wurde zur Zeit der französischen Besatzer errichtet», erklärte Emmeline und gestikulierte wild mit den Händen. «Und war zunächst Teil eines Bades.»

«*Wat?*», warf Ole dazwischen, und auch Effie traute ihren Ohren kaum.

«Dort, wo sich jetzt der Hof befindet, gab es ein Schwimmbecken, das mit dem Fleet verbunden war.»

Effie verzog das Gesicht, was nicht unbemerkt blieb.

Emmeline kicherte angesichts Effies Grimasse so fröhlich, wie Effie es nie bei ihr erlebt hatte. «Und genau da lag das Problem», sagte sie. «Dem französischen Besitzer war wohl nicht ganz klar, dass die Fleete als Aborte benutzt wurden. Der Gestank, der in seinem Hof vom Wasser aufstieg, dürfte also besonders im Sommer grässlich gewesen sein.»

«Gestank?», fragte Helly interessiert.

«Das Wasser, in dem die Menschen badeten, war so dreckig», erklärte ihr Emmeline, «dass man sehr, sehr krank davon wurde. Und es roch nicht besonders gut.»

Helly nickte, und Effie erinnerte sich schaudernd an die Cholera zurück, die in Hamburg für Tausende Tote gesorgt hatte. Sie war damals zehn Jahre alt gewesen und hatte zu Hause, nicht weit von Stoltebüll entfernt, von der sich rasant ausbreitenden Seuche erst mit vielen Monaten Verspätung erfahren. Was sie jedoch darüber gelesen hatte, hatte ihr die Haare zu Berge stehen lassen.

«Erklär es mir noch einmal», bat sie, an Emmeline gewandt. «Wieso gehört dir das Haus?»

«Ich habe es geerbt. Ehrlich gesagt hat es mich selbst überrascht. Doch meine Großmutter hatte sich offenbar in den Kopf gesetzt, dass das Danzhus niemals in Männerhand gegeben werden dürfe. So ist es zu mir gekommen. Mein Vater war nicht allzu begeistert, doch nun hat er es akzeptiert.»

«Von deiner Großmutter», echote Effie erstaunt. «Ich wusste nicht, dass deine Großeltern in Hamburg lebten.»

Wieso hatte ihr Emmeline davon nie erzählt? Doch auf der anderen Seite war die Zeit, die sie gemeinsam verbrachten, ja stets knapp. Sahen sie einander, redeten sie nicht über ihre Herkunft oder Familien. Sie sprachen über Gefühle, über Einsamkeit, über Frauenvereine und ihre Verdienste, über die Frage, wann sie und ihre Geschlechtsgenossinnen wohl endlich wählen durften. Solche Sachen. Über Helly, selbstverständlich. Und über Geld oder besser gesagt den Mangel daran.

«Sie haben auch nicht hier gelebt», erklärte Emmeline fröhlich. «Meine Großmutter überließ die Verwaltung einer Freundin. Doch seit Kriegsbeginn steht es leer und verstaubt langsam. Was soll man auch mit einem Ballhaus anfangen, wenn niemand tanzen darf?»

Am 9. August 1914, acht Tage nachdem Deutschland Russland den Krieg erklärt hatte, war ein öffentliches Verbot sämtlicher Lustbarkeiten verhängt worden. Wer tanzte, kam ins Kittchen, so einfach war das.

«Was willst du denn damit machen?», erkundigte sich Effie, die immer noch über all die Pracht, die sie umgab, staunte.

Nachdenklich sah Emmeline sie an. «Ich wäre schon froh, überhaupt jemanden hierher einladen zu können. Statt auf einem Ball zu tanzen, könnten wir ja ...», sie zuckte mit den Schultern, «... diskutieren. Aber ich weiß es noch nicht», schob sie rasch hinterher.

«Ball?», fragte Helly ungläubig und sah sich suchend um.

«Moment», sagte Ole, der nicht minder erstaunt schien als Effie. «Habe ich dich richtig verstanden? Vor dem Krieg war es noch in Betrieb?»

Emmeline nickte.

«Es war sogar ein echter Renner. Ich war früher

manchmal hier, aber das Tanzen liegt mir nicht so. Leider», fügte sie seufzend hinzu. «Ihr hättet all die Leute sehen sollen, wie sie Tango tanzten. Da wurden aber große Augen gemacht. So ein verruchter Tanz», sie kicherte in sich hinein.

Verwundert starrte Effie sie an. So jungmädchenhaft hatte sie Emmeline noch nie erlebt.

«Ball?», wiederholte Helly ihre Frage.

«Ich meinte einen Ball, auf dem man tanzt, kein Spielzeug. So», fügte Emmeline hinzu und begann, etwas unbeholfen, allein im Walzerschritt über das Parkett zu hüpfen. Ihre Schritte hörten sich wie Peitschenknallen an, der Raum war leer, das Echo phantastisch. Helly zuckte zusammen und verzog das Gesicht.

«Nun gut», sagte Emmeline und strich sich erhitzt das Haar aus der Stirn, «das reicht. Ich wollte dir bloß vormachen, wie …»

«So?», fragte Helly. Sie war aus ihren Schuhen geschlüpft. Barfuß stand sie da und schien der Kälte des Bodens nachzuspüren, dann bewegte sie sich langsam, wie eine Schlingpflanze, von der Strömung erfasst. Sie tanzte nicht, ihre Füße blieben auf den Dielen, als wären sie festgeklebt, und doch … Wie sie die Arme langsam emporhob, die Finger ineinander verschlungen und langsam auseinandergleitend, die Hände über dem Kopf kreuzte, als versuche sie eine Schlange zu imitieren, dabei die Hüften wiegte, alles langsam, kaum sichtbar, aber doch hypnotisch, ließ die Erwachsenen die Luft anhalten.

Effie und Emmeline wechselten einen überraschten Blick. Musik kannte Helly nicht, woher auch? Bloß wenn

Effie pfiff oder leise sang, doch das kam so selten vor, dass sie sich an das letzte Mal kaum erinnerte ...

«Nich' schlecht, Herr Specht», bemerkte Ole trocken.

Helly ließ die Arme fallen und zuckte mit den Schultern. Doch etwas in ihr, glaubte Effie zu sehen, hatte zu leuchten begonnen.

6

Hamburg-Sankt Pauli
Samstag, 24. Februar 1962

Auf dem Weg zum Dovenfleet war die Sonne zwischen den dicken Wolken hervorgeblitzt und hatte ihrem Marsch durch den Park einen frühlingshaften Anstrich verpasst. Als Marie nun die Tür des Danzhus öffnete, erschien ihr der Geruch, der ihr entgegenschlug, noch stechender. Hier stand sie, es war kurz nach acht am Samstagmorgen, ihre Kleider fühlten sich jetzt schon klamm an, ihre Füße steckten in viel zu großen Gummistiefeln, sie hielt Schrubber und Eimerhenkel umklammert. Doch bei dem Anblick, der sich ihr bot, musste sie tief Luft holen, um nicht augenblicklich den Mut zu verlieren.

Der Saum der schweren Samtvorhänge rechts und links der hohen Fenster hatte sich mit dem Wasser vollgesogen, das dreißig, vielleicht vierzig Zentimeter hoch stand. Durch die Bleiglasmosaike fiel Licht in den Raum. Kleine grüne, rote und orangene Punkte tanzten auf den Wänden, die blassrosa geblümte Tapete hing in Fetzen hinab und schlug Blasen, wo das Wasser sie berührte. Die Decke war höher, als sie angenommen hatte, sicher vier, vielleicht sogar fünf Meter hoch. Sogar drei Kronleuchter hingen davon hinab, von denen sie gestern Abend nur einen gesehen hatte. Ihr gläserner Schmuck drehte sich glitzernd im Sonnenlicht.

Trotz der Zerstörung überkam Marie eine tiefe Ruhe, als sie den Blick durch den Saal schweifen ließ. Von Architektur verstand sie nichts, von Gotik und Barock hatte sie bestenfalls einmal gehört. Aber sie hatte ein Gefühl für Räume und ein Auge für Schönes. Und dieser Ballsaal war schön, wunderschön, zart, ja geradezu lieblich, wenn er nicht diesen Geruch verströmen würde.

Falls es je brauchbares Mobiliar gegeben hatte, war es nun zerborsten. An den Rand geschwemmt, ragten zersplitterte Holzbeine aus der dunklen Wasseroberfläche. Das Einzige, was heil geblieben zu sein schien, war ein Spiegel, der fast die gesamte hintere Wand einnahm. Dunkel sah sie darin die Umrisse ihrer selbst.

«Das schaffe ich nie», flüsterte sie. Und dann: «Unsinn. Natürlich schaffe ich es.»

Damit machte sie sich an die Arbeit, und bereits nach einer halben Stunde hatte sich ihre Mutlosigkeit aufgelöst wie der Morgennebel. Bloß sie und das Wasser gab es noch. Den Eimer eintauchen, Wasser hineinschöpfen, die Stufen emporlaufen, über die Straße hinweg und mit einem anfangs noch leisen, dann immer gequälter klingenden Ächzen den übelriechenden Inhalt in das Fleet kippen.

Erst gegen Mittag hielt sie inne und stellte enttäuscht fest, dass es nicht wirkte, als habe sie überhaupt schon etwas getan. Dennoch fiel ihr auf, wie ... nun, beseelt sie sich im Innern des Danzhus fühlte. Sie verstand, wieso

Effies Herz so sehr daran hing. Dies schien einmal ein Ort der Träume gewesen zu sein. Aber es war zu still, dieser Raum verlangte nach Gelächter, Musik und durch die Luft schwirrende Stimmen.

Weitermachen. Wasser schippen und durch das Nass staken, über die Gasse laufen und zurück die Stufen empor, sie spürte nichts, und auch dass sie Hunger hatte, empfand sie nicht. Weiter ging es. Hinunter, hinauf, hinunter, hinauf. Manchmal sang sie ein paar Zeilen, ließ es jedoch wieder, um ihre Kräfte zu schonen.

Gegen Nachmittag fühlten sich ihre Arme bleiern an. Sie keuchte schwer, war schweißgebadet und so müde, dass sie umzufallen fürchtete. Besser, sie ruhte sich ein wenig aus, auf der schmalen Wendeltreppe zum Beispiel, die im linken hinteren Eck nach oben führte. Doch als sie sie erreichte, fand sie, sie könne genauso gut gucken, wie es eigentlich oben aussah. Dorthin zumindest konnte das Wasser nicht gelangt sein.

In den großen, leeren Raum in der ersten Etage fiel kaum Licht, er lag da, als befände er sich im Dornröschenschlaf. Schwere Gardinen verhängten die Fenster. Mit der Sohle ihres durchfeuchteten Stiefels wischte Marie über den Boden. Unter einer zentimeterdicken Staubschicht kamen dunkle Holzbohlen zum Vorschein. Ruckartig zog sie die Vorhänge zur Seite. Staub wirbelte auf. Behutsam drehte sie an dem bronzenen Knauf der Balkontür. Auch hier hatte sich das Holz verzogen, dennoch öffnete sie sich widerwillig quietschend. Marie steckte den Kopf hinaus, atmete tief die frische Luft ein und wandte sich wieder um.

Von den hohen stuckverzierten Decken hingen Spinnweben, die sachte im Windzug tanzten. In einer Ecke stand etwas Großes, das von einer schwarzen Decke verhüllt wurde. Was sich darunter verbarg, würde sie sich später genauer ansehen. Jetzt nur kurz ausruhen. Mit einem verhaltenen Gähnen ließ sie sich auf den Fußboden sinken, lehnte den Kopf gegen die Wand, schob die Hände als Schutz vor dem kühlen Stein unter ihren Po und begann davon zu träumen, wie es im Danzhus aussehen könnte, wenn erst das Wasser fort war. Sie hörte Lachen, Geplauder, leise Musik, Menschen, die alle ihre Sorgen für ein paar Stunden vergaßen. Und sie sah ihre Mutter vor sich, wie sie sich auf dem Klavierhocker leise hin und her wiegte ... Marie riss die Augen auf. Die Erinnerung an Klara hatte sie wie aus dem Nichts überfallen. Ihr war, als könne sie sie mit einem Mal sogar riechen, als würde die Luft die süße Frische von Klaras Parfum durchziehen.

Ein ziehender Schmerz durchfuhr sie, als sie an jenen Nachmittag dachte, der so lange zurücklag. Sie war klein gewesen, etwas älter als sechs Jahre alt. An die Zeit davor hatte sie kaum Erinnerungen, doch jenen Nachmittag und Abend sah sie so glasklar vor sich, als habe sie ihn erst gestern erlebt.

Jenen Tag, an dem sie ihre Mutter zum letzten Mal gesehen hatte. Jenen, an dem ihre Mutter mit laut perlendem Lachen auf die Tasten gehauen und gerufen hatte: «Schneller, Schätzchen, schneller!», und Marie sich im Kreis gedreht hatte und sie ihren Zehen dabei zugesehen hatte, wie sie sich zusammenkrümmten, um auf dem glatten Boden nicht den Halt zu verlieren. Sie hatte ihr

Kleid fliegen sehen, ein rotes mit weißem Saum, das sie über alle Maßen geliebt hatte, und sie hatte immer wieder einen Blick auf ihre Mutter erhascht, wie glücklich sie auf dem Klavierhocker saß, wunderschön mit ihrem blonden sorgsam ondulierten Haar und den knallroten fein geschwungenen Lippen.

«Schneller!», rief ihre Mutter. «Schneller, meine Süße!»

Ihre rechte Hand lag auf den Tasten; mal drückte sie den Daumen hinab, mal den kleinen Finger, und erzeugte damit kleine, hüpfende Töne, die Marie dazu anstachelten, noch einen Zahn zuzulegen. Ihre Zöpfe hüpften, und die Wohnzimmerwand verschwamm zu einem einzigen blassvioletten Streifen.

«Schneller, Marie», feuerte ihre Mutter sie an. «Schneller!»

«Ich kann nicht mehr!», japste Marie, gluckste dabei aber vor Freude.

«Natürlich kannst du!»

Maries Fersen knallten auf die Holzbohlen, bunte Punkte flackerten in der Luft, und sie tanzte und tanzte und tanzte ... Bis sie mit einem gewaltigen Rumms auf dem Boden aufkam.

«Marie!»

Marie kam wieder zu Atem, und das Gesicht ihrer Mutter nahm langsam Konturen an, die großen blauen Augen, die gerade geschnittene Nase, der blasse Teint. Klara war schön wie die Mannequins in den Modezeitschriften, auch wenn Maries Mitschülerin Anneliese einmal giftig bemerkt hatte, dass sich deutsche Frauen nicht schminken. Dem zum Trotz benutzte Klara auch zu

Hause Lippenstift, der so rot war wie Klatschmohn, sie umrandete sich die Augen schwarz und malte die Brauen braun, sie puderte ihre Haut, sodass sie zart und glatt wie Porzellan wirkte, und wenn sie sprach, duftete sie nach Pfefferminz, während Annelieses Mutter aus dem Mund nach Kohlsuppe roch.

«Geht's wieder?»

Sie nickte. Ruckartig stand ihre Mutter auf. Marie ahnte, dass Klara das Interesse an ihr schon wieder verloren hatte, und vermisste ihre Aufmerksamkeit bereits. Selten gab es Momente wie diesen, in denen sie sich in dem Blick ihrer Mutter sonnte. Wenn alles hell und einfach erschien, was vorher – und gleich darauf wieder – furchtbar schwer war. Zwei Dinge gab es, die Marie glücklich machten: die Musik und ihre Mutter. Doch während Schallplatten und das Klavier ihr immer zur Verfügung standen, erhielt sie Klaras ungeteilte Aufmerksamkeit äußerst selten. Und das, obwohl ihre Mutter seit Kriegsbeginn nicht mehr reiste.

Klara wandte sich wieder dem Instrument zu, das die gesamte linke Seite des Wohnzimmers einnahm. Die beiden Räume, die ihre Mutter und Marie in Sankt Georg bewohnten, waren Teil einer einst herrschaftlichen Wohnung mit Bediensteteneingang und Kammern für das Personal. Maries Zimmer, hatte ihre Mutter ihr verraten, war eigentlich der Besenschrank, doch das stimmte vielleicht gar nicht, schließlich besaß es ein Fenster. Der Umstand, dass in früheren Zeiten eine einzige Familie gewohnt hatte, wo nun vier Parteien lebten, machte die Angelegenheit sehr hellhörig. Marie wusste sogar, wie lange sich die Nachbarn die Zähne putzten. Im Umkehrschluss hieß das leider, dass auch sie alles von ihnen hörten, angefangen bei den Herrenbesuchen ihrer Mutter, die beim geselligen gemeinsamen Wäscheaufhängen im Hof beißend kommentiert wurden. Vor allem aber durfte Klara nicht spielen, was sie liebte: Jazz und Swing, all das, was Leben in die Bude brachte.

Stattdessen: deutsche Komponisten, deren Namen meist mit B begannen. Beethoven, Bach und Brahms. Schön, zweifellos, aber kein Vergleich zu dem, was sonst noch in Klaras Fingern steckte. Während ihrer Tourneen hatte sie die Meuten zum Tanzen gebracht. Eine Zeitlang war sie durch ganz Deutschland gereist. An den Wänden hingen noch die Annoncen aus den Zeitungen: 1931 ein Konzert in Stuttgart, am folgenden Tag Sindelfingen, Karlsruhe, dann Straßburg. Ein Jahr später hatte sie vor ganz großem Publikum gespielt: in Köln, München, dann Berlin. «Berlin», hatte sie Marie später vorgeschwärmt, «du glaubst nicht, was dort los ist!»

Nach Maries Geburt flatterten die Anfragen seltener ins Haus. «Fremdländische Texte zu singen, ist verboten», hatte Klara ihr erklärt, doch das war kein Problem, fand Marie, immerhin saß ihre Mutter ja nur am Klavier. Mittlerweile spielte Klara gar nicht mehr in Konzertsälen, sondern saß im Hotel in der Lobby am Klavier. Niemand applaudierte, nachdem sie ein Stück beendet hatte. Die Leute quatschten die ganze Zeit, was Marie wusste, weil sie Klara einmal hinterhergeschlichen war und sie von einer schummrigen Ecke des Foyers aus beobachtet hatte. Wie unhöflich die Leute gewesen waren! Gläserklirren und das Kratzen von Kuchengabeln auf Porzellan, während ihre Mutter Beethovens *Neunte* spielte? Am liebsten hätte Marie «Ruhe» geschrien, aber sie wusste ja, dass sie das Geld dringend brauchten.

So war das, wenn es eine Tochter gab, aber keinen Vater dazu.

Die Melodie, die ihre Mutter nun zu spielen begann, gehörte nicht zu Maries Lieblingsstücken. Sie liebte es, wenn Klaras Finger nur so über die Tasten flogen, wenn der Rhythmus in die Beine ging und Marie das Gefühl verlieh, sich wie Fred Astaire bewegen zu können. Und wenn ihre Mutter sogar den Mund öffnete und mit ihrer rauchig klingenden Stimme leise sang: «It don't mean a thing if it ain't got that swing», dann war Marie ganz und gar hingerissen und schwor Mark und Bein und bis in alle Ewigkeit, niemals irgendjemandem, auch ihren Freundinnen nicht, davon zu erzählen.

«Weil Englisch zu singen nicht mehr erlaubt ist», hatte ihr Klara erklärt.

Marie hatte im Übrigen gar keine Freundinnen, wem also sollte sie davon erzählen? Und den Männern, die in ihrer Küche auftauchten, von Romantik redeten, breitbeinig dasaßen und nach Rasierwasser rochen, mochte sie schon gar nichts anvertrauen. Aber jetzt: Beethoven statt Ellington. Das Adagio der *Klaviersonate Nr. 3*. Die Melodie war wie Staub, der von der Decke rieselte und wundersam silbrig glänzte. Aber auch mit Wehmut getränkt.

«Darf ich dich heute Abend begleiten?», fragte Marie, um dem Gefühl nicht zu viel Platz zu erlauben. Die Antwort aber kannte sie schon. Sie durfte nicht mitgehen, wenn ihre Mutter arbeitete. Nie.

«In den Alsterpavillon?», fragte ihre Mutter, ohne sich zu ihr umzudrehen. «Nein.»

«Aber warum nicht?»

«Dort sind nur die Erwachsenen.»

«Ich bin auch schon erwachsen.»

Ihre Mutter lachte. Nun wandte sie sich doch zu ihr um. Ihr schönes Gesicht strahlte. «Bald bist du es, und dann darfst du mitkommen, wann immer du willst. Aber erst musst du ein bisschen größer werden. So viel.» Sie zeigte mit Daumen und Zeigefinger einen, vielleicht anderthalb Zentimeter. «So viel, und ich nehme dich mit.»

Marie wusste genau, dass das geflunkert war. Wenn sie einen Zentimeter größer würde, wäre sie längst nicht erwachsen. Doch sie spielte das Spiel ihrer Mutter mit.

«Ja, wirklich?»

«Versprochen, mein Schatz. Aber weißt du, was? Ich bringe dich morgen zur Schule. Ich stehe früh auf, und wir spazieren gemeinsam dorthin.»

Damit war das Gespräch beendet. Marie spürte ihre Unterlippe zittern und biss so fest darauf, dass sie zu schmerzen begann. Nie stand ihre Mutter früh auf. Nicht, wenn sie die ganze Nacht über Klavier gespielt hatte.

Als Klara ging, blieb Marie allein im dunkler und dunkler werdenden Wohnzimmer zurück. Die Schatten hinter der Kassettentür sahen wie Monster aus. Wenn ein Luftzug hereinwehte, schienen sie mit den Flügeln zu schlagen. Marie erhob sich von ihrem Platz auf Klaras Sofabett und setzte sich, nachdem sie kurz auf Geräusche im

Treppenhaus gelauscht hatte, ans Klavier. Ganz zart, fast unhörbar, ließ sie einen Zeigefinger auf die Taste fallen. Ein heller Ton, wie wenn zwei Porzellantassen gegeneinander klirrten. Einer dunkel wie violetter Samt.

Und dann überließ sie ihren Fingern, was sie spielen wollten. Sie schloss die Augen, und während die Musik sie forttrug und sie von links nach rechts und wieder nach links glitt, einem Strom gleich, dessen Wassermassen anschwollen, explodierten in ihrem Kopf Farben, Gerüche und Gefühle, jagten einander in einer wilden, munteren Hatz und kamen erst zur Ruhe, als ein scharfes, kaltes Klopfen ertönte.

Marie zuckte zusammen. Wieder ein Hämmern. Sie sprang auf, schob schuldbewusst den Hocker unter das Klavier und sah sich panisch und verschwitzt um. Was, wenn die Nachbarin sie gehört hatte? Was hatte sie gespielt? Ein Stück von Mary Lou Williams etwa, nach der ihre Mutter sie benannt hatte, oder «In the Mood»?

Mit rasendem Herzen trat sie in den Flur. Jemand stand vor der Tür, das sah sie, da es in der Wohnung dunkel geworden war, im Treppenhaus jedoch Licht brannte. Zwei Füße standen dort. Ob in Männer- oder Damenschuhen, ließ sich jedoch nicht erkennen.

Wieder Klopfen.

Ihre zitternde Hand auf dem Knauf, den sie langsam drehte. Was, wenn da ein Böser stand? Es gab so viele von ihnen, ahnte Marie; so viele, die nett aussahen und deren Herzen rabenschwarz waren. Als die Tür einen Spaltbreit aufschwang, sog sie scharf die Luft ein.

Uniform. Und sie war allein und hatte womöglich verbotene Musik gespielt. Oder war es doch Mozart gewesen?

Bitte, lieber Gott, dachte sie, lass es die Romanze aus Mozarts 20. Klavierkonzert gewesen sein!

Marie kannte sich mit Uniformen nicht aus. Diese war von einem kaninchenköttelfarbenen Braun. Mit Pluderhosen, ein bisschen wie die der Prinzen aus ihren Märchenbüchern. Glänzende Strümpfe trug der Mann aber keine, besser gesagt, das sah Marie nicht, da die Pluderhosen am Knie zwar eng wurden, aber weiter nach unten reichten, in die glänzend schwarz polierten Lederstiefel hinein. Am Arm trug er das Hakenkreuz, in der Hand knautschte er eine Kappe. Mit einer zackigen Verbeugung sagte er: «Ist deine Mutter zu Hause?»

Marie wusste, sie musste sich ihre Antwort genau überlegen. So vieles konnte sich hinter einer einfachen Frage verbergen, so viele Fallen gab es, so viele fatale Konsequenzen. Ihre Mutter hatte ihr verboten, mit Männern zu reden, mit Fremden sowieso.

«Nein», sagte Marie nach einer Weile, in der er sie angestarrt hatte. Ihre Stimme war piepsig und für sie kaum zu hören. Dumpf rauschte das Blut in ihren Ohren.

«Erwartest du sie bald zurück?»

Er hatte ein schmales, blasses Gesicht. Wie gemalt sah er aus. Vor allem die Nase, die groß war, aber schmal. Dazu dunkle Haare und dunkle Augen, die kühl und lauernd dreinblickten.

Wieder eine Frage. Wieder musste sie lange überlegen, bevor sie Nein sagte. Ihr Herz klopfte noch wilder. Hätte sie Ja sagen sollen? Aber dann wäre er vielleicht eingetreten, das machten die Herrenbesuche ihrer Mutter häufig – sie tätschelten ihr den Kopf und latschten an ihr vorüber, obwohl Marie nicht einen von ihnen eingeladen hatte.

Er nickte. Auch das eine zackige Bewegung.

«Heil Hitler.»

Sie lächelte breit, um nicht antworten zu müssen, und knickste so tief, dass sie beinahe das Gleichgewicht verlor. Ihre Mutter hatte ihr erlaubt, in der Schule Heil Hitler zu sagen, weil es anders nicht ging, ihr aber verraten, dass man, wenn man die Worte mehr als zehnmal am Tag aussprach, Zungenfäule bekäme.

Mit einer flüssigen, schnellen Bewegung drehte der Uniformierte sich um. Marie schloss die Tür. Ein Brennen breitete sich in ihrem Mund aus, und während ihr immer schwindeliger wurde, tastete sie sich vorsichtig ins Wohnzimmer zurück. Sie setzte sich an das Klavier, betrachtete die Tasten jedoch nur. Warme Tränen rannen ihre Wangen hinab. Sie fürchtete, Klara in Schwierigkeiten gebracht zu haben. Sie würde sicher schimpfen, wenn sie nach Hause kam. Doch die Stunden wurden länger und länger, es wurde Nacht, dann Tag. Leise bimmelnd fuhr vor dem Fenster die Straßenbahn vorüber. Marie wartete, ohne etwas zu essen oder zu trinken, bis ein neuer Abend anbrach. Dann trat sie in den Flur, ordnete sich das Haar und klopfte an die Tür der Nachbarwohnung.

«Meine Mama ist nicht nach Hause gekommen.»

Streng sah Frau Recktenwald sie an, dann schüttelte sie den Kopf und seufzte.

«Schon wieder?» Sie wartete keine Antwort ab, sondern

zog Marie behutsam ins Innere. «Nun komm, setz dich erst mal zu uns. Wir werden deine Mama schon finden.»

Doch sie fanden sie nicht. Nie mehr.

«Marie», drang verschwommen eine Stimme in ihr Bewusstsein, «bist du hier?»

Verwirrt hob Marie den Kopf. Sie befand sich nicht in der Wohnung, in der sie ihre Kindheit verbracht hatte, aber auch nicht, wie ihr nach einer Weile dämmerte, in Effies Gästezimmer. Stattdessen saß sie mit angezogenen Beinen an eine Wand gelehnt, ihr Po schmerzte und war eiskalt, und durch die Fenster, die fast die gesamte Wand einnahmen, drang hier und da etwas Sonnenschein.

«Marie?»

Die Stimme kam von unten. Blinzelnd drehte sie den Kopf. Ein scharfer Schmerz durchzuckte ihren Körper. Ihr Nacken fühlte sich an, als habe man ihn festgezurrt; er knackte laut und deutlich, und auch ihre Hüfte meldete sich.

«Ich komme, warte.»

Langsam stand sie auf, streckte sich vorsichtig und schaffte es, einem jäh auftretenden Schmerz zu entgehen, indem sie die Arme wieder fallen ließ. Gab es einen Muskel in ihrem Körper, der nicht vor Anstrengung ächzte?

Prüfend sah Effie sie an, als sie die Treppe hinunterkam. «Seit wann bist du hier?»

«Den ganzen Tag schon.»

«Wieso hast du mich nicht geweckt, als du gegangen bist?» Effie schüttelte den Kopf. «Und was in aller Welt hast du dort oben getan?»

«Geschlafen», sagte Marie nur und scheuchte alle Erinnerungen an ihre Mutter fort. Es war nicht gut, in der Vergangenheit zu bleiben. So bekam sie Klara auch nicht zurück. Stattdessen breitete sich bloß bohrende Sehnsucht in ihr aus, und das konnte Marie gerade nicht gebrauchen.

«Ich habe Hunger», sagte sie.

«Dann komm.»

Eine halbe Stunde später saßen sie einander bei Schmalzbrot und Kaffee gegenüber. Zu ihrem Erstaunen hatte Effie sie in dasselbe Lokal geschleppt, in dem Marie so verschwenderisch mit der Gabe des Polizisten umgegangen war.

«Ist das nicht zu teuer?», hatte Marie gefragt, nachdem Effie bestellt hatte. Die alte Dame hatte den Kopf geschüttelt.

«Einen Kaffee hast du dir ja wohl verdient! Und die Schmalzbrote gibt's umsonst, damit die Leute mehr Schnaps in sich hineinschütten können, ohne umzufallen.»

Aus einem Radioapparat hinter der Theke dudelte Elvis Presley. Die Bedienung war dieselbe wie bei Maries erstem Besuch. Die resolute Frau mit den schwarzen Haaren und verlebter Haut hatte Effie überschwänglich begrüßt, Marie hingegen nicht wiedererkannt.

Jetzt sah Marie ihr zu, wie sie die umstehenden Stühle zur Seite schob, den Boden fegte und wischte, die Linoleumplatten wienerte, überquellende Aschenbecher leerte und einen prüfenden Blick auf das Ergebnis warf, auch wenn sie in der Dunkelheit des Lokals wohl kaum einen

Fleck entdecken konnte. Einzig der Tresen war von einer nackten Neonröhre beleuchtet.

Nachdem sie ihre Schmalzbrote verputzt hatten, tupfte sich Effie mit den Fingerknöcheln das Fett um den Mund herum ab. «Du musst mir nicht helfen, ich hoffe, du weißt das. Ich erwarte nicht von dir, dass du mir zur Hand gehst. Oder vielmehr ...» Sie stockte. «... alles allein machst.»

Als aus einer besonders dunklen Ecke Geschrei ertönte, zuckte Marie zusammen und beobachtete interessiert, wie die Bedienung ihren Lappen zur Seite warf und mit einer über allen Unsinn erhabenen Grimasse auf einen der Betrunkenen zustapfte, die den Krach verursacht hatten. Ein resoluter Griff an den Kragen, und schon zog sie ihn zur Tür, wo sie ihm die warmen Worte mit auf den Weg gab, sich erst wieder blickenzulassen, wenn die Hölle gefroren war.

Leise lachte Marie in sich hinein. So würde sie auch gern mit dem einen oder anderen Gast des Atlantic umgehen ... «Eins verstehe ich nicht», sagte sie, an Effie gewandt. «Wieso möchtest du nicht, dass dir dein Großneffe zur Hand geht?»

«Merk dir eins», gab Effie finster zurück, «nicht alle Menschen, die nett tun, sind es auch.»

«Willst du mir damit sagen, dass du einen Schuft zum Großneffen hast?»

«Ich wüsste nicht, dass ich dir Rede und Antwort schuldig bin.»

«Das bist du ja auch nicht, ich wollte bloß ...» Marie schüttelte den Kopf. «Gut. Reden wir nicht drüber.» Sie fragte sich allerdings schon, was dieser Konstatin Kirchner verbrochen haben könnte, das Effie derart erzürnte.

Auf der anderen Seite hatte Marie die alte Dame ja nun schon ein wenig kennengelernt. Umsichtig reagierte sie eigentlich nie, sondern lud sofort die Waffen. Vielleicht hatte der Großneffe ihr bloß einmal widersprochen, was das Ballhaus anging.

«Wie lange hast du das Danzhus eigentlich schon?», erkundigte sich Marie nach einer Weile, in der ein unangenehmes Schweigen über ihnen gelastet hatte.

Ein seliges Lächeln glitt über Effies runzliges Gesicht. «Schon immer, jedenfalls solange ich Effie heiße.»

Fragend zog Marie die Augenbrauen in die Höhe.

«Habe ich dir das nicht erzählt? Früher hieß ich Frieda. Als aber meine Freundin das Danzhus eröffnete, hörte mein altes Leben auf und mein neues begann, und aus Frieda wurde Effie. 1917 war das ... Kannst du dir das vorstellen? Ich fühle mich ja alt wie Methusalem, wenn ich das Jahr nur ausspreche.»

Mit einem Lächeln stellte Marie fest, dass Effie ganz im Gegenteil weit jünger aussah, wenn sie an jene Zeiten zurückdachte. Als sei die Erinnerung an das Danzhus eine kleine Verjüngungskur für sie.

«Und seither betreibst du es?»

«Ja.» Effies Miene wandelte sich. Mit einem Mal sah sie eingefallen und traurig aus. «Im zweiten Krieg habe ich irgendwann schließen müssen. Und danach ... Ich bin müde. Ja, ich habe so viele Jahre auf dem Buckel wie Methusalem. Bist du mir böse, wenn ich mich zu Hause ein bisschen hinlege?»

Verwundert fragte sich Marie, ob sie einen wunden Punkt getroffen hatte. «Natürlich nicht. Aber warte, ich begleite dich.» Sie machte Anstalten aufzustehen.

«Nein, nein, du amüsierst dich mal noch ein bisschen.» Wacklig stand Effie auf. Sie mied Maries Blick, und Marie fragte sich beunruhigt, ob sie ihre Fragen besser für sich behalten hätte. Hatte sie alte Wunden aufgerissen?

«Effie, ich …», versuchte sie es noch einmal, doch Effie murmelte bloß etwas, erhob sich, schob Marie ein Zweimarkstück hin und war schon hinausgehastet, bevor Marie ein weiteres Wort herausbrachte. Ob sie ihr nachlaufen sollte?

Bisher hatte Effie allerdings immer höchst pikiert reagiert, wenn Marie ihren Bitten nicht gefolgt war. Ernüchtert sah sie sich um. Die anderen Gäste stierten gedankenverloren in ihre Biergläser, rauchten und nahmen keinerlei Notiz voneinander. Die Schmalzbrote hatten geschmeckt und gesättigt, davon abgesehen aber konnte sie sich nicht vorstellen, aus welchem Grund man seine Zeit gern hier verbrachte.

Sie schob die Tasse mit dem letzten Rest Kaffee beiseite und erhob sich. «Dürfte ich zahlen?»

«Is' ja schon 'n kleines Wunder», sagte die Bedienung, statt darauf einzugehen.

«Wie bitte?»

«Na, Effie kommt seit zwanzig Jahren her», sagte die Barfrau mit einer Stimme, die klang, als rauche sie am Tag drei Packungen Zigaretten und als sei sie, was den Whiskey betraf, ihre beste Kundin. «Seit einer Ewigkeit ist sie allein. Nie hat sie mit jemandem außer mir geredet, in den letzten Jahren auch nur, um den Kaffee zu bestellen.»

Nachdenklich sah Marie die Frau an und wartete, ob sie wohl weitersprechen würde.

«Und jetzt kommt sie plötzlich mit dir hier rein. Tja, so is sie, unsere Effie, steckt voller Rätsel. Du bist aber nicht eine andere Tochter, oder? Ach nee, Quatsch, das kann ja nicht sein. Bist viel zu jung dafür. Und das wüsste ich ja auch.»

«Eine andere Tochter?»

«Na, ne andere als die, die gestorben ist.»

Marie schluckte. In ihrem Kopf wirbelte alles durcheinander. Eine verstorbene Tochter? Effie hatte nichts davon gesagt, und in ihrer Wohnung hing nirgends ein Foto ... Oder doch? Es war nur ein Zeitungsartikel, keine gerahmte Fotografie, aber war das Mädchen, das zwischen den drei Erwachsenen gestanden hatte, womöglich Effies Kind?

Baff fragte sich Marie, ob Konstantin demzufolge der Sohn... Nein, er hatte sich als Großneffe vorgestellt, nicht als Enkel. Marie schluckte erneut. Eine Tochter. Wieso hatte Effie nichts davon erzählt?

«Nein, wir sind nicht verwandt», erklärte sie. «Ich wohne bloß bei ihr. Seit einer Woche.» Sie zuckte mit den Schultern. «Das erklärt vielleicht, warum ich so auffällig wenig über sie weiß.»

Die Barfrau nickte.

«Sagen Sie, die Tochter ...»

«Wenn du wissen willst, wie sie gestorben ist, das weiß ich nicht.»

«Das wollte ich nicht fragen», beeilte sich Marie zu sagen. Aber was dann? Genau wusste sie es auch nicht. «Ich würde Effie nur gern besser verstehen.»

«Na, viel Glück, das ist mir in all den Jahren, in denen ich sie kenne, nicht gelungen.»

«Und wie lange kennen Sie sie schon?»

«Zwanzig Jahre werden es wohl sein. Ja, es war noch Krieg, als sie das erste Mal hier war.» Die Augen der Barfrau waren von einem fast unnatürlichen Grün und derart strahlend, dass Marie sie nur schwerlich mit der langsam vergilbenden Haut in Einklang bringen konnte. «War 'ne echte Nummer, die Tochter. Nicht wunderschön, keine Marilyn Monroe oder Ava Gardner oder so was, verstehst du? Gar nicht. Aber sie hatte was, das hat einen aus den Socken gehauen. Wenn sie hier reingekommen is', hat jeder geguckt, egal ob Männlein oder Weiblein. Und keiner hat mehr die Klappe zugekriegt. Mein Chef hätte sie gern dafür bezahlt, dass sie nur hier rumsitzt und angegeifert wird, aber klar, davon hat er nur träumen können.»

«Wieso?»

«Na, guck dich doch mal um.» Sie grinste. «Ist ja nun wirklich keine Luxusbude. Das Danzhus ist da schon 'ne Ecke besser.»

«Sie kennen das Danzhus? Was wurde denn aus dem Lokal?», vergewisserte sich Marie.

«Klar, kenn ich es, der Laden war mal stadtbekannt. Jeder, der was auf sich hielt, hat sich da gezeigt. Grandiose Musik. Aber dann ist Helly gestorben, kurz nach dem Krieg, und Effie hat …» Sie zuckte mit den Schultern und senkte die Stimme. «Sie ist ein bisschen mit ihr gestorben, verstehste? Das war wirklich scheußlich. Sie hat mir so leidgetan. Wer würde da nicht helfen wollen? Aber Effie hat sich in die Arbeit gestürzt. Alles von sich geschoben, nichts wollte sie hören oder sehen, nicht über den Verlust sprechen, bloß arbeiten und nicht denken oder fühlen.» Sie nickte, wie um sich selbst recht zu geben.

Marie schluckte. Ihre Kehle fühlte sich wie ausgetrocknet an.

«Wen wundert's», fuhr die Kellnerin fort, «dass dann alles bergab ging? Wenn man sich zu sehr an etwas klammert, haut es ab, das ist ein Naturgesetz. Das kann 'n Kerl sein oder 'n Traum oder aber eben ein Laden, den man wieder zur vollen Blüte bringen will.»

«Effie hat das Danzhus also nach dem Krieg weitergeführt? Obwohl sie ihre Tochter verloren hatte?»

«Hat sie.»

«Aber niemand wollte mehr kommen?»

«Sie hat nicht sehen wollen, dass sich die Zeiten veränderten. Hat immer dieselben Musiker spielen lassen, die aber keiner mehr hören wollte. Anfang der Fünfziger und vorher, kurz nach dem Krieg, haben die Leute diese Stimmen geliebt. So was wie Frank Sinatra. Dean Martin. Diese schmeichelnden, samtigen Stimmen, da gab es ja auch hier 'n paar, die das ganz gut hinbekommen haben. So 'ne Musik, die den Leuten das Gefühl gegeben hat, sie bekämen 'ne Umarmung verpasst.»

Marie nickte. Mit Jazz kannte sie sich besser aus, mit Jazz und Swing, aber natürlich war ihr auch das Rat Pack ein Begriff. Sinatra, Martin und Sammy Davis jr., und ebenso ihre weiblichen Gegenstücke wie Dinah Shore, eine Frau, der halb Amerika zu Füßen gelegen hatte.

«Nu wollten die Leute aber was anderes hören. Rock'n'Roll. Jerry Lee Lewis, so 'ne Sachen. Da musste es fetzen auf der Bühne. Oder auf der Tanzfläche. Aber bei Effie hat schon lange nix mehr gefetzt. Is mir 'n Rätsel, wie sie es geschafft hat, den Laden immer noch offen zu halten. Als ich das letzte Mal drin war, hat sich außer mir bloß ein weiterer Hansel reinbequemt. Der hat 'ne Pepsi bestellt und ist schleunigst wieder abgezischt. Natürlich war ich so höflich und hab mich betrunken. Ich mein, was tut man nicht alles für seine Freunde, ne?»

Marie verkniff sich ein Lächeln. «Wann war das denn?»

«Na, so vor zwei Wochen.»

«Also kurz vor der Flut.»

Die Barfrau nickte. «Aber vielleicht ist es auch gut so, dass der Laden jetzt zu ist, verstehste? Effie ist alt. Ewig kann man so 'n Ding doch nicht allein stemmen.»

«Sie hat keine Angestellten?»

«Ha. Wie sollte sie die denn bezahlen?» Sie zuckte mit den Schultern. «Ich heiße übrigens Doris. Angenehm.»

«Ich bin Marie.»

«Schnäppsken?»

Marie zögerte. Sie trank gern ihren eigenen Schnaps, war allerdings nie der Versuchung erlegen, das schon tagsüber zu tun. Auf der anderen Seite verirrte sich ja sowieso kaum Tageslicht hier herein.

«Bist du eine von denen, die glauben, eine Frau trinkt nicht allein in der Öffentlichkeit? Und die sich dann am Nachmittag zum Kaffee Frauengold reinpfeift?»

Was war eigentlich aus Frau von Boyen geworden, schoss Marie durch den Kopf. Sie hatte gar nicht nachgesehen, ob sie noch ihre Suite bewohnte.

«Das nicht, aber ...», sagte Marie, doch die Barfrau schnitt ihr resolut das Wort ab.

«Hier brauchste dich nicht schämen, einen zu lupfen. Hier gucken die Leute eher, wenn du nix trinkst.»

«Ich habe nicht deswegen überlegt, sondern weil ich noch einiges zu tun habe.»

«Umso besser, wenn du dich vorher stärkst.»

Ach, wieso eigentlich nicht?

«Geht aufs Haus», sagte Doris auch schon und stellte zwei Schnapsgläser vor Marie ab, schenkte ein, nahm das eine und wartete, dass auch ihr Gast zugriff. Marie leerte das Glas in einem Zug und knallte es vor sich auf den Tresen.

«Ja, Heidewitzka, du kannst trinken, das gefällt mir!», rief Doris.

Heidewitzka, der Begriff rief in Marie die Erinnerung an Peer wach. Sie lächelte traurig.

«Noch einen?»

«Nein danke.» Viel lieber wollte sie eine weitere Frage zu Effies Tochter stellen – Helly, so hatte Doris sie genannt. Doch bevor sie dazu kam, wandte sich die Barfrau schwungvoll ab und hob grinsend die Hand.

«Wo hast du bitte die letzten Wochen gesteckt?», rief sie jemandem zu. «Was ist los, trinken Schreiberlinge etwa nicht mehr?»

Der Mann, mit dem sie geredet hatte, trat dichter an den Tresen und nahm den Hut ab. «Ich bilde mir ein, Hemingway zu sein, trinke aber schon während des Schreibens und gleich zu Hause, weil meine Schreibmaschine einfach zu viel Platz auf dem Tresen einnimmt.»

Irritiert betrachtete Marie sein Profil. Von irgendwoher kannte sie ihn. Es dauerte nicht lange, bis der Groschen fiel. Der komische Vogel aus Zimmer 312. Das Bonbonekel! Was in aller Welt wollte er hier? Und wieso taten Doris und er so vertraut? Gäste des Atlantic und das 24-Stunden-Café an der Reeperbahn schienen nicht auf den ersten, aber gewiss auch nicht auf den tausendsten Blick besonders viel gemein zu haben.

«Martini also?», fragte volltönend Doris.

Er schüttelte den Kopf. «Selters, bitte. Das mit dem Trinken und Schreiben war ein Scherz. Ich schaffe es nicht mehr, etwas zu Papier zu bringen, daher kann ich mir auch nicht erlauben, auch nur einen Tropfen Alkohol zu trinken. Es gehört sich einfach nicht für jemanden, der nur so tut, als sei er Schriftsteller.»

Mit hochgezogenen Brauen blickte Doris ihn an, dann wandte sie sich an Marie. «Männer sind immer so eklig selbstmitleidig, findste nicht auch?»

Marie, die eigentlich unauffällig das Weite hatte suchen wollen, konnte sich ein Kichern nicht verkneifen.

«Entschuldigung», murmelte sie in seine Richtung, vermied es jedoch, dem Kerl ihr Gesicht zuzuwenden. «Könnte ich jetzt zahlen?»

«Klar. Eins achtzig, Schätzchen.»

Marie tastete ihre Taschen ab, obwohl sie genau wusste, dass sich dort drin nicht auf wundersame Weise zwei weitere Groschen versteckten.

«Stimmt so», sagte sie verlegen. «Ich wünschte, ich könnte mehr Trinkgeld geben, aber ich habe momentan ...»

«Ach, beim nächsten Mal. Grüß Effie von mir.»

Da kullerte eine Münze über den Tresen in Maries Richtung. Es waren fünfzig Pfennig.

«Bitte», sagte das Ekel.

Marie nickte als Dank, rief Doris einen Gruß zu und nahm Kurs auf den Ausgang, als sie flüchtig eine Hand auf ihrer Schulter spürte.

«Entschuldigung.»

Sie bemühte sich, keine Grimasse zu ziehen, und wandte sich ihm zu. «Ja?»

«Woher kenne ich Sie?»

Sollte sie etwas von einer Verwechslung murmeln? Was nützte es schließlich, ihn erneut daran zu erinnern, dass er sich in ihren Augen wie ein Mistkerl aufgeführt hatte? Sie könnte ihm noch Dutzende Male sagen, dass er sie in ernste Schwierigkeiten gebracht hatte. Bestenfalls würde er ihre Worte schweigend zur Kenntnis nehmen und sie in der Sekunde vergessen, in der sie das Lokal verließ. So waren die Menschen mit Geld.

Und dann auch noch seine Bitte an sie, aus ihrem Leben zu erzählen. Was für ein Kauz!

«Sie sind das Zimmermädchen.»

Überrascht, dass er sie ohne die Uniform – weiße Bluse, schwarzer Rock, blütenreine Schürze – erkannt hatte, seufzte sie und nickte. «Ja.»

«Hä?», ließ Doris sich vernehmen. «Ihr kennt euch?»

«Nein. Kennen wäre zu viel gesagt.» Erneut nickte sie

ihm zu und verließ das Lokal. Auf der Straße atmete sie tief ein. Nie zuvor war es ihr passiert, dass jemand aus dem Hotel sie außerhalb desselben erkannt hatte. Sie vermutete, dass selbst Fräulein Körber an der Ampel neben ihr stehen könnte, ohne sie zu bemerken.

Verwundert schüttelte sie den Kopf. Heute hatte er freundlicher gewirkt. Irgendwie ... normaler. Aber das musste er ja auch, wenn er Stammgast in Doris' Kaschemme war – als reicher Stiesel sollte er dort lieber nicht auftreten. Nicht dass Marie Sankt Pauli wie ihre Westentasche kannte, ganz und gar nicht – aber man bekam rasch ein Gefühl für dieses Viertel. Auf diesem rauen Pflaster zählten andere Dinge als Münzengeklimper. Ansehen, Durchtriebenheit, nahm sie an, und Stärke, was ja nicht unbedingt gleichbedeutend mit Geld war.

Immer noch über den seltsamen Zufall nachdenkend, dass sie dem Gast ausgerechnet hier begegnet war, lief sie die Reeperbahn hinunter an den für Dujardin und Cinzano werbenden Neonreklamen vorbei, bog in die Talstraße ein und dann nach links in die Schmuckstraße. Mittlerweile bemerkte sie die Betrunkenen kaum noch, die sich in den Hauseingängen zusammengekauert hatten. Den einen oder anderen kannte sie sogar schon beim Namen; Effie hatte sie ihr verraten.

Als sie den dritten Stock erreicht und die Wohnungstür aufgeschlossen hatte, stellte sie fest, dass Effie ausgeflogen war. Nachdenklich trat Marie ein. Sie hätte sich wirklich gern bei ihrer Gastgeberin entschuldigt und sich erkundigt, ob sie etwas für sie tun könne.

Sie warf einen langen Blick den stillen Flur hinunter.

Dann zog sie die Stiefel aus und schlich, weil sie das Gefühl hatte, etwas ausnehmend Verbotenes zu tun, in Effies Schlafzimmer.

Sie öffnete die Schatulle auf dem Schreibtisch und betrachtete den Zeitungsausschnitt, den Effie ihr vor einigen Tagen gezeigt hatte. Ein Mann vor dem Danzhus, daneben eine dunkelhaarige Frau, aber auch eine blonde, die sicher Effie war. Und das Kind.

«Helly», murmelte Marie in sich hinein. Zu gern würde sie mehr über sie herausfinden.

Frieda

*Hamburg, Dovenfleet
19. Juli 1917*

Tanzen, Mama, tanzen?»

«Nun komm schon, Effie, tanz mit ihr», sagte Emmeline.

Effie warf ihrer Freundin einen vorwurfsvollen Blick zu. Als hätten sie nicht Wichtigeres zu tun: Der Boden starrte nur so vor Dreck, die deckenhohen Fenster zum Innenhof waren kaum mehr durchsichtig zu nennen, und wie bis heute Abend noch Bowle zubereitet werden sollte, stand in den Sternen. Doch Helly strahlte. Heute würde nicht nur die Wiedereröffnung des Ballhauses stattfinden, sondern es war auch Effies Geburtstag, und Helly hatte sie am Morgen mit einem selbst gepflückten Strauß Gänseblümchen überrascht, den sie ihrer noch schlafenden Mutter unter die Nase gehalten hatte. Danach hatte sie ihr das Frühstück zubereitet. Nie zuvor hatte Helly ein Ei gekocht, was natürlich daran lag, dass es nirgendwo Eier zu kaufen gab. Genauso wenig wie Brot aus normalem Mehl, Tee oder Kaffee (Ach, Kaffee!, dachte Effie manchmal mit solcher Sehnsucht, als wünsche sie sich einen Geliebten herbei).

Woher Helly das Ei hatte? Effie wusste es nicht. Auch sorgte sie sich ein wenig, wie in aller Welt Helly nur an das Brötchen gekommen sein mochte. Es war hell und rund gewesen, ganz zweifelsfrei ein Weizenbrötchen, frisch gebacken und herrlich duftend. Effie traute sich nicht, ihre siebenjährige Tochter danach zu fragen, wie es in ihren Besitz gekommen war. Was, wenn sie es gestohlen hatte?

Aber heute war Effies Geburtstag. Sie wurde fünfunddreißig Jahre alt, was eine schöne, irgendwie satt klingende Zahl war, wie Effie fand. Kein Tag jedenfalls, an dem sie sich Fragen nach der Herkunft eines Hühnereis oder eines Weizenbrötchens stellen sollte. Das Ei war sowieso entzweigegangen, bevor auch nur ein Tropfen Wasser auf dem Kanonenofen erhitzt war. Mit bestürzter Miene hatte Helly den Dotter aufzuwischen versucht, während das Weiß auf den Boden geglitten war. Effie war in Gelächter ausgebrochen. Drei Jahre lang kein Hühnerei und dann das.

Wie sollte man darauf anders reagieren als mit Lachen?

«Tanzen, Mama?», fragte Helly ein zweites Mal.

Effie seufzte resigniert. «Na gut, lass uns tanzen.»

Kaum etwas war schöner anzuschauen als Helly, wie sie sich, die Hände über den Kopf erhoben, sachte zu einer Musik wiegte, die niemand hörte bis auf sie selbst.

«Aber so wie du kann ich nicht tanzen», sagte Effie. «Ich kann bestenfalls ... Walzer. Oder Polka.»

Aus großen Augen sah Helly sie an.

«Polka ist einfach. Komm, ich zeige es dir.»

Polka konnte jeder tanzen. Zudem war es egal, ob sich zwei Männer, zwei Frauen oder Mann und Frau zusammenfanden; die dumme Vorstellung, einer führte, der andere folgte, war hier hinfällig. Ob als Erster oder als Zweiter, schlug man mit dem einen Bein weit aus, die Hand an der Schulter oder um die Taille des anderen gelegt, und zog das zweite nach. Das Knie geknickt und wieder gestreckt und noch einmal geknickt und wieder gestreckt.

So wirbelten Helly und sie durch den Saal, an verdreckten Fenstern vorüber und über klebriges Parkett. Musik erklang nicht, schließlich herrschte in Hamburg nach wie vor Tanzverbot. Aus diesem Grund klopfte Emmeline bloß im Takt mit einem Gehstock auf den Boden.

«Aber jetzt ist Schluss», japste Effie außer Atem, nachdem sie den riesigen Saal sicher zehnmal tanzend durchquert hatten. «Ich muss mich um die Vorbereitungen kümmern. Außerdem haben wir immer noch keinen Namen. Emmeline, was hältst du denn von ...»

Hellys Gesicht, die mit enttäuschter und bockiger Miene stehen geblieben war, hellte sich schlagartig auf. «Booms!»

«Ballhaus vom Dovenfleet», sagte Effie, doch es war zu leise, als dass irgendwer sie hören konnte. So gut klang der Name auch nicht. Nein, sie brauchten etwas Kürzeres, etwas Griffigeres, etwas, das sich die Leute merken konnten. Bei dem Gedanken wurde ihr vor Aufregung ganz anders. Jetzt, wo es so weit war, kam ihr der Plan, einfach, still und heimlich einen Tanzsalon zu eröffnen, ganz schön gewagt vor.

Aber was blieb ihnen anderes übrig? Ihre Stelle als Straßenbahnfahrerin hatte Effie verloren, was sie mit Briefeaustragen verdiente, reichte vorn und hinten nicht. Mit Emmelines Gehalt konnte man ebenfalls keine großen Sprünge machen, denn auch wenn es kaum mehr Lehrer gab und beinahe nur noch Lehrerinnen, so wurde ihnen dennoch eine den Männern angeglichene Bezahlung verweigert. So hatten sie hin und her überlegt und beschlossen, ein Ende des Krieges, das mit jedem Tag, der verging, in weitere Ferne zu rücken schien, nicht mehr abzuwarten. Und wenn sie leise tanzen mussten!

Nun konnten sie nur hofften, dass sie niemand verpfiff.

Ole grinste breit, als er den Saal betrat, und fuhr sich, als sein Blick Emmeline streifte, verlegen mit der Hand über den kahlen Kopf.

«Na, Tütchen?», sagte er zu Helly und wirbelte sie im Kreis herum. Dann wandte er sich an Effie: «Herzlichen Glückwunsch, Verehrteste!»

Seine nicht gerade formvollendete Verbeugung ließ sie kichern.

Zu allen Schandtaten bereit, klatschte Ole in die Hände. «Sollen wir nicht langsam loslegen? So viel Zeit bleibt nicht.»

Ein halbes Jahr hatten sie auf den heutigen Tag hingearbeitet und unterdessen das Ballhaus als Volksküche zur Verfügung gestellt. Damen von Emmelines Frauenverein gelang es hier, eine kleine Anzahl von Müttern und Kindern täglich mit etwas Nahrung zu versorgen. Montags gab es Weißkohl, dienstags Saure Suppe, an den anderen Tagen Steckrüben oder Wurzeln. Meist war der Andrang so groß, dass sie nicht alle hineinlassen konnten. Während die Leute aßen, sprach Emmeline vor ihnen, und wie sie das tat! Sie hatte ein naturgegebenes Talent, das war Effie schon zu Beginn ihrer Freundschaft aufgefallen, einem jeden Einzelnen, der zuhörte, Zuversicht einzuflößen. Und selbst komplizierte Dingen so zu erklären, dass man sie verstand.

Zuallererst redete sie über die Bedeutung des Frauenwahlrechts, das nach wie vor auf sich warten ließ. Aber auch über die Kaiserschlacht in Frankreich, die allgemeine Kriegsmüdigkeit, die sich solcherlei heroisch klingender Offensiven zum Trotze über ganz Deutschland ausgebreitet hatte, und sie fragte, welches Ziel derart viele Tote eigentlich rechtfertige. Die Menschen nickten und aßen, und Effie hoffte inständig, dass die Frauen wirklich zuhörten.

Doch heute Abend würde es eine Veranstaltung ganz anderer Art geben. Jeden Pfennig, den Emmeline und sie entbehren konnten, hatten sie dafür beiseitegelegt. Wenig verwunderlich, dass dabei kaum etwas zusammengekommen war. Doch für eine Flasche Kartoffelschnaps, drei Flaschen Bier und sogar etwas Bohnenkaffee hatte es gereicht. Dieser Schatz lagerte nun oben im Innern des Klaviers, das sie aus Verzweiflung beinahe verfeuert hätten.

Einige Male hatte Effie sich Emmeline auf der schmalen Wendeltreppe in den Weg gestellt und ihre Freundin zurückgehalten, wenn diese, bewaffnet mit einem Hammer und einer stumpfen Axt, Kleinholz daraus machen wollte.

«Irgendwann darf wieder Musik gespielt werden, da werden wir das Klavier brauchen», hatte Effie sie wieder und wieder beschworen. Und Emmeline hatte ein ums andere Mal auf sie gehört ...

Nun stieg Effie fröhlich die Stufen empor. Sie war mit einem Mal so voller Zuversicht, dass es ihr fast unheimlich wurde. Heute war ihr großer Tag. Heute – reiner Zufall, dass es gleichzeitig ihr Geburtstag war – würden durch die himbeerrote Tür erstmals Gäste den Ballsaal betreten, die zum Tanz geladen waren, zum stillen Tanz. Nur Frauen, Kolleginnen von Emmeline aus der Bürgertöchterschule, Bekannte aus ihrem pazifistischen Frauenverein. Ihrer Mutter aber hatte Effie geschrieben. Wenn ihre Eltern sähen, was Emmeline, Ole und sie hier auf die Beine gestellt hatten ... Vielleicht würden sie erkennen, dass dies das bessere Leben für Helly und sie war, und ihr verzeihen, dass sie ihren Ehemann verlassen hatte. So recht mochte Effie aber nicht daran glauben. Wenn ihre Mutter ihr schrieb, trieften ihre Worte nur so vor Vorhaltungen und Unverständnis, auch wenn sie Werner in ihren Briefen nicht mehr erwähnte. Doch es war viel Zeit vergangen, und Effie wünschte sich, sie könnten die Vergangenheit nun endlich hinter sich lassen. Ihre Einladung war ein Friedensangebot. Ob ihre Eltern es annehmen würden?

«Mama.»

Überrascht wirbelte Effie zu ihrer Tochter herum. Normalerweise stieg Helly nicht freiwillig Treppen hinauf. Sie mochte überhaupt nichts, was ein Übermaß an Bewegung bedeutete – vom Tanzen einmal abgesehen.

Doch jetzt stand sie da, die dunklen Haare zu festen Zöpfen geflochten, das Kleid einigermaßen frisch aussehend an diesem großen Tag. Sie war blass und nach wie vor zu klein für ein Mädchen ihres Alters, nichtsdestotrotz glaubte Effie manchmal schon, die Erwachsene von morgen in ihrem ernsten kleinen Gesicht zu entdecken.

Irgendwann würde sie groß sein. Irgendwann würde sie auf eigenen Füßen stehen. Bevor der Gedanke Effie durcheinanderbringen konnte, breitete sie die Arme aus und fragte: «Was ist denn, mein Spatz?»

Ohne ein Wort der Erklärung ging die Siebenjährige an ihr vorbei zum Klavier. Sie strich über das schwarze Holz und murmelte etwas, das Effie nicht verstand.

«Soll ich es für dich aufklappen?»

Besonders gut klingen würde es sicherlich nicht. War es in den letzten Jahren überhaupt einmal gestimmt worden? Wohl nicht ... Zudem fragte sich Effie, was die Tatsache, dass sich mehrere Glasflaschen in seinem Bauch befanden, wohl mit der Musik machte, die eigentlich in dem Instrument zu Hause war.

Doch Helly wandte sich schon wieder ab. Aus ihren riesigen unergründlichen Augen sah sie ihre Mutter an.

«Runter?»

«Du und ich? Ja, gleich, mein Spatz.» Sie musste bloß den Alkohol holen, wollte aber lieber warten, bis ihre Tochter außer Sichtweite war.

«Berg. Runter.»

Verständnislos schüttelte Effie den Kopf.

Helly deutete auf das Klavier. «Schwarzer Berg. Runter.»

«Runter ... wohin?»

Hellys Augen blitzten zornig auf. «Runter! Runter, Mama, runter.»

Als wäre sie entsetzlich schwer von Begriff. Effie seufzte. «Du möchtest, dass das Klavier nach unten kommt?»

Das Gesicht ihrer Tochter hellte sich auf. Eifrig nickte sie.

Effie überlegte. «Vielleicht hast du recht.» Dies war immerhin ein Ballhaus, und auch wenn heute Abend ohne Musik getanzt wurde, so würde ein Klavier im Tanzsaal doch das Ambiente viel festlicher machen.

«Ole, Emmeline», rief sie hinab, «könnt ihr mir helfen?»

«Wobei?», schallte es von unten.

«Wir bringen das Klavier nach unten.»

Stille. Dann klackernde Schritte auf der Metalltreppe. Emmelines Kopf erschien. «Das Klavier?»

«Ja. Es macht unten doch viel mehr her.»

«Aber wer soll darauf spielen?»

«Niemand! Es darf ja nicht gespielt werden. Aber wäre es nicht hübsch, wenn es neben der Treppe stünde?»

Emmeline überlegte, dann nickte sie. «Ich bin dabei.»

Auch Ole nickte, in gebührendem Abstand, aber mit demselben sehnsüchtigen Blick, den er Emmeline immer zuwarf, wenn er glaubte, niemand bemerke es. Vermutlich wäre er bei allem dabei, was Emmeline guthieß. Rasch nahm Effie die Flaschen heraus und versteckte sie hinter ihrem Rücken. Der Schnaps sah so verlockend gelb aus, sie fürchtete, Helly könnte ihn für Saft halten.

Natürlich schafften sie es zu dritt nicht einmal, das Klavier auch nur zehn Zentimeter weit zu bewegen. Nicht mit Oles schlimmem Fuß. Doch Emmeline ging hinaus und kehrte eine gute halbe Stunde später mit drei kräftigen Kerlen zurück, die sie am Hafen aufgegabelt hatte. Emmelines und Effies weitere Aufgabe bestand hauptsächlich darin, den Männern wild durcheinander rufend Anweisungen zu geben. Irgendwann war der schwarze Berg schließlich unten, und Hellys Augen glänzten vor Freude. Effie bezahlte die Männer mit einem gut gefüllten Glas Kartoffelschnaps.

Mit einer schwer deutbaren Miene setzte sich Ole ans Klavier.

«Willst du etwa spielen?», fragte Emmeline baff.

Er nickte, saß jedoch nur da, die Hände im Schoß.

«Dann tu es doch!»

Ole grinste verlegen. «Ah, ich bin aus der Übung.»

«Nix da. Spiel etwas. Aber leise, ja? Nicht dass wir noch verhaftet werden.»

Als seine Finger die Tasten berührten, behäbig erst, dann immer flinker werdend, ging eine Verwandlung in Helly vor. Sie hatte Ole und das Instrument zunächst aus sicherer Entfernung beobachtet, nun aber kam sie näher. Sie schien mit einem Mal geradezu fiebrig.

Mit einer Spur Besorgnis beobachtete Effie ihre Tochter, doch sie stand bloß da und schloss angesichts der Melodie die Augen.

Effie blickte sich im Raum um. Da sich Emmeline neben Ole auf den Klavierhocker gesetzt hatte, war es offenbar nur noch an ihr, für Ordnung zu sorgen. «Ich sollte wohl ...», setzte sie an.

«Ach, lass es doch», erwiderte Emmeline. «Du hast heute Geburtstag!»

«Ja, und ich möchte, dass es in diesem namenlosen Lokal anständig aussieht!»

Aus dem schlichten Grund, weil sie heute, fast auf den Tag genau drei Jahre nach Kriegsbeginn, nach etwas Schönem, Erfreulichem lechzte. Sie sehnte sich nach einem Traum, einem Ziel, nach etwas, an das sie vor dem Einschlafen und nach dem Aufwachen denken konnte. Ansonsten war das Leben zu grau, zu trist. Ein wenig Leichtigkeit musste aber sein. Sie war lebensnotwendig. Und hier fand sie sie. Darum hatte sie keine Sekunde gezögert, als Emmeline sich entschlossen hatte, den Ballsaal weiterzuführen, und Effie bat, ihr bei der Eröffnung zu helfen. Mit aller Energie, die sie aufzubringen vermochte, hatte sie sich in die Vorbereitungen gestürzt. Die allerdings noch immer nicht abgeschlossen waren.

Nach einem kurzen Seitenblick auf die anderen drei, die das Chaos offenbar nicht aus der Ruhe brachte, schnappte sie sich einen Feudel und arbeitete sich durch den Raum, während sie Oles Klavierspiel lauschte. Sie erkannte die Melodie als ein Lied aus *Die lustige Witwe*, dem Ballsirenenwalzer, der ihr gleich ein wenig mehr Elan verlieh und sie beim Scheuern und Schrubben verhalten hin und her tänzeln ließ.

Als sie den Kopf in den verschwitzten Nacken legte, um sich Luft zuzufächeln, blickte sie auf die verblichenen Malereien, die auf der gewölbten Decke aufgetragen waren. Frauen und Männer in ausnehmend knappen Gewändern, die sich lachend im Kreis drehten. Zusammen mit den verblichenen hellrot getünchten Wänden und der himbeerroten Tür kam man sich hier vor wie in einem verwunschenen Palast.

Von draußen war Hufeklappern zu hören, das nahe dem Eingang stoppte. Ole hörte auf zu spielen und warf Emmeline einen verschwörerischen Blick zu. Hastig wandte sich diese um und verschwand. Wenig später erklang von der Tür her ein lautes Poltern. Emmeline tauchte wieder auf, der Kopf rot wie eine Tomate, und hinter ihr stampfte ein Mann die Stufen hinab. Zwischen den beiden wippte etwas Langes, Grünes. Verwirrt versuchte sich Effie einen Reim darauf zu machen, wieso Emmeline und ein Fremder eine Pflanze hereintrugen, die größer war als sie selbst.

Ohne sie eines Blickes zu würdigen, taumelten die beiden schwer Beladenen über Effies frisch geputztes Parkett und brachten einen Haufen Steine und Staub herein. Durch die Terrassentür zerrten sie das Ungetüm im Blumentopf ins Freie und stellten es in der Mitte des Hofes ab.

Mit vor Stolz leuchtendem Gesicht wandte sich Emmeline zu Effie um. «Komm her!»

Auch Ole trat neben sie, der ein Grinsen kaum unterdrücken konnte.

«Zur Feier des Tages. Deines», sagte Emmeline und umarmte Effie zärtlich, «Geburtstages, denn wer weiß schon, wie die Welt ohne dich wäre?»

«Schlechter könnte sie kaum dran sein, oder?», gab Effie trocken zurück, doch sie war gerührt. Während ihrer Zeit mit Werner hatten ihre Geburtstage Staatsakten geglichen, mit der unbedingten Verpflichtung, sich über alles, was er tat, in allergrößtem Maße zu freuen. Und er hatte stets groß aufgefahren, jedoch wirklich mit Liebe bedacht hatte sie sich nie gefühlt.

Emmelines und Oles Zuneigung war eine ganz andere. Eine schönere, fand Effie, denn sie erwarteten nichts von ihr, und das war wunderschön.

«Was ist das? Eine Palme?»

«Ein Baumfarn.»

Die Farne, die Effie bislang zu Gesicht bekommen hatte, waren kaum größer als ihr Unterarm gewesen. Eingerollt und schüchtern wuchsen sie an den dunkelsten Winkeln des Stoltebüller Gartens. Mit dieser imposanten Pflanze wirkten sie nicht verwandt.

«Der ist wirklich für mich?»

«Für dich und niemanden sonst.»

«Und wo in aller Welt ist er her?»

Ole und Emmeline grinsten und schwiegen.

Nun gab es also einen Baumfarn im Lichthof, blank geputztes Parkett im Innern und ein paar sorgfältig gehütete Getränke. Wäre nicht Krieg, würde Effie dem Abend voll Vorfreude und Gelassenheit entgegensehen, so aber empfand sie mit jeder Minute, die verging, etwas mehr Angst. Was, wenn sie nun erwischt wurden? Ole und Emmeline hatten ihr versichert, sie aus allem rauszuhalten, sollte es zu einer Stürmung durch die Polizei kommen; dennoch fühlte sie sich nervös, sehr nervös, und glaubte, eine böse Vorahnung zu haben, zu denen sie sonst nicht tendierte.

Unsinn. So etwas gab es nicht.

«Komm, Helly, wir gehen uns umziehen.»

«Mama, nein.»

«Ich weiß, du hast das hübsche Kleid schon an, mein Spatz, aber sieh doch, wie schmutzig es ist. Ich wasche es gleich, dann kannst du es morgen wieder anziehen, und zur Eröffnung trägst du etwas anderes.»

«Nein, Mama, nein.» Drohend blickte Helly sie an. «Mamageburtstag. Geburtstagskleid.»

«Aber …»

Effie kannte wirklich niemanden, der sein Kind so wenig im Griff hatte wie sie selbst. Doch wenn sie so dachte, fragte sie sich im selben Augenblick, ob es wirklich ratsam war, sein Kind im Griff zu haben, denn ein Kind war schließlich immer noch ein Mensch. Und Effie hatte am eigenen Leib erfahren, was es hieß, aus lauter Furcht ständig den Kopf einzuziehen. Daher war es doch ganz gut, dass Helly keine Angst vor ihr hatte, dass sie Nein sagte und drohend guckte und mit nichts, von kleinen Erpressungen abgesehen, dazu zu überreden war, sich dem Willen ihrer Mutter zu beugen.

«Gebt ihr auf Helly acht?», fragte Effie, die eigentlich ganz froh war, allein zu gehen. In sich spürte sie so viel Nervosität und Unruhe und fragte sich, was geschähe, wenn der Abend ein Misserfolg würde, wenn gar niemand käme oder viel zu viele Leute, was die Polizei anrücken lassen könnte. Und was ihre Eltern, wenn sie tatsächlich auftauchten, vom Ballhaus halten mochten. Auch wenn sie kein besonders inniges Verhältnis hatten, wünschte sie sich doch, dass zumindest ihre Mutter einen anerkennenden Blick durch das Etablissement werfen würde.

Ole nickte und winkte zum Gruß, während Emmeline sie nicht gehört zu haben schien. Froh darüber, das Gefühlswirrwarr in sich mit einem beherzten Fußmarsch in den Griff bekommen zu können, schlüpfte Effie durch die himbeerrote Tür und wechselte die Straßenseite, um am Kanal entlangzulaufen, der die Grenze zur Speicherstadt bildete. Das schwarze sich sanft kräuselnde Wasser verströmte eine leichte Muffigkeit und schwappte kaum hörbar gegen die Kaimauern. Die Mittagssonne ließ die Klinkersteine der Lagerbauten leuchten. Eine wundersam träge Stille lag über der Stadt. Seit Wochen war es nun schon heiß, aber nicht klebrig heiß wie in den Sommern zuvor, sondern windbrisenzerzaust und von einer milden Frische. Wie ihr der Wind so zart über die Arme und das Haar fuhr, wähnte sie sich an einem Ort des Friedens, doch sogleich fielen ihr die Schlagzeilen wieder ein, die ihr in den vergangenen Tagen an den Zeitungsständen entgegengeleuchtet hatten. *Ein neuer Luftangriff auf London* oder *Lebhafte Feuertätigkeit im Westen*. Gegen die Erschöpfung der Zivilbevölkerung, gegen ihre Wut und Trauer wurde fröhlich angeschrieben, das deutsche Volk mutig und heldenhaft genannt, wurden in großen schwarzen Lettern Durchhalteparolen gedruckt. Doch als sie die Zeitung von heute sah, schlug ihr Herz ein wenig höher. Von Frieden wurde geredet, eine Friedensresolution war verabschiedet worden. Friede … Was für ein köstliches, weiches Wort. Welch Gegensatz zu Hunger, der sonst allgegenwärtig war. Friede klang wie Hoffnung, und Hoffnung brauchte dieses Land so dringend, in dem Gestalten durch die Straßen wankten, die eher Schatten als Menschen glichen.

Wenn sie so an sich hinabblickte ... Staksige Beine, Knubbelknie, die sich unter ihrem abgetragenen Kleid abzeichneten, Schenkel, die nicht viel kräftiger waren als ihre Oberarme. Dürr an den Hüften, der Brust, sie sah aus wie ein mickriges Hühnchen.

Mit dem Hunger hatte sie umgehen gelernt, wie sie damals auch mit Werners Schlägen umgehen gelernt hatte: indem sie sich vorstellte, sie würde nur noch aus ihrem Kopf bestehen. Ihr Ich hörte am Hals auf, die Zehen, Füße, Beine, ihr Po und die Beine und Brüste und Arme waren nicht mehr Teil ihrer selbst.

Jetzt aber spürte sie sich, denn ihr strich warm der Wind unter den Achseln hinweg und blies ihr zärtlich über die Wangen. Manchmal kehrte das Fühlen zurück. Und auch der Hunger würde zurückkehren, morgen umso brutaler, da sie doch heute etwas gegessen hatte, ein halbes Brötchen und das rohe Weiß eines Eis.

Sie verlangsamte den Schritt, als sie in den Besenbinderhof einbog. Hier war die Luft stickig, und von einer madenzerfressenen toten Maus, auf der sich blau schimmernde Fliegen tummelten, stieg ein stechender Geruch auf. Über ihrem Kopf bildete der Himmel nur noch ein kleines Quadrat aus Blau. Im Treppenhaus war es angenehm kühl. Früher hatte es hier nach Heizungskohle und Rübensuppe gerochen, seit Langem aber nur noch nach Staub und Schweiß. Die meisten Nachbarn, die sie gekannt hatte, waren fort, nur Frau Henstett war geblieben.

Als sie ganz oben den Schlüssel im Schloss drehte, stellte sie fest, dass sie nicht richtig zugesperrt hatte. Das passierte ihr hin und wieder. Der Hunger war schuld, er machte sie so tüddelig, dass sie manchmal sogar vergaß, wie sie hieß.

Sie stieß die Tür auf. Aus der Wohnung drang heiße, stickige Luft ins Treppenhaus. Sie zupfte an ihrem Hemd, das ihr innerhalb von Sekunden am Leib klebte, bemerkte eine Bewegung hinter sich, ihre Eltern, schoss es ihr durch den Kopf. Erstaunt wollte sie sie begrüßen, als sich von hinten eine Hand auf ihren Mund presste, die fest und hart zudrückte.

Die Wände des Treppenhauses kamen auf sie zu, ein roter Schleier legte sich auf ihre Umgebung. Sie erstarrte. Doch nein, nur ihr Denken erstarrte, während ihre Arme und Beine zu schlagen, treten und zappeln begannen. Mit aller Macht kämpfte sie gegen den, der hinter ihr stand und weiter die Hand auf ihren Mund presste. Irgendwie gelang es ihr, zur Treppe zu stolpern, doch der Kerl packte sie am Schlafittchen und schleifte sie wieder zurück. Effies Finger krallten sich am Türrahmen fest. Als der Angreifer einen Augenblick locker ließ, gelang es ihr, in die Wohnung zu stolpern. Geduckt, damit er nicht wieder ihren Kopf zu fassen bekam, versuchte sie, die Tür zuzustoßen, doch ein Fuß schob sich dazwischen. Er steckte in einem Lederschuh aus frisch gewachstem Leder, den sie zu gut kannte. Mit einem Knall flog die Tür wieder auf, und sie blickte in Werners vor Zorn entstelltes Gesicht. Schreiend stieß sie ihn von sich, immer und immer wieder, doch er war zu stark. Mit einem Mal lag sie auf dem Boden. Er stand über ihr, er grinste triumphierend und sah wütender aus, als sie ihn je zuvor gesehen hatte.

Ich werde sterben, dachte sie. Ich werde sterben. Was wird nun aus Helly?

Doch das durfte nicht sein. Irgendwie gelang es ihr, wieder auf die Beine zu kommen. Jeder Fluchtversuch war in dem kleinen Zimmer zwecklos, solange Werner vor der Tür stand. Mit einem Schritt war Effie beim Ofen und griff nach der Waschschüssel, die ihr, ganz ohne Wasser, geradezu lächerlich leicht erschien. Sie ließ sie fallen und bekam stattdessen den Griff der Eisenpfanne zu fassen, doch schon war Werner wieder bei ihr und riss sie ihr aus den Händen. Er schlug mit der Pfanne auf sie ein und traktierte sie mit den Fäusten, trat zu, immer und immer wieder, auch als sie längst am Boden lag, die Beine angezogen, die Arme schützend um den Kopf gelegt, als sie längst nicht mehr schrie und nicht mehr weinte, sondern alles in sich darauf ausrichtete, ihr Leben zu bewahren, koste es, was es wolle.

Danzhus. Wie kam jetzt dieser Name in ihren Kopf? Doch sie griff förmlich danach, wollte den Gedanken festhalten, nicht mehr gehenlassen, denn wenn sie daran dachte, leuchtete in der Ferne ein Funken Hoffnung auf. Sie würde hier herauskommen. Sie würde nicht sterben. Sie würde zurückkehren zu Helly, zu Emmeline, zu Ole. In das Ballhaus, dessen Name sie plötzlich so klar vor sich sah, als stünde er groß und deutlich auf einem über der Pforte angebrachten Schild.

Danzhus. So würde es heißen.

7

Hamburg-Sankt Pauli
Sonntag, 25. Februar 1962

Wie festgewachsen saß Marie am Dovenfleet auf der Treppe vor der verblichenen himbeerrosa Tür. Mit regloser Miene blickte sie auf das schmiedeeiserne Geländer und die einst vom Bombenhagel zerlöcherten Bauten der Speicherstadt, die sich scharfkantig vor dem hellgrauen Himmel abzeichneten. Beängstigend, wie wenig sie fühlte. Als habe sie sich den Ellbogen angeschlagen, und das Taubheitsgefühl breitete sich nicht nur in ihrem Körper aus, sondern auch im Denken und in ihrem Herzen.

Nach ihrer Frühschicht hatte sie sich in der Garderobe des Atlantic Hotels aus ihrer Arbeitskleidung geschält und war beim Hinausgehen vom Pförtner aufgehalten worden.

«Fräulein Hansen!», hatte er gerufen und aus seinem kleinen Pförtnerhäuschen hinausgewinkt. «Fräulein Hansen, Sie sind doch vom Deich, oder?»

Sie hatte genickt, und er hatte ihr eine zerlesene Ausgabe des *Hamburger Echos* zugeschoben. «Da steht, dass sie die Leute, die von der Sturmflut, nech, dass ein paar der Menschen, die keiner kennt, auf der Eisbahn ...» Er räusperte sich. «Himmel, was erzähl ich Ihnen da? Nein, Sie wollen das sicher nicht wissen.»

Nun, da er davon angefangen hatte, wollte sie schon gern erfahren, was ihm auf dem Herzen lag.

«Bitte, Herr Jablonsky, natürlich möchte ich es wissen.»

«Na, die Toten auf der Eisbahn, Fräulein Hansen. Die kann man sich», er räusperte sich und guckte hilflos, «angucken. Um sie gegebenenfalls ... zu identifizieren.»

Ihr hatte sich der Magen umgedreht. Sie spürte, wie alles Blut aus ihrem Gesicht wich. Herr Jablonskys Augen weiteten sich vor Schreck, und er öffnete hastig die Tür seines Pförtnerhauses und stürzte hinaus. «Soll ich Sie festhalten, Fräulein Hansen? Ist Ihnen schlecht?»

«Nein, nein», wisperte sie. Aber ihr war übel. Und schwindelig. Am liebsten hätte sie sich losgerissen und wäre fortgerannt.

«Ach, Mensch, ach, Mensch, warum muss aber auch ausgerechnet ich Ihnen davon erzählen?» Er hatte so traurig ausgesehen, dass sie sich zusammengerissen und ihn nach weiteren Details gefragt hatte. Und dann war sie nach Planten un Blomen marschiert. Sie hatte gezittert, nicht der Kälte wegen, sondern vor Angst. Tote. Auf der Eisbahn. Sie würden unter Zelten liegen, hatte ihr Herr Jablonsky versichert, damit nicht alle Welt sie sah. Aber wer Gründe nannte, durfte hinein und die Reihen abgehen.

Das hatte sie getan. Mit weichen Knien. Mit zitternden Händen. Alles an ihr hatte sich angefühlt wie unter Strom. Erst als sie wieder hinausgetreten war, hatte sie sich getraut, tief Luft zu holen.

So viele Tote.

Ein schrecklicher Anblick. Marie war dabei gewesen, als ihre Adoptivmutter gestorben war, und es war scheußlich gewesen, obwohl sie einander ja nie viel Freude oder Zuneigung geschenkt hatten, ja nicht einmal Sympathie. Dutzende Tote jedoch, die so dicht nebeneinanderlagen, als wärmten sie einander ...

Erst jetzt, auf der Treppe vor dem Danzhus, traute sie sich zu weinen. Sie versuchte, sich das Tröstliche des Nachmittags bewusstzumachen. Peer war nicht unter den Toten gewesen und auch sonst niemand, den sie kannte. Wobei sie sich die Frage stellte, ob sie jemanden, der ihr in der Nachbarschaft begegnet war, mit dem sie jedoch nie viel gesprochen hatte, erkannt hätte. Wer dort lag, war wächsern und unlebendig, der Tod veränderte eben, machte alles zunichte: die Mimik, den Glanz der Augen, die Art und Weise, wie jemand den Mundwinkel hochzog, wenn er sprach ...

Sie kniff die Augen noch fester zusammen, doch es nutzte nichts. Die Bilder klebten in ihrem Kopf, und sie wusste wirklich nicht, wie sie jetzt hineingehen sollte und Wasser schippen, obwohl es das Beste für sie wäre, das war ihr klar. Schließlich half nichts so verlässlich gegen böse Erinnerungen wie Arbeit.

Sie sollte. Aber sie konnte nicht.

«Guten Tag.»

Die Stimme kam ihr vage bekannt vor. Dennoch benötigte sie ein paar Sekunden, um die Gestalt einzuordnen, die da im Widerschein der untergehenden Sonne vor ihr stand.

«Das kann aber nicht schon wieder ein Zufall sein», sagte sie. Sie erhob sich und klopfte den Schmutz von ihrem Mantel. Was wollte das Bonbonekel denn hier?

«Doris hat mir gesagt, wo ich Sie finde.» Verlegen nahm er seinen Hut ab und schaffte es kaum, ihr in die Augen zu sehen. «Die Bedienung aus dem Café an der Reeperbahn.»

«Ich weiß, wer Doris ist.» Sie runzelte die Stirn.

«Ich möchte nicht, dass Sie schlecht von mir denken», platzte er heraus. «Natürlich ist es Ihnen freigestellt, was Sie von mir halten, und mir ist klar, dass ich mich scheußlich benommen habe. Deswegen bin ich hier. Ich möchte mich bei Ihnen entschuldigen. Und fragen, ob ich mit jemandem im Hotel reden kann, Ihrer Vorgesetzten oder …»

«Ach, das lassen Sie lieber mal. Da bekomme ich womöglich noch mehr Ärger.»

«Fürchten Sie, ich würde auch vor Ihrer Vorgesetzten auf die Knie fallen?», fragte er mit peinlich berührtem Gesichtsausdruck.

Marie lachte leise. Oh, wie tat das gut!

«Ist das so lustig?»

«Ja!» Immer noch lächelnd, strich sie sich das Haar aus der Stirn. «Was haben Sie vor?»

«Wie? Was meinen Sie?»

«Heute Nachmittag. Was haben Sie vor?»

«Außer so zu tun, als arbeite ich, eigentlich nichts.»

«Könnten Sie das um eine Stunde verschieben?»

«Ich kann es um drei Jahre verschieben», erwiderte er düster. «Warum fragen Sie?»

Wortlos schloss sie die Tür auf und zeigte ins Innere. «Falls Sie Lust haben, mir zu helfen, bin ich Ihnen nicht mehr das kleinste bisschen böse.»

Er lächelte perplex und folgte ihr ins Innere, wo er sein Jackett auszog, es an die Türklinke hängte und sich die Hemdsärmel hochkrempelte.

«Na, denn man los. Ich heiße übrigens Piet.»

Während der Arbeit sprachen sie kaum, schöpften konzentriert das Wasser ab, tauschten den vollen gegen den leeren Eimer aus, manchmal lächelten sie einander an. Seine Schritte auf dem Kopfsteinpflaster waren gleichmäßig, weder zu hastig noch zu langsam. Überrascht bemerkte Marie, dass ihr das Geräusch gefiel.

Als die letzten Sonnenstrahlen längst verblichen waren, hielt sie inne. «Ich mache morgen weiter.»

«Ich bin hier. Acht Uhr?»

Sie grinste. «Ich arbeite zuerst im Hotel und komme am Nachmittag wieder her.»

Im Dunkel schimmerte das Weiß seiner Augen. «Haben Sie auch einmal frei?»

«Dienstags», sagte sie. «Und am Mittwoch.»

Da er nichts darauf erwiderte, fragte sie: «Wie lange haben Sie eigentlich schon ein Zimmer im Atlantic? Wenn Sie sogar Doris kennen, müssen sie sich öfter in Hamburg aufhalten.»

«Oh, ich lebe hier.»

Perplex runzelte sie die Stirn. «Sie leben im ... Atlantic?»

«Hilfe, nein! Wenn ich mir das leisten könnte, dann ...

Unsinn, selbst wenn ich es mir leisten könnte, würde ich natürlich nicht dort wohnen. Um Gottes willen, wer würde so etwas schon tun?»

«Ja, aber warum haben Sie dann dort ein Zimmer?»

«Ich bezahle es nicht.» Sie sah ihn im Dunkeln verlegen grinsen. «Mein Verleger tut es für mich. Allerdings ist es keineswegs ein Geschenk. Eher ...» Er zögerte. «Eher so etwas wie meine letzte Chance. Wenn ich ihm jetzt nicht das liefere, was er von mir erwartet, ist es wohl aus mit meiner Karriere.»

Er war also doch Schriftsteller. Es war kein bloßes Geplänkel gewesen, als er im Café vom Trinken und Schreiben geredet hatte.

«Sie sind also tatsächlich eine Art Hemingway?» Marie glaubte sich zu erinnern, den Namen des berühmten amerikanischen Autors während seines Gesprächs mit Doris aufgeschnappt zu haben.

Er brach in Gelächter aus. «Nicht im Geringsten. Ich bin in überhaupt keiner Weise wie er. Ich lebe ja auch noch, das als ersten Unterschied. Entschuldigung, das war unpassend.»

Marie lächelte. «Ehrlich gesagt, bin ich froh, wenn Menschen auch mal Scherze über das Sterben machen. Selbst an einem Tag wie heute ...» Ihre Gedanken glitten zu der Eisbahn im Park, und obwohl sie vor nicht mehr als drei Sekunden noch behauptet hatte, sie könne sich über den Tod amüsieren, war ihr nun, als presse jemand eine Faust in ihren Magen.

Forschend sah er sie an. «Ich habe schon wieder etwas Blödes gesagt, oder?»

«Ich habe heute die Toten gesehen. In Planten un Blomen sind die Flutopfer aufgebahrt, die noch nicht identifiziert worden sind.»

Erschrocken trat er näher und fasste sachte nach ihrem Arm. «Kommen Sie. Wir gehen an die Luft.»

Draußen, in der Kälte der aufziehenden Nacht, stützte sie sich an dem gusseisernen Geländer ab und blickte in das dunkle Wasser des Fleets, das bedächtig unterhalb ihrer Füße dahinfloss.

Sie schloss die Augen und fühlte, wie etwas in ihr in Bewegung kam. Eine Träne rann ihre Wange hinunter.

«Verzeihung», sagte sie kläglich. «Da kennen wir uns kaum, und ich heule Ihnen etwas vor.»

«Dass Sie heulen, haben Sie ja mir zu verdanken.»

«Bilden Sie sich mal nicht allzu viel ein.»

Er grinste, und sie sah seine gewaltige Zahnlücke aufblitzen. Doch gleich wurde er wieder ernst. «Sie suchen Freunde, die Sie bei der Flut verloren haben? Oder Verwandte?»

«Freunde. Nachbarn sind es, aber zugleich Freunde. Ich habe in Wilhelmsburg gelebt. Vor der Flut. Jetzt steht dort nichts mehr.» Weil er schweigend wartete, dass sie weiterredete, erzählte sie zögerlich, was ihr in der Sturmnacht widerfahren war. «Mit Verwandten ist es bei mir nicht weit her», schloss sie. «Meine Mutter ist seit Langem tot. Und …»

«Das tut mir sehr leid», sagte er leise.

«Und Erna, meine Adoptivmutter, und ich, wir sind nie recht … miteinander zurechtgekommen. Aber ich habe einen Adoptivvater.» Sie senkte den Kopf. «Ich würde ihn gern sehen. Er lebt in Rübke im Alten Land. Anfangs wusste ich nicht einmal, ob er die Sturmnacht überlebt hat. Aber ich habe eine alte Lehrerin von mir telefonisch erreicht und sie gebeten, nach ihm zu sehen. Ihm geht es gut, sagte sie mir. Und ich habe ihm geschrieben, damit er weiß, dass es auch mir gut geht.»

Ehe Piet etwas erwidern konnte, wurde auf der anderen Straßenseite ein Fenster geöffnet, und eine Frau mit Lockenwicklern im Haar beugte sich hinaus.

«Sind Sie da bald fertig mit Ihrem Geplauder? Ich würde gern die Nachrichten im Radio hören! Auf der Straße haben Sie überhaupt nichts zu suchen. Faules Pack!»

Die beiden sahen sich an und prusteten los.

«Wie in aller Welt hat Effie es geschafft, hier ein Tanzlokal zu betreiben, wenn sich die Nachbarn schon beschweren, wenn man sich draußen unterhält?», fragte Marie, nachdem die Dame wieder die Fensterflügel zugeworfen hatte, und schüttelte den Kopf.

«Effie?»

«Das ist die Dame, bei der ich unterkriechen durfte. Ihr gehört das Lokal.»

«Verstehe», sagte Piet und sah sie nachdenklich an. «Haben Sie ein Kopftuch?», fragte er schließlich.

«Ein Kopftuch? Nein, aber meinen Hut.»

«Würden Sie mich begleiten? Wir machen einen Ausflug.»

«Wohin?»

«Wenn ich Ihnen das verrate, ist es längst nicht mehr so spannend. Kommen Sie!»

Mit wehendem Trenchcoat lief er vor.

«Ich muss noch abschließen!»

Piet wartete an der Ecke vor einer Vespa auf sie. Unter anderen Umständen würde sie einem Mann, den sie kaum kannte, nicht einfach folgen, doch jetzt stieg sie ohne jede Angst hinter ihm auf, hielt sich an seinem Mantel fest und kniff die Augen zusammen, als er sachte Gas gab. Der Motor rotzte und spuckte, doch bald tuckerte das Gefährt gleichmäßig vor sich hin, und Marie wagte es, die Augen wieder zu öffnen. Bäume rauschten in der Dunkelheit an ihnen vorüber, dahinter glitzerte immer wieder Wasser im Mondlicht. Sie fuhren die Elbchaussee hinab, eine schmale, kurvige Straße, auf der es an Sommerwochenenden kein Vorwärts gab, die jetzt jedoch wie ausgestorben wirkte.

Die Häuser der Blankeneser Fischer waren kleine Katen, reetgedeckt und ohne viel Grün drumherum. Marie war schon öfter hier gewesen, kannte sich jedoch nicht besonders gut im Treppenviertel aus, wo sie haltmachten.

Hinter Piet stieg sie die Stufen hinab, durch immer schmaler werdende, nur funzelig beleuchtete Gänge abwärts, an niedrigen Büschen und weiteren verwinkelt erbauten Häusern vorüber. So steil war es an manchen Stellen, dass man von der Terrasse des einen auf das Dach des anderen klettern könnte. Schließlich kamen sie unten an, und Piet nickte ihr zu und deutete auf einen Ponton, der gemütlich auf den Wellen schaukelte.

«Hier ist es in ganz Hamburg am längsten hell.»

«Es ist zappenduster.»

«Ja, aber sonst.» Er grinste. «Manchmal.»

Die Holzplanken unter ihren Füßen fühlten sich glitschig an. Vorsichtig tastete Marie sich vor.

«Manchmal ist es gut, an den Ort zu gehen, von dem die Angst stammt.»

Sie wurde langsamer und blickte ihn fragend an. «Hat Hemingway das gesagt?»

«Nein, ein längst nicht so talentierter Schriftsteller wie er, nämlich ich. Aber was ich meinte … Ich dachte, es wäre gut, wenn Sie ans Wasser zurückkehren. Nicht nach Wilhelmsburg. Aber an die Elbe. Dort, wo sie schön ist, wo sie auch jetzt noch für Sie schön sein kann. Womöglich.»

Sie lachte leise. «Ich war schon im Schrebergarten. Oder was von ihm übrig geblieben ist. Ich bin mit der Straßenbahn über die Brücken gefahren. Ich habe die ganze Zerstörung schon gesehen, aber Wut auf das Wasser hatte ich nie.»

«Und Angst davor?»

«Angst …» Sie schüttelte den Kopf. «Ach nein. Ich bin eine gute Schwimmerin. Und wenn ich es mit meinem alten Leitsatz halte und die Nase bis zur Spitze einer Sonnenblume hochhalte …» Sie sah, dass er grinste, und zuckte verlegen die Schultern. «Ich glaube, dann kann mir nicht allzu viel passieren.»

«Kommen Sie.» Er setzte sich an den Rand des Pontons und ließ die Füße hinabhängen. Der Geruch des Elbwassers war hier stärker, es roch jedoch nach Frische, nicht nach salziger See.

Vorsichtig ließ sie sich neben ihn gleiten. Sie blickten in die dunkle Stille. Gemächlich schwappte der Fluss gegen die stählernen Beine des Schiffsanlegers. Niemand war hier bis auf sie.

«Wieso sind Sie denn nun im Hotel, wenn Sie in Hamburg leben? Das habe ich immer noch nicht verstanden.»

«Kennen Sie Simmel?»

Sie dachte nach, dann schüttelte sie den Kopf.

«Auch ein Schriftsteller.» Er lächelte, aber in seinen Augen lag Verlorenheit. «Im Gegensatz zu mir allerdings ein sehr erfolgreicher. Wunderbar für ihn, und es würde mich nicht im Mindesten stören, doch leider möchte mich mein Verleger in seine Fußstapfen zwingen. Nun, zwingen ist zu viel gesagt. Mein Verleger ist ein phantasievoller Mann. Ein enthusiastischer zudem. Wenn er sich etwas in den Kopf setzt, möchte er es unbedingt erreichen. Er will einen Simmel im Programm, aber da der wirkliche Simmel schon woanders veröffentlicht, hofft er eben, aus mir eine Kopie zu machen. Da er glaubt, ich bräuchte nur das richtige Ambiente, um ganz herausragend inspiriert zu sein. Also hat er mich im Atlantic einquartiert, damit ich in Ruhe schreiben kann. Dabei muss man sagen, dass ich auch zu Hause eine Menge Ruhe habe. Ich hatte erwartet, dass es in einem Grandhotel ein wenig lebhafter zugeht.»

Sie lachte. «Tatsächlich aber fühlt man sich wie im Bauch eines Wals.»

Erleichtert grinste er. «Ich hätte es so zwar nicht ausgedrückt, aber genau so ist es. Zu Hause höre ich jeden, der an meinem Fenster vorbeistapft, ich kann den Unterhaltungen der Leute lauschen, wenn mir danach ist. Aber im Hotel ist es so still! Wer kann bei so viel Ruhe arbeiten? Mein Verleger allerdings ist der felsenfesten Überzeugung, dass bei einer Schreibblockade nur ein Tapetenwechsel helfen könne und jeder Autor in einem solchen Umfeld seine Grandiosität entwickle, von der bei mir allerdings irgendwie nichts zu finden ist. Er hat mir *Menschen im Hotel* zu lesen gegeben, kennen Sie es?»

Marie schüttelte den Kopf, erinnerte sich aber, das Buch in seinem Zimmer entdeckt zu haben.

«Von einer wunderbaren Schriftstellerin. Vicky Baum. Sie können es gern haben, nachdem mich mein Verleger aus Zorn darüber, dass ich seinen Ansprüchen nicht genüge, umgebracht hat. Entschuldigung. Ich rede immer zu unbedacht daher. Simmel hat übrigens an dem Drehbuch zu *Hotel Adlon* mitgeschrieben. Kennen Sie den Film?»

Bedauernd schüttelte Marie den Kopf.

«Nun, ich würde ihn womöglich auch nicht kennen, wenn nicht mein Verleger, er heißt übrigens Hans – es ist albern, ihn immer nur als meinen Verleger zu bezeichnen – Hans also davon träumen würde, dass auch ich ein Drehbuch verfasse, wenn ich schon nicht ein zweites *Es muss nicht immer Kaviar sein* hinlege. Zudem glaubt er fest daran, dass ich, wenn ich erst ein wenig auf fremdem Terrain gewildert habe, mit Dankbarkeit und neuer Energie auf das Romanschreiben zurückkomme. Denn damit klappt es nicht. Seit drei Jahren klappt es damit schon nicht mehr.»

«Haben Sie mich deswegen gefragt, ob ich Ihnen etwas von mir erzähle?»

Verwirrt sah er sie an.

«Als wir uns das erste Mal begegnet sind. Sie haben mich aufgefordert, Ihnen von mir zu erzählen.»

Peinlich berührt verzog er das Gesicht. «Habe ich das, wirklich? Scheußlich. Manchmal neige ich dazu, nichts als Unsinn zu reden, wenn mir nichts Kluges einfällt, ich aber gern intelligent wirken würde. Ich rede mich schon wieder um Kopf und Kragen, oder?»

Marie konnte ein Lachen nur schwer unterdrücken und nickte. «Wenn Sie also nicht im Atlantic sitzen und Ihre Schreibmaschine anstarren, hocken Sie in einem Café in Sankt Pauli und trinken?»

«Sie nehmen wirklich kein Blatt vor den Mund, merke ich.» Er lachte leise. «Na ja, ganz so schlimm ist es nicht. Nun, doch, so in etwa. Oder ich bin zu Hause. Wo es schön ist. Und gemütlich. Ich bin gern da, selbst wenn ich nichts zu Papier bringe.»

«Sie schreiben nicht – oder schreiben Sie nichts Brauchbares?»

Er wandte ihr das Gesicht zu. Seine Augen wirkten so dunkel wie das Wasser.

«Letzteres.»

Sie schwiegen.

«Marie?», fragte er nach einem Moment. «Darf ich du sagen?»

Sie nickte.

«Ich wollte nicht so viel von mir reden. Und ich mag Leute nicht, die so etwas behaupten und dann doch nichts anderes tun, als das Gespräch ständig um sich selbst drehen zu lassen. Ich bin ein bisschen nervös. Aber ich verspreche dir, morgen halte ich den Mund. Die ganze Zeit.

Ich fange erst wieder an zu quatschen, wenn wir fertig sind, nee, danach fange ich auch nicht wieder damit an.»

Sie lächelte. Es machte ihr nichts aus, ihm zuzuhören, ganz im Gegenteil. Sie mochte die Art, wie er beim Reden in die Ferne starrte oder in sich hinein. Er hatte eine schüchterne Art, sie anzusehen, flüchtig, aber zugleich intensiv. Und er strahlte, obwohl er nicht gerade aufgeräumt wirkte, eine Ruhe aus, die ihr gefiel.

«Eine Frage noch. 89.»

«Das ist keine Frage, sondern eine Zahl.»

«Ja, aber was hat es damit auf sich?»

Weil er sie verwirrt anblickte, erinnerte sie ihn an die zusammengeknüllten Blätter, die sie im Papierkorb seines Hotelzimmers gefunden hatte.

«Ach so, die. Oje, ich muss dich warnen, jetzt mache ich mich vollends lächerlich.»

«Schieß los.»

«Ein Drehbuch hat neunzig Seiten, weil ein Film neunzig Minuten hat.»

«Ja», sagte sie zögerlich.

«Ich habe runtergezählt. Ich habe ... Statt auch nur einmal ‹Aufblende, außen, Nacht› zu schreiben, habe ich, weil mir nichts Besseres einfiel, 90, 89, 88, 87 und so weiter geschrieben. So hatte ich das Gefühl, der Geschichte, von der ich keinen blassen Schimmer habe, wie sie eigentlich erzählt werden will, immerhin ein wenig näher zu kommen.»

Er warf ihr einen nervösen Blick zu, und als sie leise zu kichern begann, beugte er sich vor und prustete lauthals los.

«Apropos Hotel. Genau da muss ich morgen in aller Frühe hin. Würdest du mich nach Hause bringen?»

«Klar.» Er grinste schief und fuhr sich durchs Haar. «Dann nichts wie los.»

Der Himmel hinter dem Küchenfenster war tiefschwarz. Kein Stern glitzerte in der Ferne, auch der Mond blieb unsichtbar. Hinter sich hörte Marie Effie mit dem Schürhaken hantieren. Augenblicke später stieg ihr die wohlige Wärme der gusseisernen Herdplatten in den Rücken. Effies Küche mochte sie von all den Räumen der Wohnung am liebsten. Sie war klein und vollkommen schmucklos, und wenn mehr als eine Person darinsaß, musste man sich aneinander vorbeiquetschen und schrammte sich mit großer Wahrscheinlichkeit auch noch die Hüfte an der Ecke des Linoleumtisches auf. Vielleicht fühlte sie sich deshalb so wohl in diesem Raum, weil die Küche sie an ihre Wilhelmsburger Hütte erinnerte.

Es war kurz nach sechs am Montagmorgen, und ihr steckte das Wochenende in den Knochen. Die Wasserschipperei, aber vor allem, was sie auf der Eisbahn gesehen hatte. Ihr wurde schummrig, wenn sie nur daran dachte. Sie schloss die Augen, und ihre Gedanken glitten unvermittelt zu Piet. Wie schön es gestern Abend mit ihm gewesen war!

Seltsam. Sie hatte bislang nie einen Mann einfach ... gemocht. Und dann auch noch jemanden, den sie anfangs für einen scheußlichen Menschen gehalten hatte. Das Bonbonekel. Aber Piet war ganz anders, als sie angenommen hatte.

Wirklich seltsam. Und ein bisschen verwirrend, denn eigentlich hatte sie doch keinen Grund, plötzlich zu grinsen ...

«Was machst du da?», erklang Effies Stimme.

Überrascht wandte sich Marie zu ihr um. «Was meinst du?»

«Du hast gesungen.»

«Habe ich?» Das war ihr gar nicht aufgefallen.

«Du hast ... ein Lied gesungen, das ich kenne.» Mit einem Mal wirkte Effie so verletzlich wie ein Neugeborenes. «Etwas mit Sunshine. Singst du es noch mal?»

Zögernd, weil sie nicht recht wusste, was Effie von ihr erwartete, stimmte Marie das Lied erneut an. «You are my sunshine, my only sunshine, you make me happy, when skies are gray ...», sang sie.

Effie schloss die Augen und fuhr sich mit einer zittrig wirkenden Hand über die Stirn. Marie wurde leiser, dann hörte sie auf. Es wirkte nicht gerade, als mache sie ihrer Gastgeberin eine Freude damit, wenn sie sang. Da ließ sie es doch lieber.

«Meine Mutter mochte das Lied. Sie hat es gern gesungen. Und manchmal gespielt.»

«Es klingt sehr hübsch. Ich kenne es auch von früher.»

Marie wartete, ob Effie weiterreden würde, doch den Gefallen tat ihr die ältere Dame nicht.

«Ich gehe dann mal ...», begann Marie, doch Effie unterbrach sie: «Ich wusste nicht, dass du musikalisch bist. Aber deine Stimme ist hübsch. Etwas unfertig vielleicht, aber du hast da etwas Samtenes ... Du könntest mehr daraus machen, glaube ich, wenn du wolltest.»

Marie schluckte. Im ersten Moment hatte sie sich über Effies Worte amüsiert. Derart unverblümt redete sonst kaum jemand mit ihr, aber ihr gefiel es. Allerdings rührte Effie doch an einer wunden Stelle.

«Ich will nicht mehr daraus machen», sagte Marie und setzte ihr Zimmermädchenlächeln auf, das ihr auch in Situationen half, in denen sie sich überfordert fühlte. Die Musik und sie, das war ein spezielles Thema. Nichts für ein Gespräch zwischen Tür und Angel. Und auch nichts für ein Gespräch zwischen Effie und ihr.

«Wieso nicht?»

«Weil ...»

«Komm, setz dich. Du wirst doch unmöglich schon losmüssen. Wieso nicht? Es ist doch ein Unding, sein Talent zu vergeuden.»

«Manche Menschen wollen zu viel, glaube ich ...» Nach kurzem Zögern setzte sich Marie. «Und sie lieben die Musik zu intensiv. Das ist nicht gut.»

Interessiert neigte Effie den Kopf. «Das musst du mir erklären.»

«Meine Mutter war Pianistin. Sie ...» Marie räusperte sich. «Ich habe mir stets verboten zu glauben, die Musik habe mir meine Mutter genommen. Auf gewisse Weise war es aber so. Wenn Klara nicht ihre Konzerte gegeben hätte, wenn sie aus diesem Grund nicht verhaftet worden wäre, dann ... Sie hat sich in Fuhlsbüttel, in dem Gefängnis, mit Diphtherie angesteckt. Ich habe sie nach dem Abend, an dem sie zu einem Auftritt im Alsterpavillon gegangen ist, nicht mehr gesehen. Danach bin ich bei Adoptiveltern aufgewachsen.»

In Gedanken kehrte Marie zu jenem Tag im Waisenhaus zurück, als Schwester Therese «Jetzt zeigt euch» gesagt hatte. Das Ehepaar, das an diesem Samstagnachmittag in das Kinderheim «Zur Sonne» gekommen war, schien es eilig zu haben, es auf schnellstem Wege wieder zu verlassen. Verdenken konnte man es ihnen nicht. Es war so kalt und dunkel hierin, als herrschte Winter, dabei flitzten vor den Fenstern Bienen vorüber und Schmetterlinge taumelten durch den Sonnenschein.

Marie und die anderen Mädchen reihten sich, in gebügelten Blusen und Röcken, im Flur auf. Sie trugen blank geputzte Schuhe und Söckchen und traten, die Hände hinter dem Rücken verschränkt und mit dem artigsten Gesichtsausdruck, zu dem sie fähig waren, in den Salon ein. Eine nach der anderen knickste vor der Dame und dem Herrn am Fenster und sagte leise, aber verständlich ihren Namen. Wer schon dran gewesen war, kehrte zu den anderen Mädchen in den Flur zurück, wo leise darüber debattiert wurde, ob man sich wünschen sollte, zu freundlichen Leuten zu kommen, oder ob man dankbar sein sollte, überhaupt ausgewählt zu werden, ganz egal, ob sie freundlich waren oder nicht. Marie hörte eines der Mädchen fragen, ob auch welche für den Rest ihres Lebens hierblieben und Jesus heiraten würden oder ob man irgendwann einfach ging. Niemand kannte die Antwort darauf.

Marie wusste, dass sie nicht gerade wie ein Engel aussah mit ihrem dunklen, oft verknoteten Haar. Sie hatte zudem schiefe Vorderzähne und eine Knubbelnase. Es gab hübschere Mädchen im Heim als sie. Aber sie erinnerte sich, gehört zu haben, dass Kinder, die etwas besonders gut konnten, bessere Aussichten hatten. Henriette etwa hatte einmal ein Gedicht von Herybert Menzel aufgesagt, fast fehlerfrei. Der Mann, der kurze Zeit später ihr Vati wurde, hatte vor Aufregung rote Wangen bekommen und bei den Worten «Dies ist der Pulsschlag der Nation» die geballte Faust in die Luft gehoben. Marie hatte anschließend überlegt, was sie besonders gut konnte.

Jetzt war sie an der Reihe. Ihr Herz schlug dumpf und zu schnell. Ihre Beine in den weißen Söckchen kamen ihr wie Storchenbeine vor, die viel zu große Schritte machten. Sie wusste, was ihr nachher blühte, aber wie sollte sie das Risiko nicht eingehen? Bloß alle paar Wochen kam ein Ehepaar her und sah sich die Mädchen an. Bislang hatte ihr Blick nie länger als ein paar Sekunden auf Marie geruht.

«Ich heiße Marie und bin sieben Jahre alt», sagte sie, als sie vor dem Ehepaar stand und knickste. Ihre Stimme war kaum mehr als ein Wispern. «Dürfte ich Ihnen ein Lied vorsingen?»

Sie spürte die Unruhe der beiden Nonnen hinter sich, von denen ihr sicher gleich eine die Hand auf die Schulter legen würde.

«Verzeihen Sie ihre Aufmüpfigkeit», beeilte sich auch schon Schwester Ingeborg zu sagen, «das Kind ist ...»

Der Mann mit den ausgeblichen wirkenden blauen Augen und dem breiten Gesicht aber winkte ab und brachte Schwester Ingeborg damit zum Schweigen. Er hatte die Pranken eines Bauern. Seine Frau war dünn und sehr groß. Sie trug das Haar sorgfältig in Wellen gelegt, und wenn sie lächelte, verschwanden ihre Lippen, und ihr Gesicht schien nur noch aus Zähnen zu bestehen.

«Bitte», sagte er zu Marie und lächelte sie an. Er hatte eine tiefe, angenehme Stimme. Über das Gesicht seiner Frau huschte ein angestrengtes Lächeln. Ob sie erwartete, dass Marie in den falschesten Tönen «Fuchs, du hast die Gans gestohlen» vortragen würde? Als Marie jedoch zu singen begann, erstarb das Lächeln. Ein nervöser Blick glitt zu den Nonnen, die hinter Marie standen. Ihr Mann jedoch legte den Kopf schräg und lauschte interessiert.

Ihre Mutter hatte ihr eingeschärft, an den richtigen Stellen zu atmen. «Nicht zu schnell, Marie», hatte sie ihr beigebracht, «lass die Luft in dich hineinfließen wie warmes Wasser. Genau so, ja.»

Viele Lieder gab es, die Marie gern sang, doch sie ahnte, dass sie auf Chick Webbs «The Dipsy Doodle» besser verzichtete. Ebenso auf die Lieblingssängerinnen ihrer Mutter, die zu Hause in der Langen Reihe rauf und runter gespielt worden waren, bis eines Tages sämtliche Schallplatten verschwunden waren.

Zeit, noch weiter zu überlegen, blieb ihr nicht. Lilian Harvey, da war sich Marie sicher, gefiel jedem. Sie atmete tief ein, spürte, dass ihre Füße fest auf dem Boden standen, hörte das Summen der Hummeln von draußen, roch den Schweiß der Nonnen hinter sich.

Es war wichtig, da zu sein, hatte ihre Mutter ihr eingetrichtert. «*Hier*, Marie, *hier*, du musst anwesend sein, nicht irgendwo in der Luft schweben.»

Sie war hier, ganz und gar, atmete tief ein und öffnete den Mund.

*Guten Tag, liebes Glück! Reich mir einmal die
Hand, denn ich hab dich gesucht, bis ich heute dich
fand. Lass die and'ren nun einmal warten und
bleib hier, liebes Glück, bei mir!*

Marie spürte, dass sie nicht zu rasch durch die Noten eilte und keinen Buchstaben verschluckte, die Luft ganz richtig einsog und wieder freiließ, das Scharren der Fußsohlen hörte, das Räuspern eines der Mädchen.

*Jeden hab ich nach dem Glück gefragt, doch kein
Mensch hat mir den Weg gesagt, bis ich beinah
eines Tages die Hoffnung verlor. Doch im allerletzten
Augenblick kam es dann an meine Tür zurück, und
nun steht es wie ein Wunder im Märchen davor!*

Nach dem letzten Ton sagte niemand etwas. Wie immer nach dem Singen fühlte sich Marie müde und glücklich. Da spürte sie die Hand auf der Schulter. Mit entschiedenem Griff schob Schwester Ingeborg sie aus der Tür. Die anderen Mädchen blickten sich mitleidig an, ein paar grinsten hämisch.

Sie wurde in den Schlafraum geschickt, wo sie zwischen Stahlgitterbetten auf ihrer Matratze saß und dem Glück nachspürte, das sie eben noch erfüllt hatte. Wie so häufig, wenn ihre Gedanken nicht mehr aus Worten, sondern aus Klängen bestanden, sah sie ihre Mutter vor sich, wie sie mit versunkener Miene am Flügel saß. Wenn Klara spielte, war die Luft von goldenen Funken erfüllt. Marie hingegen konnte sich keine Noten merken; so wenig, wie sie sich Zahlen oder Buchstaben einprägen konnte; es machte ihr nur Spaß, wenn sie improvisieren konnte.

Aber das machte nichts, hatte ihre Mutter immer gesagt. «Wenn du erst am Konservatorium bist, lernst du es von allein.»

Doch nun war sie im Haus «Zur Sonne», nicht im Konservatorium; hier gab es kein Klavier, nicht christliche Lieder zu singen war verboten, und wenn Marie im Takt einer Melodie, die niemand außer ihr selbst hörte, mit den Fingern auf den Esstisch schlug, tauchte wie aus dem Nichts eine der Schwestern auf, schnappte nach Maries Hand, zog sie in die Höhe und ließ den Ellbogen dann mit Wucht auf die Holzplatte krachen.

Es tat entsetzlich weh.

«Du?»

Erschrocken hob Marie den Kopf. Sie hatte niemanden hereinkommen gehört.

Es war der stämmige ältere Mann gewesen, ohne seine Frau. Er hatte ihr zugenickt und die Hand ausgestreckt, und Marie hatte sie genommen.

Marie spürte wieder die Wärme des Küchenherds im Rücken und blickte Effie an.

«Das tut mir scheußlich leid, Kleines. Ich wusste ja nicht, dass du adoptiert wurdest.»

«Anfangs kam ich mit meinen Adoptiveltern gut aus. Ich mochte das Dorf. Ich mochte den Hof. So viel Platz. Ich hatte mein eigenes Zimmer. Und einen Heuschober gab es, in dem ich in warmen Sommernächten geschlafen habe. Freunde hatte ich auch: Mäuse und Kaninchen, einen Hund gab es, Hühner. Zum ersten Mal seit unendlich langer Zeit habe ich mich nicht einsam gefühlt. Ich sang viel, und Erna war stolz. Sie wollte, dass ich im Kirchenchor singe, nicht in Rübke, so etwas gab es dort nicht, sondern in Harburg. Damals habe ich ein Gefühl dafür bekommen, dass ...» Sie zögerte und suchte nach den richtigen Worten. «Nicht dass ich es hätte ausdrücken können. Aber ich ahnte, dass mein Gesang als eine Art Gegenleistung für ihre Zuneigung angesehen wurde. Das wollte ich nicht. Daher habe ich damit aufgehört. Ich habe den Mund nur noch zum Reden und Essen geöffnet, was Erna fuchsteufelswild gemacht hat. Sie hat ein Klavier gekauft, weil in dem Brief der Heimleitung, in dem ich beschrieben wurde, stand, dass ich Klavier spielen könne. Es war ein altes, unglaublich verstimmtes Ding. Hat nach Mottenkugeln gerochen und dem Rasierwasser alter Herren.» Bei dem Gedanken schüttelte sie sich. «Ich mochte nicht daran sitzen und schon gar nicht darauf spielen. Trotzdem hat Erna ihre Kaffeekränzchendamen eingeladen. Sie hat sicher gehofft, dass ich schon singen werde, wenn ich erst am Klavier sitze. Bis heute habe ich keine Ahnung, warum ihr das so wichtig war. Ich vermute allerdings, dass sie die ungläubigen Blicke ihrer Freundinnen gespürt hat, vielleicht haben sie auch hinter Ernas Rücken darüber getuschelt, was für ein unmögliches Kind ich sei. Sie wollte es ihnen vielleicht zeigen. Ihnen erklären, was sie dazu bewogen hatte, ausgerechnet mich zu sich zu nehmen, mich, die sich als eine solche Enttäuschung herausgestellt hatte.»

Mit einem angestrengten Ächzen erhob sich Effie. Sie

tat einen Schritt auf Marie zu und zog sie sachte an sich. Erstaunt betrachtete Marie die Falten, die Effies Bluse am Kragen warf, doch nach einem kurzen Augenblick des Zögerns legte sie ihre Wange auf die knochige Schulter der alten Frau und schloss die Augen.

«Und deine Mutter, sie hieß Klara?»

Marie nickte.

«Ein hübscher Name», sagte Effie sanft.

Die U3 rauschte ein, kaum hatte Marie den Bahnsteig betreten. In dem hell erleuchteten Waggon fand sie nur einen Stehplatz, alle Sitzplätze waren mit müde aussehenden Leuten besetzt, die ihre Aktentaschen zwischen die Beine geklemmt hatten. Sie hielt sich an der Deckenschlaufe fest und blickte in die Dunkelheit hinaus, in der schwarze Kräne den langsam heller werdenden Himmel durchschnitten. Silbrig glitzerten die Lichter der Werften im Wasser.

Eine halbe Stunde später trat sie aus dem Ortsamt Wilhelmsburg und blickte in die Richtung, in der sich ihr früheres Zuhause befunden hatte. Sie empfand eine krude Mischung aus tiefer Trauer, Angst und einem Hauch von Hoffnung. Fünfzig Mark Handgeld befanden sich in ihrer Manteltasche, fünf Zehnmarkscheine, die sie dem Pförtner zur Aufbewahrung geben würde, damit sie nicht während ihres Dienstes in der Garderobe des Hotels abhandenkamen. Fünfzig Mark. Das war eine Menge Geld, das zu erhalten sie im ersten Augenblick beschämt hatte. Doch der Sachbearbeiter, auf dessen Schreibtisch ein Schild mit dem Namen Harald Krähe gestanden hatte, war so nett gewesen, ihr noch dazu sein Mitgefühl auszudrücken und nachzuhaken, ob sie wirklich nur zwei Stühle besessen hatte – «*Und tatsächlich keinen Teppich, Fräulein Hansen? Nicht einmal einen Läufer vor der Tür?*»

«Nein, wirklich nicht.»

«Aber der Tisch, der wird schon etwas größer gewesen sein.»

«Er hat ausgereicht. Er war sicher nicht größer als, nun, ein ganz normaler Esstisch.»

«Esstisch», hatte er wiederholt und vermerkt, dass es sich um ein großes Exemplar aus massivem Holz gehandelt habe im Wert von «sagen wir, zweihundert Mark». Als sie den Kopf schütteln wollte, hatte er sie freundlich angesehen.

«Nehmen Sie das Geld doch, Fräulein Hansen. Es ist für solche Zwecke gedacht und für nichts anderes.»

So besaß sie plötzlich eine Wohnungseinrichtung im Wert von mehr als zweitausend Mark. Beziehungsweise hatte sie besessen, angeblich. Ihr war schwindelig vor Verwirrung, vor Erleichterung, vor Überraschung, ein wenig nagte aber auch das schlechte Gewissen an ihr. Hatte sie sich etwas erschlichen, das ihr gar nicht zustand?

Die Luft schmeckte nach Rauch und Öl, wie sie überrascht feststellte, der vertraute Geruch aus der nahegelegenen Kaffeerösterei und vom Wilhelmsburger Hafen.

Es roch wie früher. Und dieser Geruch löste seltsamerweise keine Trauer in ihr aus, sondern Hoffnung.

Zu Maries Überraschung gestattete Fräulein Körber ihr, das Hotel am Nachmittag schon eine halbe Stunde vor

Dienstschluss zu verlassen. Allerdings erst, nachdem Marie sehr lange darum gebeten hatte. Nach einer Weile jedoch schien auch der Hausdame aufzufallen, dass man sie wohl hartherzig nennen könnte, wenn sie Marie nicht zu der Trauerfeier für die Opfer der Flutkatastrophe gehen ließ. Erleichtert, aber auch ängstlich und nervös schlüpfte Marie in der Garderobe aus dem dunklen Rock und der Bluse und warf die Schürze in den Wäschekorb.

Trauerfeier für unsere Toten und Vermissten, hatte auf der Titelseite Zeitung gestanden, die Herr Jablonsky ihr heute Morgen gezeigt hatte. Im Artikel war von mehr als dreihundert Verstorbenen die Rede gewesen. Dreihundert! Die meisten kamen aus den südlichen Elbgebieten. Vorrangig aus Wilhelmsburg.

Hastig wusch sie sich das brennende Gesicht, strich sich das Haar aus der Stirn und flüsterte: «Es wird besser», obwohl es seltsam in dem überhitzten Garderobenraum klang, der jedes Wort verschlucken wollte. «Es wird besser», wiederholte sie, während sie den langen flackernd beleuchteten Flur entlang zum Ausgang lief. Nase, sagte sie sich, trag deine Nasenspitze hoch.

Das tat sie, und der Ostwind erschien ihr etwas weniger eisig, während sie den Weg zum Hauptbahnhof einschlug, jedoch, statt ihn zu betreten, rechts in die Spitaler Straße einbog. Es dämmerte schon wieder; eine graue trostlose Dämmerung, und sie war froh, ihr für ein paar Minuten entkommen zu können, in denen sie bei Karstadt Kerzen besorgte. Als sie wieder den Gerhart-Hauptmann-Platz betrat, sah sie unzählige Leute mit bedrückten Gesichtern. Die Hände in die Manteltaschen vergraben, den Blick gesenkt und Kopftücher, Mützen und Hüte in die Stirn gezogen, liefen Junge und Ältere, Frauen, Männer und Kinder den Gehsteig entlang, bis es auf Höhe der Sankt-Petri-Kirche nicht mehr weiterging. Kaum jemand redete. Unzählige Schultern und Rücken sah sie von hier und in der Ferne, am Rathausmarkt, schwarze Fahnen wehen.

«Da gibt's 'ne Tribüne», sagte ihr Nebenmann zu einem Mann zu seiner Linken. «Da reden die hohen Tiere. Der Schmidt darf nich', hab ich gehört. Nevermann aber. Und Lübke. Und Brandt vielleicht, der is' angereist. Ob er wirklich was sagen darf, weiß ich aber nich' so genau.»

«Mhm, mhm», lautete die gebrummte Antwort.

Marie betrachtete die Schultern vor sich, auf dem dicken Stoff des Mantels zeichneten sich Regentropfen ab. So viele Menschen waren da, und es kamen immer noch mehr nach. Zu ihrer eigenen Überraschung empfand sie in der Mitte einer schweigenden, gebückt dastehenden Menschenmasse so etwas wie Geborgenheit.

Ein Mikrofon knisterte, und durch die Gruppe vor ihr ging ein Ruck, als jemand zu reden begann. Unsicher, um wen es sich handelte, guckte Marie den Mann neben sich an, der an seiner Pfeife sog und wissend «Nevermann» murmelte. Hamburgs Erster Bürgermeister also, der mit getragener Stimme von den Toten sprach.

«Es sind unsere guten Nachbarn und Freunde, mit denen wir gute und böse Stunden geteilt haben, Schulter an Schulter hatten wir gemeinsam mit ihnen unsere halb zerstörte Stadt wiederaufgebaut. Wir waren im Begriff,

Hamburg schöner wieder aufzurichten, als es jemals zuvor gewesen ist.»

Marie zog die Nase hoch. Die Leute um sie herum, die schnieften und leise weinten oder gebannt nach vorn starrten, rührten sie. So sehr, dass sie sich mehrmals mit dem Ärmel über ihr Gesicht fahren musste.

«In solchen Stunden der Prüfung», redete er weiter, «fragen wir Menschen nach dem Sinn und zweifeln an der Gerechtigkeit aller irdischen und überirdischen Ordnungen. In quälender Selbstprüfung fragen wir auch danach, ob diese furchtbaren Schläge des Schicksals abgewendet werden konnten. Und wir erkennen, oft im Zorn und nicht immer in Demut, dass die Kräfte des Menschengeistes, der Technik und aller Zivilisation nicht ausreichen, um die Wildheit der Natur zu bändigen. Es gibt gegen das Wüten der Elemente in unserem anfälligen Dasein offenbar keine letzte Sicherheit. Größere Sicherheiten aber werden wir herstellen, unverzüglich. Ebenso wichtig, wenn nicht wichtiger als die materielle Hilfe ist der menschliche Beistand, den wir den Witwen und Waisen leisten wollen. Viele von ihnen weilen in dieser Stunde unter uns.»

Das Schluchzen um sie herum wurde lauter. Marie presste die Lippen zusammen und spürte, dass ihre Hände kleine steinharte Fäuste waren. Wie nunmehr so häufig, wenn sie unter Leuten war, fuhr sie mit dem Blick über die Köpfe, immer noch in leiser Hoffnung, Peers oder Kristins Schopf zu entdecken, auch wenn diese Hoffnung immer kleiner wurde …

«Eine große Anzahl der Toten findet ihre letzte Ruhe

in einer Gedenkstätte draußen in Ohlsdorf. Doch auch unsere Friedhöfe auf den Elbinseln wie an der Süderelbe werden die irdischen Überreste der uns Entrissenen aufnehmen. Ihre Gräber werden Gedenk- und Erinnerungsstätten unseres ganzen Stadtvolkes sein. Sie werden auch kommenden Geschlechtern von dem Leid dieser Tage und dieser Stunde berichten. Wir aber, meine Hamburger, wollen jetzt zusammenstehen und einer den anderen stützen.»

Marie hielt den Atem an, weil sie nicht weinen wollte. Nicht alle hatten diese Selbstbeherrschung. Der knurrige Kerl mit der Pfeife neben ihr heulte, ohne sich um seine Umgebung zu scheren.

Als sie zwei Stunden später, es war schon nach sechs, auf das Danzhus zulief, entdeckte sie auf der Treppe eine dunkle Gestalt. Sie erschrak, doch dann fiel ihr siedend heiß ein, was Piet gestern zum Abschied gesagt hatte.

«Dann bis morgen!»

Das hatte sie komplett vergessen. Hoffentlich war er nicht halb erfroren. Entschuldigend verzog sie das Gesicht, doch bevor sie sich erklären konnte, kam alles hoch, was sie auf der Trauerfeier und dem Weg hierher fortgedrückt hatte. Mit einem Mal war sie in Tränen aufgelöst, starrte ihn erschrocken an und wollte abwinken, als er mit einer hilflosen Geste die Hand nach ihr ausstreckte. Dann aber ließ sie geschehen, dass er sie an sich zog. Es fühlte sich warm an, geborgen, und Marie presste die Lider aufeinander und weinte, bis ihr Herz, ihr Kopf, bis alles leer war und sich wie mit Nebel gefüllt anfühlte.

Als sie sich von Piet löste und nun ihre Entschuldigung murmelte, hielt er statt einer Antwort etwas empor.

«Was ist das?»

«Eine Sturmlaterne. Und einen Besen habe ich auch dabei. Plus einen Eimer. Wenn wir uns ranhalten, schaffen wir es heute noch, den Laden trocken zu bekommen.»

Frieda

Hamburg, Dovenfleet
31. Dezember 1918

Eine tiefe Ruhe überkam Effie, als sie sich im Danzhus umsah. Kaum zu glauben, dass der Krieg wirklich vorbei war. Die Menschen taten, als sei er damit auch aus ihren Köpfen verschwunden, doch nicht selten fragte sie sich, ob das nicht gänzlich unmöglich war.

Heute war der letzte Tag des Jahres. Früher hatte sie sich an Silvester stets mit einem Becher frisch gebrühten Kaffees ans Fenster gestellt und hinausgeblickt auf die braunen Wiesen und Felder. Sie hatte nachgedacht, zurückgeblickt, sich gefragt, ob ihr Jahr eigentlich erfreulich verlaufen war, ob sie im kommenden etwas besser machen wollte, ob sie Wünsche und Hoffnungen hatte. Doch mit den Jahren nach Hellys Geburt waren diese Augenblicke seltener geworden. Wer nichts empfand, konnte auch nichts ersehnen.

In Hamburg aber war diese Tradition wieder aufgelebt, auch wenn es keine Felder und Wiesen gab, die sie hätte betrachten können, und auch keinen Kaffee mehr.

Und heute? Fahles Sonnenlicht erhellte den Hof, den die Natur zurückerobert hatte. Efeu wuchs an den schattigen Plätzen, überwucherte die Hauswand, und auf den Holzplanken hatten sich Algen ausgebreitet. Auch im Innern des Danzhus sah es weit weniger ansprechend aus als am Tag der Eröffnung anderthalb Jahre zuvor. Bei der Erinnerung daran schloss Effie die Augen und atmete tief ein. Sie war damals erst spät in das Ballhaus zurückgekehrt, streng genommen war da gar nicht mehr ihr Geburtstag gewesen.

Es hatte keine Stelle an ihrem Körper gegeben, die sie noch hatte spüren können. Alles war taub gewesen. Ungläubig hatte sie mit dem Finger in ihren Unterarm gepikt. Dann mit dem Fingernagel etwas Haut angenommen und hineingezwickt. Nichts.

Als sie Emmeline von Werners Angriff erzählte, schickte diese Ole in den Tanzsaal, um die Damen sanft zum Gehen zu bewegen. Dann strich sie Effie ganz sanft über die Wange und flüsterte mit Tränen in den Augen: «Dein Körper ist auf Reisen gegangen. Aber er wird wiederkommen. Gib ihm Zeit, Liebes.»

Ja, er war zurückgekehrt. Manches Mal noch kam allerdings die Taubheit zurück. Meist aber spürte sie sich, und sie war froh darum, denn die Trauer und die Wut saßen unter ihrer Haut, das merkte sie, und es wäre scheußlich, wenn sie sie vergessen würde. Als Werners Zorn verraucht war, hatte er sich auf einen Schemel gesetzt, sie angestarrt und etwas geflüstert, das sie nicht verstand. An jenem Nachmittag war es, als herrsche tiefste Nacht in der Wohnung, während seine Worte wieder und wieder an ihre Ohren schwebten, doch das Rauschen ihres Blutes darin übertönte alles. Mit der letzten Auferbietung ihrer Kraft hatte sie sich auf die andere Seite gerollt und ihm den Rücken zugewandt. Vermutlich hätte Werner sie gewähren lassen, wenn sie aufgestanden wäre und die Wohnung verlassen hätte, doch ihr Körper ... Er hatte nicht mehr gewollt. Nichts wollte er, als nicht mehr zu sein. Dunkelheit, Ruhe, danach sehnte er sich. Nach dem Ende allen Seins.

Schließlich war Werner gegangen, und sie hatte womöglich noch Stunden dort gelegen, bis sie die Kraft fand, sich aufzurichten, ein anderes Kleid anzuziehen, das Blut abzuwaschen. Sie hatte tief eingeatmet. Sie lebte noch. Doch wie oft konnte das Innerste brechen, bis es sich nicht mehr zusammenfügen ließ?

In einem einzigen Brief hatte sie sich Wochen später an ihre Mutter gewandt und sie nach ihren Gründen gefragt, wieso sie Werner ihre Adresse verraten hatte. Lange hatte sie auf eine Antwort gewartet. Dann war sie eingetroffen.

Eine Frau gehört ihrem Mann, hatte darin gestanden, in der zarten geschwungenen Schrift ihrer Mutter. Von jenem Tag an hatte sich Effie gefühlt, als seien ihre Eltern gestorben. Manchmal dachte sie an sie und empfand nichts als ein leichtes Ziehen im Herzen. Zorn hingegen überschwemmte sie, wenn sie an Werner dachte. Auch ihn hatte sie nie wiedergesehen. Doch sein Brief hatte sie erreicht. Er war bei Frau Henstett abgegeben worden, Wochen nachdem Helly und Effie ausgezogen waren.

Kannst du mir ein letztes Mal verzeihen?, stand darin.

Sie hatte das Papier zerrissen. Niemals würde sie ihm verzeihen – das hatte sie nie gekonnt! Nicht nach dem ersten lauten Wort in den Anfängen ihrer Ehe, der ersten Ohrfeige, dem ersten Stoß, der sie kurz nach Hellys Geburt zu Boden katapultiert hatte. Nie hatte sie ihm verziehen, stattdessen hatte sie ihn zu lieben aufgehört, jedes Mal ein wenig mehr, bis nichts mehr von ihren zärtlichen Gefühlen übrig geblieben war.

Am Morgen nach ihrem Geburtstag hatte sie das wenige, das sie besaßen, zusammengepackt. Wenig später hatte Ole den Tisch und ihre Matratzen geholt. Seither lebten sie bei Emmeline, die sie hingebungsvoll gepflegt hatte. Niemand hatte in jener Zeit noch an die Weiterführung eines Tanzlokals gedacht. Und als Effie dann endlich wieder bei Kräften war, beinahe zwei Monate später, da war ihnen, als sei der Preis, den der Betrieb des Danzhus ihnen abverlangte, zu hoch. Allein die Heimlichtuerei, die Angst davor, erwischt zu werden. So war der Ballsaal trotz seines neuen Namens mit der Zeit eher zum *Knütthus* geworden: einem Ort, an dem die Frauen strickten, nähten oder sich sonstigen Handarbeiten widmeten. Stühle waren hinzugekommen, auf dem Fußboden lagen Woll- und Stoffreste und hier und dort ein Pamphlet, denn die Wohlfahrtsverbände, die das Ballhaus nun ebenfalls nutzten, waren offen für Emmelines Ideen und Überzeugungen und ermunterten sie sogar, das Wort zu erheben.

Gestrickt aber würde heute nicht! Emmeline und Effie waren übereingekommen, dass wenigstens zu Silvester im Danzhus endlich einmal das getan werden sollte, wofür es bestimmt war: das Tanzen! Das Verbot war nach

Kriegsende aufgehoben worden, und so sah Effie dem Abend nun mit Spannung und Vorfreude entgegen. Ein neues Jahr. Neue Chancen, neue Möglichkeiten. Und sie war wild entschlossen, die Eröffnung, die so scheußlich ausgegangen war, mit Tand und Flitter nachzuholen. Heute Abend musste der Ballsaal einfach voll werden! Damit sich das Leben endlich wieder leicht anfühlte ...

Doch als ihr Blick in den Spiegel fiel, der beinahe die komplette Querseite ausmachte, sah sie eine Frau, deren Gesicht zwar kaum Male davongetragen hatte – Werner hatte sie ja sowieso meist an Stellen malträtiert, die anderen nicht ins Auge fielen, an den Oberarmen, an den Schenkeln, am Bauch –, müde aber wirkte sie. Traurig. Alt. Sie räusperte sich und wandte sich abrupt ab, stemmte die Hände in die Seiten und blickte sich um.

Nein, hier sah es wirklich gar nicht festlich aus! Sie wusste, dass sie sich mit Emmeline absprechen müsste, doch statt auf sie zu warten, fing Effie einfach an. Sie stapelte die Stühle aufeinander und zerrte sie die Treppe hinauf, räumte alles weg, was an Handarbeiten und an Vorträge über die Pflichten und Aufgaben der modernen Frau erinnerte, sie riss die Fenster auf, um frische, kalte Luft hereinzulassen, dann begann sie zu putzen.

Aber was war mit dem Tand, mit dem sie den Ballsaal herrichten wollte? Nachdenklich sah sie sich um. Die Pamphlete! Daraus ließ sich doch etwas machen. Eilig kramte Effie sie wieder hervor und griff zur Schere; und nachdem sie ihr Werk vollendet hatte, eilte sie in den Alten Elbpark, fand jedoch nicht, was sie suchte, und lief zu den Wallanlagen. Doch auch dort gab es keine Tannen, von denen sie etwas Grün absägen konnte. Oder doch? Der Weihnachtsbaum, noch festlich geschmückt, am Eingang des Botanischen Gartens konnte doch gut und gern auf ein paar Tannenspitzen verzichten, nicht wahr? Kichernd über ihren eigenen Übermut schlich sie sich heran, säbelte mit dem Messer ein paar Zweige ab, verbarg sie unter ihrer Jacke und eilte davon, während aus ihrer Nase kleine Wölkchen in die nasskalte Luft stiegen.

«Was ist denn hier los?», fragte Emmeline zwei Stunden später, als sie das Danzhus betrat. Effie war gerade dabei, sämtliche Kerzen des Kronleuchters zu entfachen. Der Luftzug ließ sie aufflackern; unruhige Schatten glitten über Emmelines Gesicht.

«Ich wollte den Tanzsaal für unsere Silvesterfeier etwas festlicher gestalten.» Nun fragte sie sich allerdings doch, ob sie nicht etwas voreilig gewesen war.

«Ja, aber was denkst du denn, wer alles kommt?»

Immerhin schien ihre Freundin nicht wütend auf sie zu sein, was Effie erleichterte – aber nun ja, sie hatte schon recht.

«Bis auf die Damen aus der Volksküche», sagte Emmeline, «haben wir doch gar niemanden eingeladen.»

«Wir haben immerhin eine Zeitungsannonce geschaltet», erinnerte sie Effie, die die treibende Kraft dahinter gewesen war. Als sie unvermittelt einen ziehenden Schmerz spürte, fasste sie sich an die Seite und atmete tief ein und aus. Mit einem Satz war Emmeline bei ihr.

«Was hast du?»

«Nichts. Es ist nichts.»

«Hast du Husten? Fieberst du? Deine Augen glänzen so.» Alarmiert legte Emmeline ihr die Hand an die Wange, dann atmete sie erleichtert auf. «Heiß bist du schon mal nicht.»

Das Gespenst der Spanischen Grippe ... Es erkrankten immer mehr Menschen daran, die von einem Augenblick auf den anderen nichts anderes wollten, als sich niederzulegen, und dann starben sie, innerhalb kürzester Zeit.

Doch das war es nicht, was ihr Schmerzen bereitete. Gar nichts, nahm sie an, das seinen Ursprung in ihrem Körper hatte, dafür jedoch in ihrem Geist. Seit dem Überfall saß die Angst in ihren Muskeln und in ihren Knochen und meldete sich in regelmäßigen Abständen bei ihr.

«Ich bin gesund», sagte sie und winkte ab. «Andernfalls hätte ich doch all das hier gar nicht geschafft.»

Emmeline sah erst sie prüfend an, dann blickte sie sich um und drehte sich einmal im Kreis. «Stimmt. Das hättest du wohl nicht geschafft, wenn dir der Tod im Nacken säße.»

Zwischen den Kerzen, die ein warmes, leicht zitterndes Licht verströmten, hingen Girlanden herab, auf denen Parolen wie «Wir haben gewonnen» und «Ihr deutschen Frauen, nutzt eure Stimme!» gestanden hatten, die jetzt jedoch kaum mehr lesbar waren. Wieso auch? Die Frauen durften ja nun wählen. Denn das war in diesem Jahr auch noch geschehen: Am 30. November war den Frauen das Wahlrecht zugesprochen worden. War nicht allein das Grund genug, dieses Silvester wild zu feiern, ja geradezu besoffen vor Glück?

«Ich gehe von Tür zu Tür.»

Ratlos sah Emmeline sie an.

«Ja, verstehst du denn nicht? Dieses Silvester...» Effie atmete tief ein. «Es ist etwas Besonderes. Wir dürfen es nicht verstreichen lassen, als wäre es ein ganz normaler Jahreswechsel. Der Krieg ist vorbei.» Beschwörend blickte sie Emmeline in die Augen. Ihre Freundin, das sah sie jetzt erst, wirkte heute noch viel erschöpfter als sonst. Aber sie brütete ja auch Tag und Nacht über ihren Reden, ohne dass sie ihre Arbeit als Lehrerin je vernachlässigte. Dann noch das Danzhus, das kaum mehr einnahm, als der Kauf der Kohlen verschlang, zudem brauchten sie Kerzen und Zündhölzer, damit niemand im Dunkeln dahockte.

Nein, etwas musste sich ändern. Und zwar heute, in dieser bald heranbrechenden Nacht. «Frauen dürfen für die Nationalversammlung stimmen, das ist etwas, auf das du all die Jahre hingearbeitet hast. Wir müssen feiern, Emmeline, wir müssen!»

Unschlüssig sah ihre Freundin sie an. Effie nahm ihre Hände, drückte sie sanft und sagte: «Überlass es mir.»

Um neun herrschte eine angenehme Wärme im Tanzsaal. Vier Tische hatte Effie wieder heruntergeholt, weil Ole sie überzeugt hatte, dass sich die Leute hin und wieder auch mal ausruhen wollten. Von tanzwütigen Gästen, die sich fröhlich lachend auf die Sitze fallen ließen, fehlte jedoch jede Spur. Außer Ole, Emmeline, Helly und ihr waren nur zwei Damen aus der Volksküche gekommen, die nun leise plaudernd beisammensaßen, auf Effies

Frage jedoch, ob sie einen Musikwunsch hätten, mit geröteten Wangen den Kopf geschüttelt hatten.

Keine Gäste, die spontan hineinschneiten. Niemand, der ein Tänzchen wagen wollte. Dabei hatte Effie in der Nachbarschaft an so viele Türen geklopft, mit so vielen Leuten geredet, was eigentlich gar nicht ihre Art war. Seltsam – sie hatte die Leute einfach angesprochen, so frank wie frei, und hatte gar keine Scheu gespürt. «Feiern?» Bei den meisten hatte anfangs die Überraschung vorgeherrscht, doch wenn Effie daran erinnert hatte, dass dieser Jahreswechsel doch weit erfreulicher war als die vorherigen – immerhin herrschte Friede, *Friede!* –, da war Sehnsucht über ihre Gesichter geglitten, sie hatte es genau gesehen, und ihre Augen hatten zu leuchten begonnen.

Nun hatte sich Effie fein gemacht. Sie trug ein selbst genähtes Jackenkleid, dessen Rock weit ausgestellt war und den Beinen ausreichend Platz zum Tanzen gab. Es war von einem dunklen Blau, und sie stellte sich vor, dass es seidig glänzte, wenngleich sie es tatsächlich aus abgetragenem Stoff geschneidert hatte, doch wer wollte das im weichen Kerzenlicht schon erkennen?

Ihr Haar hatte sie hochgebunden und eine Feder hineingesteckt. Auch Emmeline wirkte elegant, fast so wie damals, als sie einander kennengelernt hatte, in ihrem bestickten schwarzen Kleid. Nur Ole sah aus wie immer, zog jedoch den feinen Duft von Seife hinter sich her.

Aufmerksam lauschte Effie, ob sie Schritte auf dem Pflaster hörte. Enttäuscht sackte sie jedes Mal in sich zusammen, wenn, wer immer des Weges gekommen war, am Danzhus vorbeigegangen war.

«Den Leuten ist noch nicht wieder danach zu feiern, der Krieg steckt ihnen noch in den Knochen», sagte Ole und nickte Effie aufmunternd zu.

Das konnte Effie nicht überzeugen. Aus der Ferne erklangen Gelächter und beschwipste Rufe. Nun war es schon halb zehn. Wollte wirklich niemand mit ihnen auf das neue Jahr anstoßen?

Enttäuschung kroch in ihr empor. Den Krieg über hatten sie das Danzhus nicht betreiben können, so wie sie wollten. Nun durften sie es, und niemand kam.

«Ach, Tütchen», hörte sie Ole leise sagen. «Nun mach nicht so ein Gesicht.»

Sie konnte sich gut vorstellen, wie Helly ihn wütend anfunkelte. Ihre Tochter wollte tanzen, sie wollte unbedingt tanzen, aber nicht mit Ole und Emmeline oder ihrer Mutter.

«Musik!», erklang aber immerhin ihre volle Stimme.

«Was soll ich spielen?», fragte Ole, der sowohl den Flohwalzer beherrschte als auch kompliziertere Stücke wie die Tarantella.

«Anderes», brummte Helly.

Als Effie sich umwandte, sah sie ihre Tochter auf sich zustapfen. Acht Jahre, dachte sie, acht war sie erst. Wieso sah sie nur so erwachsen aus? Ihr Gesicht wurde immer schöner, das Haar noch voller, aber auch weicher, sodass es nicht mehr wirkte, als habe sie sich seit Jahren nicht mehr gekämmt. Sie trug ein Matrosenkleid. Effie hatte es umgenäht, sodass es kaum mehr als solches zu erkennen war – als man Wilhelm II. noch verehrt hatte, waren diese Kleider beliebt gewesen. Jetzt hingegen wollte man nichts mehr von dem Kaiser wissen, der jüngst abgedankt hatte.

Mit einer ungelenken Geste breitete Effie die Arme aus, doch ihre Tochter marschierte, ohne sie eines Blickes zu würdigen, an ihr vorbei. Effie kannte dieses Gebaren, dennoch verletzte es sie. Sie fing Emmelines tröstenden Blick auf und erinnerte deren Worte. «Sie liebt dich mehr als jeden anderen Menschen auf der Welt, Effie. Sie kann es dir nur nicht so gut zeigen.»

Aber woher wollte Emmeline das wissen? Vielleicht hatte sie mit der Annahme ja unrecht.

Sie folgte Helly, die durch den Flur eilte, die Tür nach draußen aufstieß und auf die Treppe trat. Ein Schwall kalter Luft strömte herein. Die Kerzen flackerten. Effie schlang die Arme um ihren Körper. Sie wollte Helly zurück ins Warme ziehen, doch dann hörte sie eine Männerstimme, und im Dunkel sah sie einen schlaksigen, augenscheinlich betrunkenen Kerl auf sich zuwanken.

«Macht nichts. Hol's der Teufel», sang er lautstark und kickte einen Stein vor sich her. «Macht nichts. Ohne Zweifel kann der Mensch nicht immer traurig sein! Liebt mein Schatz mich nimmer, find man and're immer, schad' um jede Träne, die ich wein'.»

Weil er direkt auf sie zutorkelte, versuchte Effie, ihre Tochter hinter sich zu schieben, doch Helly wollte nicht. Einem störrischen Esel gleich stand sie da und ließ sich keinen Millimeter bewegen.

«Immer kann der Mensch nicht traurig sein», sang der Mann weiter, und da erklang noch etwas anderes, das Effie sich ratlos umsehen ließ. Es dauerte ein wenig, bis sie erkannte, dass das dunkle, samten klingende Summen aus dem Mund ihrer Tochter kam. Helly begleitete den Herrn, und erstaunt fragte sich Effie, woher sie die Operette *Zigeunerliebe* kannte und wann in aller Welt Helly eigentlich Singen gelernt hatte. Oder, besser gesagt, zu summen, doch es machte keinen Unterschied. Sie traf jeden Ton und klang ... berückend. Oder bildete sich Effie als ihre Mutter das nur ein?

Den Hut in der einen, eine Flasche in der anderen Hand, blieb der betrunkene Mann vor der Treppe zum Danzhus stehen. Er hatte ein spitzes Kinn, und sein Blick erinnerte an ein Raubtier. Er grinste breit, steckte sich umständlich eine Zigarette in den Mund und entzündete sie, was allerdings erst beim dritten Versuch klappte. Anschließend paffte er selig und sagte, während er an Effie vorbeizulinsen versuchte: «Ist das hier ein Tanzetablissement?»

Etwas in Effie versteifte sich, obwohl sie doch heilfroh sein sollte, einen Gast vor sich zu sehen.

«Ja», sagte sie nach kurzem Überlegen.

«Dann haben Sie sicher nichts dagegen, mich einen Blick hineinwerfen zu lassen, Verehrteste.»

«Nein, natürlich nicht.»

Verlegen trat sie zur Seite. Der Mann ging grinsend an ihr vorbei. Er humpelte nicht. Welcher Mann humpelte heutzutage nicht?

Sie betrat hinter ihm den schummrig erleuchteten Gang und hörte ihn aus dem Innern des Tanzsaals schnarrend etwas sagen. Dann kam er schon wieder zurück, immer noch grinsend, und schob sich mit einer Verbeugung an ihr vorbei.

«Was hat er gesagt?», fragte sie Emmeline, die an der Bar stand.

Die Stirn zornig in Falten gezogen, erwiderte Emmeline: «Er sagte, er würde das Danzhus gern kaufen, falls wir es veräußern wollten.»

Sprachlos sah Effie sie an.

«Wollte die Konkurrenz ausspähen. Und dann hat es ihm große Freude bereitet zu sehen, dass bei uns nichts, aber auch gar nichts los ist.»

«Konkurrenz? Hat er denn selbst ein Lokal?», fragte Effie. «Vielleicht hast du ihn falsch verstanden, und es war einfach ein betrunkener Gast, der gern ein bisschen mehr Gesellschaft hätte, als wir ihm bieten können.»

Emmeline schüttelte den Kopf.

«Der Kerl heißt Haggert», ließ sich Ole aus dem Hintergrund vernehmen. «Theodor Haggert. Ein Aasfresser. Reißt sich jedes Lokal unter den Nagel, das in Schieflage gerät.»

«Er wirkte aber doch so jung ...»

«Er hat früh angefangen», murmelte Ole. «Ich kenne ihn, weil er mal bei mir um die Ecke gelebt hat. Schon damals gefürchtet, vor dem Krieg, da hat er sich mehr schlecht als recht als Kleinkrimineller durchgeschlagen. Jetzt scheint es besser für ihn zu laufen. So ist es mir jedenfalls zu Ohren gekommen.»

«Mann böse?», ließ sich Helly vernehmen.

«Ja», sagte Effie und versuchte, die aufkeimende Hoffnungslosigkeit niederzuringen.

Am Morgen des ersten Januars stand Effie früh auf. Mit klopfendem Herzen setzte sie sich an den Tisch, auf den ein schmaler Sonnenstrahl fiel, und legte sich ein Blatt Papier zurecht. Leise und gleichmäßig hörte sie Emmeline atmen. Manchmal erklang auch ein Seufzer der schlafenden Helly, was ein Lächeln auf Effies Gesicht zauberte.

Der gestrige Abend war, nachdem sich die Damen aus der Volksküche verabschiedet hatten, so einsam zu Ende gegangen, wie er begonnen hatte. Es hatte Effie alle Kraft der Welt gekostet, sich ihre Enttäuschung nicht anmerken zu lassen. Emmeline, Helly und Ole hatten dennoch getanzt und ins neue Jahr hineingefeiert. Effie hingegen hatte das Gefühl gehabt, dass vor lauter Zukunftsangst alles in ihr sauer wurde.

Wie naiv sie gewesen war zu glauben, sie müsse nur an ein paar Türen in der Nachbarschaft klopfen, und schon würden noch am selben Abend die Leute in ihr Lokal strömen. Wenn sie das Danzhus wirklich bekannter machen wollten, mussten sie sich etwas anderes einfallen lassen, da reichte auch eine schnöde Annonce nicht aus. Sie mussten Handzettel drucken, und sie benötigten, für eine weitere feierliche Eröffnung (von den ersten beiden hatte die Welt ja keine Notiz genommen) wenigstens halbwegs bekannte Musiker, um die Gäste herbeizulocken. Das kostete Geld, und Geld besaßen sie nicht. Auch gab es wenig Aussicht, in Kürze welches zu verdienen – nicht nur weil Effie ihre Stelle als Straßenbahnfahrerin verloren hatte, sondern weil ihr dasselbe Schicksal sicher auch bald für jene als Briefträgerin blühte. Kaum war der Krieg vorbei, wurden die ersten Stimmen laut, Frauen mögen den Kriegsheimkehrern nicht länger die Arbeit wegnehmen.

Und dann war da noch etwas ... Als sie todmüde in ihr Bett gefallen war, hatte Helly wieder die Melodie aus der Operette gesummt, die dieser scheußliche Haggert gesungen hatte. Erneut hatte Effie ihre Ohren nicht getraut. Woher nahm ihre Tochter so viel Gefühl? Sie, die sich sonst vor der Welt verkroch und wirkte, als trage sie einen meterdicken Panzer mit sich herum?

Es schien ihr auch heute Morgen noch, als sei sie Zeugin eines ganz besonderen Moments geworden.

Helly besuchte zwar die Schule, aber nach wie vor sprach sie kaum. Möglicherweise konnte ihr die Musik helfen, aus sich herauszukommen?

Einen Versuch war es wert.

Werner, schrieb sie, nachdem sie tief eingeatmet hatte. *Ich benötige Geld. Sieh es nicht als Zahlung für deine Tochter an, sondern für mich, deine Ehefrau. Du hast mir viel Leid zugefügt. Ich möchte, dass du es begleichst.*

Wann immer er ihr Schmerzen zugefügt hatte, war er danach wie ein geschlagener Hund zu ihr gekrochen gekommen. Zwar hatte er ihr nicht nur einmal vorgeworfen, *ihn* herausgefordert zu haben – so als sei eigentlich sie die Schuldige an dem, was über ihn gekommen war. Zugleich aber besaß er ein verqueres Ehrgefühl, und sie wusste, dass sein schlechtes Gewissen an ihm nagte. Wenn sie daran appellierte, würde er sie dann endlich in Ruhe lassen?

Mit zitternder Hand legte sie den Stift beiseite. Beim Schreiben war ihr der Schweiß ausgebrochen. Jetzt fühlte sie sich … Sie wusste es nicht genau. Doch die Luft in Emmelines kleiner Wohnung schien ihr klarer, das Sonnenlicht heller. Ja, sie atmete, tief ein und aus und zum ersten Mal seit langer Zeit, ohne dass ihr ein ziehender Schmerz in die Seite fuhr.

8

Hamburg-Sankt Pauli
Dienstag, 27. Februar 1962

Bist du so weit?», drängelte Effie.

«Ja, ja, gleich», rief Marie, deren linker Fuß sich in dem Stoff der weiten Hosen verfangen hatte. Bis in die späten Abendstunden hatte sie sich gestern mit Piet ins Zeug gelegt. Effie nun das Danzhus zu zeigen, war Anlass genug, sich schick zu machen, fand sie, und so hatte sie, nach einigem Abwägen, wieder zu der Garderobe gegriffen, die ihr Effie bei ihrem Einzug in die Hand gedrückt hatte. Nun betrat sie noch rasch das Bad, bürstete sich den Pony in die Stirn und strahlte aufgeregt ihr Spiegelbild an.

«Ich wachse noch fest», erklang Effies Stimme von der Wohnungstür.

Nun kannten sie einander zwar erst seit einer Woche, doch Marie glaubte, die alte Dame langsam besser einschätzen zu können, und nahm ihr die ruppige Art nicht mehr so übel. Ob sie sich wegen des Todes ihrer Tochter einen dicken Panzer zugelegt hatte? Immer wenn sie daran dachte, befiel Marie Trauer. Sie konnte sich nicht einmal vorstellen, wie schrecklich es sein musste, so etwas zu erleben.

«Ich bin ja gleich da», rief sie. Prickelnde Vorfreude durchflutete sie, als sie in den langgezogenen Flur trat und auf Effie zulief, die ihr nervös entgegenblickte.

«Bereit!»

«Was hast du da?» Effie deutete auf die Einkaufstasche, die Marie sich über die Schulter gelegt hatte.

«Ach, dies und das.» Marie unterdrückte ein Grinsen. Sie hatten viel geschafft gestern, aber es blieb noch eine Menge zu tun. Die Feuchtigkeit war nicht das Einzige, was dem Lokal zugesetzt hatte. Heillos heruntergekommen war es und hatte eine Rundumerneuerung bitter nötig. Aber wo anfangen? Bei den Wänden, von denen die uralte Tapete abfiel? Der Decke, deren Malereien wunderschön, aber auch nikotinfleckig waren? Von der Einrichtung ganz zu schweigen, davon war durch die Flut ja sowieso nichts mehr übrig.

Um einen Anfang zu machen, hatte sie ausgelesene Zeitungen und ein Tütchen Waschsoda eingesteckt, das sie in Effies Badezimmer gefunden hatte, zudem ein paar Kerzen. Nachdem ihre Gastgeberin ein Bild von der Lage bekommen hatte, konnte Marie den Rest des Tages damit verbringen, Ordnung zu machen. Eine tiefe Ruhe befiel sie, als sie daran dachte. Seltsam, dass ein Ort ein solches Gefühl in ihr auslösen konnte!

Still liefen sie die Treppen hinunter, traten auf die Straße und bogen wenig später in die Reeperbahn ein, die zu dieser Morgenstunde wieder wie ausgestorben dalag. In Marie stieg Nervosität hoch. Sie wollte Effie heute Morgen nicht nur einen trockenen Boden präsentieren, sondern noch weit mehr. Ob sie der älteren Dame begreiflich machen konnte, was ihrer Ansicht nach noch alles in dem Haus steckte – was man daraus machen konnte, wenn man nur ein wenig Geld und Zeit in die Hand nahm?

Nach zwanzig Minuten Fußmarsch bogen sie ins Dovenfleet ein, und Maries Herz tat einen kleinen Hopser, als das französisch aussehende Häuschen mit den schmiedeeisernen Balkonen vor ihnen auftauchte. Sie bat Effie, sich etwas zu gedulden, schloss die himbeerrote Tür auf, eilte durch den klammen, dunklen Gang zum Tanzsaal und riss die Fenster auf, um den muffigen Geruch zu vertreiben. Dann sah sie sich um, stolz darauf, was sie geschafft hatten: Nicht ein einziger Tropfen ließ das Parkett noch schimmern, und auch wenn es an einigen Stellen aufgequollen war, so hatte es die Flut doch bemerkenswert gut überstanden. Die Wände sahen natürlich scheußlich aus, bis zur Höhe von etwa zehn Zentimetern jedenfalls, aber selbst die Fenster hatten das mehrtägige Bad immerhin gut genug überstanden, um sich noch öffnen zu lassen.

Nicht bedacht hatte sie allerdings, dass sie eine Leiter bräuchte, um die Kerzen in die Kronleuchter zu stecken.

«Verflixt noch mal!», murmelte sie.

Nun fiel ihr wieder ein, dass doch unter einem schwarzen Stoff etwas verborgen war, das sie sich am Samstag noch hatte ansehen wollen, was sie aber glatt vergessen hatte. Sie eilte die Treppen hinauf und zog an dem Stoff. Stück für Stück rutschte er zu Boden. Marie schluckte. Keine Leiter trat darunter zutage, sondern ein Klavier.

Schwarz glänzend und gänzlich unbeeindruckt, wie es schien, von dem, was dem Danzhaus widerfahren war.

Als sie Effie draußen etwas rufen hörte, kam wieder Leben in Marie, die eine Weile stocksteif dagestanden hatte.

«Ich bin gleich so weit!» Ob Effie sie durch die geschlossenen Fenster hindurch überhaupt hören konnte? Noch immer starrte sie das Musikinstrument an, dann atmete sie tief ein und schüttelte den Kopf.

So etwas konnte sie doch wohl kaum das Fürchten lehren – und besonders verwunderlich war es zudem nicht, dass sich eines in einem Ballhaus fand!

Halb unter die Pedale verklemmt, stand ein kleiner Klavierhocker. Damit bewaffnet und jeden Gedanken an das Instrument resolut beiseiteschiebend, lief Marie wieder die Treppe hinab.

Immerhin erreichte sie, wenn sie auf dem Hocker auf den Zehenspitzen balancierte, die untere Lüsterreihe. Wenig später war der Tanzsaal in behagliches Kerzenlicht getaucht, deren Flackern sich in den schmutzigen Fensterscheiben spiegelte.

«Bitte sehr», sagte Marie und trat beiseite, um Effie den Eingang betreten zu lassen. Der schmale Flur, der zum Innern des Ballhauses führte, war wirklich trostlos. Wahrscheinlich müsste sie mit ihm beginnen, andernfalls konnte der Saal selbst so hübsch sein, wie er wollte, doch niemand würde ihn überhaupt betreten wollen, wenn er zuvor durch einen schmalen, düsteren Durchgang musste …

Vor dem Durchgang blieb Effie stehen.

«Ist es scheußlich oder nur schlimm?»

«Sieh nach.»

«Ich wäre gern vorbereitet.»

«Du warst doch am Samstag hier», sagte Marie sanft. «Seither hat sich einiges zum Guten verändert. Glaub mir. Ich hätte dich nicht hergebracht, wenn ...»

Effie ließ sie nicht ausreden, sondern riss die Tür auf und trat dann, leicht taumelnd, wieder einen Schritt zurück. Ein Hoffnungsschimmer ließ ihr Gesicht erstrahlen, und Marie konnte nur eines denken: Dieser Anblick war ihre Erschöpfung mehr als wert! In Effies runzliges Gesicht zu sehen und zu spüren, dass die alte Dame wieder ein bisschen Frieden fand ...

«Gefällt es dir?»

Stumm nickte Effie. Sie schlug die Augen nieder, und Marie hörte ein unterdrücktes Schluchzen. Als sie die Hand ausstreckte, nahm Effie sie und drückte sie fest.

«Magst du mir erzählen, wie es hier ausgesehen hat?», fragte Marie, nachdem sie gemeinsam die Stufen in den Tanzsaal hinuntergetreten waren. «Wo standen die Tische und Stühle? Gab es eine Bar? Welche Musik hast du gespielt?» Sie deutete zur Decke. «Und was ist das?»

Die Farben der Malereien waren verblasst, gelblich von Zigarettenrauch, und die Feuchtigkeit der vergangenen Tage hatte ihnen nicht gutgetan. Doch sie hatten die Flut überstanden, ebenso wie der die gesamte Wand einnehmende Spiegel.

Effie lächelte. «Habe ich dir nicht erzählt, dass das Haus von den Franzosen erbaut wurde? Die haben eben einen seltsamen Geschmack.»

Marie jedenfalls gefiel er.

Da Effie nicht auf ihre Frage einging, stellte Marie sie erneut: «Also, wo standen die Tische? Wie sah es hier aus?»

Effies Augen begannen zu glänzen. «Dort haben die Leute getanzt», sie deutete auf die Mitte des Raumes, «am Rand haben sie gesessen, auf der Empore dort und dort.» Sie deutete auf die Längsseiten des Raumes. «Und dort», sie deutete in die Richtung der Wendeltreppe, «befand sich die Bühne.»

Stumm blickte Marie in den hinteren Bereich des Raums, wo sich die Wendeltreppe emporwandte. Die Tapete, einst sicher elegant mit ihrem verblichenen Jugendstilmuster, wirkte so verschlissen und alt, als habe sie ein halbes Jahrhundert auf dem Buckel. Doch obwohl alles reichlich oll aussah, konnte sie sich nur zu gut vorstellen, wie märchenhaft der Raum einst gewirkt haben musste.

«Erzähl mir von früher», bat sie. «Von der Zeit, als ihr eröffnet habt. Mit wem hast du das Lokal eigentlich betrieben? Auf dem Foto …» Am liebsten hätte sie sich auf die Zunge gebissen, doch dafür war es nun zu spät.

Effies Gesicht verdüsterte sich. Sie wandte sich ab, und Marie fürchtete schon, sie würde nun davonstapfen, doch zu ihrer Überraschung sagte Effie nach einer Weile: «Meiner Freundin Emmeline hat das Danzhus gehört. Und dann hat sie es mir vermacht. Denn dies ist ein Ort, so hat jedenfalls ihre Großmutter festgelegt, an dem kein Mann je das Sagen haben darf.»

«Was für ein Mensch war sie, deine Freundin?»

Effies Züge glätteten sich wieder. Ein wenig schüchtern lächelte sie. «Eine großartige Frau. Eine mit Ideen und klaren Wünschen. So etwas trifft man nicht häufig, auch heute nicht, und ... Ich habe sie sehr geliebt.»

Zu gern würde Marie etwas über diese Emmeline erfahren, doch sie spürte, dass Effie nicht dazu bereit war, mehr zu erzählen.

«Das ist schön», sagte sie daher leise. «Jemanden zu finden, den man wahrlich lieben kann ...»

Effie nickte. Sie trat auf Marie zu und streckte die Hand aus. Unsicher, was ihr ihre Gastgeberin mit dieser formellen Geste sagen wollte, nahm Marie sie.

«Vielen Dank», sagte Effie.

«Gern. Ich ...»

«Wenn es nur ein bisschen auslüftet», unterbrach Effie sie, «kann ich bald wieder öffnen.»

«Aber du hast keine Theke», sagte Marie verblüfft. «Keine Stühle. Eigentlich gar nichts. Und bei den Toiletten weiß ich ehrlich gesagt auch nicht, ob ...»

«Das soll nicht deine Sorge sein. Bitte missverstehe mich nicht, ich bin dir wirklich dankbar und weiß, welche Mühe du auf dich genommen hast. Aber sei mir nicht böse, dass nun ich wieder übernehme. Vielen Dank», wiederholte sie, und in Maries Ohren klang es wie eine Entscheidung, die Effie nicht noch einmal in Zweifel ziehen würde. Sie löste ihre Hand und streckte sie aus. «Würdest du mir die Schlüssel zurückgeben?»

«Natürlich.» Marie musste an sich halten, sich ihre Verletzung nicht anmerken zu lassen, und überreichte Effie den Schlüsselbund. «Aber wenn ich einen Vorschlag machen dürfte ...»

Effie sah nicht so aus, als sei ihr das sonderlich willkommen.

Nichtsdestotrotz nahm Marie all ihren Mut zusammen. Sie deutete auf das behaglich zuckende Kerzenlicht. «Weißt du, dass ich nie einen Ort gesehen habe, an dem man Neues mit Altem so wunderbar verbinden könnte wie an diesem?»

«Was soll das denn nun wieder heißen? Neues mit Altem? Hier gibt es nichts Altes mehr!», polterte Effie schon los, da hatte Marie noch nicht einmal das letzte Wort ausgesprochen. «Das Wasser hat alles mitgenommen.»

«Aber das Haus steht», wandte Marie ein. «Dieses wunderschöne Gebäude. Wenn du ein bisschen Geld hineinsteckst und zum Beispiel neue Tapeten ...»

«Geld, ja?» Effies Augen funkelten zornig. «Was denn für Geld? Meinst du, ich sitze auf einem Koffer voller Scheinchen?»

«Nein.» Zu ihrer eigenen Überraschung blieb Marie ruhig. Zum einen der harten Grandhotelschule sei Dank, doch da gab es noch etwas, nämlich den Glauben daran, dass das, was sie sich in der vergangenen Nacht lebhaft ausgemalt hatte, als sie in Effies Gästezimmer gelegen und in die Dunkelheit gestarrt hatte, ein voller Erfolg werden würde.

Hatte Effie nicht genau das verdient? Ein Danzhus, in dem die Leute tanzten, plauderten, lachten? Und kein langsam vor sich hin rottendes Bauwerk, das niemand mehr besuchte.

«Ich habe ein wenig Geld. Besser gesagt, bekomme ich bald welches. Und das würde ich gern benutzen, um hier etwas frischen Wind hineinzubringen.» Erneut schlug ihr Herz schneller. Sie hatte gewiss nicht erwartet, dass ihre spröde Gastgeberin Luftsprünge vor Freude machen würde, doch dass sie mit ihren Worten Effies Misstrauen erweckte, diesen Anschein hatte es nämlich, damit hatte sie ebenso wenig gerechnet.

«Frischen Wind? Mit deinem Geld? Seit wann hast du es denn so dicke?»

Abwehrend hob Marie die Hände. «Ich bin nicht reich, falls du diesen Eindruck hast. Aber ich erhalte Geld für mein von der Flut zerstörtes Haus, und man könnte hier drinnen doch einiges ...»

«Es ist ein Trugschluss zu glauben, die Dinge würden allein dadurch besser, indem man sie verändert. Behalte dein Geld, du benötigst es dringend genug. Hier wird nichts verändert. Alles bleibt, wie es ist, und damit basta!»

«In Ordnung.» Die Enttäuschung ließ Maries Stimme kehlig klingen. Hatte sie es gänzlich falsch angepackt? Aber wie konnte man mit Effie reden, dass sie es nicht als Angriff verstand? Es war wohl, wie ihr Großneffe gesagt hatte – sie war ein ausnehmend komplizierter Mensch

«Du bist genau wie die anderen», moserte Effie weiter. Sie stand immer noch im Kampfstellung da, die Hände in die Hüften gestemmt. «Ich habe genug von euch. Alles Hyänen, alle miteinander!»

«Jetzt mach aber bitte halblang.» Zorn prickelte in Marie empor. Sie hatte sich die Finger wund geschippt, um das Danzhus trockenzulegen, und wurde zum Dank dafür auch noch beschimpft? «Ich habe dir nur einen Vorschlag gemacht. Falls ich mich missverständlich ausgedrückt habe, tut es mir leid.» Nun, das war allemal gelogen. Ihr tat es gar nicht leid, was sie gesagt hatte – denn was bitte war so Schlimmes daran?

Effie, die sie beobachtet hatte, schien schon wieder ihre eigenen Rückschlüsse zu ziehen.

«Warum wollen nur alle dasselbe?», zischte sie. «Alle strecken die Krallen nach dem Danzhus aus.»

«Was?» Vor Verblüffung verschlug es Marie fast die Sprache. «Du denkst, ich …»

Mit einem Blick, der töten könnte, schüttelte Effie den Kopf. «Ich will das nicht hören. Verstehst du, Marie? Ich will das nicht mehr hören!» Damit stapfte sie an ihr vorbei auf die Stufen zum Flur hinauf und war schon verschwunden.

Verstört und wütend sah Marie ihr nach und hätte zu gerne kräftig gegen etwas getreten.

«So eine blöde …» Sie vervollständigte den Satz nicht, weil sie augenblicklich wieder Mitleid mit Effie empfand. Trotzdem. Sie erwartete gewiss keine übertriebene Dankbarkeit, aber Effies Unterstellungen waren unerhört. Marie hatte Arbeit und brauchte keine zusätzliche, zudem war sie hier, um etwas Gutes zu tun, und nicht … Nun, musste sie sich eingestehen, das war bloß die halbe Wahrheit. Sie war nicht gänzlich uneigennützig hier, sondern vor allem aus dem Grund, weil sie sich nirgendwo je so wohl gefühlt hatte wie hier. Diese Ruhe, die die alten Gemäuer ausstrahlten … Eine Art heiteren Friedens, den Marie nicht besser beschreiben könnte als so: Sobald sie die Stufen hinabtrat und sich in dem hohen, schmalen

Raum umsah, fielen jeder Ärger und fast alle Sorgen von ihr ab.

Sie konnte der alten Dame nicht einmal weiterhin böse sein. Marie zuckte mit den Schultern.

Auch wenn sie Effie den Wischeimer und die alten Zeitungen zum Fensterputzen am liebsten vor die Nase pfeffern würde, war es ihr unmöglich, *nicht* dafür zu sorgen, dass das Ballhaus wieder auf Vordermann gebracht wurde. Sie veränderte ja nichts. Sie machte bloß schöner, was sowieso da war.

Es war, als habe diese Aufgabe seit Jahren schon auf sie gewartet. Ausgerechnet zu putzen. Sie unterdrückte ein Lächeln, und dann fing sie an.

Bei der schmalen Brücke, die zur Speicherstadt hinunterführte, gab es eine kleine ausgetretene Treppe zum Wasser hinab. Dort ließ sie den Eimer volllaufen, stapfte – diesmal mit Wasser darin – zurück und begann, den Schmutz, den die Flut gebracht hatte, fortzuwischen und den Staub zu entfernen, der sich in den Jahren und Jahrzehnten auf Wandintarsien gelegt hatte, wo Effie wohl nie sauber machte.

Anschließend versuchte sie, die schweren Vorhänge, die sie beiseitegezogen hatte, mit dem Besenstiel von ihren Stangen zu hangeln, was erst gelang, nachdem sie sich mehrmals taumelnd auf den Hosenboden gesetzt hatte und schließlich die gesamte Konstruktion mit einem Scheppern zu Boden krachte.

«Verdammt noch mal!»

Ächzend legte sie den Samt zusammen. Er war verfärbt und glanzlos und roch nach altem Wasser, altem

Rauch und altem Schweiß. Marie verzog das Gesicht und wuchtete den kiloschweren Stoff in die hinterste Ecke. Als Nächstes stapelte sie die Möbelreste auf. Hier ein Tischbein, dort abgesplittertes Holz, Nägel, Schrauben, und eine alte Flasche von anno dazumal fand sie auch. Dummerweise hatte sie nicht daran gedacht, einen Müllbeutel mitzubringen; so sammelte sie, was ihr allzu kaputt erschien, in der Ecke vor dem bodentiefen Spiegel.

Erschöpft, aber immer noch nicht willens aufzuhören, sah sie sich um. Der Raum schimmerte und blitzte. Zeit, sich die obere Etage vorzunehmen. Den Eimer mit frischem Wasser befüllt, stieg sie die Wendeltreppe empor, wo sie das Waschsoda auflöste. Verbissen und mit nicht einmal der Idee eines Liedes auf den Lippen rückte sie dann den Fenstern zu Leibe. Wie hübsch sie mit einem neuen Anstrich aussehen könnten, dachte sie, während sie die Scheiben mit den zerknüllten Zeitungen trockenrieb. In Gelb vielleicht. Nein, in Salbeigrün. Und wenn der Holzboden erst einmal abgeschliffen wäre und in der hinteren linken Ecke, dort, wo jetzt das Klavier stand, eine Sitzecke errichtet werden würde – ein paar Polster sollten reichen, vielleicht orientalisch anmutende Bodenkissen –, hätte man doch ruckzuck eine Erweiterung des Tanzsaales.

Sie entsann sich, was Doris gesagt hatte. Ein einziger Gast bloß hatte sich hierher verirrt und war, nachdem er eine Pepsi bestellt hatte, rasch wieder verschwunden. Doch wer wollte es ihm verdenken? Womöglich sprang Effie mit ihren Gästen genauso um wie mit allen anderen.

Als sie sich umwandte, fiel ihr Blick wieder auf das Klavier. Sie trat näher, wagte jedoch nicht, den Deckel zu öffnen. Sie hatte lange nicht mehr gespielt. Wie viele Jahre waren es? Fünfzehn – oder mehr? Und sie hatte es einst so sehr geliebt ….

Zaghaft strich sie über das Holz und hinterließ in dem Staub eine Linie. Warum hatte sie es aufgegeben? Sie hätte sich doch Ernas Worten gegenüber taub stellen können … Ihre Adoptivmutter hatte ein hübsches, feingliedriges braves Mädchen aus ihr machen wollen und wurde wütend, wenn ihr dies wieder einmal nicht gelang. Und dann das Haar und der aufsässige Blick, alles war struppig und nicht so, wie man es von einem Mädchen erwarten durfte. Dazu schmutzige Knie und Löcher in den Strümpfen. *Und wieso, verdammt noch mal, spielst du nicht, Kind?*

Marie holte tief Luft. Ob sie es noch einmal wagen sollte? Was konnte schon passieren, schließlich …

«Hallo?», erklang durch das geöffnete Fenster eine Männerstimme von der Straße hinauf, gefolgt von einem Klopfen. Offenbar stand jemand vor dem Danzhus.

Piet etwa? Ihr Herz tat einen kleinen überraschenden Hopser. Hatte sie schon wieder eine Verabredung vergessen? Mit großen Schritten polterte sie die Stufen hinab. Als sie die Tür aufriss, sah sie blondes glänzendes Haar und das Gesicht von Effies Großneffen. Er grinste sie freundlich an.

«Kennen Sie meine Schuhe und mich noch?»

«Was?», entgegnete sie verdattert.

«Sie haben sich so charmant auf meine Füße gestellt,

dass ich dem Leder eine halbe Stunde lang freundlich zureden musste.»

«Ach so, das.» Sie lächelte widerstrebend. «Entschuldigung.»

«Angenommen. Was tun Sie hier?»

«Ich putze. Und Sie?»

Konstantin Kirchner betrachtete sie nachdenklich. Er trug einen schmal geschnittenen Anzug, der fast exakt die Farbe seiner Augen hatte, die von einem schwarzen Wimpernkranz umrandet waren. Er hatte hohe Wangenknochen und ein klassisch geschnittenes Gesicht, eine prägnante, aber nicht auffällig große Nase, einen vollen Mund und ein leicht hervorspringendes Kinn. «Ich dachte, Effie sei womöglich hier. Zu Hause habe ich sie nicht angetroffen. Wobei es natürlich gut möglich ist, dass sie mir einfach wieder nicht geöffnet hat.»

Nun war Marie doch etwas besorgt, besann sich aber wieder. Effie konnte bestens auf sich allein aufpassen.

Er setzte ein Lächeln auf, das auf Marie wie das eines Filmstars wirkte: ausnehmend strahlend, doch auch ein wenig ... unecht. Oder tat sie ihm unrecht, weil sie durch Effie voreingenommen war?

«Also, mit Sicherheit kann ich Ihnen bloß sagen, dass sie nicht hier ist. Ich bin allein.»

Er nickte nachdenklich. «Sie helfen ihr. Wieso?»

«Weil sie mir hilft. Außerdem tun Freundinnen so etwas nun mal.»

Freundinnen. Das war ihr erstaunlich leicht über die Lippen gekommen. Waren Effie und sie tatsächlich Freundinnen? Eben hatte es sich gewiss nicht so angefühlt.

Erstaunt riss er die tiefblauen Augen auf. «Das Wort habe noch nie gehört, wenn es um Effie ging.» Sein Blick war ... irgendwie seltsam. So intensiv.

«Soll ich Effie etwas ausrichten?», fragte sie.

Statt zu antworten, trat er einfach an ihr vorbei, lief durch den dunklen Flur und streckte den Kopf zur Tür hinein. Nachdem er das Innere des Ballhauses ausgiebig betrachtet hatte, pfiff er anerkennend und taxierte sie wieder mit seinem intensiven Blick.

«Das waren alles Sie?»

«Ja. Vorher sah es ziemlich wüst aus.»

Ein bisschen frech fand sie schon, dass er einfach so hereinplatzte. Sie hatte ihn schließlich nicht hineingebeten.

«Das kann ich mir vorstellen. Aber hören Sie ... Effie ist ja, wie wir beide wissen, ein Sturkopf. Das ist Ihnen doch sicher auch schon aufgefallen, oder?» Da sie nichts darauf sagte, redete er weiter. «Die Sache ist nun die. Effie ist achtzig Jahre alt. Sie wird Ihnen davon womöglich nicht erzählt haben, aber sie hatte vor nicht allzu langer Zeit einen Schwächeanfall. Mitten auf der Straße ist sie zusammengebrochen, hat sich den Kopf aufgeschlagen und wusste für einige Minuten lang nicht, wo sie sich befand und wie ihr Name war. Es muss beängstigend gewesen sein.»

Davon hatte Effie kein Wort verlauten lassen. Nun, das wiederum war kaum überraschend. Effie würde wohl selbst wenn sie sich versehentlich einen Finger absäbelte noch behaupten, es ginge ihr gut, besten Dank und auf Wiedersehen.

«Glücklicherweise war gleich jemand zur Stelle, ein

junger Mann, der ihr aufhalf und einen Arzt verständigte. Der Doktor riet ihr, sich fortan zurückzunehmen. Es ist nicht gesund – und das sind nicht meine Worte, sondern die des Arztes –, jede Nacht zu arbeiten. Noch dazu, wenn sie damit nicht einmal etwas verdient. Es kam ja kaum noch jemand.» Er schüttelte den Kopf. «Ich verstehe wirklich nicht, wieso sie nicht einfach …» Er zuckte mit den Schultern. «Danke jedenfalls, dass Sie sich um sie kümmern.»

Marie runzelte die Stirn. Effie fand in dem, was sie tat, kaum Grund zum Dank. Na ja, jetzt wurde sie ungerecht. Ihre Gastgeberin hatte sich sehr wohl bedankt, erst danach hatte sie sich in einen feuerspeienden Drachen verwandelt.

«Sie sehen ja plötzlich fröhlich aus», sagte Herr Kirchner. Marie spürte, wie sich ihre Wangen röteten, und fand es nicht besonders angenehm.

Nicht dass er nicht einer der attraktivsten Männer war, die sie je gesehen hatte. Aber auch die schönsten Menschen trugen Geheimnisse mit sich herum – sie musste nur an Frau von Boyen denken, um sich dessen zu erinnern –, und Konstantin Kirchner, das fühlte sie, hatte ebenfalls eines.

Fragte sich nur, welches.

Endlich hörte er auf, sie zu taxieren, und ließ den Blick durch den Ballsaal gleiten. Er pfiff noch einmal. «So freundlich und hell – wie haben Sie das nur gemacht?»

Sie zuckte mit den Schultern. «Ich habe nur ein bisschen rumgeräumt. Aber Sie müssen das Ballhaus doch kennen …»

Ein Schatten glitt über sein Gesicht. «Effie mag meine Eltern nicht besonders.»

«Oh.»

«So ist das eben manchmal in Familien. Ich wünschte nur, sie würde mich nicht mit ihnen gleichsetzen. Denn Sie können mir glauben, ich will ihr nichts Böses.»

Ich auch nicht, fügte Marie gedanklich hinzu. Aber sobald es um das Danzhus ging, wurde Effie augenscheinlich blind.

Er schlenderte zum Fenster und beugte sich vor, um besser in den Hof sehen zu können. Beifällig nickte er und wandte sich zu ihr um. «Sie haben wirklich ganze Arbeit geleistet. Das gute alte Danzhus. Es ist ja fast wieder das Schmuckstück, das es einmal war.» Als er ihre Irritation bemerkte, fügte er hinzu: «Leider kenne ich es fast ausschließlich von Fotos.»

«Sie besitzen welche?» Die würde sie zu gern sehen! Es wäre doch viel einfacher, den alten Charme wiederzuerwecken, wenn sie ... Ach nein, wenn es nach Effie ginge, durfte sie weder alten Charme ins Danzhus zurückholen noch sonst etwas verändern. Immerhin war es aber jetzt wieder sauber.

Konstantin Kirchner fischte einen Notizblock aus seiner Jackettasche, «Falls ich etwas für Sie tun kann – oder für meine Großtante, die sich ja im Leben nicht die Blöße geben würde, um etwas zu bitten –, sagen Sie mir Bescheid, ja?» Er kritzelte eine Telefonnummer auf einen Zettel und reichte ihn ihr. «Rufen Sie an, wann immer Sie wollen.»

Zögernd nahm sie die Nummer entgegen, sie wollte ihm gegenüber nicht unhöflich erscheinen.

«Kommen Sie mit hinaus?» Er lächelte charmant und beugte sich ein wenig vor. «Wie wäre es, dürfte ich Ihnen ein Stück Torte spendieren? Oder einen Cocktail, es ist spät genug, würde ich sagen, geht nicht die Sonne schon unter? Was sagen Sie? Ich kenne eine fabelhafte Bar.»

Sie musste sich zusammenreißen, um nicht die Stirn zu runzeln. Sie und dieser Konstantin Kirchner, zusammen in einer Bar?

«Die beste Bar der Stadt befindet sich im Atlantic Hotel», sagte er. «Ich nehme nicht an, Sie waren schon einmal dort, aber ...»

Ihr Lächeln, falls es je da gewesen war, fiel in sich zusammen. «Ich war durchaus schon dort, allerdings, da liegen Sie richtig, nicht als Gast. Ich arbeite im Atlantic. Als Zimmermädchen.»

Sein Gesicht färbte sich feuerrot. «Sie haben mich missverstanden. Ich wollte gewiss nicht sagen, dass ich annehme, Sie hätten ein solches Etablissement ... Sie sind ... Ähm ...»

«Schon gut», beendete sie seine Qual. «So oder so hätte ich Sie nicht begleitet. Ich bin hier noch nicht fertig.»

Verlegen schob er die Hände in die Jackettasche, doch seine Augen begannen schon wieder zu blitzen. «Ich bin ein Blödmann. Ein dummer, eingebildeter Blödmann. Mein Herz ist teerschwarz, und ich wette, das haben Sie von Anfang an gesehen.» Er lachte nun wieder.

Ein wenig schämte sie sich dafür, dass seine Worte ihre Abneigung gegen ihn bröckeln ließen. Zudem war die Vorstellung verlockend, das Atlantic Hotel einmal durch den Haupteingang zu betreten, statt durch den Personaltrakt zu eilen wie sonst, die weiträumige, edel möblierte Lobby zu durchqueren, und das auch noch am Arm eines fraglos ausnehmend gut aussehenden jungen Mannes! Ob der Barchef Herr Mertens sie wohl erkennen würde? Und was war mit Herrn Schilling vom Empfang? Dem würden ja glatt die Augen aus dem Kopf fallen!

«Na, haben Sie es sich anders überlegt?»

«Nein.» Sie lächelte. «Aber vielen Dank für das Angebot.»

Er schien zu überlegen, ob es nicht doch etwas gab, mit dem er sie überreden konnte, aber bevor ihm etwas einfallen konnte, hielt sie ihm die Tür auf.

«Wie Sie möchten.» Immer noch von einem Ohr zum anderen grinsend, trat er in die Dunkelheit des Flures.

Als sie die Außentür zufallen hörte, schüttelte sie, amüsiert über diesen rätselhaften Besuch, den Kopf, lief die Wendeltreppe nach oben, um die Fenster zu schließen, und zog den Stoff über das Klavier.

Sie verspürte eine alte, längst verschüttet geglaubte Sehnsucht. Nach Musik, nach Leichtigkeit, danach, ihre Finger über die Tasten gleiten zu lassen, sie *tanzen* zu lassen. Zugleich war das Instrument für immer mit ihrer Mutter verbunden, die die Musik ins Gefängnis gebracht hatte, weil die Nationalsozialisten Swing und Jazz hassten. Später, viel später hatte Marie von der Hamburger Swingjugend erfahren, die sich vor allem im Alsterpavillon getroffen hatten, um zu tanzen. Mal berühmte, mal weniger berühmte Musiker hatten dort für sie gespielt – jene Lieder, die auch Marie so geliebt hatte.

Sie schluckte. Tränen brannten in ihren Augen, und sie schüttelte den Kopf. Es war nicht gut für sie, hier oben zu stehen.

Abrupt wandte sie sich ab, stolperte die Wendeltreppe hinab und griff nach ihrem Mantel. Nun bloß noch den Eimer mit dem Putzwasser auskippen und die Tür verschließen, dann würde sie zurück in die Schmuckstraße laufen. Mal sehen, ob Effie dort war und ob sie immer noch Feuer spie ... Sie stellte sicher, dass in den Kronleuchtern keine Kerze mehr brannte, und schlüpfte in ihren Trenchcoat, als ihr Blick auf die Terrassentür fiel. Der Griff stand seitlich. Das war nicht richtig, oder?

Sie runzelte die Stirn. Lieber noch einmal nachsehen. Als sie am Griff zog, schwang die Tür auf.

Niemand würde hier einbrechen, beruhigte sie sich. Ihre Hütte in der Wilhelmsburger Kleingartenanlage hatte sie auch nie abgeschlossen, zu stehlen gab es schließlich sowieso nichts. Dennoch wunderte sie sich über sich selbst. Normalerweise passierte ihr so etwas nicht. Oder hatte Konstantin Kirchner die Terrassentür versehentlich geöffnet und dann nicht daran gedacht, sie wieder zu verschließen?

Sie schüttelte den Kopf. Nun, bei so vielen anderen Dingen, an die sie denken musste, war es wohl kein Wunder, dass ihr mal eine Kleinigkeit entgangen war. Das war nun wirklich keine große Sache.

«Jemand zu Hause?» Marie steckte den Kopf in den Flur. Sie war pitschnass und durchgefroren und froh, dass in der Diele Licht brannte. Die Luft jedoch war kühl.

«Effie, bist du da?» Sie klang, nun ja, sie klang ein bisschen sauer, und das war sie ja auch. Auf dem Weg zurück hatte sie zwischen Trotz und überraschenderweise einem Rest von Hoffnung geschwankt. Ob sie Effie nicht doch überreden konnte, zumindest ein winziges bisschen zu verändern?

Jetzt, da Effie ihr nicht antwortete, fiel diese Hoffnung augenblicklich in sich zusammen. Marie seufzte, schlüpfte aus dem Mantel und hing ihn an der Garderobe auf. Ihr Haar war feucht von dem feinen Nieselregen.

Wenn Effie sich nun tatsächlich so verstockt gab und nicht einmal mehr mit ihr redete, blieb Marie eigentlich nicht viel, außer auszuziehen. Irgendwo würde sie schon etwas finden, auch wenn sie den Gedanken daran, dass sich Effies und ihr Weg auf diese Weise trennte, scheußlich fand.

«Effie?», versuchte sie es dennoch erneut.

«Marie», ertönte es da, und Effies Stimme klang so zart und verletzlich, dass Marie vor Schreck kalt wurde.

«Wo bist du?»

«Im Wohnzimmer.»

Auf den nassen Schuhsohlen rutschte Marie mehr, als dass sie lief. Als sie die Tür zum Wohnzimmer aufstieß, schoss ihr im ersten Moment durch den Kopf, dass sich Effie ein seltsames Plätzchen für ein Nickerchen ausgesucht hatte. Sie lag auf der Seite, mitten auf dem glatten Holz, und es sah alles andere als gemütlich aus. Dann dämmerte ihr, dass Effie hingefallen sein musste.

«Bist du gestürzt?»

Statt einer Antwort gab Effie ein Wimmern von sich.

Schon war sie an ihrer Seite und half ihr behutsam, sich aufzusetzen. Das weiße Haar war so platt gedrückt, dass Marie daraus nur folgern konnte, dass Effie seit Stunden so dalag.

«Hast du dir etwas gebrochen?» Besorgt nahm sie Effies schmale Handgelenke in Augenschein.

Mit bestürzter Miene schüttelte Effie den Kopf. «Ich glaube, nicht. Aber ...» Sie schluckte, und Tränen schimmerten in ihren Augen auf. «Ich bin nicht mehr hochgekommen. Das ist mir noch nie passiert. Ich ...»

Für den Moment verkniff sich Marie, Effie darauf hinzuweisen, dass sie erst vor Kurzem auf der Straße gestürzt war. Stattdessen bat sie sie, die Hände und Füße zu bewegen.

«Das geht?»

Effie nickte und wich Maries Blick aus.

«Dann komm, versuch aufzustehen. Aber vorsichtig. Ich bringe dich ins Bett, und dann sehe ich, wie ich einen Arzt auftreibe, der ...»

«Bitte», unterbrach sie Effie kläglich. «Bitte nicht. Bleib bei mir, ja? Es war so scheußlich, allein hier zu liegen.»

«Aber du musst untersucht werden, Effie. Was, wenn du dir den Kopf verletzt hast und ...?»

«Mein Kopf ist mit Sicherheit das Gesündeste an mir», murmelte Effie und fuhr sich mit einer zittrigen Hand über das Haar. «Nein, Marie, wirklich. Bleib. Ich bitte dich, bleib.»

«Darf ich zumindest jemand anrufen?» Konstantin würde sicher wissen wollen, was seiner Großtante widerfahren war.

«Später, ja? Ich …» Sie holte tief Luft. «Ich habe mich dir gegenüber schrecklich benommen, Marie. Ich weiß, dass du mir das Danzhus nicht wegnehmen willst. Bei dem Thema bin ich einfach sehr empfindlich. Es tut mir leid.»

Marie lächelte. Wie könnte sie Effie böse sein? Irgendwie mochte sie ihr aufbrausendes Temperament sogar. Das Spröde, ja auch Launische folgte einer gewissen Verlässlichkeit und war bisher nicht von Dauer gewesen.

«Komm», sagte sie und stützte Effie behutsam, bis sie in deren Schlafzimmer angelangt waren. Als Effie saß und betrübt auf ihre Hände hinabblickte, wollte Marie etwas sagen, doch da klopfte Effie auf den Platz neben sich.

«Magst du dich hersetzen? Und wenn du möchtest, erzähle ich, wie das Danzhus und ich zueinandergekommen sind.»

«Ich dachte, es hat deiner Freundin gehört, und du hast ihr bei der Eröffnung geholfen.»

«Ja, ja, das habe ich. Aber ich wollte dir erzählen, wieso es nun mir gehört. Denn du kannst dir vielleicht denken, dass es nicht immer die glücklichsten Umstände sind, die dazu führen, dass so ein Lokal den Besitzer wechselt. Oder», fügte sie so leise flüsternd hinzu, dass Marie sie kaum verstand, «die Besitzerin.»

Marie setzte sich. Abwartend wandte sie den Kopf und betrachtete Effies klares Profil, das so viel jünger als das einer Achtzigjährigen wirkte. Wahrscheinlich weil es so viel Entschlossenheit spiegelte mit der geraden Nase und den hohen Wangenknochen und weil in Effies Augen immer so viel Gefühl tobte. Sicher hielt das jung.

«Gut», sagte Effie. Sie holte tief Luft. «Lass mich dir aus dem Jahr 1923 erzählen. Da war der Krieg knapp fünf Jahre vorbei, aber das Leben fühlte sich immer noch wie ein Kampf an. Ein Kampf, den besonders Emmeline zu kämpfen bereit war …»

Frieda

Hamburg, Hammer Deich
23. Oktober 1923, 5 Uhr morgens

Kalter Morgennebel stieg aus der Bille empor und kroch über die menschenleeren Gassen. Zwei Straßenecken entfernt glühte in regelmäßigen Abständen ein orangeroter Punkt auf. Effie glaubte den Rauch der Zigarette zu riechen, doch das bildete sie sich womöglich nur ein.

Ihr Herz schlug dumpf und viel zu schnell. Warum in aller Welt hatte sie sich überreden lassen hierherzukommen? Doch sie musste nur den Kopf zur Seite wenden, um den Grund zu wissen. Untergehakt, ein wenig humpelnd, schritt Emmeline über das nachtfeuchte Pflaster. Entschlossenheit glitzerte in ihren Augen. Effie dachte an die Zeit vor vier Jahren zurück. Im Herbst 1919 hatte die Spanische Grippe ihre Freundin doch noch erwischt. Zwei lange Tage und Nächte war sie nicht ansprechbar gewesen, beinahe eine Woche lang hatte sie kaum etwas zu sich genommen. An ihrem Bett wachend, hatte sich Effie vor Angst wie gelähmt gefühlt. Einer verzweifelten Eingebung folgend, war sie, die sich nie zuvor eines Vergehens schuldig gemacht hatte, außer ihren Mann zu verlassen, schließlich in die Apotheke von Herrn Hans Reichler in der Kajenstraße eingebrochen und hatte eine Flasche Aspirin gestohlen. Ob es das Mittel gewesen war, das Emmeline geholfen hatte? Bis heute wussten sie es nicht. Doch darauf kam es ja auch nicht an. Sondern darauf, dass Emmeline nun wieder kampfeslustig an ihrer Seite war. Obwohl sie lahmte, schien es sie wie an einem unsichtbaren Faden voranzuziehen.

Zu beiden Seiten der schmalen Straße erhoben sich drei- und vierstöckige Bauten; hinter den Fenstern war es dunkel, noch schlief die Welt, lange aber würde es nicht mehr dauern, bis die Ersten erwachten. Effie hatte seit drei in der Frühe nicht mehr geschlafen und stattdessen auf Hellys Atmen gehört, aus weit aufgerissenen Augen in die Finsternis gestarrt und sich gefragt, warum um alles in der Welt sie sich von Emmeline hatte überreden lassen, bei dieser Sache mitzumachen.

Während Emmeline und sie die Straße entlangspazierten, warteten die Männer im Dunkel, in den Toreingängen, geduckt hinter Bäumen oder den niedrigen Mauern der Vorgärten. Emmelines Freunde. Oder besser gesagt ihre Mitstreiter im Kampf gegen etwas, das Effie nicht verstand. Hatte sich ihre Freundin nicht stets als Pazifistin bezeichnet? Wieso aber bekam sie nunmehr stets leuchtende Augen, wenn jemand den Namen Ernst Thälmann nannte, wenn es hieß, «Tod dem Kapital»?

Zwei Frauen, die eingehakt die Straße hinabgingen, wirkten unverfänglich, selbst wenn der Morgen noch nicht graute. Und wenn sie interessiert die Anschläge im Fenster der Polizeiwache lasen, würde niemand Gefahr wittern, sondern ihnen bloß einen guten Morgen wünschen und sich in ein Gespräch verwickeln lassen.

Sobald das geschah, würden die Männer in Aktion treten, ohne Geschrei, ohne dass jemand verletzt würde, das hatte Emmeline Effie versichert. Die Männer, die im Dunkeln warteten, planten eine friedliche Revolution. Und die sollte mit der Einnahme einer Polizeiwache beginnen, denn wenn die Polizisten keine Waffen mehr hatten, konnten sie die hungernden Menschen, die Brot stehlen mussten, um zu überleben, auch nicht niederknüppeln, so hatte es Emmeline ihr erklärt.

Das klang einleuchtend. Dennoch war Effie nervös. Was, wenn doch einer der Polizisten schrie und sich wehrte? Wie lange würden die Revolutionäre ihre Friedfertigkeit bewahren, wann die Geduld verlieren?

Wenn alles glatt lief, waren Emmeline und sie zu diesem Zeitpunkt bereits über alle Berge. Dennoch war ihr übel vor Nervosität. Was würde mit Helly geschehen, wenn ihre Mutter im Krankenhaus oder Gefängnis landete? Dreizehn Jahre alt war sie, aber immer noch nicht so weit entwickelt wie ihre Klassenkameradinnen, wenngleich sich der Abstand langsam etwas zu verringern schien.

Eine warme Hand legte sich auf ihre.

«Es wird alles gutgehen», sagte Emmeline beruhigend. «Hab keine Angst.»

Ihre Freundin wirkte ruhig und konzentriert. «Wir haben einen Plan. Wir haben alles besprochen. Nichts wird schiefgehen.»

«Aber ...» Effies Stimme klang wie das Krächzen einer Krähe.

Langsam schüttelte Emmeline den Kopf.

«Deine Entschlossenheit hat einen alten Ballsaal zum Danzhus gemacht», sagte sie. «Du hast ihm seinen Namen gegeben, du hast alle Kraft hineingesteckt, die du entbehren konntest. Ohne dich gäbe es das Danzhus nicht mehr. Und sieh, welche Hilfe du Helly angedeihen lassen konntest, aus eigener Kraft. Siehst du denn nicht, was für eine mutige, starke Frau du bist?»

Effie schluckte. Nein, das tat sie nicht, nicht jetzt jedenfalls. Doch Emmeline hatte recht. Sie hatte das Danzhus in Effies Hände gegeben, und nach einigen Anlaufschwierigkeiten hatte sich das Ballhaus zu einem beliebten Tanzcafé gemausert, wenngleich sie längst nicht so viele Gäste zählte, wie sie es sich wünschte. Oft schien sie allerdings die Einzige zu sein, die das bemerkte. Emmeline hatte nur noch Augen und Ohren für ihre politische Arbeit; selbst ihr Lehrerinnenberuf kam da manchmal zu kurz.

Was das Danzhus betraf, gab es eine Regel zwischen Emmeline und ihr. Weder wurde der Name Werner je genannt, noch sprachen sie über die Herkunft des nicht gerade geringen Geldbetrages, der Effie im Februar des Jahres 1919 erreicht hatte. Es war seine Entschuldigung, nahm sie an. Seine finale Reue. Vielleicht hatte er eingesehen, dass er dieses Mal selbst für sein Verständnis zu weit gegangen war, dass er die Kontrolle verloren und Impulsen gefolgt war, die ein sonst stets kühler Kopf wie er als animalisch bezeichnen würde. Ob ihn das dazu getrieben hatte, ihr mehr zu schicken, als sie je erwartet hätte?

Das Geld zu erhalten, hatte nichts in ihr ausgelöst. Sie war wie taub bei allem, was Werner anging. Doch ihr war wichtig gewesen, es gut anzulegen. Für sich. Für Helly. Für Emmeline. Endlich hatte sie ihre Stelle als Postbotin aufgeben können, und das Danzhus war erblüht, nachdem sie Musiker engagiert und sogar Annoncen im Umland geschaltet hatten, woraufhin auch Gäste aus Buxtehude, Stade oder sogar aus Hannover kamen. Noch wunderbarer aber fand Effie, dass sie Helly nun einen Gesangslehrer bezahlen konnte. Dort lernte sie, mit ihrer Stimme umzugehen, vielleicht auch die Feinheiten eines Zungenschlags ... Nun, das wusste Effie nicht genau. Ein erster Lehrer hatte schon nach einem Jahr frustriert das Handtuch geworfen. «Sie singt ja nicht, sie summt nur», hatte er gezischt, «ich aber unterrichte Gesang. Was also wollen Sie von mir?»

Den zweiten Lehrer gab es noch, wenngleich Effie nicht wusste, ob er Fortschritte verbuchen konnte oder sich eine Stunde pro Woche eisern von Helly ignorieren ließ. Immer noch fiel es Helly schwer, ein Gespräch zu führen, bei dem man einander in die Augen blickte und Fragen stellte sowie antwortete. Nichtsdestotrotz verbesserte sich ihre Aussprache, und auch wenn Helly nicht wollte, dass jemand bis auf ihren Lehrer sie singen hören durfte, so hatte sie vor der Klasse jüngst ein Gedicht vorgetragen.

Ein Gedicht, vor der gesamten Klasse! Ja, allein das ließ Effie hoffen. Sie war heilfroh, dass sie Werner damals geschrieben hatte, auch wenn es ihr so schwergefallen war. Ob er sich schämte, dass er dies eine Mal so sehr die Contenance verloren hatte? Nie zuvor hatte er sich selbst schließlich derart vergessen. Doch wie dem auch war, er hatte ihr Geld geschickt, und sie hatte es angenommen und sich fortan jeden Gedanken daran verboten, was sie dafür hatte erdulden müssen.

«Es war deine Entschlossenheit», flüsterte Emmeline erneut. «Und deine Entschlossenheit führt uns genau hierher. So können wir nicht weitermachen. Das Geld quillt aus unseren Taschen und ist nichts mehr wert. Was denkst du, wie es zu Jahresende aussieht? Dann kostet ein Brot nicht mehr nur vierzehn Millionen Mark, sondern Trillionen!»

Effie schluckte.

«Die Arbeiter schuften vierzehn Stunden am Tag, und trotzdem können sie ihre Familien nicht ernähren.» Beschwörend senkte sie die Stimme noch weiter. «Es ist nicht recht, Effie. Es ist einfach nicht recht.»

Effie blickte in Emmelines Augen. Ihre Freundin teilte mit ihnen, was sie hatte: ihre Wohnung, ihre Zeit, wenn sie sich abends, während Effie im Danzhus war, um Helly kümmerte, ja ihr ganzes Leben. Wie könnte Effie ihr nicht helfen?

«Brot und Freiheit», wiederholte Emmeline den Tenor der Arbeiter, die drei Tage zuvor die Bannmeile rund um das Rathaus gestürmt hatten.

Effie nickte. Ihre Beine waren so schwer, als habe jemand Tausend-Kilo-Gewichte daran befestigt.

Seit dem Durchbrechen der Zäune am Rathausmarkt herrschte Aufregung in der Stadt. Die aufgeheizte Stimmung erinnerte an den Krieg und doch wieder nicht: Nachts wurde so wie früher patrouilliert, heute jedoch waren es junge, einigermaßen gut genährte Männer und nicht mehr die halb verhungerten Kriegsversehrten und Frauen, die um die Häuser schlichen. Sie trugen Uniform, und sie waren zu allem bereit, die Massen in ihre Schranken zu weisen.

Eng aneinandergedrückt näherten Emmeline und Effie sich der Polizeistation. Neben der Tür des Reviers waren Plakate angebracht. Fahndungsaufrufe, die die beiden Freundinnen nun eingehend betrachteten. Effie nahm gar nicht auf, was sie da las, viel zu sehr war sie damit beschäftigt, die Ohren zu spitzen und darauf zu achten, welchen Weg der Polizist, der gerade aus der Tür kam, einschlagen würde. Er ging allerdings überhaupt nicht weiter, sondern blieb, die Hände hinter dem Rücken gekreuzt, neben ihr stehen. Ein weiterer Polizist gesellte sich hinzu, auch er so behäbig, als begäbe er sich zur Nachtruhe ins Bett.

Aufmerksam sah er sie an. Ihr Herz wummerte. Das Blut rauschte in ihren Ohren. Wo blieben die Männer? Warum kamen sie nicht aus ihrem Versteck?

Die Handtasche, die sie über ihrer linken Schulter trug, rutschte ein Stück hinunter. Mit zitternden Händen schob sie sie wieder hinauf, starrte auf das Fahndungsplakat, atmete zitternd ein und aus und hoffte, der Polizist bemerke es nicht.

Da erklangen hinter ihnen Schritte. Nun kamen die Männer, um die Revolution anzustoßen. Das Geräusch Dutzender Sohlen, die über das Pflaster klapperten. Effie wirbelte herum. Im selben Augenblick riss ein Mann, der die Schiebermütze tief in die Stirn gezogen hatte, einen Stock unter seiner Jacke hervor und begann auf die Polizisten einzuprügeln. Andere strömten an ihnen vorbei ins Innere der Polizeistation. Effie wurde beiseitegedrängt, hob die Hand, um nach Emmeline zu greifen, bekam aber nur einen Hemdsärmel eines der Kerle zu fassen, der sich unwirsch losmachte.

«Emmeline!», keuchte sie und versuchte, in der Menge ihre Freundin auszumachen. Unzählige Männer kamen hinzu, einige kannte sie durch Emmeline, weitere und weitere schossen aus den Nebenstraßen und Toreinfahrten. Einer nach dem anderen hastete ins Innere des Reviers, aus dem nun Schreie laut wurden, dann das Krachen von Holz.

Effie spürte, wie sich ihr Herzschlag beschleunigte. Mit einer friedlichen Revolution hatte das hier nichts gemein.

Endlich erblickte sie Emmeline, die humpelnd auf sie zueilte, die Augen vor Furcht aufgerissen.

«Wusstest du, was sie vorhatten?», fragte Effie.

«Nein. Ich wusste nicht mehr, als ich dir gesagt habe.»

«Komm», rief Effie und krallte die Finger in Emmelines Jackenärmel, «schnell!» Sie mussten weg, und zwar sofort.

Doch Emmeline war wie erstarrt. Sie rührte sich nicht von der Stelle. Erst als ein ohrenbetäubender Knall ertönte, kam endlich Leben in sie, und sie folgte Effie, die sich ihren Weg durch die wimmelnden Arbeiter und Kommunisten die Gasse hinab bahnte.

Wieder ertönte aus dem Innern der Wache ein Knall. Ein Schuss, korrigierte sich Effie in Gedanken. Im Innern der Station wurde geschossen!

Im Schutz einer Litfaßsäule blieb Emmeline stehen. «Lauf vor.»

«Auf keinen Fall.»

«Geh ohne mich, Effie. Helly wartet auf dich. Ich bin zu langsam.»

«Ich kann dich doch nicht hierlassen!»

«Ich komme doch nach. Außerdem sind das meine Leute. Sie werden sich um mich kümmern.»

«Nein!»

Beschwörend sagte Emmeline: «Ich kann nur humpeln, nicht rennen. Du gehst. Sofort. Falls dir etwas passiert, werde ich mir das nie verzeihen. Wir treffen uns im Danzhus, wie vereinbart.»

«Aber ich m...»

«Ich habe dich dazu überredet. Nun gib mir wenigstens so viel Frieden, ja? Mir geschieht nichts. Und wenn wir erst in Sicherheit sind, werde ich mit den Kerlen ein Hühnchen rupfen.»

Mit einem Mal sah sie wieder so kämpferisch aus, dass Effie ihr jedes Wort glaubte.

Aus der Richtung, in der das Revier lag, waren immer noch Kampfgeräusche zu hören.

«Geh!»

«Was soll das heißen, sie ist nicht hier?» Effies Stimme überschlug sich fast vor Angst, als Ole ihr verkündete, dass Emmeline auch drei Stunden nach dem Aufruhr nicht im Danzhus eingetroffen war. Effie selbst war von der Polizeistation aus direkt nach Hause geeilt, um Helly zu wecken. Ihr Herz hatte sich angefühlt, als explodiere es, als sie ihre verschlafen aussehende Tochter angeblickt hatte, die in den vergangenen Monaten in die Länge geschossen war. Wie eine Giraffe sah Helly nun aus, so schmal und feingliedrig, und ihr Gesicht, das früher so seltsam erschienen war mit seinen viel zu großen Augen, der Knubbelnase und dem breiten Mund, wurde von Tag zu Tag schöner. Eine eigentümliche Eleganz hatte darin Einzug gehalten, die Effie beklommen machte. Der Körper einer Giraffe, dachte sie manchmal, der Kopf eines Rehs.

So eilig es ging, hatte sie ihre Tochter zur Schule begleitet und war anschließend zum Dovenfleet gelaufen, betont langsam, als spaziere sie – eine Frau in ihren besten Jahren, die die Oktobersonne genoss. Und dann, als sie sicher sein konnte, dass niemand ihr gefolgt war, war sie die Stufen zum Ballsaal heruntergestiegen, in der Annahme, hier auf ihre Freundin zu treffen. Doch nur Ole hatte sie erwartet.

«Aber ...»

Emmeline müsste es in dieser Zeit doch längst hierhergeschafft haben!

Oles Stirn bedeckte ein feuchter Film. «Sie ist nicht hier», wiederholte er langsam.

Effie biss sich auf die Unterlippe und schüttelte den Kopf. «Sie wollte, dass ich zuerst gehe.»

«Und das hast du zugelassen?»

Tränen schossen in ihre Augen, als sie nickte. Er hatte ja recht! Emmeline war schwach auf den Beinen. Jeden Groschen, den sie als Lehrerin verdiente, reichte sie mit glänzenden Augen an die Vereine weiter. Sie hungerte, obwohl sie genug Geld hätte, um sich zumindest eine anständige Mahlzeit am Tag zu leisten. Und dann noch das lahmende Bein, das ihr die Spanische Krankheit hinterlassen hatte.

Ole bewegte weiter die Lippen, ohne jedoch etwas zu sagen. Mehr denn je ähnelte sein Gesicht einem Totenkopf mit der riesigen Stirn und den tief in ihren Höhlen liegenden Augen. Plötzlich brach es aus ihm heraus: «Wie konntest du sie allein lassen? Ihr hättet zusammenbleiben sollen!»

Effie verteidigte sich nicht. Stattdessen stellte sie sich ans Fenster und hoffte mit jeder Minute, die verstrich, drängender und verzweifelter, Emmeline um die Ecke biegen zu sehen. Irgendwann wandte sie sich wieder um. Ole stand noch dort, wo er geblieben war, mit herabhängenden Schultern.

Emmeline hatte ihr versprochen nachzukommen. Und Emmeline hielt, was sie versprach.

Als jemand an die Tür hämmerte, zuckte Effie zusammen. Ole war schon aufgesprungen. Eilig folgte sie ihm in den Flur. Als er die Tür aufriss, standen zwei Gestalten vor ihnen, mit einer weiteren, die sie in der Mitte stützten. Vor Schreck hielt Effie die Luft an. Emmeline wirkte zart und leblos wie eine Puppe. Ihr Kopf war auf die Brust gefallen, das dunkle Haar fiel ihr über das Kleid. Das Scharren ihrer Fußspitzen, während die Männer sie in den Ballsaal zogen, erschien Effie das schrecklichste Geräusch, das sie je gehört hatte.

Sanft legten die Hünen ihre Freundin auf dem Parkett ab, wo sie, die Augen geschlossen und totenblass, in gekrümmter Haltung lag. Atmete sie noch? Effie sank in die Knie und hielt ihr Ohr an Emmelines Mund. Ein zartes

Geräusch war zu hören, und sie spürte auch Emmelines Wärme.

Tränen der Erleichterung in den Augen, setzte sie sich auf. Die beiden Männer warfen ihr flehende Blicke zu. Sie trugen die Schiebermützen tief in die Stirn gezogen, zwischen ihren Lippen klemmten erloschene Zigarettenstummel. Schwarz war ihre Kleidung, als gingen sie zu einer Beerdigung. Ihre Finger waren rußig, nein, nicht rußig, brombeerrotes Blut klebte darauf. Und etwas helleres Blut, sah sie, als sie wieder den Kopf wandte, sickerte aus Emmelines Brust.

«Es ist schiefgegangen», sagte der eine mit heiserer Stimme. «Es ist verdammt noch mal schiefgegangen.» Sein Gesicht war schmerzverzerrt. «Ich sage Hans Bescheid. Er kennt einen Arzt. Macht, dass sie aushält, vielleicht kann er noch etwas für sie tun.»

In diesem Moment wich alles Blut aus dem Gesicht ihrer Freundin. Mit einem Mal wirkten ihre Lippen spröde und so, als könne sie sie nur unter Aufbietung aller Kraft bewegen. Effie beugte sich zu ihr hinab, spürte den zarten Atem Emmelines auf ihrer Haut, hörte sie leise keuchen.

Sie war so bestürzt, so traurig und verzweifelt, dass sie keinen Platz für mehr Empfinden hatte. Nur eine Weigerung, die spürte sie. Eine Weigerung, daran zu glauben, dass es Emmeline womöglich diesmal nicht schaffen würde.

Die beiden Kerle polterten hinaus, als wäre der Teufel hinter ihnen her.

Eine gewaltige Stille tat sich auf. Ole starrte sie an, als

läge es an ihr, etwas zu tun. Doch mehr und mehr sickerte die Einsicht durch, dass es nichts mehr zu tun gab, dass alles Hoffen, alles Wünschen vergebens war.

Ein Zittern befiel Effies Körper. Von den Füßen zu den Beinen, dann hinauf zur Brust. Sie spürte, dass es nicht mehr Not tat, sich zu ihrer Freundin hinunterzubeugen. Sie wusste auch so, dass sie keinen Atem mehr spüren würde. Und dann war ihr, als verschlucke ein dunkles, riesenhaftes Loch jedes Leben im Raum.

Effie schloss die Augen und fiel ins Bodenlose.

«Mama.»

«Ja, Spatz?»

Es kostete sie Mühe, ein Auge zu öffnen. Das andere blieb zu, dennoch gelang es ihr trotz des Dämmerlichtes, ihre Tochter zu erkennen, die sie mit besorgtem Blick ansah. Es dämmerte. Wurde es Tag oder Nacht? Und wie lange hatte sie geschlafen? Seit Emmelines Tod vor vier Wochen war es ihr schwerer und schwerer gefallen, aufzustehen, und so ließ sie es nun bleiben, wann immer sie konnte.

Vor dem Fenster schwebten die Schneeflocken, beinahe verschluckt vom dunkelgrauen Himmel. Sicher war es noch mitten in der Nacht. Wieso in aller Welt weckte Helly sie so früh?

«Ich ...», begann Helly und wandte den Blick ab. Blinzelnd wartete Effie, ob sie weiterreden würde. Wenn sie sich nur nicht so neblig im Kopf fühlen würde! Es gab nur eines, was dagegen half: wieder die Augen schließen und ins Nichts zurückfallen, das ihr so tröstlich erschien.

«Mama», sagte Helly erneut. Sie hatte das Gesicht halb abgewandt und den Blick auf den Fußboden geheftet.

«Ja?», erwiderte Effie müde. «Was ist denn?»

«Zeigen.» Helly holte tief Luft und sah aus, als sammele sie alle Kraft und Konzentration, die sie aufbringen konnte. «Ich. Will. Dir ...» Noch einmal sog sie die Luft ein. Ihre Augen leuchteten verzweifelt. «Ich will dir etwas zeigen.»

Ungläubig sah Effie sie an. Sie war derart daran gewöhnt, dass Helly für jeden Satz mindestens das Dreifache an Zeit benötigte wie andere Menschen, dass ihr die eben gesprochenen Worte pfeilschnell vorkamen.

Obwohl die Müdigkeit in jeder Faser ihres Körpers steckte, rappelte sie sich auf. Ihre Glieder waren schwer wie Blei, dennoch gelang es ihr, sich auf den Beinen zu halten, und auch der Schwindel, der in der letzten Zeit regelmäßig wiederkam, verflog nach ein paar Minuten.

Hellys schmale, warme Hand legte sich in ihre, nachdem sie ihre Mäntel übergezogen hatten. Als sie auf die Straße traten, revidierte Effie ihre Annahme, dass es früher Morgen sein musste. Zu geschäftig wirkten die Leute im Kornträgergang wie auch in der Wexstraße, die auf den Großneumarkt zuführte. Es musste vier Uhr am Nachmittag sein, vielleicht schon fünf.

Wohin Helly sie führte, war nicht schwer zu erraten. Ihre Tochter spazierte nicht einfach in der Gegend umher, sie war nicht gern draußen und verlief sich sogar auf dem Weg von der Schule nach Hause regelmäßig. Die Strecke zum Dovenfleet aber fand sie im Schlaf.

Still und dunkel lag das Danzhus im Winterlicht. Hier

am Fleet war von dem Treiben nicht viel zu bemerken. Am Himmel zogen die Möwen ihre Bahnen, unbeeindruckt vom Schneefall, der stärker und stärker wurde. Effie kniff die Augen zusammen. Es sollte ihr guttun, an der Luft zu sein, doch sie wollte bloß eines: sich wieder in ihrem Bett verkriechen. Früher hatte sie den Winter geliebt, nun erschien er ihr nur trostlos, kalt und grau.

Die Tür des Danzhus war unverschlossen. Allein den dunklen, schmalen Flur zu sehen, durch den die Männer Emmeline geschleift hatten, trieb Effie Tränen in die Augen. Seither war sie nur zweimal hier gewesen, obwohl ihr Emmeline das gesamte Haus vermacht hatte. Freuen darüber konnte sich Effie nicht. Nicht jetzt. Nicht so früh.

Knarrend öffnete sie die Tür zum Tanzsaal und gab den Blick auf die hin und her schwankenden Kronleuchter frei. Darunter hatten sich sicher zwanzig Leute versammelt, die ausgenommen elegant wirkten. Keine der Damen trug die kurzen Seidenkleider der Saison. Stattdessen hatten sie sich so ausstaffiert, als ginge es zu einem Ball im Atlantic Hotel, mit blumengeschmückten Hochsteckfrisuren, weit gebauschten Kleidern, die Herren trugen Smoking.

Baff ließ Effie den Blick über sie schweifen. Hatten sie sich verlaufen? Und falls nicht – wieso standen sie so still, als wären sie Statisten in einem Theaterstück, bei dem auf die Ankunft der Heldin gewartet wurde?

Ihr Blick fand Oles, der am anderen Ende des Saals stand und ihr verschwörerisch zugrinste. Oder nein, sein Grinsen galt gar nicht ihr, sondern Helly, die mit einem

Mal so hibbelig wirkte, als krabbele ein Ameisenstamm ihre Arme hinauf.

«Was …?», wandte sich Effie an ihre Tochter, doch die schüttelte mit angespannter Miene den Kopf.

«Warte», sagte sie. In ihren Augen loderte eine Entschlossenheit, die Effie gar nicht von ihr kannte.

«Gut», murmelte sie. «Ich wüsste ja nur gern, was …»

Aber da hatte sich Helly schon in Bewegung gesetzt und eilte die Stufen hinauf. Was sollte all das?

Erneut ließ Effie den Blick über die Anwesenden streifen, die sie mit freudigem Interesse ebenfalls musterten.

«Guten Tag», brachte Effie verlegen vor, der urplötzlich einfiel, dass sie sich seit Längerem nicht mehr die Zähne geputzt hatte. Auch musste ihr Haar scheußlich aussehen. War sie wenigstens angezogen? Prüfend blickte sie an sich hinab. Ja, wenigstens das, wenngleich man von Eleganz kaum sprechen konnte.

«Wie geht es dir?», fragte Ole, der plötzlich neben ihr stand.

Statt zu antworten, wollte Effie lieber wissen, was in aller Welt hier los war

«Warte ab.»

«Sag mir wenigstens, wer diese Leute sind.»

«Warte ab», wiederholte Ole und zwinkerte ihr zu.

Wie konnte er nur so froh aussehen? Doch sogleich korrigierte sie sich in Gedanken. Ole sah alles andere als fröhlich aus, sein Gesicht wirkte noch verhärmter, grau und steinern, und doch war wenigstens etwas Leben in ihm, und er stand auf zwei Beinen und schwankte nicht wie früher so häufig.

Ob er Emmelines Tod besser verkraftete als sie? Nicht dass sie zuvor die Kraft gefunden hätte, sich um ihn zu sorgen, doch nun kam ihr der Gedanke, dass er entgegen aller Wahrscheinlichkeit nicht noch energischer als zuvor zur Flasche gegriffen haben konnte. Zumindest roch er nicht so.

Sie sollte seinem Beispiel folgen. Sie ließ sich gehen, und das war ungerecht ihrer Tochter gegenüber. Wo steckte sie nur?

Eine Tür knarrte. Im Rahmen erschien eine schmale Gestalt. Effie blinzelte ungläubig. Niemand außer Helly konnte es sein, dennoch fiel es Effie schwer, ihre Tochter in dem Wesen wiederzuentdecken, das nun langsam die Stufen hinablief. Ihr moosgrünes bis zu den Knien reichendes Kleid schimmerte im Kerzenlicht und passte, als sei es ihr auf den Leib geschneidert worden. Berückt, aber zugleich vollkommen verwirrt starrte Effie sie an. Um den Kopf trug sie ein Seidenband – jenes, das ihr Ole einst geschenkt hatte? Kokett wippte eine Feder darin. Ihre Füße steckten in glänzenden Sandalen, die ihr mehr als nur eine Nummer zu groß waren.

Woher mochte all das bloß stammen? Hitze schoss Effie ins Gesicht, als sie überlegte, ob Helly es womöglich gestohlen hatte.

Als könne er ihre Gedanken erraten, beugte sich Ole zu ihr und flüsterte: «Eine Leihgabe der Dame hinten rechts.»

Suchend sah sich Effie um und blickte in das Gesicht einer älteren Frau, die aussah, als habe sie in ihrem Leben niemals Geldsorgen gekannt. Wer war sie, und wie kam sie dazu, ihrer Tochter Kleider zu geben? Müsste sie da nicht erst die Mutter um Erlaubnis fragen?

Auf der anderen Seite sah Effie ein, dass sie als Mutter in den vergangenen Wochen wenig getaugt hatte. Womöglich hatte Helly sogar mit ihr darüber gesprochen, und Effie hatte es gar nicht aufgenommen.

Lächelnd lief Helly an ihnen vorüber. Sie bewegte sich grazil und wirkte ganz und gar nicht mehr, als nähme sie die Außenwelt nicht wahr. Den Kopf hocherhoben, den Hals gereckt, lächelte sie, als sie die Blicke der Gäste bemerkte.

Verwundert fragte sich Effie, ob sie träumte.

Im hinteren Teil des Ballhauses, neben dem Klavier, blieb Helly stehen und nickte Ole zu, der sich grinsend in Bewegung setzte. Er nahm auf dem Hocker Platz, klappte den Deckel hoch und sah zu Helly, die erneut knapp nickte.

Er begann eine beschwingte Melodie zu spielen, und Helly holte tief Luft.

Effies Herz klopfte bis zum Hals. Was, wenn Helly nur summte – würden die Gäste nicht arg enttäuscht sein? Erschrocken über diesen Gedanken, schalt sie sich. Und *wenn* Helly bloß summte. Sie summte wunderbar, und selbst wenn die Leute anschließend hinter vorgehaltener Hand über sie redeten, gab es doch nichts, was Effie glücklicher machen könnte. Helly, die alle Blicke auf sich zog und sich nicht versteckte – war etwa allein das nicht des Feierns und Jubelns wert?

Doch dann öffnete Helly den Mund und begann tatsächlich zu singen. Mit Worten und einer Melodie und allem Drum und Dran, und sie klang ... Erschüttert stellte Effie fest, dass ihr dafür die Worte fehlten. Eiskalt lief es ihr in den Rücken hinunter, zugleich wurde ihr warm. Hellys Stimme klang, als käme sie aus den Tiefen des Weltalls. Tief und weich. Als habe sich alles Gefühl der Menschheit versammelt und in ihr Herz gelegt.

Wenn die Nacht sich niedersenkt, auf Flur und Halde,
manch ein Liebespärchen lenkt den Schritt zum Walde.
Doch man kann im Walde zu zwein sich leicht verirren.
Deshalb, wie Laternen klein, Glühwürmchen schwirren.

Effie schluckte. Sie bemerkte den Blick, den Ole ihr zuwarf, sah seine leuchtenden Augen und war plötzlich mit so viel Stolz erfüllt, dass sie zu platzen glaubte. Aber auch mit so viel Trauer! Es war dumm, so zu empfinden, schließlich war sie doch vor allen Dingen unglaublich stolz auf ihre Tochter. Dennoch spürte sie, dass Helly von nun an ihren eigenen Weg einschlagen würde. Sie war nicht länger das schüchterne Kind, das niemandem in die Augen blicken wollte. Sie war *da*. Ganz und gar.

«Glühwürmchen, Glühwürmchen, flimmre, flimmre, Glühwürmchen, Glühwürmchen, schimmre, schimmre», sang sie weiter.

Erst jetzt bemerkte Effie, dass die Damen und Herren hinter ihr über das Parkett zu tanzen begannen. Mit glücklichen Gesichtern wiegten sie sich im Takt der Melodie im Kreis, und Hellys Stimme umfasste sie wie bei einer innigen Umarmung.

Als der letzte Ton verklang, brandete Applaus auf.

«Zugabe!»

«Wie wundervoll», seufzte eine Dame mit einem grellroten Filzhut auf dem Kopf. «Wie außergewöhnlich. Als höre man einem Engel beim Singen zu.»

Ergriffen senkte Effie den Blick. Sie war so voll Trauer um Emmeline, doch etwas anderes stahl sich hinein. Mit einem Mal fühlte sie sich wieder dem Leben zugewandt. Als Beobachterin vorerst, denn nichts konnte sie sich weniger vorstellen, als zu lachen und zu tanzen, doch immerhin konnte sie erahnen, dass die Dunkelheit womöglich weichen würde. Und Helly, Helly war das Licht. Ihr Glühwürmchen, das im Dunkel glomm.

«Mehr, bitte», rief ein Herr von hinten, und Helly strahlte und strich über die Feder in ihrem Haar.

Wieder öffnete sie den Mund, und als ihre dunkle samtene Stimme erneut den Raum erfüllte, war es Effie, als leuchte nicht mehr nur ein Glühwürmchen. Nein, ein Stern funkelte am dunklen Firmament.

9

Hamburg-Sankt Pauli
Donnerstag, 1. März 1962

So geht es nicht, Fräulein Hansen. So. Nicht.»

Es war früher Donnerstagmorgen. Das Büro ihrer Vorgesetzten war kaum beleuchtet, und Marie blinzelte müde in die Dunkelheit. Sie würde Fräulein Körber darum bitten, in der kommenden Woche die späten Schichten übernehmen zu dürfen. Es war schwer, um halb sechs aus dem Bett zu kommen, wenn man erst um zwölf hineingekommen war. Weil sie Effie nicht allein lassen wollte, hatte sie den ganzen gestrigen Tag in der Schmuckstraße verbracht, war allerdings abends noch zum Danzhus geeilt, um nach dem Rechten zu sehen. Der Besuch von Effies Großneffe, vor allem aber die geöffnete Terrassentür hatten ihr keine Ruhe gelassen. Doch es war still gewesen in dem Ballhaus, still und kühl und irgendwie traurig, vor allem als sie darüber nachdachte, was Effie ihr über Helly erzählt hatte.

Im Dunkeln hatte sie glatt geglaubt, sie vor sich zu sehen. Und sie singen zu hören, auch wenn es schwer war, sich ihre Stimme vorzustellen, die so besonders geklungen haben musste.

«Verstehen Sie, was ich sagen will, Fräulein Hansen?» Fräulein Körbers erzürnte Stimme brachte sie ins Hier und Jetzt zurück.

«Ja, natürlich.» Und nach einer Pause: «Nein, um ehrlich zu sein, nicht.»

«So geht es nicht. Eine private Kontaktaufnahme ist Ihnen in diesem Hause strengstens untersagt!»

Vergeblich versuchte sich Marie einen Reim auf Fräulein Körbers Worte zu machen.

«Ich muss gestehen, ich weiß nicht, wovon Sie sprechen», sagte sie schließlich, da sie mit ihren Gedanken einfach nicht weiterkam.

«Sie dürfen mit unseren Gästen keinerlei freundschaftliche oder wie auch immer geartete Kontakte pflegen. Da kommt nur Gerede auf. Und schon heißt es, hier verkehre das Personal auf unanständige Weise mit den Gästen, und ich sage es Ihnen ganz ehrlich, in einem solchen Hause möchte ich nicht arbeiten.»

Von wem in aller Welt redete Fräulein Körber nur? Private Kontakte? Sie plauderte doch immer nur mit dem Pförtner und ihren Kolleginnen. Auch Frau von Boyen konnte unmöglich gemeint sein. Piet allerdings ... Nein, Unsinn. Woher sollte Fräulein Körber wissen, dass er ihr beim Trockenlegen des Ballhauses geholfen hatte?

«312.» Fräulein Körber runzelte erneut die Stirn. «Wieso fragt der Gast aus der 312 an der Rezeption nach Ihnen? Und er kennt Ihren Namen? Woher könnte er ihn nur wissen, wenn Sie, wie ich voraussetze, keinerlei Privates miteinander teilen.»

Irritiert fragte sich Marie, ob Fräulein Körber wohl

große Augen machen würde, wenn sie ein bisschen aus dem Nähkästchen plaudern würde. Wie viele männliche Gäste hatten sich ihr schon mit ziemlich eindeutigen Absichten genähert. Und zählte zu Privatem eigentlich auch, einen heimlichen Liebhaber, so wie Gott ihn geschaffen hatte, im Schrank zu entdecken?

Nun, so etwas wollte Fräulein Körber bestimmt nicht hören. Schuld war schließlich stets das Personal. Nie der Gast, und wenn er noch so unbekleidet war.

«Sie wissen», fuhr die Hausdame mit gepresster Stimme fort, «dass wir derlei nicht dulden. Dies ist ein ehrenwertes Haus mit einem eindeutigen Kodex. Falls er Ihnen entfallen ist, erinnere ich Sie gern.»

Bitte, gern, dachte Marie und sprach in Gedanken mit. *Wir begegnen unseren Gästen mit professioneller Distanz.*

«Wieso also hat dieser Herr Ender nach Ihnen gefragt?»

«Ich kann Ihnen den Grund nicht nennen», sagte Marie. «Und zwar, weil ich bis gerade eben nicht einmal wusste, dass er nach mir gefragt hat. Wonach hat er sich denn erkundigt?»

«Er wollte Ihre Telefonnummer», sagte Fräulein Körber schmallippig. «Was, verzeihen Sie mir, falls ich zu weit gehe, doch *ausnehmend* privat wirkt.»

Dem musste Marie zustimmen. Wieso hatte Piet nach ihrer Telefonnummer gefragt? Er hätte doch einfach ins Danzhus kommen können. Auf der anderen Seite war sie gestern nur kurz dort gewesen, und das zu reichlich später Stunde.

Unmöglich aber, dass sie verabredet gewesen waren. Nein, sie hatten gar nicht darüber geredet, ob sie einander wiedersähen, was einerseits seltsam war, doch am vergangenen Montag war einfach zu viel passiert. Die Trauerfeier steckte ihr immer noch in den Knochen. Die unsagbar große Zahl der Toten, die der Erste Bürgermeister genannt hatte, ließ sie immer noch schwindeln, und sie spürte, dass sich ihr augenblicklich der Hals zuschnürte.

«Fräulein Hansen, es gehört zu den obersten Geboten, *den obersten Geboten,* dass oben und unten sich nicht mischen.»

Mit oben waren wohl die Hochwohlgeborenen gemeint, die sich ein Zimmer im Atlantic leisten konnten. Und unten, dort befand sich augenscheinlich sie.

«So geht es nicht», wiederholte Fräulein Körber.

«Ich habe nichts getan, für das ich mich schämen müsste.»

«Das ist mir gleich. So geht es nicht. Ich möchte Sie warnen, Fräulein Hansen. Kommt so etwas noch einmal vor, nur ein einziges Mal, oder erreicht mich eine Beschwerde über Sie oder kommen Sie je wieder zu spät oder gar nicht oder wünschen, früher zu gehen, dann muss ich Ihnen leider sagen, dass Sie ...»

«Ich kündige.»

Marie war selbst erstaunt über ihre Worte. Sie auszusprechen, fühlte sich allerdings überraschend befreiend an.

Auch Fräulein Körber schien ihren Ohren nicht zu trauen. Über den Rand ihrer Hornblattbrille sah sie Marie ungläubig an.

«Ich kündige», wiederholte Marie und spürte, wie ihr erneut zu schwindeln begann, diesmal allerdings nicht aus Gram. In ihr begann es zu prickeln. Mit einem Mal fühlte sie sich lebendig und ... ja, auf gewisse Weise hoffnungsvoll.

Doch dann zuckte sie zusammen. War sie verrückt geworden? Es war ja nicht so, dass draußen die Welt auf sie wartete! Jetzt wurde ihr mit voller Wucht bewusst, was sie gerade getan hatte. Sie hatte ihre sichere Stelle gekündigt. Hatte sie den Verstand verloren?

«Sie kündigen», sagte Fräulein Körber, nachdem sie sich von ihrer Überraschung erholt hatte. «Nun, glauben Sie bitte nicht, dass ich Sie zurücknehme, falls Sie es sich morgen anders überlegen.»

Marie nickte. Sie hätte heulen können und lachen, und zwar in exakt demselben Augenblick.

Sie schluckte.

«Gut», sagte die Hausdame kalt und rückte ihre Brille zurecht, senkte den Kopf, um sich in irgendwelche Dokumente zu vertiefen, und Marie verstand, dass sie nun gehen sollte, musste, durfte. Beklemmung befiel sie, während sie den Raum verließ, zugleich aber fühlte sie sich frei. Als sie bemerkte, dass sie die Schultern hoch- und den Kopf einzog, wurde sie langsamer. Sie sah den Gang hinauf und hinab. Ja, das Hotel hatte ihr Sicherheit gegeben, es hatte dafür gesorgt, dass sie ausreichend Geld für Nahrungsmittel hatte und für die Pacht. Zugleich war das Atlantic aber auch ein Zuhause für sie gewesen. Sie kannte die Zimmer und Suiten, fand sich in den langen Fluren zurecht. Sie kannte jeden, der hier arbeitete; einige mochte sie, andere nicht, doch das war nicht von Bedeutung. Hier war der Ort, an den sie gehörte. Gehört hatte.

Und was kam jetzt?

Kurz überlegte sie, an Fräulein Körbers Tür zu klopfen, doch dann lief sie stattdessen auf die Garderobe zu. Sie hatte nicht einmal angefangen zu arbeiten und schlüpfte schon wieder aus ihrer Uniform. Ein letztes Mal, pochte ihr der Gedanke in den Ohren. Sie faltete den Rock, legte auch die Bluse und die Schürze zusammen, dann schlüpfte sie in die schmal geschnittene Hose, die nur bis zu den Knöcheln reichte. Effie hatte sie ihr gestern wortlos hingelegt. Marie hatte für die Dauer eines Herzschlages darüber nachgedacht, dankend abzulehnen. Sie fürchtete, dass es Hellys Kleidung war. Dennoch hatte sie schließlich angenommen, weil sie Effie nicht das Gefühl geben wollte, ausgerechnet etwas zurückzuweisen, was sie so schweren Herzens hergab.

«Wie?», fragte der Pförtner verblüfft, als sie an ihm vorüberlief. «Sie sind doch gerade erst hier längsgegangen. Sind Sie krank, Fräulein Hansen?»

«Ich habe gekündigt.»

Seine Augen weiteten sich vor Erstaunen.

«Ich ...» Sie zuckte die Schultern. «Ehrlich gesagt war es ziemlich dumm von mir, das zu tun. Aber ich konnte einfach nicht ... Ich ...»

«Ich kann mir vorstellen, wie man Sie behandelt», sagte er mit väterlichem Lächeln. «Und ich finde es großartig, dass Sie dem ein Ende setzen.» Er beugte sich aus dem Fenster seines Kabuffs und wurde von einer kleinen Wolke aus Zigarettenrauch und Schnapsgeruch begleitet. «Wissen Sie, Fräulein Hansen, Sie gehören hier nicht her. Sie nicht.»

Sie runzelte die Stirn. Dann seufzte sie, und es klang so tief wie erleichtert. «Ich bin es einfach leid, mich immer rechtfertigen zu müssen für Dinge, für die ich überhaupt keine Schuld trage. Und immer dieses Kopfeinziehen. Nein, ich habe wirklich keine Lust mehr dazu.»

Er ballte die Hand zur Faust, reckte sie in die Luft und nickte. «Weiter so, nur weiter so, Fräulein Hansen.»

Mit einem Lächeln nickte sie und reichte ihm zum Abschied die Hand.

«Machen Sie es gut, Herr Jablonsky.»

«Und Sie machen es besser, Fräulein Hansen.»

Damit ging sie. Doch als sie schon zwei, drei Schritte die Alstertwiete entlang in Richtung Hauptbahnhof gelaufen war, blieb sie wie angewurzelt stehen, dann wandte sie sich wieder um, lief aber am Personaleingang vorüber auf die Außenalster zu, bog einmal scharf links ab und dann ein zweites Mal und stand vor dem Haupteingang des Grandhotels.

Um sich Mut zu machen, atmete sie ein, und dann setzte sie den Fuß zunächst auf die Stufen hinauf und dann ins Innere des Grandhotels.

Mit hochgezogenen Augenbrauen starrte der Empfangschef sie an.

«Guten Morgen, Herr Schilling», warf sie ihm zu.

«Fräulein Hansen ... Sie ... Was tun Sie denn ...?»

Zu ihrer Überraschung schien er sie tatsächlich zu erkennen. Ja, stellte sie fest, er wusste sogar ihren Namen.

«Ich will mich bloß von jemandem verabschieden.»

Als sie an der noch dunklen Bar vorüberlief, streifte ihr

Blick die Regale, in denen sich Flaschen mit mindestens zehn Whiskey- und ebenso vielen Rumsorten aneinanderreihten. Mit einem dumpfen, sehnsüchtigen Ziehen in der Brust dachte sie an das Danzhus.

In der dritten Etage rief sie «Reinigungsservice», nachdem sie an die Tür zur 312 geklopft hatte.

Mit wirr abstehendem Haar öffnete ihr Piet, der offenbar eilig einen Morgenrock über den Pyjama geworfen hatte.

Sie lächelte, wenn auch etwas zittrig. Seltsam, hier zu stehen, dachte sie – nicht mehr als Zimmermädchen, sondern als, ja als was eigentlich?

«Oh», sagte er verdattert. «Hallo!» Doch er schien sich zu freuen, er grinste sogar bis über beide Ohren. «Ich … Um Gottes willen, warte, ich muss erst die Bonbonpapiere aufräumen, bevor du reinkannst.» Abrupt wandte er sich ab und stolperte ins Zimmer zurück. Marie steckte ihren Kopf zur Tür hinein. «Ich komme nicht, um zu putzen.»

Er richtete sich auf, die Hände voll Stanniolpapier. «Nicht? Wieso rufst du dann ‹Reinigungsservice›?»

«Die Macht der Gewohnheit.»

«Ich räume das trotzdem eben weg. Es gibt Leute, die mit Recht etwas abgestoßen von dieser Angewohnheit sind.»

Mit verlegener Miene fischte er auch ein Buch vom Nachttisch, dessen Titel von dem Glück einer harmonischen Ehe sprach, und ließ es in seine Rocktasche gleiten.

Sie verkniff sich ein Lächeln, doch dann fiel ihr wieder ein, wieso sie hier war.

«Wieso ...?», begann sie, doch auch er hatte zu reden begonnen und hörte jetzt ebenfalls damit auf.

«Was wolltest du sagen?», fragte sie.

«Nein du, bitte», sagte er.

«Ich wollte wissen, wieso du nach mir gefragt hast. Am Empfang.»

Mit einer erneut verlegenen Geste strich er sich durchs Haar. «Ich habe dir damit hoffentlich keine Schwierigkeiten gemacht, oder?»

Nö, gar nicht, dachte sie, schüttelte aber den Kopf. Es war schließlich nicht seine Schuld, dass sie gekündigt hatte. Diese Entscheidung hatte niemand als sie getroffen.

«Willst du dich setzen?», fragte er, statt ihr zu antworten, und begann, Stapel von maschinebeschriebenem Papier von den Stühlen zu nehmen. Dabei glitten ihm ein paar Blätter aus der Hand und segelten auf den Teppich. Marie bückte sich, um sie aufzusammeln.

«Ach, lass nur, es ist sowieso nichts wert. Ein Fall für den Kamin, den es hier dummerweise nicht gibt.»

«Du schreibst jetzt also.»

«Ich schreibe Mist. Ich könnte es demzufolge auch lassen.»

«Oder du bist einer dieser Menschen, die immer behaupten, was sie zu Papier bringen, sei nichts als Blödsinn, und hopplahopp wird ihnen der Nobelpreis verliehen.»

«In dieser Hinsicht habe ich nichts zu befürchten. An mir ist kein Thomas Mann verlorengegangen, und das meine ich ganz ehrlich, Koketterie liegt mir nicht. Ich hätte auch einfach nur ‹undundundund› tippen können oder 90, 89, 88, das kennst du ja schon, und es wäre weder besser noch schlechter als das, was tatsächlich hier steht.»

«Vielleicht liegt es ja auch an diesem Zimmer», fiel ihr ein. «Daran, dass es zu ruhig ist.»

Leise lachte er. «Ach nein. Entweder es kommt aus dir selbst oder nicht. Dinge machen nicht glücklich, nur weil man unbedingt will, dass sie es tun. Und niemand, das glaube ich jedenfalls, kann mit zusammengebissenen Zähnen etwas Schönes erschaffen. Aber genug davon, ich wollte dir doch eigentlich ...»

«Aber wann hast du die Lust verloren?» Das interessierte sie wirklich. Weil er in diesem Augenblick so verletzlich wirkte vielleicht, aber auch weil sie sich selbst immer wieder fragte, was sie mit dieser Sehnsucht anfangen sollte, die sie in Gedanken ans Klavier trieb. Wenn sie dann eines vor sich stehen sah, zauderte sie jedoch und machte schließlich kehrt, ohne auch nur den Deckel aufgeklappt zu haben. Strömten ähnliche Empfindungen auf ihn ein, wenn ihm auf dem Papier etwas gelang, wie es einst bei ihr der Fall gewesen war – dass sie sich mit etwas verbunden gefühlt hatte, das größer war als sie?

«Wohl mit meinem ersten bescheidenen Erfolg. Nicht genau zeitgleich. Aber seither sitzt mir Hans im Nacken mit der fixen Idee, ein Drehbuch zu verfassen, das genauso und gleichzeitig gänzlich anders ist als das von *Hotel Adlon*. Und seit mir die Leser nach Hause schreiben und mich bitten, ihnen noch so ein Werk zu schenken wie *Der Hut mit dem Mann*.» Er lachte. «Das ist der Name meines Debüts. Nicht der Mann mit dem Hut, sondern andersherum.»

«Ein guter Titel.»

«Na ja. Danke.» Er blickte auf die Blätter, die er noch immer in der Hand hielt. «Möchtest du dich setzen?»

Marie nickte. Mit einem Mal war sie verlegen. Sehr sogar. Ihr war, als lausche die ganze Welt auf das, was sie beide sagten.

So ein Blödsinn.

«Du musst die Nase hochhalten», sagte sie. «So hoch wie die oberste Spitze der Sonnenblume. Dann kann dich nichts so leicht erschüttern.»

Seine Augen funkelten, als er sie ansah und sich vorbeugte. Mit einem Mal war er ihr ganz nahe, so nahe, dass sie den zartherben Geruch seiner Haut riechen konnte.

«Das klingt toll.»

«Warum wolltest du mich denn nun sprechen?» Rau und belegt war ihre Stimme, als sei sie es, die gerade aufgestanden war. «Du hast nach mir gefragt.»

«Ich habe mit ein paar Kollegen geredet, Journalisten, besser gesagt, und einer wusste, wo sich die meisten Leute aus Wilhelmsburg aufhalten. Aus der Siedlung *Zur alten Landesgrenze* besser gesagt. Er hat sie für seine Zeitung interviewt.»

Ungläubig starrte Marie ihn an.

«Wie bitte?», fragte sie schließlich.

Sie musste sich eingestehen, dass sie in den vergangenen beiden Tagen nicht auf der Polizeiwache der Reeperbahn gewesen war. Das Danzhus hatte ihre Aufmerksamkeit vollständig in Beschlag genommen – das und Effie natürlich.

«Er sagte, die meisten Bewohner seien in Harburg auf

mehrere Schulen verteilt worden. Sobald ich das gehört habe, wollte ich dich im Danzhus abholen, aber dort warst du nicht. Daher habe ich hier nach dir gefragt. Ich dachte ... Ich habe angenommen, du wärest womöglich froh, das zu wissen.»

«Froh?»

Marie sprang auf. Alles in ihr begann zu prickeln. Was, wenn sie dort Peer fände? Oder Kristin? «‹Froh› reicht als Beschreibung nicht einmal ansatzweise!»

«Soll ich dich hinfahren?»

«Wenn das geht?»

«Natürlich geht das, du musst mir nur eine Minute geben. Ähm. Willst du draußen warten? Ich muss mich noch anziehen.»

Vor Aufregung lachte sie laut auf. Mit einem Mal verspürte sie keinerlei Angst mehr – nicht mehr davor, dass sie nie wieder eine Stelle fand, oder davor, sich eine eigene Wohnung suchen zu müssen und keine zu finden. Alles war gut, solange Peer, Kristin und alle anderen am Leben waren.

«Natürlich. Bis gleich.»

Piet trug einen Anorak aus festem olivgrünem Stoff, den er auf dem Treppenaufgang zur Schule auszog und über seinen Arm hängte. Marie hingegen war so nervös, dass sie gar nicht bestimmen konnte, ob ihr von der Fahrt kalt oder heiß war. Ohne nach rechts oder links zu blicken, eilte sie die steinernen Treppen zum Eingang des Friedrich-Ebert-Gymnasiums empor und riss die Tür auf. Warme, verbrauchte Luft schlug ihr entgegen. Die Atmosphäre fühlte sich alles andere als schulisch an, statt konzentrierter Stille waren Geplauder und Gelächter zu hören, Schritte und Kindergeschrei. Erleichtert nahm Marie zur Kenntnis, dass die Menschen sich mit der neuen Situation abgefunden zu haben schienen. Anders als in der Neugrabener Schule, in der sie zwei Nächte verbracht hatte, saßen die Leute nicht wie festgenagelt auf ihren Strohballen herum. Auf den Böden lagen Matratzen samt Decken, säuberlich gefaltet, doch es schien, als seien die meisten schon woanders untergekommen, und hier fände sich nur noch die Nachhut.

«Entschuldigung», wandte sich Marie an eine Dame, deren weißer Kittel sie als Mitarbeiterin des Roten Kreuzes auswies. «Ich suche eine Freundin namens Kristin Nowak.»

Die Frau überlegte keine Sekunde. «Eine Treppe hoch, gleich der erste Raum links.»

Ungläubig sah Marie Piet an, der vor Freude strahlte. Sie griff nach seiner Hand und eilte mit ihm über den rutschigen Steinboden. Sie wollte sich nicht ausmalen, was alles geschehen sein konnte. Sie waren zu viert, sagte sie sich, und sie sind es noch. Die Familie ist heil geblieben, und alle sind wohlauf.

In der Tür stellte sie sich auf die Zehenspitzen. Aus dem Klassenzimmer waren sämtliche Stühle und Tische entfernt worden, die sich nun im Gang aneinanderreihten. Auch hier herrschte kein Gedränge mehr. Vielleicht zehn Schlaflager. Und auf einem saß Gabriele, die fünfjährige Tochter Kristins, und kaute hingebungsvoll auf einem Rohrstock herum.

Vor Erleichterung schossen Marie Tränen in die Augen.

«Marie?», hörte sie ungläubig Kristins Stimme hinter sich.

Sie fuhr herum. Da stand ihre Nachbarin, das helle Haar zu wirren Locken aufgetürmt, blass, aber fröhlich aussehend. Wortlos zog Marie sie an sich. Ihr Haar roch nach Seife.

«Seid ihr alle ganz geblieben?», fragte sie.

Kristin nickte. «Und du, wo warst du? Weißt du etwas von Karl? Oder Peer?»

Marie biss sich auf die Lippen und schüttelte den Kopf. Sie lösten sich voneinander, hielten sich jedoch weiterhin an den Händen.

«Du weißt auch nicht, wo Peer ist?»

Mit trauriger Miene schüttelte Kristin den Kopf. Doch dann begannen ihre Augen zu leuchten. «Aber Tomtom war hier.»

«Wo ist er?»

«Er ist zu einem Bruder weitergefahren, nach Kiel. Ihm ist nichts passiert.»

«Und Rosalind?»

«Ich glaube, ihr geht es gut. Tomtom hat erzählt, dass sie gerettet und ins Krankenhaus gebracht werden konnte. Wo, weiß ich leider nicht.»

Marie atmete auf. Sie hatte das Gefühl, etwas Schweres, das seit fast zwei Wochen auf ihren Schultern gelastet hatte, fiel nun Stück für Stück von ihr ab.

«Glaubst du, Peer geht es gut?»

Stumm blickte Kristin sie an. Dann glitt ihr Blick zu

ihrer Tochter, und Hoffnung schimmerte auf ihrem Gesicht, aber auch Trauer. «Ich weiß es nicht.»

So eng beieinandersitzend, dass Marie die blassen Sommersprossen auf Kristins Nasenrücken sehen konnte, ließen sie sich auf einer Matratze nieder. Kristins Mann war unterwegs, aufräumen und nach einer neuen Behausung Ausschau halten. Kristin seufzte.

«Ich wünschte, ich könnte mehr tun, als hier herumzusitzen. Geht es dir auch so? Man merkt erst in der Not, zu wie viel man fähig ist. Wenn wir erst eine Wohnung gefunden haben ...» Schüchtern sah sie Marie an. «Ich werde wieder arbeiten. Ich habe mit Janusz gesprochen, und er ist ganz meiner Meinung. Eine Frau sollte nicht den ganzen Tag über im Haus sitzen. Es macht sie nicht glücklich.»

Marie lachte. «Das ist wahr.» Als sie an das Gespräch mit Fräulein Körber am heutigen Morgen dachte, erstarb ihr Lächeln jedoch. Sie runzelte die Stirn.

«Dann sind wir schon zwei, die eine Stelle suchen.»

Perplex sah Kristin sie an, und Marie spürte auch Piets Blick auf sich, der in höflichem Abstand bei der Tür wartete, sie aber augenscheinlich gehört hatte.

«Das Atlantic und ich gehen fortan getrennte Wege.»

«Aber du warst doch so gern dort!»

Hatte sie das erzählt? «Ich habe heute etwas getan, das eigentlich nicht zu mir passt. Ich habe eine spontane Entscheidung getroffen. Hm. Ich bin gespannt, ob mir die Folgen gefallen werden.»

Kristins Finger schlangen sich in ihre. Sie beugte sich vor. «Aber wenn du spontan warst, hast du aus dem Herzen heraus gehandelt. Wie sollte das schlecht für dich ausgehen?»

Marie zuckte mit den Schultern, dann schüttelte sie alle sorgenvollen Gedanken ab.

«Wie also geht es nun für euch weiter?»

«Falls wir tatsächlich eine Wohnung zugeteilt bekommen, hätten wir bald ein richtiges Zuhause. Mit Bad, Heizung, fließendem Wasser und allem Drum und Dran.»

«Das ist großartig.» Viele Vorzüge einer Mietwohnung hatte Marie bei Effie kennengelernt und konnte sich nur schwer vorstellen, wieder darauf zu verzichten.

«Aber ich werde sie alle schon vermissen», flüsterte Kristin. «Unsere Feste und das Zusammensein, egal, ob es regnete oder die Sonne schien. Wir waren schon ein toller Haufen, nicht?»

«Ja», sagte Marie leise. «Das wiederum findet man woanders wohl nicht wieder.»

Sie schwiegen eine Weile, bis sich Marie erhob. «Du hast allen Grund, dich zu freuen. Nase hoch.»

«Sonnenblume», entgegnete Kristin, und die beiden Frauen strahlten sich an.

Als Piet und Marie die Treppe hinabliefen, fragte er: «Du und die Sonnenblumen, das hat Tradition?»

«So etwas in der Art, ja.»

Er betrachtete sie nachdenklich und wandte, als sie an einer Gruppe älterer Männer vorbeikamen, die auf dem Treppenaufgang hockten und Seemannslieder sangen, wieder den Kopf ab.

Draußen schoss ihnen eine kalte Böe entgegen und entriss ihm fast den Hut, den er sich eben auf den Kopf drücken wollte. Marie griff danach und stand plötzlich so dicht vor ihm, dass ihre Nasenspitze beinahe seine berührte.

Ohne darüber nachzudenken, was sie tat, strich sie mit der Hand über sein Gesicht. Sie spürte seine hohen Wangenknochen und berührte mit dem Daumen seine Augenbrauen. Seine Augen waren fast schwarz und leuchteten intensiv und voll Gefühl. Langsam näherte sich sein Gesicht dem ihren. Sie schloss die Augen, atmete tief seinen Geruch ein und spürte seine Lippen auf ihren, zart und suchend. Sie ließ sich fallen und fiel, so schien es ihr, in etwas, das sich leicht und schön anfühlte wie eine Wolke.

Als sie in Effies Flur trat, schwebte ihr ein heimeliger, ausnehmend exotischer Duft in die Nase. Bislang hatte bei Effie immer der Geruch von ersterbendem Holzfeuer in der Luft gehangen, und hin und wieder hatte es nach Essig gerochen, den die ältere Dame benutzte, um zu putzen.

«Was riecht denn hier so gut?», fragte sie, als sie die schmale Küche betrat. Mit leuchtenden Augen wirbelte Effie zu ihr herum. Sie trug eine altmodische Schürze, hatte das Haar mit einem Seidenband aus der Stirn gebunden und schwenkte einen Holzlöffel.

«Na, das Essen auf dem Herd natürlich.»

«Ich wusste gar nicht, dass du kochen kannst.»

Die alte Dame brach in schallendes Gelächter aus. «Ja, man sieht es mir nicht an. Ehrlich gesagt, fehlt es mir meist auch schlicht am Willen. Wenn man umsonst

Schmalzbrote essen kann, wieso sich die Mühe machen und selbst etwas zubereiten?»

«Na ja, das eine ist wohl gesünder als das andere.» Um Gottes willen, ernährte sich Effie tatsächlich sonst ausschließlich von dem, was sie umsonst bei Doris bekam?

«In Schmalz sind viele Vitamine, da magst du schon recht haben.»

«Ich meinte …»

Ungeduldig wedelte Effie mit dem Kochlöffel. «Jaja, ich weiß schon. Was ist jetzt? Hilfst du mir?» Doch so resolut sie sich auch gab, Marie sah ihr deutlich an, dass die zurückliegenden Tage sie mitgenommen hatte. Sie wirkte zittriger als sonst, irgendwie durchscheinender. Ein wenig so, als habe sie erkannt, dass sie es mit der Welt womöglich nicht mehr ganz allein aufnehmen konnte. Auch Marie fühlte sich etwas wacklig, wie sie zugeben musste.

«Wie kann ich dir helfen?»

«Indem du den Tisch deckst.»

Effie zeigte ihr, wo sich das feine Geschirr verbarg: in einem der Kleiderschränke in Effies Garderobenzimmer. Hinter gefalteten Bettlaken und Kleidern, die so aussahen, als überwinterten sie seit den zwanziger Jahren dort, fand Marie hauchdünne Porzellanteller, die sie behutsam hervorholte. Auch Silberbesteck, das angelaufen war, schwarz verfärbt die Zinken der Gabeln und die Löffelstiele. Während sie alles auf dem Küchentisch arrangierte, glaubte sie immer wieder Piets Wärme zu spüren und seine Lippen auf ihren. Sie biss sich auf die Unterlippe, weil plötzlich ihr gesamter Körper unter Strom zu stehen schien.

«Gibt es eigentlich etwas zu feiern?»

Nachdenklich wandte sich Effie zu ihr um. «Sag du es mir.»

«Wie bitte?»

Über Effies herbes Gesicht zog sich ein wissendes Lächeln. Ihre Augen begannen zu funkeln. «Du siehst verändert aus. Du siehst so aus, als sei etwas passiert.»

Marie lächelte. «Ja. Das stimmt.» Glücklich berichtete sie ihr von Kristin und dem, was sie nun über den Verbleib ihrer anderen Nachbarn wusste.

«Und das ist alles?»

«Ja.» Na ja, nicht ganz, dachte Marie, aber sie fühlte sich zu wacklig, um von allem anderen zu erzählen, das heute passiert war.

«Wirklich?», bohrte Effie nach. «Ich meine, dich nun schon recht gut zu kennen, und irgendwie ...» Nachdenklich wiegte sie den Kopf. «Du wirkst anders als sonst. Froh, aber gleichzeitig irgendwie ängstlich.»

Was sollte Marie ihr erzählen? Dass sie ihre Stelle gekündigt hatte? Lieber nicht. Womöglich würde die alte Dame sie missverstehen und der Ansicht sein, Marie melde nun erst recht Anspruch auf das Danzhus an, was natürlich Mumpitz war. Aber über Piet reden ...

Verzagt gestand sie sich ein, dass sie, als sie von seiner Vespa gestiegen war, am liebsten ohne einen Abschiedsgruß in Effies Wohnung gesprintet wäre. Zwar war ihr gelungen, sich zusammenzureißen, doch statt ihn zu küssen, hatte sie ihm nur ausnehmend förmlich die Hand gereicht.

«Schenk mal ein», sagte Effie und zauberte eine Flasche Rotwein aus dem Schrank zu ihren Knien. Ungläubig betrachtete Marie das dunkelgrüne Glas, das ihr in die Hand gedrückt worden war. «Vielleicht lockert dir das ja die Zunge.»

«Woher kommt der Wein, Effie?»

«Nicht ablenken! Du trinkst jetzt erst mal einen gewaltigen Schluck, warte, ich mache das.» Effie nahm ihr die Flasche wieder aus der Hand, entkorkte sie mit einer flüssigen Bewegung und schenkte großzügig ein. «Prosit. Und nun erzähl.»

«Aber …»

«Nein, nein. Ich koche rasch noch zu Ende, aber ich bin ganz Ohr. Was hat es damit auf sich, dass du zuerst strahlst wie ein Honigkuchenpferd, dann aber aussiehst, als hättest du auf eine Zitrone gebissen?»

Marie ließ sich auf den Stuhl sinken und nippte an dem Wein. Er war ein wenig zu kühl, schmeckte jedoch köstlich. Das Etikett wies ihn als Franzosen aus. Ein französischer Wein? Woher nahm Effie plötzlich das Geld?

«Raus mit der Sprache!»

Marie kniff die Augen zusammen. «Ich habe damit keine Erfahrung. Mit der, ähm, Liebe. Und Piet, er ist so nett und …»

«Nun mal langsam mit mir ollem Gaul. Piet? Den Namen höre ich zum ersten Mal.»

«Er hat mir im Ballhaus geholfen. Davon habe ich dir aber erzählt.»

Täuschte sie sich, oder huschte ein Schatten über Effies Gesicht, als sie das Danzhus erwähnte? Bevor sie dazu kam nachzuhaken, war er jedoch wieder verflogen.

«Aha! Ja und?»

«Ich ...» Marie zuckte mit den Schultern. Mit einem Mal fühlte sie sich mutlos und traurig. «Ich bin mir nicht sicher, dass Liebe nur zu Gutem führt», sagte sie schließlich. «Wie stellt man es richtig an?»

«Wenn ich das wüsste. Aber ich denke, dass der größte Fehler, den du machen kannst, jener wäre, es gar nicht erst zu probieren.» Effie warf Marie einen nachdenklichen Blick zu, als sie die Deckel der Kochtöpfe öffnete. «Hab keine Angst, Marie. Das ist zwar kein Gefühl, für das man sich schämen sollte, doch es gibt keinen Grund, wie ein verschrecktes Häschen auszusehen. Manchmal sollte man sich kopfüber in etwas hineinstürzen und nicht allzu lange darüber nachdenken.» Sie räusperte sich und runzelte die Stirn. «Nun, komm, wir essen.»

Marie zündete die Kerzen an, während Effie die so köstlich wie exotisch duftenden Speisen in Schüsseln füllte.

«Was ist eigentlich der Grund für all dies?», fragte Marie, um die Gedanken an Piet aus ihrem Kopf zu vertreiben. Hatte er enttäuscht ausgesehen, als sie Lebewohl gesagt hatten? Hätte sie ihm zumindest einen Kuss auf die Wange geben sollen? Es fühlte sich seltsam an, wieder so förmlich miteinander umzugehen, nachdem sie einander so nahe gewesen waren. «Und woher hast du das Geld für so ein Festmahl?»

Effie schien zu beschließen, sie nicht gehört zu haben. Lautstark klapperte sie mit den Topfdeckeln und verteilte dann nicht minder klirrend Schüssel um Schüssel auf dem schmalen Tischchen. Verwundert sah Marie auf all das Essen hinab, von dem sie nicht hätte sagen können, aus welchem Land es wohl stammte.

«Was möchtest du zuerst probieren? Dies hier oder dies?»

Neugierig schnupperte Marie an den Speisen.

«Was du da riechst, ist Koriander. Schon mal davon gehört?»

Marie schüttelte den Kopf. Mit einem halb seligen, halb traurigen Lächeln betrachtete Effie, was vor ihr stand, und sagte schließlich: «Ein Kraut. Man benutzt es in der asiatischen Küche und in Teilen Südamerikas. Und das», sie deutete auf eine Schüssel mit orangerotem Inhalt, «ist Currycreme. Mit Mango.»

Marie runzelte die Stirn. Eine Mango war ein Obst, glaubte sie schon einmal gehört zu haben. Von Curry wusste sie bloß, dass es scharf war.

«Woher kennst du so viele Rezepte?»

«Nun nimm dir erst mal.»

Zunächst kostete Marie von einer scharfsüß schmeckenden cremigen Suppe mit angebratenen Erdnüssen. Anfangs war der Geschmack ungewohnt, zudem trieb ihr die Schärfe Tränen in die Augen. Nach zwei Happen befand sie jedoch, nie etwas Besseres probiert zu haben. Anschließend reichte ihr Effie ein labbriges Brot, eher einen Fladen, der Blasen geworfen hatte.

«Du klappst ihn zusammen», sagte Effie und führte vor, wie es ging, «und füllst hinein, wonach dir der Sinn steht.»

Marie entschied sich für mit Zwiebeln und einer Menge Knoblauch angemachten Spinat, versuchte sich dann an dem Curry, das sie beinahe Feuer speien ließ, und nahm danach einen Happen von dem grünen Brei, auf dem die Korianderblätter lagen.

«Aus Mexiko», sagte Effie.

Genüsslich schloss Marie die Augen. Es war so cremig und herrlich buttrig und salzig. Doch dann fragte sie sich erneut, wie Effie bloß ein solches Festmahl auf die Beine gestellt hatte. Bevor sie jedoch dazu kam zu fragen, ergänzte Effie, und plötzlich klang ihre Stimme verändert: «Avocado.»

Zwischen zwei Happen nuschelte Marie: «Nie gehört. Du, Effie …»

«Ich bin mir nicht sicher», unterbrach sie Effie, die mit einem Mal kein bisschen gelassen mehr wirkte. Die Blässe der vergangenen Tage war zurückgekehrt, und ihre Augen sahen plötzlich matt und traurig aus. «Ich weiß nicht, ob es ein Obst oder Gemüse ist. Das ist wie mit den Melonen. Man glaubt, es wären Früchte, doch dann erzählt dir der neunmalkluge Markthändler, es handle sich um Kürbisse. Ich werde noch mal nachfragen.» Fahrig begann sie die Schüsseln auf dem Tisch neu zu ordnen.

«Nun sag mir doch bitte, was ist der Anlass für dieses Essen?»

Effie wich Maries Blick aus, als sie sagte: «Es gibt keinen, außer dass ich es möchte. Muss es denn immer einen Grund geben, großzügig zu sein?»

Damit hatte Effie natürlich recht, doch in diesem Fall war da viel mehr im Busch, das spürte Marie, und außerdem kannte auch sie Effie mittlerweile gut genug. Was steckte bloß dahinter? Wie war Effie an Geld gekommen? Ob sie wohl vorhatte, einen Teil davon in das Ballhaus zu stecken?

«Wirst du das Danzhus eigentlich wiedereröffnen?», fragte Marie, nachdem sie all ihren Mut zusammengesammelt hatte. Sie hoffte inständig, dass ihr die alte Dame nicht wieder an die Gurgel sprang.

Zu ihrer Überraschung wirkte Effie jedoch nicht wütend, als sie den Kopf hob und sie ansah. «Ach, Marie.» Stille senkte sich über die kleine Küche. Mit einem Mal glaubte Marie, das Tropfen des Wasserhahns zu hören und das Ticken der Uhr in Effies Schlafzimmer.

«Stört es dich, wenn ich den Abwasch erst morgen mache?», fragte Effie und erhob sich.

«Natürlich nicht», rief Marie und fügte hinzu: «Ich mache das. Effie, falls ich …»

«Ach, es ist schon gut. Ich bin nur müde. Gute Nacht.» Damit verließ sie die Küche.

Ernüchtert blickte Marie auf ihr erst halb geleertes Glas Wein hinab. Sie wünschte, sie hätte nichts gesagt!

Ausgerechnet jetzt fiel ihr ein, dass sie immer noch nicht von Konstantin Kirchners Besuch erzählt hatte. Über all den Aufregungen war es ihr glatt durchgerutscht. Aber Effie jetzt ins Schlafzimmer nachzulaufen, war sicher keine gute Idee. So räumte Marie leise die Küche auf und lauschte anschließend, ob sie etwas aus Effies Zimmer hörte. Stille. Mit einem tiefen Seufzer beschloss sie, dass es nicht gesund war, den Rest der Nacht allein mit einer fast vollen Flasche Wein in Effies Küche herumzusitzen, allein mit ihren Gedanken an Piet und der Erinnerung, wie schön es sich angefühlt hatte, ihm so nahe gewesen zu sein …

«Was benötigt man, um ein Lokal, das verlottert und wenig einladend ist, wieder auf Vordermann zu bringen?», fragte sie daher eine Viertelstunde später Doris und blinzelte gegen das harte Neonlicht der Lampe an, die den Tresen des Cafés in grelles Licht tauchte. Ihre Wangen brannten von dem eisigen Wind, der durch die Straßen fuhr. Hier drin jedoch war es stickig und warm.

«Wär ich 'n Kerl», sagte Doris, deren Gesicht gerötet war, mit funkelnden Augen, «würd ich sagen: Eier. Aber ich bin kein Kerl, also sag ich: zwei Brüste und teuflischen Mut. Frauen sind besser darin, ein Lokal zu leiten», fügte sie hinzu, weil Marie sie mit verblüfftem Grinsen anstarrte. «Die Jungs wollen sich eigentlich nur selbst am Tresen stehen sehen, um den hübschen Damen auf der anderen Seite einen auszugeben. Ein Jahr geht das gut, wenn sie Glück haben. Dann sind sie pleite, der Laden ist mausetot, und für den Rest ihres Lebens tun sie nix als jammern.»

Bevor sie fortfahren konnte, zischte Doris an Marie vorbei. Hinter ihrem Rücken, stellte Marie fest, war ein Tisch frei geworden, woraufhin Doris mit lautstarkem Scharren die Stühle beiseiteschob, in Sekundenschnelle den Boden wischte und alles wieder zurückräumte.

«Nu sag, was willst du wissen? Was es kostet oder welche Dinge man braucht?» Doris zündete sich an der im Aschenbecher vor sich hin glimmenden Zigarette eine neue an.

«Alles. Ich möchte Effie beim Wiederaufbau des Danzhus unter die Arme greifen.» Hatte Effie ihr nicht heute wieder gezeigt, dass sie Unterstützung benötigte? Zwar wollte sie nicht über das Danzhus reden; zugleich aber hatte sie so traurig ausgesehen, dass Marie vermutete, dass sie insgeheim für ihre Hilfe dankbar wäre.

Wahrscheinlich war sie schlicht überfordert mit der Situation. Effie hatte sich nach dem Sturz zwar etwas erholt, allein konnte sie die anstehenden Arbeiten aber unmöglich bewältigen ... Manchmal musste man die Menschen zu ihrem Glück zwingen, und manchmal änderten sie ihre Meinung. Womöglich sogar Effie.

«Das Danzhus?», fragte Doris perplex nach. «Weiß Effie davon?»

Verlegen sah Marie auf den Tresen hinab. Er war von Brandlöchern übersät, die auf den ersten Blick wie ein eingestanztes Muster wirkten.

«Auweia.»

Marie lächelte schief. «Du glaubst, sie wird nicht so begeistert sein?»

«Na ja, sagen wir mal so, und wenn ich könnte, würde ich's in Großbuchstaben erklären. *Nein!*»

«Aber es ist doch traurig, wie schlecht das Lokal lief, bevor es die Flut endgültig zerstört hat. Du hast es selbst gesehen. Ein einziger Gast, der nicht einmal seine Cola austrinkt.»

«Das ist Effies Sache.»

«Natürlich ist es Effies Sache. Ich würde es ja auch nicht hinter ihrem Rücken machen.»

Nun, das entsprach streng genommen nicht ganz der

Wahrheit. Während Effie selig schlummerte, saß Marie schließlich hier und holte Erkundigungen ein. Zudem hatte sie sich zu erinnern versucht, was ihr der Barchef des Atlantic Hotels während einer Weihnachtsfeier über das Cocktailmixen erzählt hatte. Viel war ihr leider nicht im Gedächtnis geblieben. Bestenfalls ein paar Begriffe wie Tumbler, Shaker und Zeste, was die Schale einer Zitrone oder Apfelsine war, die auf dem Glasrand einen aromatischen Duft verströmte. Nun, dieses Wissen würde ihr kaum dabei helfen, Effie zu unterstützen. Doch ebenfalls erinnerte sie, dass man Getränke auf Kommission bestellen konnte.

Das immerhin war doch ungemein praktisch!

Doris sah zu einem der anderen Gäste, der mit der Nasenspitze fast in seinem Bierglas versank. «Du mach auch mal, dass du fertig wirst», bellte sie in seine Richtung. Erschrocken setzte er sich kerzengerade auf.

«Ist der Einzige hier, der nicht aus der Flasche trinkt», erklärte Doris Marie lautstark, aber nichtsdestotrotz empört. «Macht nix als Arbeit, die mistige Spülerei im Anschluss. Gib wenigstens was mehr an Trinkgeld!»

Der Herr nickte erschrocken und griff nervös in seine Taschen, um nach Kleingeld zu suchen.

«Eine Frage trotzdem», sagte Marie. «Wie viel Geld bräuchte man?»

Doris schnaubte. «Was braucht man? Also, fünftausend mindestens, wenn du niemanden hast, der dir was frisch vom Laster gefallen besorgt. Du kannst die Leute ja nicht auf Obstkisten sitzen lassen, wie? Dann den ganzen Rest – und vor allem Alkohol.»

Auf Kommission, ergänzte Marie in Gedanken.

«Bisschen was ohne Alkohol», redete Doris weiter. «Soll ja hin und wieder wen geben, der in einer Donnerstagnacht stocknüchtern reinspaziert und Kaffee zu trinken verlangt.»

Marie nahm ihr ihre Worte nicht krumm. Sie mochte Kaffee, zu jeder Tages- und Nachtzeit.

«Also Filter, Kaffee, Wasser, Schnickschnack, wenn du einen Laden für Leute öffnen willst, die Schnickschnack mögen.»

«Wer sind Leute, die Schnickschnack mögen?»

«Na, so 'ne feinen Piesel. Leute, die hierher nicht so kommen. So was, das auf der Elbchaussee großgeworden ist.»

Schnickschnack, notierte sich Marie in Gedanken.

«Und wenn ich das alles hätte, was täte ich dann?»

«Dann stellste mich ein.»

«Dich?»

«Ja. Mich. Ich weiß, wie's geht.»

Damit trat Doris einen Schritt zurück, steckte sich eine weitere langstielige Zigarette in den Mund, die in ihrem eher grobschlächtigen Gesicht reichlich deplatziert wirkte, und blinzelte Marie verschwörerisch an. «Ich kann mich piekfein machen. Aber brich dir keinen ab. Glücklich werd ich auch hier.»

«Falls du es nicht schon bist», bemühte sich der Herr mit dem Bier an dem Gespräch teilzunehmen, woraufhin Doris abwinkte.

«Das wär mir aufgefallen. Aber ich sag dir was, und ich sag es jetzt und kein weiteres Mal.» Doris lehnte sich vor, sodass Marie einen tiefen Blick in ihr Dekolleté werfen konnte. «Effie ist eigen wie sonst was. Aber das ist nicht der Grund, warum sie dort nichts verändern will. Sie liebt das Danzhus genauso, wie sie Helly geliebt hat. Verstehst du, was ich meine?»

Marie verzog das Gesicht und schüttelte unsicher den Kopf. «Nein, ehrlich gesagt, nicht ganz.»

Doris stieß einen tiefen Seufzer aus. «Das Danzhus ist die Erinnerung an ihre Tochter. Darum hat sie seit Jahren alles so gelassen, wie es war. Der Laden ist ein Schrein für sie. Jegliche Veränderung wäre so was wie, wie ... Leichenfledderei. Willst du das?»

«Natürlich nicht!»

«Dann lass es, wie es ist.»

Marie nickte. Nachdenklich stützte sie sich auf dem Tresen ab und legte das Kinn in die Hand.

«Hab ich dich bekehrt?», fragte Doris.

Marie sah auf. Sie nickte erneut, traurig diesmal. Doris hatte vollkommen recht. Wie kam sie nur darauf, sich gegen Effies Wunsch als Helferin aufzuspielen?

Kein Wort mehr würde sie darüber verlieren. Effie würde tun, was für sie das Richtige war. Und Marie musste sich, so zermürbend und wenig hoffnungsvoll dieser Gedanke war, etwas anderes suchen. Vor allem etwas, mit dem sie Geld verdienen konnte, denn was sie vom Amt erhielt, war nicht dazu gedacht, als Lebensunterhalt zu reichen. Nein, sie brauchte eine Arbeit, sie brauchte ein Zimmer. Und dann würde sie weitersehen.

Sie bedankte sich bei Doris, trank den restlichen, abgekühlten Kaffee in einem Zug aus und zahlte. Draußen schmeckte die Luft so klar, als sei sie gerade einer Gondel in den Bergen entstiegen. Ihr dicker Wollmantel aber würde den Geruch der Kneipe wohl noch Tage mit sich tragen. Nicht weiter schlimm.

An der Ecke zur Talstraße schossen ihr Tränen in die Augen, sie wusste selbst nicht, warum. Traurig blieb sie stehen und betrachtete die Neonreklamen. Sehnsüchtig dachte sie an Piet, an den Kuss, daran, wie sie sich so formell verabschiedet und gar nicht darüber gesprochen hatten, wann sie sich wiedersehen würden.

Sie atmete tief ein und lief weiter Richtung Schmuckstraße.

«Ich verstehe wirklich nicht, wieso du mich unbedingt begleiten musst. Sehe ich so aus, als würde der nächste Windstoß mich umwerfen?» Zornig gestikulierte Effie zum Himmel, über dem tiefgraue Wolken rasten.

Natürlich fürchtete Marie nicht, dass Effie dem Wind zum Opfer fiel. Aber sie würde einen Teufel tun und den wahren Grund dafür laut aussprechen, warum sie Effie an diesem Vormittag nicht von der Seite wich, auch wenn sie keinen blassen Schimmer hatte, wohin Effie gehen wollte. Heute Morgen war ein Rumpeln aus Effies Schlafzimmer ertönt. Es war erst kurz nach acht gewesen, als Marie davon erwacht war. Sie war sicher, dass Effie gestrauchelt, wenn nicht gar wieder gestürzt war, obwohl die alte Dame das vehement von sich wies.

«Man wird doch wohl mal mit einem Glas um sich werfen dürfen!», hatte sie gemurrt.

Aber da hatten keine Scherben gelegen. Nein, Effie musste beim Aufstehen gestürzt sein.

«Musst du nicht längst bei der Arbeit sein?», knurrte Effie unwillig, als sie aus der Talstraße in die Reeperbahn einbogen.

«Heute nicht.»

«Aber es ist Freitag, oder?»

«Ja.»

«Du arbeitest freitags doch.»

«Heute nicht», wiederholte Marie. Bisher hatte sie Effie nicht erzählt, dass sie ihre Stelle im Atlantic gekündigt hatte. Im Versuch, von sich abzulenken, fragte sie: «Wohin gehen wir denn?»

«Was weiß ich denn, wohin du gehst. Ich laufe so vor mich hin, wenn du es genau wissen willst. Und ich habe nicht darum gebeten, dass du mitkommst.»

Marie unterdrückte einen Seufzer. Es war wohl besser, nicht zu reden. Dann würde sie Effie eben stumm begleiten, wo immer sie hinwollte. Sie würde nicht darauf warten, dass jemand mit der Nachricht vor der Tür der Schmuckstraße auftauchte, Effie liege nach einem Sturz auf offener Straße im Krankenhaus.

Nachdem sie schweigend die Ost-West-Straße hinabgegangen waren, auf der der Verkehr stetig dichter wurde, bog Effie in die Brandstwiete ab.

«Wieso hast du mir nicht gesagt, dass wir ins Danzhus gehen?», fragte Marie verblüfft. Normalerweise nahm sie eine andere Strecke, durch den Alten Elbpark, am Hafenkrankenhaus und dem Michel vorbei, dort war es hübscher und viel ruhiger.

Wieder blieb ihr Effie eine Antwort schuldig, nichtsdestotrotz erwachte jäh wieder Hoffnung in Marie. Wenn Effie sah, wie viel hübscher der Tanzsaal nach ihrem Großputz war, würde sich ihre Gastgeberin womöglich doch darauf einlassen, ihr wenigstens zuzuhören. Mehr wollte sie ja gar nicht. Nur ein wenig ungeteilte Aufmerksamkeit, um Effie zu erläutern, wie schön das Danzhus mit etwas Einsatz wieder werden könnte. Und die Chance, nicht gleich zum Schweigen verdonnert zu werden, wenn sie etwas sagte, dás Effie nicht passte.

Doch als sie in die kopfsteingepflasterte Gasse einbogen, die Marie nun schon so vertraut geworden war, stellte sie fest, dass Effie und sie nicht allein waren. Drei Männer standen vor der Tür, drei Herren, die so geschniegelt aussahen, dass Marie nervös das Gesicht verzog.

Was wollten die denn hier?

Zwei von ihnen hätten auf den ersten Blick als Zwillinge durchgehen können. Sie trugen exakt dieselben Jacketts in fast schwarzem Blau, Hosen mit perfekter Bügelfalte und Hüte auf dem Kopf, die beinahe ihr gesamtes Gesicht in Schatten tauchten. Ihre Schuhe glänzten wie frisch poliert. Beide hatten einen Schirm aufgespannt. Sie standen nebeneinander und rauchten. Der Dritte im Bunde sah wie ein Bankberater aus, schoss Marie durch den Kopf.

Doch was sollte ein Bankberater vor dem Danzhus tun?

Eine Taxe bretterte die Kopfsteinpflastergasse hinunter und ließ in hohen Fontänen Pfützenwasser gegen die Hauswände spritzen. Mit einem Quietschen hielt der

Wagen vor dem Danzhus, die Beifahrertür klappte auf, und Konstantin Kirchner stieg aus. Verblüfft wandte sich Marie an Effie, die keinesfalls überrascht wirkte, ihren Großneffen zu sehen.

Was war denn hier los? Eben schrie sie noch Zeter und Mordio, sobald Marie ihn nur erwähnte, und nun blickte sie ihm in aller Seelenruhe entgegen? Trotz ihres Vorsatzes, Effie von der seltsamen Begegnung am Montag zu berichten, hatte sie es bisher nicht getan. War Effie in der Zwischenzeit selbst mit ihm in Kontakt getreten?

Auch er trug einen Anzug und polierte Schuhe, einen Regenschirm und einen Hut und schritt mit siegessicherem Gesichtsausdruck auf die drei Herren zu.

Als sie noch etwa zwanzig Schritte von den Männern entfernt waren, blieb Marie abrupt stehen. Sie griff nach Effies Hand, die so kalt war wie ihre eigene.

«Was will er hier?» Ihre Stimme war kaum lauter als ein Flüstern. «Habt ihr doch wieder Kontakt? Du wolltest ihn doch nicht sehen. Du hast mir gesagt, ich solle ihm ja nicht die Tür öffnen. Wieso triffst du dich mit ihm, und wer sind diese Männer?»

Effie antwortete nicht. Sie hatte die Lippen so fest zusammengepresst, dass alles Blut aus ihnen wich. Da fiel es Marie wie Schuppen von den Augen.

«Das Geld ... Du hast plötzlich Geld, um Essen und Wein zu bezahlen. Und du ... Hast du das Danzhus etwa verkauft?» Ihre Stimme klang schrill. Alle vier Gesichter wandten sich ihr zu, nur Effie sah sie nicht an.

«Aber ... wieso plötzlich?»

«Guten Tag, meine Damen», begrüßte Konstantin

sie mit einem charmanten Lächeln und trat auf sie zu. Er verbeugte sich vor Marie und nahm seine Großtante beim Arm.

«Nett, dass Sie Effie herbegleitet haben. Falls Sie nichts dagegen haben, übernehme von hier an ich. Ich bringe sie auch sicher nach Hause zurück, keine Bange.»

«Effie», rief Marie ihr nach, doch die alte Dame stellte sich taub. Am Arm ihres Großneffen schritt sie auf die rauchenden Herren zu, die sie ungerührt betrachteten.

Nein, das war nicht richtig.

«Effie!» Sie schrie jetzt.

Mit säuerlicher Miene wandte sich Konstantin um. «Würden Sie bitte Ihre Lautstärke drosseln? Wir wollen doch kein Aufsehen erregen.»

«Das darfst du nicht tun, Effie!»

Als sich Effie nun langsam zu ihr umdrehte, sah Marie nichts als Schmerz in ihren Augen. In Maries Kopf schossen die Gedanken quer durcheinander. Verzweifelt versuchte sie, sich die Worte zurechtzulegen, um Effie umzustimmen, doch sie war so voll Panik, dass sie nichts Schlüssiges formulieren konnte.

«Du darfst nicht verkaufen», wiederholte sie daher nur. Und nach einer Weile, in der Effie sie fast flehend angeblickt hatte, fügte sie leise hinzu: «Denk an das, was sich Emmeline gewünscht hat. Kein Mann soll im Danzhus je das Sag...»

«Ich wiederhole mich nicht gern», unterbrach sie Konstantin in drohendem Tonfall.

«Du hast keine Fotos von Helly», redete Marie weiter, die jetzt endlich wieder einigermaßen klar denken konnte. «In deinem Flur hängen unzählige Bilder, aber sie zeigen alle dich.»

«Komm, Effie, wir gehen hinein. Hier draußen ist es kalt, und ...»

Marie unterbrach ihn: «Wieso hängen keine Fotografien in deinem Flur, die deine Tochter zeigen?» Maries Herz klopfte, als sei sie kilometerweit gerannt. Sie starrte in Effies Gesicht und hatte Angst, schreckliche Angst, dass Effie lautstark zu schluchzen begänne und anschließend nie wieder ein Wort mit ihr wechseln würde. Sie wollte sie nicht verletzen, sie wollte nichts sagen, dass die Wunden aufriss. Aber Effie konnte ebenso wenig einfach vergessen. Es würde nicht funktionieren, sah sie das denn nicht?

Mit enervierten Mienen blickten die Herren an der Tür zu ihnen hinüber.

«Das Danzhus *ist* Helly», sagte Marie leise. «Du darfst es nicht aufgeben.»

«Ich habe schon Ja gesagt. Und außerdem – was zählt es noch? Ich habe das Liebste, was ich hatte, schon vor Jahren verloren. Was nützt es, mich weiter an dieses Haus zu klammern? Ich bin achtzig Jahre alt, und niemand kann mir über den Verlust meines Kindes hinweghelfen. Da kann ich doch ebenso gut alles aufgeben.»

«Oh nein», sagte Marie. «Du hast recht damit, dass dir das Liebste genommen wurde. Aber es stimmt nicht, dass du alles aufgeben sollst. Du hast immer noch dein Leben, Effie, und es *kann* schön sein, es *kann* auch manchmal leicht sein, und ich finde ...»

«Effie», schaltete sich Konstantin ein, der sichtlich unruhig wurde. «Lass dir von dieser, dieser ...» Er schüttelte den Kopf. «Lass dir nichts einreden. Du weißt selbst, was das Beste für dich ist. Und es kann nicht sein, dass du dich selbst zerstörst, indem du in deinem Alter weiter und weiter arbeitest. Und dann ist das Danzhus doch nicht einmal ein Erfolg! Niemand kommt, das kann man auch mal so deutlich sagen. Niemand will hier tanzen, Effie. Niemand!»

Mit Mühe hielt sich Marie zurück. Am liebsten wäre sie dem Kerl geradewegs an die Gurgel gegangen. Er hatte sie mit seinen charmanten Reden getäuscht, er hatte nur an Effie herangewollt, und irgendwie war es ihm auch gelungen.

Wieso nur hatte Effie nichts davon erzählt?

«Lassen Sie sie in Ruhe», sagte Marie, die ihre Wut nun nicht mehr verhehlen konnte. «Sie nutzen die erstbeste Situation, um Ihrer Großtante das Liebste zu entreißen, was ihr geblieben ist! Sie schmeicheln sich bei mir ein und lassen das Fenster im Danzhus geöffnet – wieso eigentlich? Wollten sie abends wiederkommen und sich umsehen, ob tatsächlich alles nach Ihren Vorstellungen ist?»

Das kaum erkennbare Zucken seiner Augenlider ließ Marie sicher sein, dass sie geradewegs ins Schwarze getroffen hatte.

«Wir wollen die Herren nicht noch länger warten lassen», wandte er sich an seine Großtante, nachdem er Marie voll Zorn taxiert hatte. Sein Griff um Effies Arm verstärkte sich. Marie atmete tief ein. Sie brauchte eine Lösung, und wenn es nur ein wenig Zeit war, die sie kaufte – aber sie konnte Effie nichts unterschreiben lassen.

Oder war es schon zu spät?

«Hast du etwas unterschrieben, als er bei dir war?», fragte sie heiser.

Ängstlich starrte Effie sie an. Als sie endlich den Kopf schüttelte, fiel Marie ein Stein vom Herzen.

«Falls du dich hin und wieder zu schwach fühlst, um das Danzhus weiter zu betreiben, lass mich es versuchen, Effie, bitte. Nichts werde ich tun, was du nicht willst. Wir besorgen alles das, was du hattest, sogar dieselben Servietten, wenn du es wünschst. Wir streichen nichts, hängen keine Glühbirne auf, und wenn du wieder exakt denselben Tresen möchtest wie vorher, bekommen wir das auch irgendwie hin. Aber triff jetzt keine voreiligen Entscheidungen. Gib mir ein Vierteljahr. Gib *uns* ein Vierteljahr.» Sie durfte nicht einmal daran denken, wann sie es neben ihrer Arbeitssuche noch schaffen sollte, das Danzhus in einem so kurzen Zeitraum wieder aufzubauen, doch das war zweitrangig. Und wenn sie Tag und Nacht arbeitete ... Hauptsache, Effie gab nicht jetzt auf.

«Lass uns bewahren, was du dir aufgebaut hast. Den Ort, den Emmeline dir vermacht hat und an dem Helly strahlen konnte.»

Zweifelnd sah Effie sie an.

«Das ist doch Unfug», mischte sich zischend Konstantin ein. «Komm, Effie, wir haben doch alles besprochen.»

«Effie», rief Marie verzweifelt. Sie hatte das Gefühl, nie zuvor um etwas derart Wichtiges gekämpft zu haben. Wenn Konstantin gewann, würde für Effie alles verloren sein. Dann würde sie in ihrer Küche verkümmern. Sie hätte nichts mehr, um morgens aufzustehen, nichts, an das sie mit Freude denken konnte. «Du gehst keinerlei Verpflichtungen ein. Ich unterschreibe dir, dass ich alle Arbeit ohne Entgelt erledige und nicht den kleinsten Anspruch erhebe. Ich verspreche dir: Sobald du den Entschluss fasst, nun doch verkaufen zu wollen, überreiche ich dir ohne ein weiteres Wort den Schlüssel. Zu dem Zeitpunkt haben wir das Danzhus so hergerichtet, dass du erheblich mehr Geld dafür bekommen wirst. Wenn das Lokal erfolgreich ist, wenn die Gäste dir die Tür einrennen, was glaubst du, wie man es dir aus den Fingern zu reißen versucht? Dann stehen hier nicht mehr nur drei Männer herum, sondern zwanzig. Und du hast ausgesorgt.» Ihr Herz klopfte, vor Aufregung bekam sie nicht mehr richtig Luft.

«Die Tür einrennen?», zischte Konstantin Kirchner. «Das glauben Sie doch wohl selbst nicht. Wir sind hier nicht am Jungfernstieg oder in den Colonnaden. Hier gibt es keine tanzwütigen Leute, die irgendwem die Tür einrennen. Aber wohnen, das will man hier. Effie, stell dir doch nur einmal vor, wie hübsch es wäre, wenn du sonntags hier vorbeikämest, und freundliche Menschen lebten hier, die dich auf eine Tasse Tee einladen und ...»

«Ich glaube Ihnen nicht. Sie wollen hier bestimmt einen Bürokomplex errichten.» Marie stützte die Hände in die Hüften. «Erzählen Sie mir nichts von freundlichen Familien. Oder wollen Sie ...?» Ihr stockte der Atem. «Wollen Sie das Gebäude womöglich abreißen?»

Augenscheinlich lag sie erneut richtig. Seine Wangen färbten sich zornesrot. «Halt den Mund, du dummes Luder!»

Effie riss sich los, griff nach Konstantins Schirm und schwang ihn zielgerichtet nach seinem Kopf. «Red nicht so mit meiner Freundin!»

Er ging in Deckung und funkelte Marie so hasserfüllt an, dass sie die Fäuste ballte. Sollte er sie schlagen, würde sie ihn ins Fleet schubsen. Dummerweise näherten sich nun die drei anderen Anzugträger, Effie und sie wären also in der Unterzahl.

«Was ist hier los?», fragte der eine mit unverkennbar englischem Akzent. «Wer sind Sie?»

«Effie von Tieck», sagte Effie, nachdem sie den Schirm wieder hatte sinken lassen. Sie starrte die Männer an wie eine Erscheinung.

«Frau von Tieck!» Freundlich verzog der Mann, der sicher Brite war, das Gesicht, doch Marie fand nicht, dass er sonderlich vertrauenswürdig wirkte. Er hatte das Lächeln eines Verkäufers: auf den ersten Blick nett und offenherzig, aber doch kalt. «Gestatten, Alan Beauford, es ist mir eine Ehre.» Er verbeugte sich, was Effie die Augen noch weiter aufreißen ließ.

«Ich weiß, wer Sie sind.»

«Wie bitte?», fragte Herr Beauford verwirrt.

Konstantin, der sich wieder aufgerichtet hatte und Marie erneut mit einem bitterbösen Blick bedachte, warf ein: «Du musst ihn verwechseln. Lass mich bitte auch Herrn Schönemann und Herrn Theiß vorstellen, meine Herren, meine Großtante Effie von Tieck, Besitzerin dieses wunderschönen Gebäudes.»

«Ich weiß, wer Sie sind», wiederholte Effie mit starrem Blick.

Irritiert sahen die Herren sie an.

«Einer wie der andere. Mögen die Jahre ins Land ziehen. Einer kommt, einer geht, letztlich zählt nur das Geld.»

«Effie», wisperte Konstantin, «was redest du für einen Unsinn?» Und an die Männer gewandt: «Sie müssen entschuldigen, meine Herren, meine Großtante fühlt sich heute Morgen offenbar nicht wohl. Es dauert nur einen Moment, wenn Sie vielleicht am Haus warten könnten.»

«Ich verkaufe nicht. Ich mache es, wie Marie vorgeschlagen hat.»

«Effie!» Konstantin wisperte nun kein bisschen mehr. Die Herren sahen pikiert in ihre Richtung.

«Ich verkaufe nicht», wiederholte Effie so laut, dass alle zusammenzuckten, und wandte sich an Marie. «Drei Monate. Dann sehen wir weiter.»

«Und was für ein Laden soll das bitte werden?», fragte Konstantin höhnisch. «So ein Lokal mit der verlausten Jugend, wie sie sich in Sankt Pauli rumtreibt? Die Wischmöppe statt Haaren auf dem Kopf trägt und auf ihren Gitarren rumschrabbelt? Da könnt ihr schneller wieder zumachen, als ihr hoppla sagen könnt.»

Marie machte sich so groß, wie sie konnte. «Hier wird nicht geschrabbelt, und Läuse gibt es auch keine. Im Danzhus wird Twist getanzt.»

«Twist?», spuckte Konstantin aus. «Was zur Hölle ist das denn? So ein Affentanz von der Reeperbahn?»

Marie lächelte, statt ihm zu antworten. Auch in Effies Augen zeigte sich etwas Glanz, und in ihr Gesicht schlich sich ein Hauch von Hoffnung. «Meine Herren, bitte gehen Sie jetzt, Sie haben im Danzhaus nichts zu suchen.» Sie reckte den Hals und sah wieder so störrisch aus, wie nur sie es vermochte. Marie grinste, obwohl ihr Herz immer noch raste, als sei sie den gesamten Weg von der Schmuckstraße hierher gerannt.

Zornige Schritte erklangen auf dem Kopfsteinpflaster, als die Herren regenschirmschwingend verschwanden. Konstantin zögerte.

«Du auch», sagte Effie zu ihm und kniff drohend die Augen zusammen. «Geh.» Als er wütend vor sich hin stampfend um die Ecke verschwand, wandte sich die ältere Dame zaghaft lächelnd an Marie.

«Danke.»

«Danke», sagte Marie ebenfalls. Sie griff nach Effies kühlen Händen und drückte sie. «Was meintest du mit dem, was du gesagt hast – einer geht, der andere kommt oder so?»

«Das hat Emmeline einmal gesagt. Sie hat es auf die Hamburger Börse bezogen, aber so sahen die Männer ja auch aus – als jonglierten sie Tag und Nacht mit Geld und hätten keinen Blick mehr für irgendetwas anderes. Das will ich nicht für mein Danzhus. Und das könnte ich Emmeline nicht antun.»

Freude und Erleichterung schwappten über Marie hinweg wie eine riesige Welle.

«Ich hoffe, du glaubst mir, dass ich es nicht irgendwelchen Geldes wegen tue», sagte Marie, da Effie nicht weitersprach, sondern mit gerunzelter Stirn auf das Haus im Dovenfleet blickte. «Aber ich kann verstehen, dass Konstantin so scharf darauf war, es sich unter den Nagel zu reißen. So ein Haus in allerbester Lage gegenüber der Speicherstadt. Ruhig, aber nahe der Innenstadt ...»

«Ja, so wird es wohl sein. Während es den Kerlen früher wohl eher darum ging, die Konkurrenz auszuschalten. Kerle wie Konstantins Vater.»

Erstaunt wandte sich Marie ihr zu. «Konstantins Vater? Er hat es ebenfalls schon einmal versucht?»

Mit düsterer Miene nickte Effie. «Dennoch war ich so dumm anzunehmen, dass Konstantin anders wäre. Weißt du, wenn man so wenig Familie hat wie ich – ach, natürlich, du weißt es ja ... Ich habe zwar nie Wert darauf gelegt, mit irgendwem aus der Familie von Tieck Kontakt zu pflegen, doch als Konstantin in mein Leben kam, war er ein störrischer Jugendlicher, der sich mit allen überwarf, die er kannte. Da hatten wir doch eine Gemeinsamkeit.» Sie lächelte hintersinnig. «Eines Abends vor sieben oder acht Jahren stand er vor meiner Tür. Er hatte mich über das Adressbuch seiner Eltern gefunden und war neugierig auf seine unbekannte Großtante. So sahen wir uns hin und wieder, und zu meiner Überraschung mochte ich ihn. Doch mit den Jahren begann er mehr und mehr, seinem Vater zu ähneln, so jedenfalls empfand ich es.» Effie schüttelte den Kopf. «Aber genug davon. Eigentlich möchte ich über etwas anderes mit dir reden, Marie. Etwas, das ich schon lange hätte ansprechen müssen. Komm, wir gehen nach Hause.»

Verblüfft sah Marie, dass Effie ihr die ausgestreckte Hand hinhielt, und nahm sie. Schweigend gingen die beiden Richtung Michel, dann durch den Alten Elbpark zurück zur Reeperbahn.

Als sie in der Wohnung ankamen, sah Effie sie mit nervöser Miene an. «Ich hätte es dir viel früher sagen sollen, aber ich wusste nicht ... Es ist eine dumme Entschuldigung, aber mir bleibt keine andere, weil es tatsächlich so war, dass ich es wieder vergessen habe, als Konstantin ...»

Verwirrt schüttelte Marie den Kopf. «Ich fürchte, ich verstehe nicht, worauf du hinauswillst.»

Effie holte tief Luft. «Als ich über das Danzhus nachgedacht habe und wie es weitergehen könnte, ist mir etwas eingefallen. Da habe ich in meinen alten Sachen herumgekramt, und dabei habe ich etwas gefunden, das du gewiss gern haben möchtest. Falls ich überhaupt richtigliege, womöglich denke ich ja auch nur, ich hätte eins und eins zusammengezählt ...»

Nun doch etwas beunruhigt, folgte Marie Effie in ihr Schlafzimmer, wo sich die ältere Dame an der Schatulle zu schaffen machte, in der sich der Zeitungsartikel über die Eröffnung des Ballhauses anno 1918 befand.

«Hier muss er sein, ich habe ihn extra hier hineingelegt, um ihn nicht wieder zu verlieren», murmelte Effie und blätterte mit zitternden Fingern durch die vergilbt wirkenden Fotografien.

«Da!» Sie zog etwas hervor und hielt es Marie unsicher hin. Wieder ein Artikel, der aus einer Zeitung ausgeschnitten worden war. «Sicher bin ich mir nicht», fügte sie hinzu. «Aber Helly hatte eine Freundin – es war keine lang währende Freundschaft, was vielleicht erklärt, wieso mir ihr Name nicht mehr präsent war. Aber ich glaube, ich habe deine Mutter getroffen. Ein einziges Mal nur, vor langer, langer Zeit ...»

Marie lief es eiskalt den Rücken hinab, dann wurde ihr vor Aufregung schlagartig heiß, und ihre Knie begannen zu zittern. Sie streckte die Hand aus und nahm den Artikel entgegen.

«Ist sie das? Deine Mutter?»

Den Tränen nahe starrte Marie auf ein körniges Schwarz-Weiß-Bild mit zwei Frauen, die, zweifellos für einen Bühnenauftritt ausstaffiert und geschminkt, Arm in Arm vor einer tapezierten Wand standen. Beide waren Anfang zwanzig, nahm Marie an, mit fröhlichem Lachen und blitzenden Augen, eine hübscher als die andere. Die Spitze ihres Zeigefingers fuhr über das Gesicht ihrer Mutter.

«Ja.» Ihre Stimme klang gepresst. «Das ist Klara, meine Mutter.»

«Und das meine Helly», sagte Effie leise und deutete auf die junge Frau mit dem dunklen, wild gelockten Haar.

In dem knappen Artikel aus dem Jahr 1933 wurde von einer talentierten jungen Dame berichtet, die jüngst ihre Gesangsausbildung in Berlin abgeschlossen hatte. Helly von Tieck, hieß es, stehe noch am Anfang ihrer Karriere, doch müsste es mit dem Teufel zugehen, wenn diese nicht glanzvoll würde. Unter der Fotografie stand nur der Hinweis: *Fräulein von Tieck mit einer Freundin.*

Anscheinend hatte sich ihre Mutter einen Spaß daraus gemacht, ihren Namen für sich zu behalten. Marie lächelte. Klara musste es damals schon zu einer gewissen Bekanntheit gebracht haben, aber vielleicht hatte sie Helly nicht die Show stehlen wollen.

Marie ließ das Bild auf sich wirken. Sie besaß ja nichts bis auf ihre Erinnerungen! Kein Fotoalbum, keine Briefe, nichts.

«Wie war sie, meine Mutter? Hast du sie wirklich kennengelernt? Und wieso waren Helly und sie nicht lange miteinander befreundet, weißt du das?»

Effie atmete tief ein. Sie setzte sich auf ihr Bett und klopfte aufmunternd neben sich. «Ich kann leider nicht behaupten, sie wirklich gekannt zu haben. Als Helly in Berlin war, hat sie mir von ihr in ihren Briefen erzählt, sie hat regelrecht von ihr geschwärmt. Klara war für sie ... Nun, Helly wollte so gern sein wie sie. Eloquent. Mutig. Charmant und ... nun ja, mit großer Anziehungskraft auf die Männer.»

Marie lachte leise. «Ja. Die hatte sie.» Wehmütig lächelte sie. Es fühlte sich schön an, mit jemandem über ihre Mutter zu sprechen und dabei nicht diejenige zu sein, die erklärte. Sondern einfach zuzuhören.

«Soweit ich weiß, ist nichts vorgefallen, das die Freundschaft zerstört hätte», fuhr Effie fort. «Sie haben sich bloß seltener gesehen und irgendwann gar nicht mehr. Einfach so. Manchmal lebt man sich eben auseinander. Aber ihr Klavierspiel war einzigartig, das weißt du ja selbst. Nicht dass ich mich damit besonders gut auskenne, doch sie hatte diese Art, das Tempo zu variieren, einzutauchen in die Musik ...» Effie schüttelte den Kopf. «Für meine ungeschulten Ohren hörte es sich meisterlich an. Dennoch hat sie Helly auf eine Weise begleitet, die sich nicht in den Vordergrund drängte. Ich fand das außergewöhnlich. Sie war zuvor immer allein aufgetreten, hat mir Helly damals erzählt, und hat stets für volle Häuser gesorgt. Sie brauchte niemanden, der singt.»

«Und ...»

«Ja, ich weiß, du möchtest von mir etwas über ihr Wesen erfahren, nicht wahr? Leider kann ich dir damit nicht wirklich dienen. Ich habe sie nur das eine Mal getroffen. Wir haben uns über das Wetter unterhalten – oder war es Politik? Allerdings ...» Effie zögerte. «Sie war ... Möchtest du vielleicht ein Glas Wasser? Ich bin recht durstig und ...»

«Was wolltest du sagen?»

«Sie hat sich mit den falschen Kerlen eingelassen, das habe ich damals gleich gesehen. Mit wirklich unangenehmen Männern.»

Marie dachte an den Mann in der Uniform zurück, der an dem letzten Abend, an dem sie ihre Mutter gesehen hatte, vor der Tür gestanden hatte. Sie nickte.

«Ich denke nach, ja? Es ist alles ein bisschen verschwommen, aber vielleicht fällt mir ja noch etwas ein.»

«Danke.» Marie blickte erneut auf den Zeitungsausschnitt. Was für ein wundersamer Zufall, dass sie hier in Effies Schlafzimmer saß und eine Fotografie ihrer Mutter in den Händen hielt.

«Geht es dir gut?», fragte Effie sanft.

Wortlos nickte Marie, während sich in ihrem Hals ein Kloß bildete. Doch es war keine Trauer, die sie befiel. In Klaras Augen zu sehen, in ihr strahlendes Lächeln, erfüllte sie mit wärmender Ruhe. Wunderschön fühlte es sich an.

Frieda

Hamburg, Kornträgergang
18. Mai 1933

Seit sie ohne Helly in Emmelines alter Wohnung lebte, las Effie Zeitung. Wieso, wusste sie selbst nicht, doch vielleicht sollte sie sich auch eher fragen, warum sie es nie zuvor getan und bloß die Titelseiten angesehen hatte, wenn sie an den Läden vorübergegangen war. Aber sie hatte ja auch Emmeline gehabt, die sie immer auf dem neuesten Stand des Weltgeschehens gehalten hatten.

Effie warf einen Blick in den karg möblierten, aber liebevoll eingerichteten Raum. Sie vermisste Emmeline immer noch so, als sei sie erst am gestrigen Tag und nicht vor zehn Jahren gestorben. Nach wie vor empfand sie Trauer und Schmerz, wenn ihr durch den Kopf ging, wie es so weit gekommen war. Vor allem aber fühlte sie den Zorn, der in heißen Wellen über sie schwappte. Diese Kerle um Thälmann hatten ihren Tod zu verantworten, Emmelines wie auch den zahlreicher anderer. Und was hatten sie erreicht? Nichts. Nichts, außer dass Tränen und Blut geflossen waren, dabei hatte Emmeline doch friedlich kämpfen wollen. *Für* die Menschen, nicht gegen sie. Vor allem für die Frauen.

Sicher hätte Emmeline es anders gesehen. «Jemand muss etwas tun», hätte sie gesagt, «jemand muss versuchen, unser Leben zu verändern.» Und damit hätte sie natürlich recht gehabt. Doch konnte man nicht auch im Kleinen Veränderungen herbeiführen? Damit hatte doch Emmeline begonnen, genauer gesagt hatte es ihre Großmutter getan, indem sie das Ballhaus am Dovenfleet stets in weiblicher Hand hatte wissen wollen. Ja, und eines Tages würde es in Hellys Hände übergehen. Helly, die sich so sehr verändert hatte ... Mit einem Kopfschütteln dachte Effie an jenen Tag vor zwei Jahren zurück, an dem sie Helly am Dammtor-Bahnhof verabschiedet hatte. Da war ihre Tochter, gerade volljährig, in ihr eigenes Leben aufgebrochen, nach Berlin, wo sie am Stern'schen Konservatorium eine Gesangsausbildung begonnen hatte.

So stolz Effie gewesen war, ihre kleine Große ziehen zu sehen, so sehr hatte sie es mit der Angst zu tun bekommen. Helly war nach wie vor speziell, auch wenn ihre Entwicklung gänzlich unverhoffte Wendungen genommen hatte. Die Musik, hatte Ole damals hellsichtig bemerkt, war Hellys Schlüssel zur Welt. Doch als Effie sie an Weihnachten in Berlin besucht hatte, war ihr eine junge Frau in die Arme gefallen, die sich kaum von anderen Mädchen ihres Alters unterschied. Sie kicherte bei jedem zweiten Satz, und sie hatte sogar gelernt, den Menschen in die Augen zu blicken, wenn sie mit ihnen redete. Es war wahrlich ein Wunder.

Wie würde sie sich nun verwandelt haben, wenn Effie sie am Bahnhof abholte? War sie in der Zwischenzeit gänzlich erwachsen geworden?

Effie schluckte und versuchte, trotz der Tränen in den Augen, die die Lettern in der Zeitung verschwimmen ließen, weiterzulesen. Der Artikel handelte von der Rede des Reichskanzlers, die er am Tag zuvor vor dem Reichstag gehalten hatte. Je mehr sie las, desto unwohler wurde ihr. Was Emmeline wohl von ihm gehalten hätte? Ein paar Damen des Nähvereins hatten sich positiv darüber geäußert, dass er bei einer Rede in der Potsdamer Garnisonkirche auch die Frauen angesprochen hatte. Welcher Politiker hatte das zuvor je getan? Dennoch ... Etwas an ihm behagte Effie nicht.

Sie las weiter.

> Deutschland ist jederzeit bereit, auf Angriffswaffen zu verzichten, wenn die übrige Welt ein Gleiches tut. Deutschland ist bereit, jedem feierlichen Nichtangriffspakt beizutreten, denn Deutschland denkt nicht an einen Angriff, sondern es denkt nur an seine Sicherheit.

Fünfzehn Jahre waren vergangen seit dem Großen Krieg, und doch fühlte er sich manchmal noch erschreckend nahe an. Ole hielt den neuen Reichskanzler für einen Schuft, mutmaßte jedoch, dass er schneller wieder gehen würde, als er an die Macht gekommen war. Auf der anderen Seite gab es viele, die ihm zujubelten. Selbst hier, im Gängeviertel, das auch Klein-Moskau genannt wurde wegen der vielen kommunistisch wählenden Arbeiter, hatte sie den einen oder anderen schon sagen hören, dass Hitler es wohl zu etwas bringen werde.

Sie nahm allerdings nicht an, dass er auch das Gängeviertel retten würde. Stück für Stück wurden die alten

Häuser abgerissen. Die Wohnung, in der sie seit Hellys Umzug nach Berlin allein lebte, befand sich in einem der wenigen noch verbliebenen. Nur eine Frage der Zeit, bis sie weichen musste. Doch wohin dann? In die obere Etage des Danzhus?

«Na, viel Spaß dabei», murmelte Effie. Nicht dass es ihr noch an Geld fehlte. Da sie das Berliner Konservatorium fortan keine Unsummen mehr kosten würde, hatte sie zum ersten Mal seit langer Zeit die Möglichkeit, etwas zurückzulegen. Oder sich eine teurere, größere Wohnung zu leisten. Doch lieber wollte sie sparen. Träumten Helly und sie etwa nicht seit Jahren davon, endlich einmal eine weite Reise anzutreten?

Mit einem Lächeln auf den Lippen vertiefte sie sich wieder in die Zeitung, warf sie jedoch ein paar Minuten darauf zu Boden. Nein, sie konnte diesen Kerl nicht leiden. Und sie ließ sich auch nicht von der These beruhigen, es sei nur eine Frage der Zeit, bis der kleine schnurrbärtige Mann wieder im Gefängnis Zellenstäbe zählte.

Als die Glocken des Michels dreimal schlugen, sprang sie auf. Sie hatte noch massig Zeit, aber die brauchte sie auch. Nachdem sie in das schmal geschnittene Prinzesskleid geschlüpft war, das sie schlanker erscheinen ließ, als sie in Wirklichkeit war, versuchte sie, sich auf die Schnelle eine Frisur wie die der Schauspielerin Brigitte Helm zurechtzustrubbeln, was jedoch gründlich misslang. Ihr Haar glänzte nicht und war zudem kaum fein genug, sondern dick, strohig und nie dort lockig, wo es lockig sein sollte.

Nun, darüber sollte sie sich mit ihren fast einundfünfzig Jahren allerdings auch keine Gedanken mehr machen. Eitelkeit war etwas für junge Dinger.

Nun noch die Sandalen mit den Absätzen an die Füße. Sie war zufrieden mit dem Bild, das der Spiegel zurückwarf. Ein Geschenk des Alterns: Obschon es gewiss nicht an verminderter Sehkraft lag – sie benötigte keine Brille –, wurde ihr Blick auf sich selbst immer weicher.

Als sie wenig später mit klopfendem Herzen am Dammtor-Bahnhof stand, kam sie nicht umhin, sich neben ihrer freudigen Aufgeregtheit die schrecklichsten Dinge auszumalen. Helly war schon seit dem vergangenen Sommer nicht mehr in Hamburg gewesen. Ihre Briefe und Postkarten erreichten Effie zwar regelmäßig, doch schien ihr das Ungleichgewicht immer mehr zu wachsen. Da war die Sehnsucht nach ihrer Tochter auf der einen Seite und Hellys Wunsch nach Unabhängigkeit auf der anderen. Dass sie ausgerechnet nach Berlin gegangen war, statt in Hamburg zu bleiben! Auch hier gab es gute Schulen, das Färber-Krüß-Konservatorium etwa hatte einen exzellenten Ruf. Aber Helly hatte fortgewollt, so einfach war es wohl. Nachdem sie so lange Kind geblieben war, hatte sie es plötzlich äußerst eilig gehabt, erwachsen zu werden.

Züge fuhren ein und verließen den Bahnhof wieder. Sie war viel zu früh dran. Warmer Maiwind blies ihr auf dem Bahnsteig um die Ohren, und sie hörte das Gelächter, das vom Rummel gegenüber zu ihr empordrang. Ihre Nervosität wurde mit jeder Minute größer. Immer besorgniserregendere Bilder malte sie sich aus. Was, wenn Helly am Arm eines Herrn aus dem Waggon stieg? Was, wenn sie das Singen aufgab, weil sie sich verliebt hatte? Auf der anderen Seite war das schwer vorstellbar – Helly war immer noch sonderbar, immer noch wortkarg und in sich gekehrt, ein Mensch, der empfindlich auf Lärm reagierte, solange es sich nicht um Musik handelte, empfindlich auch gegenüber fremden Menschen.

Ein kleines trauriges Wunder war es gewesen, dass sie nach Berlin gegangen war. Und heute, endlich, kehrte sie zurück.

«Na, wenn das kein Zufall ist», erklang hinter Effie eine kehlige Stimme.

Der Mann, zu dem sie sich umwandte, war hochgewachsen und hatte das Gesicht eines beleibten Wiesels: über die schmalen Lippen gleitende Vorderzähne, eine spitze Nase und Pausbacken, über denen die dunklen verschlagenen Augen nur so funkelten.

«Herr Haggert», saget Effie überrascht.

Mit einer Geste, die halb Verbeugung, halb Nähertreten war, drückte er ihr einen Kuss auf die ausgestreckte Hand.

Sie waren einander unzählige Male begegnet, seit sie sich an dem ersten Silvester nach dem Krieg erstmals über den Weg gelaufen waren. Immer noch konnte sich Effie ausnehmend gut an Oles Worte erinnern. Einen Aasfresser hatte er Theodor Haggert genannt. Dass sich ihre Wege in Jahren danach immer wieder kreuzten, war eben unumgänglich in einer Stadt wie Hamburg, zumal sie beide im Nachtleben arbeiteten. Was die Vergnügungsstätten betraf, hatte sich Sankt Pauli so fest etabliert, dass das Viertel wohl bis in alle Ewigkeit die erste Adresse für die Nachtschwärmer der Hansestadt bleiben würde. Dennoch kämpften, und manche von ihnen äußerst erfolgreich, eine Handvoll Lokale außerhalb der sündigen Meile gegen Erfolgsschuppen wie den Trichter und das Hippodrom an, in deren Geschäfte Theodor Haggert verwickelt war, wenngleich niemand recht wusste, in welchem Maße.

Hin und wieder kam er zu Besuch ins Danzhus. Um die Konkurrenz auszuspionieren, das war sonnenklar. Effie war ihm stets höflich, aber distanziert begegnet. Doch das Unbehagen, das sie schon bei ihrer ersten Begegnung empfunden hatte, spürte sie in seiner Gegenwart noch immer.

«Sie sind um diese Zeit schon wach?», fragte sie und lächelte ihn mit hochgezogener Augenbraue an.

Leise lachte er in sich hinein, tat einen letzten Zug von seiner langstieligen Zigarette und schnippte sie ins Gleisbett. «Meine größten Talente hole ich höchstpersönlich vom Bahnhof ab. Das war schon immer so und wird auch immer so sein.»

«Ich wusste gar nicht, dass Sie in Talente machen.»

«Oh, durchaus, Verehrteste, das tue ich.»

In Effies Magen begann es nervös zu grummeln. «Und wer ist der Glückliche?»

«Der?» Sein Grinsen wurde noch breiter, noch fieser. Effie brach der Schweiß aus. «Kein Er. Eine Sie.»

Mit einem Mal schien ihr die laue Mailuft stickig, sie roch die Abgase der Wagen, die unten auf der Straße vorbeibrausten und deren glänzende Karosserien das Sonnenlicht zurückwarfen.

«Wie laufen die Geschäfte, Verehrteste?», erkundigte er sich beiläufig.

«Gut.»

«Nur gut?»

«Ja. Gut genug.» Sie würde sich nicht darauf einlassen, mit ihm um Erfolge zu wetteifern, oh nein.

Aufmerksam sah er sie an und kräuselte die Lippen. Ihm gefiel, dass er sie nervös machte, das war deutlich zu erkennen.

Ein durchdringendes Pfeifen kündigte die Einfahrt des Zuges an. Rauchumwölkt schoss die Lokomotive heran, bremste mit gewaltigem Quietschen ab, und kurze Zeit später war der Bahnsteig schwarz von den Kleidern der Reisenden. Effie stellte sich auf die Zehenspitzen, um Helly zu entdecken.

«Verehrteste», verabschiedete sich unterdessen Theodor Haggert mit einer Verbeugung. Dann reckte er den Arm und rief: «Klara, Klara, hier!»

Erleichtert, dass er nicht den Namen ihrer Tochter gerufen hatte, wandte sich Effie ab. Ihr Herz klopfte immer noch zu schnell.

Da, da war sie! Hellys dunkles Haar war nun gänzlich gebändigt. Schwarz glänzend fiel es ihr in weichen Locken über die Schultern. Ihr Gesicht schön zu nennen, wäre wohl übertrieben, aber sie hatte etwas so Eigenes, Außergewöhnliches mit ihrer herben Nüchternheit und dem so entschlossenen wie seelenvollen Blick, dass sich die Leute zu ihr umwandten, als sie vorüberlief.

In dem schmal geschnittenen Kostüm mit den breiten Schultern sah Helly erschreckend erwachsen aus. Sie lächelte, als sie den Hut aufsetzte und ihre Mutter begrüßte.

«Guten Tag.»

Effie war es gleich, dass Helly Umarmungen nicht sonderlich mochte, sie zog sie stürmisch an sich und drückte sie fest.

«Lass mich, Mama.» Glücklicherweise lachte sie dabei.

«Komm», forderte Effie sie auf, doch Helly schüttelte den Kopf.

«Ich bin mit einer Freundin gefahren, aber ich habe sie auf dem Bahnsteig aus den Augen verloren.» Wenn sie sprach, klang es bloß noch ein wenig so, als müsse sie jedes einzelne Wort zunächst einer Untersuchung unterziehen, bevor sie es aussprach. Wahrscheinlich bemerkte es außer Effie niemand. Doch wenn Helly sang, strömten die Worte nur so aus ihr heraus.

«Ihr Freund wollte sie abholen. Du kennst ihn, dieser Haggert.»

Effie verzog das Gesicht. «Dieser widerliche Kerl?»

Mit düsterer Miene nickte Helly.

«Dann ist sie schon weg», sagte Effie. «Ich habe eine junge rotblonde Frau an seinem Arm die Treppen hinunterlaufen gesehen.»

Nachdenklich nickte Helly. «Ich habe ihn noch nie besonders leiden können.»

Effie nickte. «Ich auch nicht.» Und ich bin froh, fügte sie in Gedanken hinzu, dass er nicht *dein* Freund ist.

Sie gingen zu Fuß. Helly mochte es, dass sich ihr Leben in Hamburg auf wenigen Quadratkilometern abspielte, während man in Berlin für jede noch so kleine Erledigung die Untergrundbahn nahm. In der Mönckebergstraße herrschte Trubel. Nach Jahren der Wirtschaftskrise besaß zwar immer noch niemand einen Pfennig, dennoch hatten die meisten Leute begonnen, Hoffnung zu schöpfen, als Adolf Hitler Reichskanzler geworden war. Jetzt sahen sie vorsorglich in die Schaufenster und überlegten, was sie sich kaufen würden, sobald sie es sich bald wieder leisten konnten.

Auch Effie hatten, der hohen Kosten für die Musikschule wegen, hin und wieder Geldsorgen gedrückt, doch von Emmeline hatte sie gelernt, dem keinen allzu großen Wert beizumessen. Aber das war ja nun vorbei. Sie würden irgendwie durchkommen, Helly und sie. Es hatte immer geklappt. So würde es weitergehen.

Vor dem schmalen Spiegel neben Effies Bett zog sich Helly um. Effie versuchte, das Bild, das sie sah, mit jenem aus ihrer Erinnerung in Einklang zu bringen. Ihr tat das Herz weh, auch wenn sie sich dagegen wehrte. Ihre Tochter besaß die schlanke Statur einer jungen Frau. Sie war schön, und sie hatte eine faszinierende Aura. Eines Tages würde sie Verehrer haben. Effie betete, dass der Mann ein besserer Mensch war als jener, dem sie selbst als junges Ding ihr Herz geschenkt hatte. Ein Mann, der Liebe in sich trug. Niemand, der so voll Hass war wie Werner, dessen Tod nun zwei Jahre zurücklag. Wie sie aus einem formlosen Brief erfahren hatte, hatte Werner kurz vor seinem Tod erfolgreich eine Klage auf Scheidung eingereicht, um zu erreichen, dass Helly und sie nichts erbten. Beinahe dreißig Jahre waren nach ihrer Trennung vergangen. Ob er die ganze Zeit über gedacht hatte, sie kehre doch noch zu ihm zurück? Um das Geld und das Gut jedenfalls war es nicht schade. Sie brauchte nichts mehr von ihm.

«Sie ist schwanger», sagte Helly, während sie ein weich fallendes Kleid aus glänzendem Satin anprobierte, dessen zartes Rot die Blässe ihres Gesichts und das Schwarz ihrer Haare zur Geltung brachte. Es reichte ihr bis zu den Knöcheln und raschelte bei jeder ihrer Bewegungen.

«Wer ist schwanger?»

«Meine Freundin. Die, die du eben am Bahnhof gesehen hast.»

«Von Haggert etwa?»

Helly nickte. Ihr Gesicht hatte sich verdunkelt. «Er ist wirklich kein guter Mann. Das weiß sie sogar. Und dennoch ... Ich habe das Gefühl, sie will ihn deswegen umso mehr.»

Da Helly selten so viel sprach, musterte Effie sie besorgt. «Deine Freundin – ist sie denn ein guter Mensch?»

«Klara?» Helly nickte entschieden. «Sie ist nur manchmal etwas ... oberflächlich.»

«Und woher kennst du sie?»

«Aus dem Kakadu.»

Weil Effie fragend guckte, erklärte sie: «Das ist eine Bar in Berlin.»

«Du besuchst Bars?»

«Mama, ich bin förmlich im Danzhus großgeworden. Und nun soll ich jeden Abend zu Hause bleiben?»

Effie seufzte. «Nein, du hast ja recht. Entschuldige.»

«Ich wollte dich fragen ...»

«Ja?»

«Darf Klara morgen für mich spielen? Sie ist eine wundervolle Pianistin.»

«Natürlich darf sie für dich spielen. Wieso fragst du überhaupt?»

«Weil dann auch ihr Freund kommt.»

«Ach so.» Effie zuckte mit den Schultern. «Soll er doch, er kommt ja sowieso hin und wieder vorbei. Mir ist es gleich.» Nun, das stimmte nicht. Gänzlich gleich war es ihr nicht, aber einen Abend mit Haggert würde sie schon überstehen, wenn sie ihrer Tochter eine Freude machen konnte.

Aus dem Tanzsaal drang leises Geplapper zu ihr nach oben, untermalt von den Klängen der Pianistin. Es war erst acht, viel zu früh, als dass die Sause so richtig losgehen könnte, dennoch roch Effie die Aufregung beinahe, die von unten emporkletterte, eine freudige, prickelnde Nervosität, die sie an eisgekühlten Schampus erinnerte. Das Danzhus hatte harte Jahre hinter sich, obwohl das Geschäft hin und wieder auch floriert hatte. Vor gut fünf Jahren hätten die Nächte wilder nicht sein können – Josephine Baker hatte im Alkazar die Hüften geschüttelt, unbekleidete Frauen waren im Hippodrom im Kreis geritten, und dennoch waren die Leute auch zu ihnen geströmt, ins Danzhus, das klein, aber fein war und nie die ganz Großen zu sich auf die Bühne holte, und doch um ein spannendes Programm bemüht war.

Heute, an Hellys dreiundzwanzigstem Geburtstag, stand erstmals ihr Name auf den Flugblättern. Es kam Effie vor wie ein Traum, und sie wusste, dass auch Helly sich seit Jahren wünschte, im Danzhus aufzutreten – nicht vor einer Handvoll Menschen, sondern vor einem Publikum, das dafür zahlte, sie singen zu hören.

Vor Aufregung befiel Effie langsam Übelkeit. Seit Helly ihr Gesangsstudium aufgenommen hatte, hatte Effie ihre Tochter nicht mehr singen gehört. War ihre Stimme nun glatt geschliffen, weich und biegsam, womöglich ihrer Besonderheit beraubt?

«Nervös?»

Erschrocken wirbelte Effie herum. Sie nickte. «Und wie.»

«Wird schon.» Mit der flachen Hand strich sich Ole über seine glatte Kopfhaut. Nachdem Emmeline gestorben war, war er um Jahre gealtert. Jetzt wirkte er, als habe er die achtzig schon überschritten.

Mit der Zeit waren sie immer vertrauter miteinander geworden, doch zugleich hatte Effie das Gefühl, ihm nicht sagen zu können, was sie bewegte. Er war zu gebrochen, als dass sie ihm ihre Last aufbürden konnte. So hielt sie ihn bloß über das Geschäftliche auf dem Laufenden, wenn der Laden lief. Lief er nicht, was immer wieder der Fall war, schwieg sie, und Ole fragte nicht nach. Doch er half, wann immer Not am Mann war, und Effie war froh darüber, dass er es zuließ, dafür bezahlt zu werden.

«Sie wird ihre Sache gut machen.»

«Helly hat keinerlei Bühnenerfahrung. Was, wenn das Publikum sie auspfeift?»

«Wird schon», sagte er, doch seine Beteuerung konnte Effie die Anspannung nicht nehmen. Müsste sie selbst dort unten auf die kleine Bühne klettern, sie könnte kaum aufgeregter sein.

Effie wusste, dass Helly, wenn der Applaus ausbliebe, trauern würde; sie würde sich in sich zurückziehen wie ein Krebs in seinen Panzer, und im schlimmsten Falle würde sich alles, was sie erreicht hatte, wieder in Luft auflösen. Hellys Eleganz. Ihr Selbstbewusstsein. Die Art, wie sie einen anblickte. Alles neue Errungenschaften, alles noch so fragil. Sie musste mit ihr sprechen. Sie musste ihr sagen, dass es egal war, was heute geschah, dass ihr Leben weiterginge, dass man sich von allem erholte, manchmal brauchte man nur ein wenig Zeit.

Unten herrschte schon dichtes Gedränge. Woher kamen denn plötzlich all diese Leute? Nervös bahnte sich Effie ihren Weg durch die Menge, Männer und Frauen, die schwatzend, rauchend und trinkend dastanden, zur Bühne gewandt, wartend. Ihr wurde übel. Sie hatte Angst, richtiggehend Angst, und ihr war, als entglitte ihr das, was sie am meisten liebte, in exakt diesem Moment.

«Helly? Helly!»

Dort stand sie, neben der Bühne, in ihrem atemberaubenden roten Kleid. Es umschmeichelte ihre Figur, und Effie musste anerkennen, dass Hellys Schneiderkünste ihre eigenen um ein Hundertfaches übertrafen.

Sie redete mit ihrer Freundin, der Pianistin. Wie war ihr Name gleich? Käthe? Irgendetwas mit K jedenfalls …

«Helly!» Endlich hatte sie sich zu ihr durchgedrängelt.

«Was ist denn?»

«Ich …»

Wo sollte sie anfangen? Mit den wichtigen Dingen,

die zählten: sich selbst zu lieben, das eigene Talent anzuerkennen, selbst wenn es womöglich niemand sonst bemerkte.

«Es geht nicht darum, wie die anderen zu sein», stammelte Effie. Sie hatte weitschweifiger anfangen wollen, doch gut, nun war sie direkt zum Punkt gekommen.

Helly lachte. «Ich weiß.»

«Und wenn du dort oben stehst, denk dran, dass ...»

Helly unterbrach sie, indem sie ihr den Zeigefinger auf den Mund legte. «Ich werde meine Sache gut machen.»

Effie schluckte. Sie hatte es nicht anzweifeln wollen, doch nun musste Helly denken, sie glaube nicht an sie.

«Denk dran», wiederholte Effie beschwörend, doch Helly winkte ab.

«Bis gleich.» Damit drückte sie ihr einen sanften Kuss auf die Wange und stieg auf die Bühne. Die Klavierspielerin, die tatsächlich ausnehmend hübsch war, das fiel Effie erst jetzt auf, löste die Hände von den Tasten und begann zu applaudieren.

Stille. Nicht einmal ein Hüsteln erklang. Kein Stuhlbein scharrte über den Boden, keine Eiswürfeln klirrten. Effie war es, als höre sie eine Uhr ticken, doch das bildete sie sich mit Sicherheit nur ein.

«Ah, Verehrteste.»

Erschrocken wirbelte sie herum und blickte in Theodor Haggerts Gesicht. Sie sparte sich einen Gruß, nickte bloß und drehte ihm wieder den Rücken zu.

Im warmen Kegel eines Scheinwerfers – der Kronleuchter war schon lange nicht mehr in Betrieb – schlug die Pianistin einen Ton an. Moll, viel mehr konnte Effie nicht beurteilen, Musik war wahrlich nicht ihr Steckenpferd. Zwei, drei Schritte, dann stand Helly so nahe dem Bühnenrand, dass Effies Nervosität noch weiter wuchs. Was, wenn sie stolperte und vornüberfiel?

Doch dann öffnete Helly den Mund und begann zu singen.

Und der Haifisch, der hat Zähne, und die trägt er im Gesicht. Und Macheath, der hat ein Messer, doch das Messer sieht man nicht.

Ihre Stimme, die so unendlich weich und samtig war, zugleich rau, düster und dennoch voller Hoffnung und Seele, füllte den Saal. Ja, Seele. Es war eine so seelenvolle Stimme, wie sie Effie nie zuvor gehört hatte.

An 'nem schönen blauen Sonntag liegt ein toter Mann am Strand. Und ein Mensch geht um die Ecke, den man Mackie Messer nennt.

Es war, als öffne Helly eine Tür zu ihrem Herzen und ließe jeden, der wollte, hineinblicken. Nur sie allein schien diese Geschichte erzählen zu können. Und sie wirkte, als gehöre niemand so sehr wie sie hierher, auf die Bühne und ins Blickfeld der atemlos lauschenden Zuschauer.

Denn die einen sind im Dunkeln. Und die andern sind im Licht. Und man siehet die im Lichte. Die im Dunkeln sieht man nicht.

Effie schloss die Augen. Ihr war, als schwebe sie.

Das hatte ihre Tochter also am Konservatorium gelernt? Nein, nicht gelernt, nur verfeinert, was immer schon da gewesen war.

«Verehrteste», hörte sie wieder jemanden flüstern. Verärgert öffnete sie die Augen und blickte in Theodor Haggerts Wieselgesicht.

«Was ist?», fragte sie unwirsch.

Er lächelte breit. «Ich werde Sie nicht lange belästigen, Verehrteste, aber ich möchte Ihnen jemanden vorstellen.»

Mach es kurz, dachte Effie. Sie setzte ein unechtes Lächeln auf und reichte dem Herrn mit dem strengen Scheitel, der neben Haggert stand, die Hand.

Er nahm sie auf so galante Weise entgegen, drehte und küsste sie, dass Effie ihm am liebsten eine Ohrfeige verpasst hätte. Sie wollte Männern die Hand geben und nicht ihre feuchtwarmen Lippen darauf spüren!

«Albrecht Kirchner.» Der Mann verbeugte sich.

«Guten Tag», sagte Effie steif. «Schön, Ihre Bekanntschaft zu machen, aber wenn Sie mich nun entschuldigen möchten. Meine Tochter singt.»

«Das weiß ich, das weiß ich», sagte Albrecht Kirchner schnell, der weit jünger als Haggert und Effie wirkte, keine dreißig, nahm sie an, und mit Sicherheit einer dieser Elbchausseefritzen, die Wert auf die Tatsache legten, keinem Adelsgeschlecht anzugehören, aber dennoch ausnehmend wohlhabend zu sein.

«Was ich Ihnen nur sagen wollte, ich kenne eine Verwandte von Ihnen.»

Perplex sah sie ihn an, dann schüttelte sie den Kopf. «Sie kennen meine Tochter?»

«Die auch – vom Sehen allerdings nur und auch erst seit wenigen Minuten. Ich möchte Ihnen versichern, ich habe nie zuvor eine solch beeindruckende Stimme gehört.»

«Wen kennen Sie?», versuchte Effie das Ganze abzukürzen. Helly war nun schon beim zweiten Stück angekommen. Sie wollte wegen dieses Hammels nicht den gesamten Auftritt verpassen.

«Ihre Nichte. Henriette von Tieck.»

«Henriette von Tieck?»

Sagte ihr der Name etwas, auch wenn sie ihn mit niemandem zusammenbekam?

«Ich weiß nicht, wovon Sie reden.»

«Sie ist die Tochter des Bruders Ihres Ehemannes. Ihres verstorbenen Ehemannes Werner von Tieck. Sie haben einander nie kennengelernt.»

Mit einem metallenen Geschmack im Mund starrte sie den Mann an.

«Was wollen Sie?», fragte sie schließlich. Doch eigentlich wollte sie nichts hören von irgendwelchen Nichten oder Brüdern. Sie wollte nicht mehr an Werner denken. Werner war tot, und niemand weinte ihm auch nur eine Träne nach.

«Nichts. Was sollte ich wollen?» Er musterte sie aus tiefblauen Augen, als plane er eine Menüfolge mit ihr als Hauptgericht. «Meine Bekannte würde Sie bloß gern kennenlernen. Auch wenn ihr Onkel selten von Ihnen sprach. Eine ganze Zeitlang dachte sie sogar, Sie seien tot.»

Hatte Werner verbreitet, sie sei gestorben?

«Die Familie meines früheren Mannes und mich verbindet nichts», sagte sie. Ihre Lippen waren wie taub, und sie hatte das seltsame Gefühl, plötzlich neben sich zu stehen. Aber es war ja nicht Werner, der wie aus dem Nichts vor ihr aufgetaucht war. Nur ein Kerl, der Werners Nichte kannte. Wieso sollte sie das in irgendeiner Form beunruhigen?

«Ich würde Sie einander gern vorstellen», fuhr der Kerl fort. Er hatte eine etwas zu helle Stimme für einen Mann und hielt sich bewusst dandyhaft: der Rücken durchgestreckt, der Blick spöttisch und von oben herab. «Wenn Sie nichts dagegen haben.»

«Ist sie hier?» Ein derart ungutes Gefühl beschlich sie, dass ihre Stimme zu laut geworden war.

Der Kerl schien es zu bemerken. Er grinste noch breiter, als er den Kopf schüttelte. «Das nicht, aber sie lebt in Hamburg. Ein Treffen ist also rasch arrangiert, und wenn...»

«Gehen Sie.» Effie musste an sich halten, ihn nicht unvermittelt Richtung Tür zu stoßen. Werner war tot. Seine Familie konnte ihr gestohlen bleiben. «Gehen Sie, und kommen Sie nicht wieder.»

Er sah aus, als wolle er noch etwas sagen, doch dann schloss er den Mund. Er lächelte, als er sich umdrehte, und während er im Gedränge verschwand, war Effie, als kehre schlagartig alle Angst wieder zurück.

War sie paranoid?

Ja, das war sie. Eine Nichte Werners. Was sollte die ihr schon können?

«Ganz schön unhöflich», wisperte ihr Theodor Haggert ins Ohr. «Respekt, meine Liebe, Respekt!»

Auf der Bühne setzte seine Freundin zu einem leidenschaftlichen Solo an, ihre Finger rasten nur so über die Tasten. Mit einem samtenen, kaum hörbaren Summen begleitete Helly sie. Haggert starrte die schöne Pianistin an, und seine Nase zuckte abfällig. Dann, als sein Blick sich löste und auf eine junge Dame im Publikum fiel, deren kurz geschnittenes schwarzes Haar ihr kokett in die Augen fiel, wechselte sein Ausdruck. Er wirkte, als habe er Witterung aufgenommen.

Effie wandte sich ab. Die junge Pianistin tat ihr leid. Sie war schwanger, hatte Helly das nicht gesagt? Wenn sich Effie nicht täuschte, würde sich das hübsche rotblonde Ding wohl einen Ersatzvater für ihr Kind suchen müssen.

Aber was wollte dieser Kirchner? Ihr wurde eiskalt, als sie an seine Worte dachte. An Vorahnungen jedoch glaubte sie nicht. Sie wandte den Blick wieder zur Bühne. Da stand Helly und strahlte. Effies Herz schwoll an vor Stolz und Liebe, und sie wusste, zum ersten Mal und mit aller Gewissheit, dass sie nichts mehr zu fürchten brauchte.

Was sie sich für ihr Leben ersehnt hatte in den wenigen Augenblicken, in denen sie sich damit beschäftigt hatte, war eingetreten. Sie hatte eine Tochter, die sie liebte, sie hatte eine Freundin gehabt, wie es keine bessere auf der Welt gab.

Und das Danzhus schenkte ihr Freude und das Gefühl, endlich ein Zuhause gefunden zu haben.

10

Hamburg-Sankt Pauli
Freitag, 23. März 1962

Wilhelmsburgs rote Ziegelhäuser, die bei Sonnenschein fröhlich funkelten und im normalen Hamburger Schietwetter deprimierend dunkel wirkten, verschwanden aus Maries Blick, als sie auf Piets Vespa aus der Stadt brausten. Eisiger Fahrtwind wirbelte ihr durch die Haare und trieb ihr Tränen in die Augen. So fest sie konnte, klammerte sie sich an seinem olivfarbenen Anorak fest. Der Frühling hatte sich bislang vornehm zurückgehalten; und auch jetzt noch, Ende März, waren die Straßen von Frost überzogen. Über ihren Köpfen bauschten sich schneegefüllte graue Wolken.

«Sag mal, bist du etwa eingeschlafen?», rief Piet über seine Schulter.

Marie, der trotz der Kälte die Augen zugefallen waren und die nun bemerkte, dass ihr Kopf an seinem Rücken lehnte, zuckte zusammen. «Nein!»

Sie hörte ihn leise lachen. Nun, es war wohl kein Wunder, dass sie mitten am Tag einschlummerte, schließlich war sie Tag und Nacht mit dem Danzhus beschäftigt. Seit Effie sich entschlossen hatte, den Laden vorerst nicht zu verkaufen, hatte sich Marie mit vollem Eifer in die Renovierungsarbeiten gestürzt. In mühevoller Kleinarbeit hatten Piet und sie die Tapetenreste entfernt, die Wände neu verputzt und zwei davon in fröhlichem Rot gestrichen, die restlichen in mattem Pfefferminz. Aus Holzplanken hatte sie eigenhändig eine kleine Bühne zusammengezimmert, ihre Finger schmerzten jetzt noch bei der Erinnerung daran. Hoffentlich brach sie nicht zusammen, sobald mehr als eine Person sie betrat.

Auch Effie brachte sich ein. Hartnäckig und mit allem Elan, den sie hervorzaubern konnte, riss sie Fitzel um Fitzel der Tapete hinunter. Gestern hatte sich Effie erschöpft auf den Hosenboden fallen lassen und Marie entschlossen angesehen.

«Jetzt bin ich schon achtzig, und weißt du, was? Ich habe das Gefühl, mein Leben fängt noch einmal von vorne an. Diesmal will ich der Freude mehr Gehör schenken und dem Schweren weniger. Denkst du, es wird mir gelingen?»

Marie hatte genickt. Das Motto gefiel ihr, und sie wünschte, sie könne es ebenfalls beherzigen. Aber irgendwie gehörten das Schwere und das Schöne doch auch zusammen. Wie die Begegnung mit Effie, die ihr ein Dach über dem Kopf und das Danzhus in ihr Leben gebracht hatte, aber auch die schmerzliche Erinnerung an ihre Mutter wiedererweckt hatte. Manchmal, wenn ihr Effies Worte wieder einfielen, mit denen sie ihre Begegnung mit Maries Mutter geschildert hatte, spürte sie eine solche Trauer in sich, dass jegliche Leichtigkeit ganz weit weg war. Effie hatte ihr erzählt, dass Klara bei jenem Auftritt an Hellys Geburtstag schwanger gewesen war. Für einen kurzen Moment hatte Marie befürchtet, dieser Mann mit dem Wieselgesicht, den Effie über alles zu verabscheuen schien, könnte ihr Vater gewesen sein. Doch Marie war im November 1934 zur Welt gekommen, der Zeitungsausschnitt stammte aus dem Jahr 1933. Marie hatte also ganz sicher einen anderen Vater und würde wahrscheinlich nie herausfinden, wer er war.

Ein Glück. Allerdings bedeutete es, dass Klara ein Kind verloren haben musste, und zwar im Jahr vor Maries Geburt. Hatte ihre Mutter darunter sehr gelitten, und wieso hatte sie nie ein Wort darüber verloren?

Wieder ließ Marie die Stirn an Piets Rücken sinken, weil es dort angenehm windstill war und sie ihn atmen spüren konnte. Manchmal befiel sie die Angst, wenn er sie mit seinen dunklen Augen liebevoll ansah und sie sich des Gefühls nicht erwehren konnte, er erwarte womöglich mehr von ihr, als sie zu geben bereit war. Dann wieder fragte sie sich, wieso sie so etwas dachte – sie war doch glücklich, wenn sie zusammen waren. Nachdem sie Wilhelmsburg hinter sich gelassen hatten, rollten sie über eine verwaist wirkende Landstraße in Richtung Altes Land. Was Heinrich wohl sagen würde, wenn sie einfach vor seiner Tür stand? Irgendwann hatte er sich doch noch dazu durchgerungen, ihr ein paar Zeilen an Effies Adresse zu schreiben. Viel allerdings hatte Marie daraus nicht erfahren. Bloß, dass es ihm gut ginge, nichts weiter.

Rechts und links taten sich Felder und Wiesen auf. Nicht mehr lange, und die Apfelbäume würden in hellem

Rosa erstrahlen, am Waldrand wilde Erdbeeren wachsen und die Brombeerranken an den Feldwegen sich in den Hosenbeinen der Spaziergänger verfangen. Doch noch war davon nichts zu erahnen.

«Guten Tag, Heinrich», sagte sie eine halbe Stunde später und kam sich so ungelenk vor wie an jenem Tag im Kinderheim, als sie vor Erna und ihm zu singen begonnen hatte. Ein ganzes Leben schien dazwischenzuliegen, schoss ihr durch den Kopf. «Ich hoffe, es stört dich nicht, dass ich jemanden mitgebracht hatte. Das ist Piet Ender.»

Reglos starrte Heinrich sie an, Piet würdigte er keines Blickes. Er war alt geworden, knittrig im Gesicht, das gesamte Haar nun schlohweiß. Seine verblichene graue Leinenhose und ein Kittel derselben Machart schlotterten um seine Knochen. In seinem zerrupft aussehenden Bart, ebenfalls silbern, hingen Tabakkrümel.

«Guten Tag», wiederholte Marie. Es war ein seltsames Gefühl, ihn wiederzusehen. Sie freute sich, fühlte sich aber auch verzagt und fürchtete, dass Heinrich ihnen die Tür vor der Nase zuknallte. Mit jedem Jahr, das nach Ernas Tod verstrichen war, war er noch einsilbiger geworden als zuvor. Und manchmal hatte Marie das Gefühl, sie redete gegen eine schweigsame Mauer an.

Der Hof, auf dem sie die zweite Hälfte ihrer Kindheit verbracht hatte, wirkte vertraut, aber viel zu still. Rechts stand der Heuschober, geradezu der Hühnerstall, links das Wohnhaus.

«Wo ist Snorri?» Vergeblich sah sie sich nach dem vertrottelten Bernhardiner um, den sich Heinrich nach dem Tod seiner Frau als Gefährten zugelegt hatte.

«Musste ihn einschläfern lassen. Konnte nicht mehr laufen, das Vieh.»

Seine Worte klangen nüchtern, aber Marie sah den Schmerz in seinen Augen. Sie streckte die Hand aus und strich ihm sanft über die Schulter. Heinrich erstarrte, wandte sich wortlos um und stiefelte in den Flur.

Wie mochte er sich ohne Snorri fühlen? Und wieso hatte er in seinem Brief nicht erwähnt, dass der Bernhardiner gestorben war?

«Dein Adoptivvater scheint mich ja auf den ersten Blick ins Herz geschlossen zu haben.» Piet, der sich etwas abseits gehalten hatte, grinste schüchtern. «Soll ich lieber draußen warten?»

«Unsinn! Unangenehmer wird es hoffentlich nicht. Und da Heinrich kaum noch mehr schweigen kann, als er es sowieso schon tut, macht es auch keinen Unterschied, ob du dabei bist oder nicht.»

Piet verzog das Gesicht, folgte ihr aber ins Innere der gut beheizten Bauernkate, in der es nach Bratapfel und altem Mann roch. Alles sah aus wie früher. Dunkle massive Holzmöbel, die in den kleinen Räumen mit ihren niedrigen Decken viel zu wuchtig wirkten, Nippes, wohin man blickte – Erna hatte Porzellanfigürchen gesammelt, und Heinrich hatte die Gänsemägde und Zwerge wohl stehen lassen, weil sie ihn an seine Frau erinnerten –, längst verblasste Tapeten an den Wänden.

Ihr Adoptivvater hatte sich am Küchentisch niedergelassen, auf dem eine Plastiktischdecke lag. Ein Glas mit Wasser stand vor ihm. Seinen Gästen schien er nichts servieren zu wollen.

«Geht's gut?», fragte er knurrig.

Lächelnd setzte sie sich ihm gegenüber und nickte. «Und bei dir?»

«Geht.»

«Und die Flut?»

«Ist weg. Gottlob.» Seine Nase zuckte, und er rieb sie, vielleicht um es zu kaschieren. «Wie hast du dich durchgeschlagen?»

«Na ja, ich habe dir ja geschrieben, dass ich bei einer Dame untergekommen bin und ...»

«Ja, haste.» Er klang zornig. Wieso in aller Welt klang er zornig? Die Erklärung lieferte er ihr, als er brummte: «Und hier wolltest du nicht wieder hin? Hättest doch hier unterkriechen können. Ist ja nicht alles weggeschwemmt worden, dein Zimmer gibt es noch, alles noch da, ebenso wie dein alter Herr.»

«Aber das konnte ich doch nicht wissen», sagte sie zerknirscht. «Mir wurde gesagt, das Alte Land sei überflutet, darum habe ich mir ja solche Sorgen gemacht um dich. Und außerdem ... Ich hatte doch meine Arbeit im Hotel, wie hätte ich da jeden Tag von hier aus hinkommen sollen? Ich dachte ... Ich habe angenommen ...»

«Hm.» Er strich sich über die Stirn. Seine Hände waren groß wie Kuchenteller. «Na ja, jetzt biste ja hier.»

«Und ich bin froh, dass ich gekommen bin», flüsterte sie. Sie wusste, dass Heinrich es einmal hatte loswerden wollen, dass er ihr übelnahm, nicht nach Hause zurückgekehrt zu sein. Sie kannte ihn aber lange genug, um ebenfalls zu wissen, dass er nicht darauf herumreiten würde.

«Und wer sind Sie, junger Mann?», donnerte Heinrich so plötzlich, dass Marie zusammenzuckte.

«Piet», sagte Piet. «Piet Ender.»

«Ja, nu, das hab ich schon vernommen eben, hab schließlich noch kein Gedächtnis wie 'n Nudelsieb. Aber wie kommt's, dass Sie das Küken herkutschieren?»

«Piet hilft mir beim Danzhus», sprang Marie ein. «Er ist ein Freund und ...»

«Ja, Freund, ne?» unterbrach sie Heinrich spöttisch, doch dann wurde sein Blick milder, und er klopfte auf den Tisch. «Was möchtest du also, Kind? Und erzähl mir nicht, du wolltest bloß mal nach mir gucken.»

«Ich wollte durchaus nach dir sehen.»

«Hm.»

«Aber es gibt noch einen weiteren Grund, wieso wir hergekommen sind, das stimmt.» Sie wusste, dass man Heinrich besser nicht anlog, er war zu klug, und sie wollte ihm sowieso keinen Bären aufbinden. «Die Dame, bei der ich wohne, hat bei der Flut das Mobiliar ihres Lokals eingebüßt. Ich möchte ihr helfen. Aber das kann ich nicht allein.»

«Ach nee?»

«Hilfst du mir?»

Heinrich kniff seine Augen derart zusammen, dass seine Pupillen dahinter kaum noch zu erkennen waren. Marie wartete, ob er etwas sagen wollte, und sah schließlich ein, dass sie ihre Bitte etwas ausschmücken musste. «Ich benötige zwanzig Tische und achtzig Stühle.»

«Und was soll das für ein Lokal sein?»

«Ein Tanzlokal.»

«Wie groß?»

Marie zuckte mit den Schultern. «Hundert, vielleicht hundertzwanzig Quadratmeter. Ich weiß es nicht genau.»

«Und da willst du achtzig Stühle reinpacken? Wo sollen die Leute denn da noch tanzen? Auf'm Klo?»

Marie, die an Heinrichs barschen Ton gewöhnt war, ließ sich davon nicht beeindrucken. «Ich hatte nicht an Tango oder Walzer gedacht.»

«Woran dann?»

«Twist.»

«Was 'n das?»

«Wir zeigen es dir.» Marie sah zu Piet hinüber, der kreidebleich wurde. «Nun komm schon.»

Er schüttelte den Kopf.

«Bitte. Bitte, bitte», sagte Marie und sprang auf.

Piet seufzte, ließ sich aber schließlich in die Mitte der kleinen Stube ziehen und begann zu tanzen. «Ich kann das nicht besonders», sagte er entschuldigend zu Heinrich, der mit hochgezogenen Brauen nickte.

«Das ist wohl wahr. Sieht aus wie 'n Hund, der wie wild mit dem Schwanz wedelt. Bei euch beiden», fügte Heinrich der Gerechtigkeit halber immerhin hinzu. «Was du da anstellst, Deern, bringt dir mit Sicherheit keinen Tanzpokal ein.»

Aber Marie machte einfach weiter. Sie wackelte mit der Hüfte, während sie die Knie kreisen ließ. Piets Wangen färbten sich rosa, dann dunkelrot, doch sie sah an seinen blitzenden Augen, dass er Spaß daran hatte, sich in der Küche ihres Adoptivvaters zum Affen zu machen. Ihre Hand streifte seine. Mit zwei Fingern hakte sie sich bei ihm unter und spürte, wie sich ihr Herzschlag beschleunigte.

Piet lächelte. Sie blickte in sein Gesicht mit den hohen Wangenknochen, der krummen Nase und dem vollen Mund, und eine Woge des Glücks brauste heran und nahm ihr fast den Atem.

Sie hörten erst auf, als Heinrich aufstand und das Fenster öffnete. Eisige Luft strömte herein. Piet grinste, und Marie unterdrückte ein Kichern. Wann hatte sie sich je zuvor so herrlich albern gefühlt?

«Nu hör mal», sagte Heinrich. «Vierzig Stühle, zehn Tische. Nicht weil ich zu faul wär, glaub mir, ich hab nämlich rein gar nichts Besseres zu tun. Aber wenn die Leute so tanzen, wie ihr das gerade so talentiert vorgeführt habt, brauchen sie Platz, sonst fegen sie dir mit'm Hintern das Bier vom Tisch.»

Marie kam sich vor wie auf dem Viehmarkt, als sie einwarf: «Vierzig Stühle, zehn Tische, einen Tresen. Plus Garderobe.»

«Bis wann?»

«Am 19. Mai eröffnen wir.»

Erneut runzelte Heinrich die Stirn, sagte jedoch nichts dazu.

«Ich weiß, das ist knapp.»

«Jau, kann man so sagen.»

«Ich könnte dir beim Tischlern helfen.»

Er blickte streng, doch sie sah, dass er sich freute.

«Abgemacht?» Sie streckte ihre Hand hin, und Heinrich nahm sie und schüttelte sie.

«Abgemacht.»

Als auch Piet ihm die Hand reichen wollte, steckte Heinrich die Hände in die Hosentaschen.

Marie griff nach Piets Ärmel und zog ihn hinter sich her. Im Flur lehnte sie sich an die Wand und strahlte Piet an. «Das lief doch ganz gut.»

Verwundert schüttelte er den Kopf. «Dein Adoptivvater ist ja echt eine Marke. Ich hoffe, er wird sich irgendwann damit anfreunden, dass du mich magst. Oder ...?» Er schluckte den Rest seiner Frage hinunter.

Marie, die nicht wusste, was sie darauf sagen sollte, senkte den Kopf.

«Wollen wir?», fragte sie schließlich.

Er nickte, doch sie sah, dass er etwas ausbrütete. Ob ihm wohl aufgefallen war, dass sie ihn als Freund bezeichnet hatte – nicht als *ihren* Freund? Doch auch falls es so war, wüsste sie nicht, wie sie sich ihm erklären könnte. Er hatte sicher kein Verständnis dafür, dass sie einerseits so gern Zeit mit ihm verbrachte, auf der anderen aber ...

Ja, was eigentlich? Was hielt sie davon ab, ihr Herz zu öffnen? Angst davor, dass er sie verletzen könnte? Doch wieso sollte er das tun?

Am Wasser entlang schnurrte die Vespa über die Große Elbstraße. Während Marie die kalte, feuchte Luft einatmete, ließ sie sich den Besuch bei Heinrich ein weiteres Mal durch den Kopf gehen. Es war schön, ihren Adoptivvater endlich wiedergesehen zu haben, und sie nahm sich fest vor, ihn von nun an häufiger zu besuchen und sich von Ernas Schatten nicht mehr verschrecken zu lassen. Ob Piet Lust hätte, sie hin und wieder ins Alte Land zu fahren? Sie wollte nicht, dass er sich ausgenutzt fühlte – wozu er natürlich allen Grund hätte. Er half und half ihr, wann immer er die Zeit und die Möglichkeit hatte, und manchmal wünschte sie, es gäbe in der deutschen Sprache so viele Worte für *danke,* wie die Eskimos angeblich für *Schnee* benutzten.

Doch erwartete er im Gegenzug etwas von ihr?, rätselte sie. Nie hatte er irgendwelche Andeutungen gemacht, nie hatte er zudem Versuche gestartet, ihr näher zu kommen, als sie wollte. Sie liebte es, ihn zu küssen und von ihm geküsst zu werden. Doch würde er nicht irgendwann …? Wenn sie nur jemanden hätte, mit dem sie darüber sprechen konnte! Effie schien ihr kaum die Richtige, Doris wiederum kannte Piet, so schied sie ebenfalls aus, wer blieb da also noch?

Als sie sich einem rot geklinkerten Kubus näherten, verlangsamte Piet das Tempo und hielt schließlich an. Linkerhand schäumte die Elbe gegen die Kaimauern, vor ihnen breitete sich der weiße Strand von Övelgönne aus. Da die Sonne nicht schien, war er nicht wirklich weiß zu nennen, sondern eher mausgrau, doch in ihrer Vorstellung würde dieser Ort immer ein Sommerort sein, an dem sie an heißen Augusttagen die Füße im Wasser badete und Limonade trank.

«Was tun wir hier?», fragte sie, nachdem sie vom Sitz geglitten war.

«Hier bin ich aufgewachsen», sagte Piet, auch wenn das keine Antwort auf ihre Frage war. «In einer der Katen dort hinten. Weil du mich mitgenommen hast, wollte ich dir …» Er beendete den Satz nicht.

Suchend blickte sie auf die kleinen reetgedeckten Häuser, die sich an den Elbhang schmiegten.

«Hier hast du deine Kindheit verbracht?»

Er nickte.

«Schön!»

«Ja, das stimmt. Willst du sehen, wie es heute da aussieht?»

«Du lebst also jetzt, da du das Atlantic verlassen hast, wieder in deinem Elternhaus?»

Er nickte. «Aber keine Bange, inzwischen wohne ich hier allein. Meine Eltern wollten sich eine kleine Wohnung in der Stadt kaufen, aber eigentlich so viel reisen, wie sie nur können. Also habe ich ihnen das Haus abgekauft. *Der Hut mit dem Mann* hat es mir ermöglicht.» Er grinste. «Wenigstens das.» Er wandte sich zu dem Strandabschnitt und zeigte aufs Wasser. «Wollen wir näher ran gehen?»

Hand in Hand liefen sie über den feuchten Sand, in den sie bei jedem Schritt etwas tiefer einsanken. Außer ihnen hatte es an diesem windigen Frühlingstag kaum jemanden vor die Tür getrieben. Eine einsame Gestalt mit einem Dackel lief an ihnen vorbei und zog grüßend den Hut, dann waren sie wieder mit den Möwen allein, die sie aus sicherer Entfernung beäugten.

Als die Wellen fast über ihre Schuhspitzen rollte, blieben sie stehen. Die Stille, die sich zwischen ihnen ausbreitete, empfand Marie plötzlich als unangenehm. Ob Piet doch traurig war, weil sie ihn ihrem Adoptivvater so ungeschickt vorgestellt hatte?

Auf der anderen Seite – wie sollte sie ihn denn nennen?

«Und schreibst du wieder?», fragte sie, um das Schweigen zu brechen.

«Ich versuche es.»

«Aber du hilfst mir doch die ganze Zeit im Danzhus. Wie findest du da noch die Zeit dafür?»

«Glaub mir, wann immer ich schreiben will, tue ich es.» Er lächelte entschuldigend. «Das sollte nicht belehrend klingen. Aber du musst dir keine Gedanken machen.» Mit diesen Worten zog er seine Schuhe, dann seine Strümpfe aus. «Hilfe, ist das kalt.»

«Wieso machst du so einen Quatsch?» Sie lachte, froh, sich von ihren Gedanken ablenken zu können. Hatte sie eben wirklich ein wenig daran gezweifelt, sich mit ihm wohlzufühlen? Was war nur in sie gefahren? Die Zeit, die sie mit Piet verbrachte, war wunderschön.

Sie beugte sich hinunter und versuchte mit klammen Fingern, ihre Schnürsenkel zu lösen.

«Was tust du denn?»

«Wonach sieht es wohl aus? Ich ziehe mir auch die Schuhe aus.»

«Es ist furchterregend kalt. Ich spüre meine Füße schon nicht mehr und habe gerade den Entschluss gefasst, nichts darauf zu geben, einen abenteuerlich-männlichen Eindruck vermitteln zu wollen, denn andernfalls liege ich die nächste Woche sicher krank im Bett.» Tatsächlich schlugen seine Zähne schon aufeinander.

«Ganz kurz», rief sie, schlüpfte aus ihren Stiefeln und zerrte an ihren Strümpfen. Ein Glück trug sie keinen Rock samt Nylonstrumpfhose. Hosen waren einfach in jeder Lebenslage praktischer. «Oh Gott, ist das eisig!»

Er lachte.

«Hilfe!» Doch es war wunderbar, die schockartig über ihren Körper herfallende Kälte zu spüren. Sie gab ihr das Gefühl, ganz da und hellwach zu sein. Nicht mehr ängstlich war sie, nicht mehr verlegen, stattdessen einfach nur lebendig.

Eine kraftlose Sonne sandte ihre letzten Strahlen über den weißen Sand. Kreischend wateten sie durch das Wasser des Flusses, an dem sich auf der anderen Uferseite die Kräne der Deutschen Werft wie schwarze Skelette vom rasch dunkler werdenden Horizont abhoben. Die ganze Szenerie hatte etwas derart Dramatisches an sich, dass Marie ein Schauder den Rücken hinunterlief. Sie griff nach Piets Hand, die wundersamerweise nicht halb gefroren war, und hielt sie fest. Behutsam löste er sie wieder, trat hinter sie und schlang die Arme um sie. Mit einem Mal war sie ganz warm. Sie fühlte sich wie unter einer dicken Daunendecke, und ihr kam der Gedanke, dass sie sich vom Leben nichts mehr wünschte, als dass es sich ab jetzt nicht mehr veränderte.

«Hier wohne ich. Kein Palast, auf der anderen Seite …»

«… bin ich Paläste ja auch nicht gewöhnt», vervollständigte sie seinen Satz. Neugierig sah sie sich in dem kleinen außen weiß getünchten Fischerhaus um, dessen Decke kaum höher als zwei Meter sein dürfte. Wenn Marie den Arm ausstreckte, würde sie über den unebenen Lehm streichen können und das dunkle Fachwerk. Das Wohn- und Arbeitszimmer war einfach möbliert, auf den dunklen Holzplanken lagen überlappend mehrfarbige und cremeweiße Wollteppiche, die Wände zierten ein paar einfache Kohlezeichnungen.

«Ich finde es sehr schön hier. Eigentlich ein perfekter Ort zum Schreiben.» Sie blickte auf den schmalen Sekretär vor dem Fenster, hinter dem, jetzt im Dunkeln verborgen, der schmale Weg entlangführen musste, den sie hierhergenommen hatten. «Siehst du, wenn du aufblickst, die Elbe?»

Er schüttelte den Kopf. «Zwei Häuserreihen stehen dazwischen, aber das macht nichts. Ich sehe viel Himmel, was wunderbar ist. Und ich kann, wie gesagt, den Leuten zuhören, die nicht bemerken, dass sie mir im Vorübergehen ihre dunkelsten Geheimnisse anvertrauen.»

«Und die notierst du dir dann frech?»

«Manchmal. Was liebst du eigentlich? Ich meine», ein jungenhaftes Grinsen zog sich über sein Gesicht, «hast du ein Hobby? Eine Leidenschaft? Außer natürlich das Danzhus?»

«Ach.» Marie zuckte die Schultern und hätte gern überspielt, dass seine Frage etwas in ihr auslöste, eine Sehnsucht, die sie in diesem Augenblick lieber nicht spüren wollte. «Ich brenne gern Schnaps.» Er lachte, sie stimmte ein. «Aber eigentlich ... Nein, tatsächlich habe ich schon immer Musik geliebt. Früher habe ich Klavier gespielt.»

«Aber jetzt nicht mehr? Möchtest du dich nicht setzen?» Er deutete auf das durchgesessene Sofa, das mit einem Sessel das restliche Mobiliar bildete. Nach kurzem Zögern ließ sich Marie auf den Sessel fallen, dessen augenscheinlich verschlissener Stoff von einer bunten Häkeldecke kaschiert wurde. Piet nahm ihr gegenüber auf dem

Sofa Platz, stand aber noch einmal auf, um Kohlebriketts in den Kachelofen zu legen.

«Ist dir wieder warm?»

Sie nickte.

«Was ist geschehen?», fragte er und blickte sie offen und so ernsthaft interessiert an, dass sie glaubte, ihm alles, tatsächlich alles erzählen zu können, selbst Dinge, an die sie selbst nicht gern dachte. «Wieso spielst du nicht mehr?»

«Meine Mutter war Pianistin. So war für mich Musik ...», sie zögerte, «immer alles. Oder fast alles. Aber ich fürchte sie auch ein wenig. Ich habe gesehen, wie sie jemanden verschlingen kann, und ...» Sie zuckte mit den Schultern und blickte nicht auf. «Das wünsche ich mir für mich nicht.»

«Ich habe einen Vorschlag für dich.»

Sie hob das Kinn wieder an. «Ja?»

«Wie wäre es, wenn du dich an die Musik zurückwagst und ich mich ans Schreiben? Richtig, meine ich – nicht nur, indem ich Seitenzahlen an den unteren rechten Rand setze. Wir könnten es beide versuchen. Wenn es aber nicht klappt, wenn du merkst, es nimmt zu viel von dir, oder es läuft nicht gut, haben wir immer noch einander.» Verlegen zuckte er mit den Schultern. «Dann können wir uns ausheulen und die Welt verwünschen und schwören, nie wieder ein Klavier anzusehen beziehungsweise eine Schreibmaschine.»

Lächelnd ließ sie sich seinen Vorschlag durch den Kopf gehen. Löste der Wunsch zu schreiben eine ähnliche Sehnsucht in ihm aus wie die Musik in ihr? Und fürchtete er es gleichermaßen?

«Gut» sagte sie schließlich. «Wir versuchen es.»

Er nickte erfreut. Dann legte er den Kopf schräg. «Magst du mir erzählen, wie es zu alldem gekommen ist? Was ist in deiner Kindheit geschehen?»

In knappen Worten berichtete sie ihm von jener Zeit, die sie letztlich zu Heinrich und Erna gebracht hatte.

«Das tut mir leid», sagte er leise.

«Ich habe nie das genaue Datum erfahren, wann meine Mutter starb», schloss sie. «Nicht einmal das Jahr, was es noch schwerer macht. Wenn ich einen Tag im Jahr hätte, an dem ich an sie denken könnte … Das wäre schön, verstehst du? Wenn ich bloß mit Sehnsucht und Trauer an sie denken könnte, aber ohne diese elenden Fragen und der Erinnerung, wie von einem Tag auf den anderen alles vorbei war und ich allein weitermachen musste.»

«Und das hast du nun wieder erlebt», sagte er leise. «Als die Flut kam, nicht wahr?»

Sie nickte. «Entschuldige.» Sie barg das Gesicht in den Händen.

Sanft spürte sie seine Hände auf ihren.

«Komm her.» Damit zog er sie an sich und umfasste sie zärtlich. Sie weinte in seinen kratzigen Wollpullover, bis sie nicht mehr konnte, dann saßen sie einfach da, spürten die Wärme des anderen und die Atemzüge, bis er sanft ihr Kinn anhob und in ihre Augen blickte.

«Ich liebe dich, Marie.»

Stumm sah sie ihn an. Sie hatte das Gefühl, in seinen warmen, dunklen Augen zu versinken. Doch bevor sie antworten konnte, kam die Angst. Wie eine eiskalte Welle schwappte sie über sie hinweg und begrub sie unter sich.

Sie versuchte zu lächeln, aber ihre Lippen zitterten zu sehr. Jede Faser ihres Körpers war angespannt, und sie wollte nichts als hinaus, an die Luft, und rennen, so weit sie konnte.

«Entschuldige. Ich glaube, ich kann das nicht ...»

Es war dumm, jetzt an ihre Mutter zu denken, an die zahlreichen Männer, die in ihrer Küche gesessen und sie angeschmachtet hatten, daran, dass Marie plötzlich immer die zweite Geige gespielt hatte und wie weh es ihr getan hatte, auf ihr Zimmer zu müssen, während sie Klaras lautes Lachen gehört hatte.

Was war damals nur mit ihr geschehen? Sie konnte sich kaum daran erinnern, doch das Gefühl, das nun in ihr aufstieg, kam ihr nur zu bekannt vor. Es war, als flüstere eine Stimme in ihr Ohr: *Es ist besser, allein zu sein. So kann dich niemand verletzen.*

Piet sah sie so erschrocken an, dass sich zu der eisigen Angst Scham gesellte.

«Habe ich etwas Falsches gesagt, Marie?»

Sie schüttelte den Kopf. «Nein, natürlich nicht. Ich ... ich bin nicht so wie andere Frauen. Ich kann mich nicht verlieben, Piet. Ich kann es nicht.»

Damit lief sie in den Flur und sah sich hektisch nach ihren Schuhen um.

«Marie!», rief er ihr nach. «Haben wir uns nicht vorgenommen, uns mehr zu trauen?»

Sie verharrte, den linken Fuß schon halb im Stiefel.

«Aber wenn du nichts für mich empfindest, ist das natürlich vollkommen in Ordnung.»

Angesichts dieses seltsamen Satzes vergaß sie ihre

Angst beinahe, doch dann gewann diese wieder die Oberhand.

«Gib mir etwas Zeit, bitte.» Hatte er sie überhaupt gehört? Sie hatte nur gemurmelt.

«Ich wollte dich nicht so überfallen.» Er stand in der Wohnzimmertür und sah so hilflos aus, dass es ihr beinahe das Herz brach. Rasch wandte sie sich ab, damit er nicht sah, wie alles in ihr aus der Fassung geriet. Ihr war, als stehe ihr ganzer Körper unter Strom, sie wollte fort, allein sein, nachdenken, nachfühlen, erkunden, was sie eigentlich empfand.

Das Gesicht weiterhin abgewandt, schlüpfte sie in den anderen Stiefel und öffnete die Tür.

«Es tut mir leid.»

Dunkelheit umhüllte sie. Das Pflaster war feucht vom Regen und glitschig, so konnte sie nur langsam laufen. Etwas in ihr wünschte sich sehnlichst, er käme ihr nach. Der andere Teil war erleichtert, dass er es nicht tat.

Aus weit geöffneten Augen starrte sie aus dem Fenster der oberen Etage des Danzhus auf das regennasse Pflaster. Wieso stand sie eigentlich hier, fragte sie sich. Hoffte sie darauf, dass Piet im orangenen Lichtkegel der Gaslaterne auftauchte? Die Chancen dafür allerdings standen wohl denkbar schlecht. Er hatte ihr seine Liebe gestanden. Und sie? Sie hatte ihm gesagt, nicht zu lieben imstande zu sein, was natürlich durchaus der Wahrheit entsprach. Doch nie und nimmer würde er nun noch zum Danzhus zurückkehren. Er würde tun, was jeder Mensch bei Verstand täte: sie so bald wie möglich vergessen.

Sie schluckte. Ihr tat alles weh. Das Herz vor allem. Riesig und schwer schien es ihr. Sie hatte sich niemals als kühlen Menschen wahrgenommen, sie *war* gefühlvoll, mitfühlend, empfindlich. Und ängstlich. Ja, die Angst, sie stand über allem, überlagerte jedes andere Gefühl.

Wieso hatte sie solche Macht über sie? Wieso hatte sie fortlaufen müssen? Warum konnte sie das Gute nicht einfach annehmen? Piet gehörte zu den Guten, sie musste ihn nicht fürchten. Und doch …

Sie schloss die Augen und atmete tief ein. Seine Worte kamen ihr in den Sinn. Sich das Leben trauen … Oder die Musik. Langsam wandte sie sich um. Schwarz und still stand das Klavier in seiner Ecke. Diese dumme Musik. Sie hatte ihr die Mutter genommen. Sie hatte dafür gesorgt, dass Marie ins Kinderheim und anschließend zu Erna kam. Und doch hatte es ihr auch später noch Freude gemacht, ihre Finger über die Tasten huschen zu sehen, den Tönen zu lauschen, die einen Raum mit so viel Seele erfüllen konnten.

Voll Trauer dachte sie daran zurück, wie ihr das Klavier früher Trost gespendet hatte. Bis Ernas beinharter Wille, aus ihr ein Mädchen ganz nach ihrem Geschmack formen zu können, auch das zerstört hatte.

Sich trauen, etwas wagen … Immer noch unschlüssig, blickte sie ins Halbdunkel. Sie roch den Staub, der durch die abgestandene Luft schwebte und, als sie näher kam, die Muffigkeit des schwarzen Stoffes, der das Klavier bedeckte. Mit einem Ruck zog sie ihn fort und hob den Deckel an. Die Tasten, so viel konnte sie selbst im Mondschein erkennen, waren oft bespielt worden. Das

Weiß gelblich, von den dunklen fehlten ein paar, andere klemmten, wie sie feststellte, als sie ihre rechte Hand die Tonleiter hinaufeilen ließ.

Ihre Finger auf die Tasten zu legen, war, wie nach Hause zurückzukehren. Sie schlug das C an, das nur mit viel Phantasie auch so klang, spielte einen Akkord in Moll und dachte an Mary Lou Williams, die eine der ersten Jazzpianistinnen überhaupt gewesen war. Die junge Musikerin war bei ihren Konzerten aufgesprungen und einmal um den Flügel herumgerannt, ohne mit dem Spielen aufzuhören. Ein Orkan von einer Frau, der Marie als Kind so gern hatte nacheifern wollen.

Erst nach Stunden, als die Stadt in tiefen Schlaf verfallen war, löste sie ihre Finger wieder von den Tasten. Mit einem flauen Gefühl in der Magengegend fiel ihr ein, dass sie ihre Abmachung eingehalten hatte. Sie hatte sich getraut, hatte sich ganz der Musik hingegeben, zum ersten Mal seit Jahren. Und Piet? Würde er sich trauen und schreiben?

Und falls ja, würde sie davon erfahren?

Zornig wischte sie sich über die Wangen. Was wollte sie denn nun? Sie hatte ihn fortgeschoben, und zwar mit aller Kraft. Wieso sollte er zu ihr zurückkehren sollen?

Frieda

*Hamburg, Sankt Pauli
15. Oktober 1946*

Glaubst du wirklich?», fragte Helly. Effie und sie saßen einander in der schmalen Küche der Schmuckstraße gegenüber, wo sie seit zwölf Jahren lebten. Regentropfen pladderten gegen die Fensterscheibe. Helly hatte die Beine übereinandergeschlagen. Sie trug die groben Stoffhosen der Leute, die sich zusätzliche Lebensmittelrationen damit verdienten, den Schutt von den Straßen zu räumen. Helly war eine der wenigen Frauen unter ihnen, aber wild entschlossen weiterzumachen, bis es endlich wieder genug Essen für alle gab. Trotz der Müdigkeit, die ihr deutlich anzusehen war, schien sie geradezu zu leuchten vor Begeisterung.

«Glaubst du wirklich», wiederholte sie, «dass wir es schaffen?» Unruhig fuhren ihre Hände über die Tischplatte, die geschwollen wirkten und voller Abschürfungen waren.

«Natürlich.» Effie meinte es genau, wie sie es sagte. Der Krieg war vorbei, wer auf die Straße trat, zog nicht mehr vor Furcht darüber, was ihm an der nächsten Ecke begegnen könnte, den Kopf ein. «Ich habe gehört, die Briten tanzen ausnehmend gern.»

«Aber was ist mit der Ausgangssperre? Willst du dich einfach darüber hinwegsetzen?»

«Das wäre wohl nicht besonders klug.» Nicht dass sie nicht schon einmal ein Tanzverbot missachtet hatte, doch jetzt lagen die Dinge anders. In den Straßen wurde nachts patrouilliert, wer sich unbefugt draußen herumtrieb, dem drohten empfindliche Strafen. «Aber wer sagt denn, dass man nur nachts tanzen kann?»

«Ah!» Hellys Augen strahlten noch mehr, und allein für diesen Anblick würde Effie ihr wohl das Blaue vom Himmel versprechen.

Wie lange war es her, seit sie ihre Tochter so froh gesehen hatte? Wahrscheinlich bei Hellys letztem Auftritt während des Krieges. Schweren Herzens hatte sich Effie damals den Regeln unterworfen und im Danzhus keine fremdsprachige Musik mehr zugelassen. «Die Moritat von Mackie Messer» aus der *Dreigroschenoper* hatte Helly aber natürlich ebenso wenig singen dürfen, das Stück war schon kurz nach Hellys erstem Auftritt im Danzhus von den Nationalsozialisten verboten worden. Seitdem hatte Helly unzählige Male auf der Bühne gestanden, sich aber auf Leichtes verlegt: «Ich weiß, es wird einmal ein Wunder geschehn» etwa, das sie wundervoll interpretierte, wenngleich ihr, wie sie Effie einmal verraten hatte, dabei oft vor Langeweile die Füße einschliefen. Doch das Publikum liebte Helly. Vermutlich hätte sie durchaus singen können, was sie wollte, sogar Lieder, von denen die Reichsmusikkammer nicht begeistert gewesen wäre. Sie hatte diese Art, die Menschen in ihren Bann zu ziehen, gegen die sich nicht einmal Männer mit SS-Binde am Oberarm zu wehren wussten. In jenen Jahren hatten sie auf eine Reise gespart, die sie durch die gesamte Welt führen sollte. Doch dann veränderte sich die Stimmung. Die große Welt schien stetig weiter fortzurücken. Dann eben Europa, versicherten Helly und sie einander, sie würden den alten Kontinent bereisen, mit dem Orientexpress über Belgrad und Sofia nach Istanbul. Von dort aus weiter nach Athen. Aber dann kam der Krieg.

«Also gibt es tagsüber Musik und Tanz?», erkundigte sich Helly.

Effie nickte. Die Idee spukte ihr schon seit Längerem im Kopf herum, sie hatte sie jedoch zuvor nie auszusprechen gewagt.

Die Wohnungstür flog auf und gleich darauf wieder ins Schloss. Ein dunkler Schopf wanderte an ihnen vorüber. Welcher ihrer Untermieter es auch war, er hielt es nicht für nötig, Guten Tag zu sagen.

Mit einem Seufzen stieß Effie die Küchentür zu. Es war ja nicht so, dass sie die Leute nicht mochte. Aber manchmal hätte sie gern ihre Ruhe. Es war nicht leicht, in einer Fünfzimmerwohnung mit sechs fremden Menschen zu leben, wenn man vorher bloß zu zweit gewesen war.

Aber daran ließ sich nichts ändern. Die Flüchtlinge aus dem Osten mussten irgendwo unterkommen. Nun hörte sie auch den Rest der Familie hereinkommen. Eigentlich hatten sie noch Glück, bei den Nachbarn waren gleich drei Elternpaare samt Nachkommen einquartiert worden. Da stapelten sich die Kinder förmlich, und auch die Erwachsenen hatten im Schlaf kaum ausreichend Platz, sich auf den Bauch zu drehen.

Keuchend begann Helly zu husten, was Effie augenblicklich aus ihren Gedanken riss. «Soll ich dir Wasser aufsetzen? Hast du dir etwas eingefangen?»

«Lass nur. Das dau... das ... dauert doch so lang.»

Sie hatten so wenige Kohlen, dass man von heißem Wasser tatsächlich kaum sprechen konnte, aber auch handwarmes Wasser tat bei Husten wohl, und Effie hatte sogar noch ein kleines Töpfchen Honig unter ihrem Bett versteckt.

«Es geht schon», wiederholte Helly. «Das ist bloß der Staub von all dem Schutt.» Erneut wurde sie von einem Hustenkrampf erschüttert, nicht ganz so heftig wie der erste. Helly trat ans Fenster und lehnte die Stirn gegen die kühle Scheibe. Als sie sich wieder umwandte, sagte sie mit einem sehnsüchtigen Lächeln: «Lass uns lieber über das Danzhus reden. Wann wollen wir öffnen? Oh, ich muss wen finden, der mir die Haare schneidet. Und die Nägel macht», ein trauriges Lächeln glitt über ihr Gesicht, als sie ihre Finger betrachtete, «nein, da ist wohl Hopfen und Malz verloren.»

«Du wirst großartig aussehen, mein Spatz, und großartig klingen.» Effie drehte nun doch den Wasserhahn auf. Viel war es nicht, was aus dem Hahn gluckerte, aber immerhin hatten sie überhaupt fließendes Wasser. «Und wenn wir wieder öffnen», sagte sie und drehte den Hahn wieder ab, als der Wassertopf halb gefüllt war, «was möchtest du als Erstes singen?»

Statt darauf zu antworten, schloss Helly die Augen. Sie sah so jung aus, beinahe kindlich. Effie spürte, wie ihr das Herz schwer wurde, und fragte sich, wieso. Sie hatten den Krieg überlebt, da würden sie auch in den nächsten Monaten und Jahren über die Runden kommen. So lange würde es wohl kaum dauern, bis das Leben wieder lebenswert wurde. Und das Danzhus wäre ein Anfang, das Leben auch für andere wieder lebenswert zu machen.

«Wollen wir im Dovenfleet nach dem Rechten sehen?», fragte sie, um die Schwere zu vertreiben, diese namenlose Angst, die wie Nebel in der Küche schwebte.

Helly nickte, doch mit einem Mal war ihr Gesicht blass wie ein Stück Papier, und die Ringe unter ihren Augen schienen geradezu blau zu leuchten.

Natürlich sah Effie sowieso regelmäßig im Danzhus vorbei. Manchmal rätselte sie, wieso ihr die britischen Besatzer das Etablissement noch nicht weggenommen hatten. Womöglich weil es gegenüber der vom Bombenhagel zerstörten Speicherstadt lag, die wahrlich kein schöner Anblick war. Doch wenn sie wollten, könnten die Briten gleich zwei Dutzend Leute dort unterbringen, genug Platz wäre schließlich, und schön war das Haus allemal.

Wieder brach Husten aus Hellys schmalem Körper hervor, als wolle er sie durchschütteln.

«Lass mich deine Stirn fühlen.»

Sie war warm, die Haut fühlte sich feucht an.

«Wir gehen morgen», beschloss Effie, der die Angst nun noch greifbarer schien. Sie schnürte ihr glatt die Luft ab.

Doch Helly war nicht umzustimmen. «Nein. Lass uns jetzt gehen. Du weißt doch, dass ich nirgends glücklicher bin als dort.»

So liefen sie an den Schuttbergen vorbei durch den Regen. Der Schirm, der Effie geblieben war, ließ sich kaum mehr richtig öffnen. Ihre anderen Kleider und die paar wenigen Habseligkeiten, die sie noch besaßen, hatte sie in einem Überseekoffer verstaut und bei Oles Schwester auf dem Land untergestellt, wo die Gefahr, bestohlen zu werden, kleiner war als in der Stadt. So gut es ging, hielt sie den Schirm dennoch über Hellys Kopf und versuchte, sie mit ihrem Mantel zusätzlich vor der nassen Kälte zu schützen.

Als sie das Danzhus betraten, das kalt und feucht roch, zitterte Effie am ganzen Leib. Nachdem sie sich die Hände halbwegs warm gerieben hatte, entzündete sie ein Streichholz. Sie besaßen keine Kerzen mehr für die Kronleuchter. Aber das flackernde Licht der Zündholzflamme immerhin wusste sie zu beruhigen. Die Ratten und Mäuse, die eilig an den Wänden entlangrannten, waren die einzigen unwillkommenen Gäste des Lokals. Es wirkte nicht so, als habe sich sonst jemand hereingestohlen.

Freudestrahlend drehte sich Helly im Kreis. «Ich kann es kaum erwarten, wieder hier aufzutreten.»

«Ich auch nicht, mein Spatz.»

«Und es sieht ja wirklich noch genauso aus wie früher.»

«Was denkst du denn? So wird es auch für immer bleiben, das verspreche ich dir.»

Zwei Monate später herrschte eine solch bittere Kälte, dass die Scheiben von innen gefroren. Der Winter, der auf dem Kalender doch gerade erst angebrochen war, machte seinem Namen alle Ehre. Da nützte es nichts, dass Effie das Bett verfeuert hatte und nun dabei war, die Wohnzimmeranrichte auseinanderzunehmen. Gegen die eisige Luft hatte das karge Feuer im Ofen nicht den Hauch einer Chance.

Hellys Zustand hatte sich in den letzten Wochen deutlich verschlechtert. Was auch immer ihre Tochter plagte, es war weit ernster als eine Erkältung, die schnell wieder vorübergehen würde, wie Effie anfangs noch gehofft hatte. Wenn Helly hustete, klang jeder Atemzug wie ein Überlebenskampf. Wenn sie aufstand, um ins Bad zu wanken, musste Effie sie stützen, andernfalls knickten ihre Knie ein. Gestern waren sie wieder im Krankenhaus gewesen, zum sicher zehnten Mal allein im Dezember, und fortgeschickt worden.

Was immer Effie an Essbarem auftreiben konnte, schleppte sie in die Wohnung in der Schmuckstraße. Viel aber war es nicht; wer konnte schon 300 Reichsmark berappen für ein Stück Butter?

«Helly?»

Sie musste alle fünf Minuten nach ihr sehen, andernfalls zerriss es sie vor Angst.

Ein Häuflein Elend lag auf der Decke in der Küche, so dicht am Ofen, dass er sie immerhin ein wenig zu wärmen schien. Hin und wieder war ein Röcheln zu hören. An manchen Abenden, wenn sie im Dunkeln neben ihr saß und ihre Hand hielt, erinnerte sich Effie an die zurückliegenden Jahre. Dann schloss sie die Augen und tröstete sich mit der Erinnerung an Hellys Stimme, wie sie Abend für Abend von der Bühne des Danzhus erklungen war. Zur ganz großen Karriere hatte es nie gereicht, doch vielleicht sollte sie dankbar dafür sein. Dafür, dass Helly sich nie mit der Härte des Showgeschäfts hatte auseinandersetzen müssen, das sie womöglich zermalmt und unter sich begraben hätte.

Wieder hustete Helly und murmelte etwas im Fieberschlaf. Effie zog die dünne Decke zurecht und stand auf, um nach dem Feuer im gusseisernen Ofen zu sehen, das nur noch glomm. Die Küche war der einzige Raum, den sie heizte; ihr Schlafzimmer blieb eisig. Nur aus dem Zimmer, das ihre Untermieter bewohnten, drang manchmal etwas warme Luft in den Rest der Wohnung, doch auch nur, wenn sie irgendwo einen Baum gefunden hatten, den sie hatten abholzen können. Effie selbst schlief im Flur, so nah wie möglich an der angelehnten Küchentür, damit sie das Husten hörte, das Keuchen, das sich hoffentlich bald bessern würde. Denn wenn nicht, dann hieße das…

Sie fuhr sich über das Gesicht. Sie hatte keine 64 Jahre auf der Welt ausgehalten, um ihre Tochter sterben zu sehen. Helly würde leben. Und wenn es Effies Leben kostete!

Zurück im Wohnzimmer, trat sie gegen das Bein des Büffetschranks. Er ächzte konsterniert, als sie versuchte, die Tür aus den Angeln zu heben, doch sie war zu schwer.

«Gut, gut», sagte sie, wie um das dumme Ding zu täuschen. Es war seltsam und verrückt, aber seit Kurzem hatte sie mit den Möbeln zu plaudern begonnen. «Ich verstehe schon, du willst nichts ins Feuer, aber du musst.»

Nein, das sah er anders.

«Doch.»

Wutentbrannt trat sie ein weiteres Mal zu und marschierte dann durch den Flur, riss die Wohnungstür auf und klopfte an die Tür der Nachbarwohnung. Da niemand öffnete, stiefelte sie eine Etage hinab. Früher hatte hinter der linken Wohnungstür eine chinesische Familie gewohnt. Dieser kleine Teil von Sankt Pauli, bei dem es sich eigentlich nur um einen Straßenzug handelte, hatte, bis die Nazis dem ein Ende gesetzt hatten, Chinesenkolonie geheißen. Jetzt gab es hier keine Chinesen mehr. Sie waren getötet oder, wenn das Glück ihnen hold gewesen war, aus dem Land geworfen worden. Effie kniff die Lippen zusammen. Dieser Hitler! Sie hatte ihm von Anfang an misstraut, aber dann doch nur den Kopf eingezogen wie alle anderen. Ole hingegen …

Sie schniefte. Ole war tot. Ins Arbeitslager nach Fuhlsbüttel gekommen, wo er nicht lange durchgehalten hatte, als seine Vergangenheit bekanntwurde. Die Gruppe um Ernst Thälmann, die mit ihrer bolschewistischen Revolution 1923 gescheitert war und bei der es zahlreiche Tote gegeben hatte, war zwar in erster Linie Emmelines inneres Zuhause gewesen und nicht Oles. Doch in Kriegszeiten reichte allein die kleinste Verbindung. Und Effie? Sie *war* dabei gewesen. Doch Ole musste geschwiegen haben. Niemals hatte die Gestapo vor dem Danzhus oder in der Schmuckstraße gestanden.

Sie versuchte es mit der Tür zur Rechten. Auf ihr Klopfen hin lugte ein Kerl durch den Türspalt.

«Ich brauche eine Axt», sagte sie.

«Und ich 'n Vermögen», erwiderte der Mann.

«Haben Sie eine?»

«Was gibt's dafür?»

«Wenn ich fertig bin, eine Schranktür zum Verheizen.»

Wenig später stand Effie mit der Axt in der Hand im Wohnzimmer. Sie schlug zu, schlug wieder zu, sie schwitzte und keuchte und heulte, sie hackte sich beinahe den großen Zeh ab und schlug eine Kerbe in die Tür.

Dann lag die Anrichte da. Nichts als trauriges Holz. Sie brachte die Axt zurück in den zweiten Stock, überreichte dem Mann die versprochene Tür und trat wenig später wieder in die Küche, um Teile der Anrichte zu verheizen. Rasch wurde es wärmer, und Helly öffnete blinzelnd ihre Augen.

«Mama.» Sie nickte, versuchte zu lächeln, aber ihre Lippen zitterten zu sehr. «Mexiko.»

«Was?», fragte Effie und hielt ihr Ohr an Hellys Mund. «Was hast du gesagt?»

«Mexiko», wisperte ihre Tochter kaum hörbar. «Palmen. Strand.»

Effie holte tief Luft und biss sich so fest auf die Lippe, dass sie Blut schmeckte. Sie legte sich neben Helly, obwohl da eigentlich kein Platz war, aber wenn sie sich schmal wie einen Bindfaden machte, dann ging es.

«Ich habe gehört, es gibt Avocados in Mexiko», sagte sie mit rauer Stimme. Sie vergrub ihre Nase in Hellys Haar. Sie roch ihren Schweiß, sie roch die Krankheit, die in jeder Pore steckte. «Das ist ein grünes Gemüse, das weich ist und süß schmeckt. Oder Obst? Ich weiß es nicht so genau. Aber ich habe gehört, es sei wie Butter, wunderbar cremige Butter.»

«Butter», flüsterte Helly. Ihr Kopf lag auf einem kleinen Kissen, das so zerknautscht war, dass man es kaum noch erkennen konnte.

«Weißer Sand. Weißer warmer Sand», flüsterte Effie. Sie hatten so viel vorgehabt! Nicht bloß das Reisen, nein, sie hatten doch das Danzhus wiedereröffnen wollen. «Warmes türkisfarbenes Wasser, das in sanften Wellen heranrauscht. Hörst du es?»

Hellys Lunge gab einen pfeifenden Ton von sich, als sie kaum erkennbar nickte.

«Es gibt Bananen, die an Bäumen hängen. Und Kokosnüsse, die uns von den Palmen fast auf den Kopf fallen. Wir essen eine scharfe kalte Suppe. Und ...»

Ein Klopfen an der Tür ließ sie aufschrecken. Nach einem langen Blick auf ihre Tochter, die wieder zu schlafen schien, rappelte sich Effie auf. Hundskalt war es im Flur. Sie schloss gewissenhaft die Küchentür, damit keine Wärme entwich, und öffnete, als ein weiteres Klopfen ertönte, die Wohnungstür.

Im Dunkeln des Hausflurs standen zwei Männer. Ihre Gesichter konnte sie nicht erkennen. Mit einem raschen Schritt zurück versuchte Effie, die Tür wieder zu schließen, doch der Fuß des einen war schneller.

Mit aller Kraft presste sie sich gegen das Holz und versuchte gleichzeitig, mit dem Fuß den Lederschuh hinauszuschieben.

«Verehrteste, ich bitte Sie, nicht so voreilig!»

Die kehlige Stimme kannte sie. Sie öffnete die Tür wieder einen Spaltbreit.

«Haggert?»

Er war so ausgemergelt, dass er kaum mehr an ein

Wiesel erinnerte, eher an eine unterernährte Ratte. Selbst die Zähne hatten es nicht geschafft. Vorn klaffte nichts als ein schwarzes Loch. Doch der hungrige Blick war ihm geblieben.

«Wie er leibt und lebt.»

Was wollte er? Sie hatte ihn seit dem Krieg, genauer gesagt seit 1941, nicht mehr gesehen. Das Alkazar, das unter neuem Namen immer noch bestand, und der Trichter schienen auch ohne sein Zutun prächtig zu laufen.

«Was wollen Sie?»

«Aber bitte, Gnädigste, lassen sie uns doch erst mal eintreten.»

Effie machte sich so breit, wie es ging. «Nein.»

«Wollte nur mal fragen, wie die Geschäfte laufen, Verehrteste.»

Sie traute ihren Ohren nicht. «Geschäfte?» Sie schnaubte.

Wer war der andere Kerl? Er kam ihr bekannt vor, aber sie brachte keinen Namen mit diesem Gesicht zusammen. Auf jeden Fall war er besser gekleidet als Haggert, aber das war keine große Kunst. Auch insgesamt machte er einen sehr viel lebendigeren Eindruck, einigermaßen gut genährt zudem. Er musste lebensmüde sein, so in dieser Gegend aufzukreuzen.

«Mir kam zu Ohren, es läuft nicht, wie es laufen sollte», schnarrte Haggert, dem es nun nicht mehr viel auszumachen schien, das Gespräch im Hausflur zu führen. «Hab gehört, Sie haben seit zwei Jahren nicht mehr geöffnet, meine Liebe.»

«Na und?», schnappte Effie. «Ich kann öffnen, wann immer ich will. Das Haus gehört mir, das wissen Sie sicher. Miete brauche ich also keine zu berappen.»

«Ja, aber das ganze andere Drum und Dran.»

Sein Ton klang mit einem Mal verführerisch. Am liebsten hätte sie sich geschüttelt.

«Nehmen Sie es mir nicht übel, aber ich kann mich des Eindrucks nicht erwehren, als könnten Sie eine Mahlzeit gut gebrauchen. Und wie geht es eigentlich Ihrem verehrten Töchterchen?»

Wieder versuchte sie, die Tür ins Schloss zu knallen, diesmal aber stellte der zweite Mann seinen Fuß dazwischen und grinste sie überlegen an. Kircher! Oder Kirchner. So hieß er, jetzt fiel es ihr ein. Der Elbchausseeschnösel, den ihr Haggert viele Jahre zuvor im Danzhus vorgestellt hatte, derjenige, der Werners Nichte kannte.

Von Tieck. Mit diesen Leuten wollte sie nichts, absolut gar nichts zu tun haben, auch wenn sie selbst weiterhin so hieß.

«Hau ab!», zischte sie. «Hau ab, oder ich schlag dich windelweich.»

Sie meinte es exakt, wie sie es gesagt hatte. Die letzten Jahre, vor allem aber die letzten Monate hatten sie hart gemacht. Sie fühlte nichts mehr, nichts als Angst um Helly. Der Rest der Welt konnte von ihr aus über den Jordan gehen und allen voran diese beiden Scheusale.

In einer abwehrenden Geste hob der Kerl beide Hände. «Sachte, sachte, ich komme in Frieden.»

«Ach ja?» Sie stützte die Hände in die Hüften und versuchte zu vergessen, wie mager und schwach sie geworden war. Vielleicht sah er es ja nicht.

«Wir sind hier, um über das Danzhus zu reden. Sie brauchen es schließlich nicht mehr, das haben Sie selbst gerade gesagt.»

Ungläubig sah sie von einem zum anderen. Haggerts rot gefrorenen Hände zitterten wie bei einem, der dringend eine halbe Flasche Schnaps brauchte.

«Was soll das heißen, ich brauche es nicht mehr? Haut ab, alle beide! Ich habe keine Lust, meine Zeit mit euch zu verschwenden.»

«Ich gebe Ihnen so viel Geld, dass Sie Essen bis zum Sommer kaufen können.» Selbstgefälliges Lächeln. Von Anfang an hatte sie gewusst, dass diesem Kirchner nicht zu trauen war.

«Woher wollen Sie so viel Geld denn haben?», fragte sie. «Und was wissen Sie schon, was die Sachen bis zum Sommer kosten? Da werde ich vielleicht hundert Millionen für eine Flasche Milch zahlen müssen. Haben Sie hundert Millionen Reichsmark, ja?»

Er kniff die Augen zusammen. «Nein. Aber ich habe etwas anderes. Ich kann Sie aus Hamburg rausschaffen. Ich bringe Ihre Tochter und Sie ans Meer. Wie Sie wissen, hat meine Familie ein Gestüt in Schleswig-Holstein.»

Dorthin zurück, wo sie mit Werner gelebt hatte? Niemals! Sie kniff die Augen zusammen. Der Mann hatte seine Bekannte – ihre Nichte, korrigierte sie sich – also geheiratet.

«Dort werden Sie keinen Hunger mehr leiden.»

Sie hatte schon lange keinen Hunger mehr. Nur Schmerzen im Bauch, was natürlich vom Hunger kam, aber nichts in der Welt würde sie dazu verleiten, das

Danzhus zu verkaufen. Nicht Emmelines Haus. Nicht das Zuhause, das sie und Helly gerettet hatte.

Ein keuchender Husten war aus der Küche zu hören. Erschrocken wich Haggert zurück. «Ist das Helly? Hat sie die Schwindsucht?» Er wurde noch bleicher.

Im Krankenhaus hatte eine Schwester auf Helly geblickt. «Nehmen Sie sie wieder mit», hatte sie gesagt, «nehmen Sie sie mit, wenn Sie sie lieben.»

Vor Angst war Effie schwindelig geworden. «Wieso?», hatte sie heiser gefragt.

«Wir haben zu wenige Betten. Und Ihre Tochter, sie wird …» Mit Bedauern hatte sie den Kopf geschüttelt.

«Oh nein», hatte Effie gezischt. «Sterben wird sie nicht!»

«Möchten Sie, dass es so zu Ende geht?», hatte die Schwester gefragt und eine Tür geöffnet zu einem riesigen Raum. Die Fenster waren angelehnt gewesen; dennoch war die Luft zum Zerschneiden dick und roch nach Krankheit und Tod. Zwanzig Betten dicht an dicht an der einen Wand, gegenüber standen ebenso viele. Reglos lagen die Menschen darin, manche schliefen, andere husteten, was wie Kettenrasseln klang. Es war ein Anblick, wie er kaum trauriger sein konnte. Effie hatte Helly an sich gedrückt und war zurück in die Schmuckstraße gegangen.

«Glaubst du etwa, ich kann einen Arzt dazu bringen herzukommen?», fragte Effie, doch Haggert war schon aus der Tür und rannte polternd die Treppe runter.

«Hasenfuß», sagte Kirchner und lehnte sich mit siegessicherem Grinsen an den Türrahmen. «Ich hingegen habe keine Eile. Bedenken Sie doch, sehr geehrte Frau von Tieck, was aus dem Danzhus werden könnte, wenn man nur die Mittel dazu hat, es aus der Asche wiederauferstehen zu lassen?»

«Es muss nicht wiederauferstehen.» Effie hörte selbst, wie müde sie klang. «Aber das lassen Sie mal meine Sorge sein. Gehen Sie. Lassen Sie uns allein.»

«Aber wem nützt es? Es zerfällt. Ein Haus will genutzt werden. Und mit meinen Möglichkeiten kann es wieder groß werden. Womöglich sogar größer, als es je gewesen ist. Ich habe Kontakte zu den Briten, ich kann eine Ausnahmeregelung beantragen. Was glauben Sie denn, die wollen doch abends tanzen, nicht am Nachmittag. Sperrstunde, das gilt für die meisten, aber müssen wir hinzugehören?»

Effie hörte sehr wohl, dass er von *wir* sprach und doch nur sich meinte. Dennoch zögerte sie, bevor sie eine Antwort formulierte.

«Ich leg noch was drauf.» Seine Augen blitzten. «Gestüt mit hinreichender Landwirtschaft. Aber jetzt kommt es. Einen Arzt, der in einer Stunde hier sein kann.»

Ungläubig starrte Effie ihn an.

«Und wenn ich Arzt sage, meine ich einen, der auch behandeln kann. Einen mit Arztkoffer und Medizin, kein Knochenbrecher, der statt Pillen gepanschten Schnaps mitbringt.»

Effie schluckte.

«Lassen Sie es sich durch den Kopf gehen», sagte er. «Ich gebe Ihnen zehn Minuten.» Damit wandte er sich um und war schon draußen. Als Effie die Hand hob, um der Tür Schwung zu geben, sah sie, dass sie zitterte wie Espenlaub, sie schlotterte am ganzen Körper.

«Wart...» Sie hatte schon die Hand auf den Türknauf gelegt und wollte ihm nachschreien, da hörte sie Helly aus der Küche leise etwas rufen.

«Was ist, mein Spatz?»

«Nicht ...», stammelte Helly.

«Hm?» Effie ging neben ihr in die Hocke und strich ihr über die Stirn, doch Helly zuckte zurück.

«Nicht ... weggeben.»

«Hast du uns gehört?»

Es fiel ihr sichtlich schwer, doch schließlich gelang es Helly zu nicken.

«Es ist nur ein Haus», flüsterte Effie. «Was ist schon ein Haus gegen dich?»

«Nicht ... weggeben», wiederholte Helly ächzend. Sie war kaum mehr zu hören.

Effie presste die Lippen zusammen. Tränen rannen ihr die Wange hinab ins Ohr. Sie legte sich neben Helly, sog den Duft ihrer Tochter ein, der sich unter dem Geruch der Krankheit verbarg, umfasste ihre Tochter, so zart sie konnte, und versuchte, ihr Wärme und ihre Liebe zu geben, doch Helly zitterte, sie zitterte so stark, dass sich Effie schließlich aufsetzte.

Sie sprang auf und eilte zum Küchenfenster. Mit aller Kraft zog sie daran. Das Eis im Rahmen knirschte, dann endlich löste sich der Griff, und die Scheibe flog auf.

Im Halbdunkel des Hofs sah sie eine Zigarette aufglimmen.

«Kirchner!», schrie sie gellend.

Noch während sie die Fenster wieder zustieß, sah sie, wie er sich in Bewegung setzte.

«Nein», flüsterte Helly. Sie keuchte und hustete, ohne sich auch nur einen Augenblick zu erholen. Als der Anfall endlich vorbei war, hob Helly den Kopf und blickte sie an. Da wusste Effie, dass es zu spät war. Sie kniete sich neben ihre Tochter, nahm ihre Hand, strich ihr über das Gesicht, die heiße Stirn. Blässe zog über Hellys Haut. In Effie bebte es. Sie nahm das zerdrückte weiche Kissen und presste ihr Gesicht hinein, damit niemand ihr Schreien hörte.

Sie weinte, bis sie gänzlich leer war. Grau sah die Welt aus, als sie den Kopf wieder hob. Grau ihre Tochter, wie sie reglos neben ihr lag.

Immer noch hörte sie Kirchner klopfen. Er rüttelte am Türknauf, rief ihren Namen. Dann, irgendwann, gab er auf und ging. Eisigkalt war es in der Küche. Die Nacht hielt Einzug. Effie hielt Hellys Hand, die ebenso kalt war wie der Ort, von dem sie gekommen war.

Kein Feuerwerk, kein Peitschenknallen wie in jener Nacht, als Helly im Hof des Gestüts auf die Welt gekommen war.

Nichts als Stille und Kälte. Effie weinte. Sie ließ sich nach vorn sinken, schmiegte sich an ihre Tochter und wünschte, sie könnte mit ihr gehen.

Ins Weltall zurück.

11

Hamburg-Sankt Pauli
Samstag, 19. Mai 1962

Als Marie die Augen öffnete, kam sie sich vor, als klettere sie mit schmerzenden Knochen aus einer Kohlegrube. Ähnlich erschöpft und todmüde fühlten sich gewiss die Männer unter Tage, auch wenn man der Fairness halber sagen musste, dass Marie in einem frisch bezogenen Bett lag und ihr kein schwarzer Staub zwischen den Wimpern klebte, bloß Schlaf. Sie gähnte, reckte sich und konnte kaum glauben, was da durch das Fenster in Effies Gästezimmer fiel.

Sonnenstrahlen!

Mit einem Satz sprang sie aus dem Bett. Plötzlich fühlte sie sich gar nicht mehr müde. Die Aufregung prickelte durch ihren Körper wie Zitronenlimonade, und als sie an all das dachte, was sie an diesem Tag noch zu tun hatte, stockte ihr kurz der Atem, dann schüttelte sie den Kopf. Bloß nicht Bange machen lassen!

«Wo bleibst du denn?», begrüßte sie wenig später Heinrich im Wohnungsflur, der sich charmant für die Tasse Kaffee bedankte, die Effie ihm gereicht hatte. Die beiden verstanden sich dermaßen blendend, dass Marie manchmal in sich hineinkicherte. In den letzten Wochen war Heinrich einige Male vorbeigekommen, um Marie abzuholen, was Effie dazu verleitet hatte, Plätzchen zu servieren. Und das war noch nicht alles. Gemeinsam waren die beiden sogar zu einem Besuch in Hagenbecks Tierpark aufgebrochen. In Heinrichs Gegenwart blühte die ältere Dame regelrecht auf. Und Heinrich? Er hatte eine so rasante Wandlung zum Charmeur hingelegt, dass es einen glatt schwindelig machte.

Effie aber wirkte heute nervös, sogar nervöser als Marie selbst.

«Ist alles in Ordnung?»

Zögerlich nickte Effie. «Ich bin bloß aufgeregt.»

«Ich auch.» Und wie aufgeregt sie war! Die zurückliegenden zwei Monate war sie fast ständig auf den Beinen gewesen. Sie hatte organisiert, zusammengebaut, gestrichen, geräumt. Und heute nun war der große Tag gekommen. Der Abend, an dem sich zeigen würde, ob die Wiedereröffnung des Danzhus ein Erfolg wurde …

Marie schluckte, und sie spürte, wie ihr alles Blut in die Füße sackte. Doch darüber jetzt nachzudenken, wäre so hilfreich, wie sich die Arme und Beine fesseln zu lassen und ins Fleet zu springen. Nein, sie würde sich frühestens morgen den Kopf zerbrechen und sich mit Zukunftssorgen befassen, heute hatte sie Wichtigeres zu tun.

«Kommt *er* heute Abend?», flüsterte ihr Effie ins Ohr.

Marie schüttelte den Kopf und versuchte, eine heitere Miene aufzusetzen. Wieso sollte er? Bei ihrer letzten Begegnung hatte sie Piet schließlich zu verstehen gegeben, dass sie seine Gefühle nicht erwiderte. Wieso sollte er sich noch Hoffnungen machen? Und was sie selbst empfand, nun, davon hatte sie überhaupt keinen Schimmer. Sie wusste bloß, dass sie geschuftet und geschuftet hatte, und der positive Nebeneffekt dessen war, dass sie eigentlich kaum noch an ihn dachte. Sie träumte nur häufig von ihm, und diese Träume zerrissen wie Morgennebel, wenn sie erwachte.

Dann saß sie noch eine Weile im Bett, sah seine dunklen warmen Augen vor sich und glaubte, den zarten herben Duft seiner Haut zu riechen. Es war so schön und so traurig, dass sie dem ein Ende setzte, indem sie sich im Bad eiskaltes Wasser ins Gesicht spritzte.

«Komm», sagte sie und stupste Heinrich, der Effie auf seine knorrige Art anstrahlte, in die Seite. «Ich dachte, wir hätten es eilig.»

Kurz darauf brausten sie in seinem Leukoplastbomber, einem zehn Jahre alten Lloyd, der so sicher und stabil wirkte wie ein Pappkarton mit Motor, an der Elbe entlang.

«Was müssen wir eigentlich so dringend noch erledigen?», erkundigte sie sich bei ihrem Adoptivvater. «Und hätte es wirklich nicht bis morgen Zeit gehabt?»

«Morgen wirst du dich nicht rühren können. Du wirst mit rabenschwarzen Augenringen aufwachen und dir wünschen zu sterben.»

«Weil heute alles schiefgegangen ist?»

«Nein, weil alles so großartig gelaufen ist. Weil du zu viel getrunken und dir die Hacken abgerannt hast. Es wird keinen Fleckchen in deinem Körper geben, den du ohne Schmerzen bewegen kannst.»

«So alt wie du bin ich aber noch längst nicht.»

Sie wandte sich um und sah auf der Rückbank, deren Stoffbezug an mindestens einem Dutzend Stellen aufgerissen war, Schaumstoff herausquellen. Irgendwo dazwischen lag ein kleines kaum erkennbares goldhaariges Knäuel, das nun den Kopf hob und sie aus seinen dunkelbraunen Augen sanftmütig anblickte.

«Na, Snorri der Zweite, wie geht es dir?»

Sie streckte die Hand nach hinten aus und lachte, als der junge Spaniel seine raue Zunge darüberfahren ließ.

«Er heißt nicht Snorri der Zweite», korrigierte sie Heinrich. «Setz ihm keine Flausen in den Kopf.» Er blinkte und bog in einem halsbrecherischen Manöver über zwei Spuren links ab. Höfliches Hupen war zu hören. «Bei jungen Hunden ist es wichtig, die immer gleichen Kommandos zu verwenden. Und schon gar nicht darf man sie mit unterschiedlichen Namen rufen. Was soll er denn denken, wer er ist? Außerdem ist es eine sie und heißt immer noch Edda.»

«Ich habe sie immerhin nicht mit Jekyll angesprochen», warf Marie ein.

«Was in aller Welt soll das denn heißen?»

«Na, wegen Jekyll und Hyde.»

«Ich habe keine Ahnung, wovon du da redest.»

Marie grinste, tätschelte Eddas samtweichen Kopf und sah die Kräne der Werft an sich vorüberziehen. Als sie zur Seite blickte und Heinrichs knollige Nase sah, grinste sie. Wie leicht es plötzlich mit ihnen war! Wo vorher stets ein unausgesprochener Vorwurf in der Luft zu hängen schien, war jetzt nichts als Zufriedenheit. Marie genoss die Zeit mit ihm. Und sie nahm an, dass es ihm ähnlich erging. Seit sie zusammen an den Möbeln für das Danzhus werkelten, hatte sich so viel Vertrautheit in ihre Beziehung geschlichen, dass sie sein mürrisches Schweigen nicht das kleinste bisschen mehr auf sich bezog. So war er halt, und wenige Augenblicke später lachte er schon wieder herzlich, weil ihm ein Witz eingefallen war, oder aber er zeigte ihr, wie man das Hobeleisen über das Holz bewegte, ohne die Fasern des Materials zu verletzen.

«Also, jetzt sag schon, was du mir so dringend zeigen musst. Der Barchef des Atlantic erwartet mich um halb zehn und hilft mir, die Flaschen zu ordnen, und um zehn rückt Doris an. Das hoffe ich jedenfalls. Doris ist es anscheinend nicht gewöhnt, derart früh aus den Federn zu springen.»

«Du wirst es schon sehen, Fräulein Ungeduld. Nun lehn dich zurück und genieß die Fahrt. Und denk mal zwei Minuten lang nicht an heute Abend.»

Ha, wie sollte das denn funktionieren? Maries Gedanken kreisten um nichts anderes als darum, ob die Wiedereröffnung ein Erfolg werden würde. Denn falls nicht, bestand durchaus die Möglichkeit, dass Effie den Laden für immer dichtmachte. Seit sie Heinrich kennengelernt hatte, war etwas Seltsames geschehen: Das Danzhus hatte Effies Lebensmittelpunkt verlassen, und mit einem Mal bekamen auch andere Dinge eine Bedeutung. Was also würde Effie davon abhalten, den endgültigen Schritt zu tun, um ihre Vergangenheit hinter sich zu lassen?

Aber hatte Marie sich nicht vorgenommen, darüber nicht nachzudenken? Erst einmal den Tag und dann den Abend überstehen.

Über die Billhorner Brückenstraße erreichten sie Wilhelmsburg. Grün leuchteten die ersten Blätter an den Bäumen, die die Straße säumten. Das Wasser der Elbe glitzerte verheißungsvoll, und Marie fiel es schwer, sich in Erinnerung zu rufen, was beinahe auf den Tag genau vor drei Monaten hier geschehen war. Ein Kloß bildete sich in ihrem Hals. Alles schien vergessen. Aus dem Straßenbild getilgt. Doch niemand, der die Zerstörung gesehen hatte, würde die Flut je vergessen. Wie gut, dass Kristin und ihre Familie in Sicherheit waren. Nur über Peers Verbleib war noch immer nichts bekannt.

Marie lehnte die Stirn gegen die Scheibe. Mit einem Mal fühlte sie sich müde und derart erschöpft, als habe jemand alle Kraft aus ihr herausgesogen. Sie hatte alles getan, um zu vergessen. Sie hatte sich auf die Renovierung des Danzhus gestürzt. Alles womöglich, um die Erinnerung an den 17. Februar aus ihrem Herzen zu löschen?

Heinrichs faltige, von Altersflecken gesprenkelte Hand legte sich auf ihre. «Kopp hoch.»

Sie nickte und presste die Lippen aufeinander.

«Gegenwind formt den Charakter.»

Gegen ihren Willen prustete sie laut los. «Wie kommst du jetzt auf so was?»

«Na, Deern, kann mir doch keiner erzählen, dass du nix aus dir gemacht hast in den letzten Wochen. Guck dich doch mal an! Bist so 'ne fröhliche, wache Frau geworden und nicht mehr das schüchterne, stille Mädchen von früher. Du bist über dich rausgewachsen, das bist du, siehst du das denn nicht?»

Unschlüssig sah sie ihn an. Das war ein bisschen viel

des Lobes … Und das aus seinem Mund. Oder hatte er womöglich recht? *War* sie über sich hinausgewachsen?

Vor drei Monaten hatte sie alles verloren. Sie hatte ihre Stelle im Atlantic gekündigt, sich mit Effie gezankt und schließlich eine Freundin in ihr gefunden und für das Danzhus Himmel und Hölle in Bewegung gesetzt. Sie seufzte. Hoffentlich lohnte es sich, ein bisschen wenigstens.

«Hast du deine Meinung geändert und findest, wir haben nun doch zu wenige Stühle?», fragte Marie ihren Adoptivvater, nachdem sie vor seinem Hof in Rübke gehalten hatten. «Falls ja, fällt dir das reichlich spät ein.»

Heinrich schüttelte den Kopf und bedeutete ihr mit einem Winken, ihm zu folgen. Im Innern der zur Werkstatt ausgebauten Scheune herrschte milchiges Licht, das durch die seit Jahrzehnten nicht mehr geputzten Fenster fiel. Staubkörner schwebten an Marie vorüber und wirbelten bei jedem Atemzug auf. Vom Boden, der mit Spänen übersät war, stieg der wunderbare Duft von Holz auf. In den vergangenen Wochen hatten sie hier fast täglich zusammen gewerkelt. Zusätzliche, in hastiger Eile geschreinerte Möbel konnte Marie allerdings nicht erkennen. Dafür fiel ihr Blick auf eine rötlich glänzende Apparatur, die Heinrich vorsichtig anhob und ihr mit stolzem Grinsen präsentierte.

«Für dich. Als Eröffnungsgeschenk.»

Marie benötigte keine zwei Sekunden, um zu erkennen, um was es sich handelte. «Eine Destillieranlage?»

Er grinste noch breiter. «Dass endlich mal was dabei

rumkommt, wenn ich schon achtunddreißig Mirabellenbäume hab. Und Zwetschgen ohne Ende. Aber nicht vergessen, 'nen halben Liter darfst du brennen, mehr nicht. Sonst rücken hier noch die Schendarmen an.»

«Ich tue das natürlich ausschließlich für den Privatgebrauch, ganz wie es das Gesetz vorschreibt.»

«Das will ich doch meinen, Deern.»

Grinsend sahen sie sich an.

«Um Gottes willen, wie spät ist es?», fiel Marie plötzlich ein.

«Vor 'ner guten Weile hat's neun geschlagen.»

«Fährst du mich zurück? Mertens bekommt sonst einen Herzanfall. Er ist immer so schrecklich beschäftigt.»

«'türlich.» Heinrich guckte auf die kleine Brennanlage in seinen Händen und schniefte froh. «Dann kommste also auch weiterhin manchmal her, auch wenn wir nix mehr zu schreinern haben?»

In zwei Schritten war Marie bei ihm und schloss ihn samt Destille in die Arme. Es pikte ein wenig, und das Metall war kalt, doch ansonsten fühlte es sich wunderbar an.

«Das werde ich.»

Unter ihren Fingerspitzen spürte sie, wie er erleichtert aufatmete.

«Da bist du ja endlich!» Thomas Mertens, der Barchef des Atlantic Hotels, wirkte sichtlich genervt, obwohl Marie höchstens eine Viertelstunde zu spät im Danzhus auftauchte. Er sah aus, als habe er seine Finger in die Steckdose gehalten. Das rötlich braune Haar stand ihm wirr vom Kopf ab, seine Stirn war verschwitzt, und er hatte die Augen so weit aufgerissen, als habe er hinter Maries Rücken ein Ungeheuer entdeckt.

«Was ist los mit dir?», erkundigte sie sich, nachdem sie aus ihrem Mantel geschlüpft war und noch überlegte, wo sie ihn eigentlich aufhängen sollte.

«Was mit *mir* los ist? Du bist zu spät, und dir als langjährig erprobtem Zimmermädchen sollte doch wohl klar sein, dass jede Minute zählt! Außerdem, ja sieh mal, du hältst deinen Mantel in der Hand und guckst dich fragend um. So wird es auch deinen Gästen ergehen. Sie werden dastehen und dumm aus der Wäsche gucken, weil sie keine Garderobe finden.»

«Oh», sagte Marie und legte die Stirn in Falten. «Stimmt, die habe ich wohl vergessen.»

Verflixt. Heinrich augenscheinlich ebenfalls.

«Du hast auch keine Trinkhalme gekauft», fuhr Mertens schon fort, «obwohl ich dir dreimal gesagt habe, kauf Trinkhalme! Wie kannst du nur glauben, eine herausragende Bar zu betreiben, wenn du keine Trinkhalme hast? Kein Mensch kann einen Mint Julep ohne Trinkhalm zu sich nehmen.»

«Erstens wird dies keine herausragende Bar», sagte Marie. «Wir werden ein herausragendes Nachtlokal, in dem man herausragend tanzen kann. Ich habe nicht geplant, für unsere Getränke berühmt zu werden.»

Thomas Mertens' Augen verengten sich.

«Und zweitens habe ich Trinkhalme gekauft. Doris bringt sie mit.»

Mertens seufzte tief. «Na immerhin.»

Von Doris hielt er überhaupt nichts. Sie war ihm zu

sankt-paulianisch, in anderen Worten: nicht elegant genug. Nun, Doris konnte tatsächlich als glattes Gegenstück zu jenen Menschen durchgehen, die hinter der Atlantic Bar standen, allein deswegen, weil sie eine Frau war. Eine Frau zudem, die gern ihren Busen zeigte, es in Sachen Trinken mit jedem ihrer Gäste aufnehmen konnte und ein Vokabular beherrschte, das auch den erfahrensten Seemann das Fürchten lehrte.

Nein, Thomas Mertens mochte die neue Barfrau des Danzhus nicht, doch das scherte Marie kein bisschen. Und Doris, das verstand sich von selbst, noch viel weniger.

Nachdem Marie ihren Mantel über einen der Stühle gelegt hatte, sah sie sich um. Mertens verschwand schon wieder hinter der Bar, einem s-förmigen schlanken Konstrukt aus Holz und Stahl, das sie aus dem Fundus eines Lichtspieltheaters bekommen hatte, das vor dem Umbau stand. Ein Klirren ließ sie erschrocken den Kopf wenden. Mertens nickte entschuldigend, während er die Flaschen, die ihm beinahe heruntergefallen wären, in den Händen balancierte und sie wieder ins Regal stellte. Liköre, Schnäpse, Gin und Whiskey standen darin Reihe in Reihe – der Barchef hatte wirklich ganze Arbeit geleistet.

Hatte sie denn, von den Garderobenhaken einmal abgesehen, an alles gedacht? Gedanklich ratterte Marie ihre Liste herunter: Gläser, Tassen, Getränke (und Trinkhalme); Aschenbecher; Toilettenpapier sowie Seife und Handtücher; sonstige Möbel (das hatte in Heinrichs Hand gelegen, an dieser Front gab es also nichts zu beklagen); Personal; Münzen; Geldscheine; Blumen für den Tresen; Konfetti. Ob Effie Letzteres gutheißen würde?

Marie hatte unzählige lange Diskussionen darüber mit Doris geführt, für die Konfetti gleichbedeutend mit dem größten Spaß ihres Lebens war. Erstaunlich, wie Marie fand. Nun, sie hatte sich jedenfalls überreden lassen und konnte nur hoffen, dass Effie ihr nicht den Kopf abreißen würde, weil sie es kitschig fand oder sie an Kindergeburtstage erinnerte.

Marie räusperte sich. Plötzlich wurde ihr schummrig vor Angst. Für den Abend hatte sie auch Herrn Jablonsky eingeladen, den Pförtner des Atlantic Hotels, Kristin samt Familie sowie Tomtom, doch würde sonst überhaupt jemand kommen?

Beim gestrigen Probelauf war alles glattgegangen, auch wenn Doris gemurrt hatte, dass ein Probelauf mit weniger als hundert Leuten keineswegs als Probelauf zu bezeichnen sei.

«Ist doch total lebensfern!»

Himmel, was, wenn heute alles schiefging? Was, wenn nur zwei Leute kamen, Pepsi tranken und wieder gingen?

Sie durfte gar nicht daran denken. Erst recht sich nicht vorstellen, wie enttäuscht Effie wäre.

Tief atmete sie ein und wieder aus.

Glücklicherweise flog in dem Augenblick die Tür auf, und Doris in all ihrer Pracht stiefelte herein. Sie trug einen Rock, der kaum kürzer hätte sein können. Thomas Mertens fielen beinahe die Augen aus dem Kopf. Auch Marie brauchte ein wenig, um sich zu sammeln.

«Ha», konstatierte Doris sichtlich zufrieden. «So was habt ihr wohl beide noch nicht gesehen, wie?»

Ob Marie ihr verraten sollte, dass man ihre Knie sah?

Und nicht nur das, sondern auch mindestens die Hälfte ihrer Oberschenkel.

Andererseits konnte Doris das ja kaum entgangen sein.

«Das ist ein Minirock», verkündete Doris stolz. «Todschick, was?» Sie drehte sich im Kreis.

«Und nach mir werfen die Leute Apfelbutzen, wenn ich einmal Hosen trage», murmelte Marie verwundert, der Doris' Aufmachung mit jeder Minute besser gefiel. «Du siehst toll aus!»

«Danke. Und das Praktischste ist: Ich kann darin rennen. Wär der Rock nur eng, aber dazu lang, bräuchte ich für den Weg von der Bar zum Klo eine halbe Stunde. Du kannst mich also doppelt bezahlen für heute.»

Marie beschloss, das später zu besprechen. «Hast du die Trinkhalme bekommen?»

Doris grinste und deutete mit dem Kopf in Thomas Mertens' Richtung. «Hat er sich schon ins Höschen gemacht?»

Vielleicht hätte sie lieber flüstern sollen. Die Apfelsine, die in hohem Bogen angeflogen kam, konnte Marie gerade noch abfangen, bevor sie den Spiegel traf.

«Lern mal besser zielen, Herr Mertens», lautete Doris' Kommentar. An Marie gewandt, fragte sie, die Hände in die Hüften gestemmt: «Was soll ich machen?»

Nicht zum ersten Mal beglückwünschte sich Marie dazu, Doris zumindest für heute abgeworben zu haben. Es hatte sie nur einen Schnaps gekostet und einmal bitten, woraufhin Doris «Abgemacht!» gerufen und den Anwesenden eine Runde spendiert und einen Tag später ihre Stelle gekündigt hatte.

Als Marie darüber nachzudenken begann, was es für Doris bedeuten würde, wenn das Danzhus nach dem heutigen Abend kein zweites Mal öffnete, brach die angestaute Nervosität mit voller Wucht über sie herein. In ihren Ohren begann es erst zu summen, dann zu dröhnen, was Sekunden später von einem hellen, unangenehmen Klingeln abgelöst wurde. Schließlich wurde ihr schwindelig.

«Auweia!», hörte sie wie aus weiter Ferne Doris' Stimme. «Komm, Junge, hilf mir mal.»

Glücklicherweise fingen zwei Hände Marie auf, als ihr die Knie wegknickten. Dennoch landete sie auf dem Boden.

«Marie», hörte sie undeutlich und dumpf. «Marie!»

Als sie die Augen öffnete, blickte sie in Heinrichs besorgtes Gesicht. Hinter ihm stand Effie, die entgeistert zu ihr hinuntersah.

«Hast du allein schon mal eine Runde getanzt und bist ausgerutscht?», fragte die alte Dame, deren hyazinthenfarbenes Samtkleid dieselbe Farbe wie ihre Lippen hatte.

«Die Garderobe», sagte Marie. Ihre Lippen fühlten sich taub an, und ihr Kopf dröhnte.

«Die was?» Effie kniff die Augen zusammen.

«Wir haben keine Garderobe. Wir können nicht eröffnen. Wir haben die Garderobe vergessen!»

«So 'n Kokolores», brummte Doris. «Sollen die Leute ihr Zeug doch in die Ecken werfen. Wir nehmen's damit nicht so genau.»

Thomas Mertens schien nicht ihrer Meinung zu sein, verkniff sich jedoch einen Kommentar.

Marie rappelte sich auf. Der Raum um sie herum

tanzte und schlingerte noch immer, beruhigte sich aber schließlich.

«Gut», sagte sie leise. Sie sah sich um. Nichts war perfekt, alles nur halb gut, aber so war das Leben, oder etwa nicht? Man musste sich im Halbguten so gemütlich wie möglich einrichten.

Auch um sich selbst davon zu überzeugen, dass alles in bester Ordnung war, klatschte sie in die Hände. «Dann mal an die Arbeit.» Zu ihrer eigenen Überraschung klang sie sogar einigermaßen überzeugend.

Und irgendwie funktionierte es. Sie konnte selbst nicht sagen, wie, aber als sie um vier Uhr nachmittags die Kassette mit den eingerollten Wechselmünzen im hintersten Fach unter der Theke versteckte, die rosa Pfingstrosen in der Vase darüber neu ordnete, auf die Jungs blickte, die eben mit ihren Gitarren, dem Schlagzeug und einem Bass die Bühne betreten hatten und begannen, ihre Instrumente zu stimmen, verwandelte sich ihre Nervosität in Vorfreude.

Ganz egal, ob heute alles schiefging. Egal, ob sie morgen mit Schmerzen in jedem Körperteil erwachte und sich vor Sorge darüber, dass es niemandem gefallen hatte, die Bettdecke über das Gesicht zog und ihr vor Sorgen um die Zukunft der Kopf rauchte. Ja, und wenn niemand tanzte, dann würde eben sie den Anfang machen.

Um fünf verschwand Doris im Flur, um vor der Tür nach dem Rechten zu sehen. Als sie zurückkehrte, war aus ihrer Miene nicht das kleinste bisschen abzulesen.

«Keiner da?», fragte Marie, deren Herz derart raste, dass sie ihre eigenen Worte kaum hörte.

«Nee, verteufelt viele da. War anscheinend nicht die schlechteste meiner Ideen, Flugblätter auf der Reeperbahn zu verteilen.»

Baff sah Marie sie an. «Welche Flugblätter?»

«Na, Liebchen, die, auf denen was von Eröffnung stand und großer Sause. Ohne Flugblätter geht es doch nicht. Was denkst du denn, wer heutzutage noch Annoncen in der Zeitung liest?»

Nun, Marie tat das schon, sofern sie mal eine Zeitung in der Hand hielt. Sie hatte ihre Idee für ausreichend gehalten.

«Und du hast dich einen Abend lang auf die Reeperbahn gestellt und sie verteilt?»

Doris war wirklich eine zupackende Angestellte, das musste man ihr lassen.

«Mumpitz. Ich hab die Tür aufgemacht und die Flugblätter auf die Straße segeln lassen. Sieht so aus, als hätten die Leute sie aufgehoben und sogar draufgeguckt!»

Marie verkniff sich ein Lächeln. Was Doris anfasste, wurde, nun, zu einer Art überraschendem Erfolg.

«Wollen wir sie reinlassen?»

Jetzt grinste Marie breit. Sie atmete tief ein. «Oh ja!»

Eilig trat sie ans Fenster und blickte nach draußen. Unzählige Männer in schmal geschnittenen Anzügen, mit Krawatte, Seitenscheitel und lässiger Zigarette in den Mundwinkeln, drängten schon die Treppe hinauf, an ihren Armen Frauen, die sich schwer in Schale geworfen hatten. Einige trugen Bleistiftröcke, die meisten aber hatten sich darauf vorbereitet zu tanzen. Ihre Kleider hatten weit schwingende Glockenröcke, und manche waren sogar mit Fransen verziert, die beim Hüftkreisen wackeln würden.

«Was kostet eigentlich der Eintritt?», erklang dumpf Doris' Stimme aus dem Flur.

«Eintritt?» Eine weitere Sache, über die sich Marie noch keine Gedanken gemacht hatte.

«Zwei Mark, ich schreib schnell ein Schild», rief Doris.

«Zwei Mark ist zu viel. Dann gehen ja wieder alle!»

«Ach, Unsinn.» Doris erschien wieder in der Tür und schüttelte den Kopf. «Sehen die aus, als könnten sie sich das nicht leisten? Guck dir doch mal die Schlitten an, die sie fahren!»

Tatsächlich standen am Straßenrand dicht an dicht blitzende Coupés, Käfer, ein flotter Borgward und eine knutschrote Isetta. Heinrichs ramponierter Leukoplastbomber wirkte zwischen den glänzenden Karosserien reichlich deplatziert.

Da flitzte schon Doris mit einem Stück Pappe an ihr vorbei – sie konnte in dem Rock wirklich schnell laufen –, auf dem, soweit Marie erkennen konnte, in schnörkeliger Schrift *Pro Person 2 Mark* stand.

«Rein mit euch Leuten», war dann zu hören.

Vor Aufregung vergaß Marie glatt, die Gäste zu begrüßen, während Doris schon wieder zurücksauste und ihren Platz hinter der Theke einnahm. Sie war die Ruhe selbst. Streng starrte sie einen jungen Mann an, der nach einem Glas Wasser gefragt hatte.

«Entschuldigung», murmelte er peinlich berührt. «Ich nehme ein Mint Julep.»

«Haben wir nicht! Schnaps, Wein, B...»

«Haben wir doch», rief Marie und eilte zu ihr hinter die Bar. Wo war eigentlich Thomas Mertens, wenn man ihn brauchte? Doch er hatte ihr ja gezeigt, was sie tun musste.

Marie zog die Minzblätter aus einem angefeuchteten Geschirrtuch, das die Kräuter frisch hielt, zerstampfte sie zusammen mit Zucker und gab Eis hinein. Dann noch Whiskey, nicht zu knapp, auch wenn ihr Mertens eingeschärft hatte, sie solle das Hochprozentige exakt abmessen. Aber das käme ihr falsch vor – tolle Getränke mit exotischen Namen und Zutaten zu kreieren, war doch, wie zu tanzen. Oder zu singen. Es musste mit Gefühl gemacht werden, mit Rhythmus und Herzblut statt mit Messbecher oder Metronom, das jeden einzelnen Takt zählte.

Zu ihrer Erleichterung schmeckte dem Herrn, was er trank. Er bestellte ein zweites Glas und mischte sich damit unter die Herumstehenden, die für Maries Geschmack ebendies – unter den flackernden Kronleuchtern herumzustehen – viel zu ausdauernd taten.

«Warum tanzt keiner?», fragte sie Doris nervös.

«Weil keiner Musik macht, würd ich mal sagen.»

«Oh.» Alarmiert drängte Marie sich zur Bühne vor, auf der zwar die Instrumente standen, von den Musikern allerdings keine Spur zu sehen war.

«Wo sind die Jungs?», rief sie Effie zu, die mit hektisch geröteten Wangen am Rand stand.

Effie antwortete ihr nicht, sondern blickte mit starrer Miene auf die Leute, die sich um sie herum tummelten. Schlagartig begriff Marie, wie seltsam es ihr erscheinen mochte, dass nun eine neue Generation das Danzhus in Beschlag nahm. Fühlte sie sich etwa schon hinausgedrängt?

Besorgt griff sie nach Effies Hand. «Ist es sehr scheußlich für dich?»

Mit schlafwandlerischem Blick wandte ihr Effie das Gesicht zu. Sie betrachtete Marie lang und legte schließlich eine faltige Hand an ihre Wand.

«Helly würde es lieben. Wenn sie dort oben stehen könnte ...» Mit dem Kinn deutete sie auf die Bühne. «Das wäre das schönste Geschenk.»

Marie nickte stumm. Wie gern würde sie Effie diesen Wunsch erfüllen, doch natürlich lag das nicht in ihrer Macht. Als sie Heinrich sah, der sich mit zwei Gläsern Weißwein in den Händen durch die Menge schob, flüsterte sie ihm zu: «Du kümmerst dich um sie, ja? Und wenn es zu viel für sie wird, wartet nicht, ob der Abend ein Reinfall wird oder nicht. Dann geht wandern oder besteigt ein Flugzeug. Hauptsache, Effie quält sich nicht. Versprichst du mir das?»

Er nickte.

«Danke.» Damit suchte sie weiter, doch die Musiker hatten wohl anderes zu tun gefunden, als zu musizieren.

«So ein verdammter Mist.»

Aus den Augenwinkeln sah sie, dass sich Kristin samt ihrer Familie hereinschob. Hinter ihr erschien der lange Tomtom, der trotz der hohen Tür den Kopf einziehen musste. Stürmisch winkte sie ihnen zu, und sie winkten freudestrahlend zurück.

«Respekt, Marie!», brummte Tomtom, nachdem er

den vollgestopften Raum durchquert hatte, wobei er dank seiner Größe ständig zu sehen gewesen war. «Sieht ja nich schlecht aus.»

«Danke», erwiderte Marie. «Ich hoffe, die Leute amüsieren sich. Schön, dass ihr gekommen seid!»

«Und jetzt sperr mal die Ohren auf: Wir haben Peer gefunden.»

«Was?» Ihr verschlug es die Sprache. Tomtom grinste und beugte sich zu ihr herunter. «Er ist angeschwemmt worden, war aber einigermaßen fidel, heißt es. Das Meer wollte ihn nicht zurück, hat er gesagt.» Grinsend schüttelte er den Kopf.

«Ja, und wo ist er jetzt?»

«Im Krankenhaus. Konnte kaum glauben, dass irgendwer ihn vermisst hätte, der Sturkopp. Is auch nicht auf die Idee gekommen, wen anzurufen – na ja, wusste ja auch nicht, wo alle stecken.»

«Und was hat er? Ist es schlimm?»

«Ach was.» Tomtom schüttelte den Kopf. «Bein gebrochen. Aber glatt durch. Musste nicht operiert werden. Muss sich jetzt bloß 'n paar Wochen schonen, der Gute, und kaum haste dich versehen, tanzt er hier wild herum.»

Freudestrahlend sah Marie ihn an, als Doris sie von hinten am Haar zog. «Es ist so still, dass man die Leute rülpsen hört. Wenn du mich fragst, ist das nicht gut.»

«Ich muss kurz ...», wandte sie sich an ihren früheren Nachbarn. Der grinste.

«Jaja», brummte Tomtom, «kümmere dich um den Laden. Wir reden nachher.»

Die Gäste unterhielten sich, in kleinen Grüppchen von

drei oder vier zusammenstehend. Sie rauchten und plauderten, aber langsam schwante Marie, dass sie irgendwann die Lust verlieren würden, darauf zu warten, im Tanzsaal auch tanzen zu können.

Sie war durchaus verzweifelt genug, um sich selbst ans Klavier setzen, doch das befand sich oben und nützte ihr im Moment gar nichts. Nervös blickte sie sich um. Niemand, der ihr helfen konnte. Niemand bis auf sie selbst. Es blieb ihr nichts anderes übrig, als zu improvisieren.

Mit weichen Knien stieg sie auf die Bühne, stand einen Augenblick reglos da, um sich zu vergewissern, dass das Holz nicht unter ihr einbrach, dann griff sie zum Mikrofon.

«Hallo», sagte sie. «Ich bin Marie und leider keine begnadete Sängerin.» Nur die Leute, die dicht vor der Bühne standen, wandten sich ihr zu. Niemand sonst reagierte, die Gäste unterhielten sich einfach weiter, als wäre Marie gar nicht da.

Sie spürte, wie ihr Mund trocken wurde. «Ich, also, ich weiß nicht, ob ihr das Danzhus von früher kennt. Es gehört einer wundervollen Frau namens Effie, die ...»

Ihr Blick suchte Effie im Dunkel des Tanzsaals. Zwei Tage zuvor hatten sie zusammengesessen, und zum ersten Mal hatte Effie ihr alles erzählt – von ihrem Ehemann Werner, ihrer Flucht nach Hamburg, vom Danzhus, das ihnen im Ersten Weltkrieg Heimat geworden war. Und sie hatte ihr alles von Helly erzählt, dem kleinen Wesen mit dem weisen Gesicht, das in jener Nacht auf die Welt gekommen war, in der der Halley'sche Komet an der Erde vorübergesaust war. Endlich hatte Marie eine

Ahnung davon bekommen, wie besonders Effies Tochter gewesen war und welche Rolle die Musik in ihrem Leben gespielt hatte.

Schließlich entdeckte Marie die alte Dame, sie stand an derselben Stelle wie zuvor, hatte ihr aber den Rücken zugewandt.

Das war doch ausnehmend seltsam.

Die Bühne wackelte, als jemand drauf sprang. Erschrocken wandte Marie sich um und blickte in Piets Gesicht, der sie schüchtern anlächelte. Bildete sie es sich nur ein, oder setzte ihr Herzschlag für einen Moment aus?

«Ich schalte es rasch für dich ein.» Er fummelte an dem Mikrofon herum und richtete sich wieder auf. «Ist mir auch schon mal passiert.»

Marie wusste nicht, was sie sagen sollte. Ihr war es gänzlich gleich, dass die Leute, die sich schon zuvor zu ihr umgewandt hatten, nun mit neuem Interesse auf sie und Piet blickten und womöglich ein Duett erwarteten. Aber Piet zu sehen, das war ...

«Du bist hier.»

Verlegen rieb er sich die Stirn. «Ja. Ich hoffe, das ist in Ordnung. Doris hat mir Bescheid gesagt. Ich wusste nicht recht, ob ich dich damit nicht überfalle, aber sie sagte, ich hätte ja wohl 'nen Vogel, wenn ich nicht auftauchen würde. Und dass sie in ganz Sankt Pauli ein Tresenverbot für mich verhängen würde, falls ich es wagen sollte.»

Marie schluckte.

«Ich dachte, na ja ...», begann sie, doch er unterbrach sie, indem er sie sanft am Handgelenk berührte.

«Ich war so dumm. Ich hätte nicht so schnell aufgeben

dürfen», sagte er leise, nicht leise genug jedoch, als dass zwei Frauen, die dicht vor ihnen standen, nicht applaudierten. Erst jetzt wurde Marie bewusst, dass das Mikro ja mittlerweile eingeschaltet war. Sämtliche Gäste verfolgten das Gespräch mit interessiertem Blick, manche hatten die Stirn gerunzelt, andere wirkten so selig, als sähen sie im Kino ihren Lieblingsfilm.

Marie kicherte. Auch Piet verzog das Gesicht zu einem Grinsen.

«Wir reden besser später darüber.»

Mit hüpfendem Herzen nickte sie. Doch dann hielt sie ihn am Handgelenk fest und zog ihn an sich.

«*Ich* war blöd», sagte sie, und ihr war es vollkommen gleich, ob ganz Hamburg sie hörte. «Und ängstlich. Aber ich möchte nicht mehr ängstlich sein. Nicht jedenfalls, wenn es dazu führt, dass ich dich verliere.»

Er lächelte, und sie sah in seinen Augen, wie viel ihm ihre Worte bedeuteten.

«Du hast mich nicht verloren», wisperte er in ihr Ohr. «Nicht eine Sekunde.»

Am liebsten hätte sie ihn überhaupt nicht mehr losgelassen, aber nun erwarteten die Leute entweder eine Fortsetzung oder ein anderes Programm, das war ihnen deutlich anzusehen.

Als Piet in der Menge verschwunden war, räusperte sie sich. «Hallo.»

Alle guckten freundlich und interessiert, dennoch war ihr, als stünde sie vor ihrer Volksschulklasse und müsse ein Gedicht rezitieren, von dem sie nicht einmal den Anfang wusste.

«Ich heiße Marie, und ich führe dieses Lokal für meine Freundin Effie. Dort steht sie, die Dame in dem hinreißenden lila Kleid.»

Ein paar Leute applaudierten aufs Geratewohl.

«Leider bin ich, das habe ich eben schon gesagt, aber wohl zu leise, keine begnadete Sängerin. Daher hoffe ich, dass ihr mir verzeiht, denn ich möchte etwas für Effie singen.» Nun wurden ihr wieder die Beine weich. Sie reckte den Hals. Nase bis zur Spitze der Sonnenblumen, dachte sie. «Dieses Lied ist für dich, Effie. Und für deine Tochter Helly, die früher auf dieser Bühne stand, halb Hamburg in ihren Bann zog und am heutigen Tag zweiundfünfzig Jahre alt geworden wäre.»

Über all die Köpfe hinweg sahen Marie und Effie einander an. Effie verzog keine Miene, doch wenn sich Marie nicht täuschte, standen Tränen in ihren Augen und spiegelten glitzernd das Kerzenlicht.

Marie holte tief Luft, und dann begann sie zu singen, ohne Begleitung, ohne Klavier, nur sie war da, sie und das Licht und ihre Stimme, die Zuschauer, die rauchgeschwängerte Luft.

Sie sang, und sie holte an den richtigen Stellen Luft. Ihre Stimme zitterte kaum, und mit jeder Zeile wurde sie voller.

> *Fly me to the moon and let me play among the stars,*
> *let me see what spring is like on Jupiter and Mars.*
> *In other words, hold my hand.*
> *In other words, darling, kiss me.*

Als sie endete, war das Publikum noch da. Niemand hatte den Saal verlassen, niemand meckerte, keiner rief buh.

Das war schon einmal erleichternd. Und dann begannen sie zu klatschen. Einer, noch einer, bis der ganze Saal applaudierte.

Maries Wangen fühlten sich an wie in Brand gesetzt. Ihr Atem ging rasch, und sie wünschte sich mindestens ein Fass Bier zu trinken. Gleichzeitig hätte sie am liebsten gleich weitergemacht, so berauschend hatte es sich angefühlt.

«Sollen wir jetzt?», fragte ein Kerl mit Locken, der plötzlich neben ihr auf der Bühne stand und den sie nach einem kurzen Moment als Sänger der Band wiedererkannte.

«Oh ja», stammelte sie. «Natürlich. Gern.» Eilig kletterte sie von der Bühne hinunter. Jemand nahm sie in den Arm. Als sie sich umwandte sah sie, dass es Heinrich war, dessen Augen vor Freude und Stolz strahlten. Hinter ihm stand Effie, die in Tränen aufgelöst war.

«Helly hätte dieses Lied geliebt.»

«Ich dachte mir so etwas», murmelte Marie.

Sie hatte Effie etwas schenken wollen. Nicht bloß Konfetti. Etwas mit Herz und Seele, und sie hoffte, dass Effie es so auch empfunden hatte. Da zog die alte Dame sie schon an sich und strich ihr mit zittriger Hand über das Haar.

«Danke.»

«Gern», murmelte Marie.

«Was du mit dem Danzhus gemacht hast, ist das Beste, was ihm passieren konnte. Und mir. Mir auch.»

«Heißt das ...?» Marie wagte nicht weiterzureden.

Sie spürte, wie Effie nickte. «Das heißt es, ja. Das Danzhus bleibt meines. Meines und deines. Um das zu wissen, muss ich keinen weiteren Monat warten. Du hast das getan, was ich am meisten gefürchtet habe, das Danzhus zu verändern, aber du hast dabei seine Seele bewahrt.»

«Es fühlt sich nicht fremd für dich an?»

Effie schüttelte den Kopf und hielt sie ein Stück von sich weg, um ihr in die Augen zu blicken. «Nicht das kleinste bisschen.»

Vor Erleichterung wurde Marie schwindelig.

«So», hörte sie Doris' heisere Stimme hinter sich. Als sie sich umwandte, sah sie sich einem Glas mit einer bernsteinfarbenen Flüssigkeit gegenüber, das ihr die Barfrau entgegenstreckte. «Wenn du über deinen Schatten springst, kann ich das schon längst. Mint Julep. Extra für dich.»

«Woher weißt du denn, dass ich nicht schon immer auf der Bühne stand und gesungen habe?», erkundigte sich Marie.

«Erstens: hört man», antwortete Doris trocken. «Zweitens: sieht man. Drittens hat der es mir erzählt.»

Mit dem Daumen deutete sie hinter sich. Im Dunkel wartete Piet. Marie lächelte. Wer eben um sie herumgestanden hatte, war plötzlich fort. Effie, Heinrich, keiner war mehr zu sehen. Selbst Doris hatte sich verkrümelt und bediente wieder an der Bar.

«Komm her», sagte er leise und zog sie an sich. Sie sog den Geruch seines nach wilden Kräutern duftenden Rasierwassers ein und spürte die Wärme, die von ihm ausging. Ihre Hände lagen in seinen und verschwanden gänzlich darin. Als sie wieder aufblickte, war sein Gesicht ganz nahe, und sie hatte das Gefühl, in seinen warmen Augen zu versinken.

«Ich habe jedes Wort für bare Münze genommen», sagte er leise. «Ich wollte mir die Enttäuschung ersparen und habe es lieber gleich akzeptiert, statt um dich zu kämpfen. Ich war so ein Idiot.»

«Und ich eine Idiotin.»

«Wir passen gut zueinander, nicht wahr?» Aus seiner Jacketttasche nestelte er eine kleine Sonnenblume und reichte sie ihr. «Echt ist sie nicht. Man bekommt keine echten im Mai ...»

«Oh», sagte sie leise. «Das hast du nicht vergessen?»

«Ich habe dir auch ein Huhn gekauft. Aber das konnte ich schlecht hierher mitbringen. Vielleicht kannst du es bei Heinrich aufziehen.»

Sie lachte. «Als Adoptivvater von Herbert dem Zweiten?»

Piet nickte.

Marie nahm die Sonnenblume und drehte sie langsam. «Danke.»

Er küsste sie, sanft und lange. Die Band hatte zu spielen begonnen, und obwohl sie ihre Augen geschlossen hatte, spürte Marie, dass die Leute um sie herum tanzten. Sie spürte die Fröhlichkeit in ihren Herzen. Und auch ihr eigenes wurde ganz leicht.

Dank

Manche Romane schreiben sich von allein – zumindest laut Umberto Eco. Bei anderen geht es über verschlungene Wege, ein Stolperstein reiht sich an den nächsten, und der Augenblick, in dem man die letzte Korrektur einarbeitet, erscheint, als erwache man aus einem tiefen, nebligen Traum.

So erging es mir mit *Und wenn wir wieder tanzen*. Das Jahr, in dem ich an dem Roman arbeitete, war coronabedingt wohl für niemanden leicht. Ein paar persönliche Stolpersteine kamen hinzu, und so gab es Momente, in denen ich sicher war: Es wird mir nicht gelingen, Maries und Effies Geschichte auf eine Weise zu erzählen, die Leichtigkeit und Schwere vereint und weder zu sehr in die eine noch in die andere Richtung zieht. Irgendwann jedoch war es so weit: Die wirklich allerletzte Korrektur des Romans war vollbracht, der letzte Punkt gesetzt, und mit einem weinenden und einem lachenden Auge schickte ich das Manuskript in die Welt. Froh, es geschafft zu haben. Traurig, weil der Abschied von den Figuren sich immer anfühlt, als würde man Freundinnen Lebewohl sagen, ohne zu wissen, ob man sie je wiedersieht.

Ohne meine Lektorin Friederike Ney wäre das Ballhaus am Dovenfleet womöglich in den Fluten untergegangen. Ein ums andere Mal führte sie mir vor Augen, wo es noch hakte, an welchen Stellen ich zu ausufernd und wo zu knapp erzählt hatte. Ihr gebührt mein herzlichster Dank.

Ein großes Dankeschön auch an:

meine Agentin Katrin Kroll, die mich nun schon über einige Jahre hinweg begleitet und immer dann zur Stelle ist, wenn sich das Autorinnendasein anfühlt, als würde ich zu lange in den Spiegel blicken. Die Einsamkeit von Schriftstellern ist ja kein Klischee. Freuen kann sich, wer den Weg nicht gänzlich allein geht.

meine Schwester Vanessa, mit der ich im Sommer zusammensaß und über den gerade entstehenden Roman plauderte. Ihre Ratschläge gaben dem Anfang noch einmal einen neuen Dreh.

Janine Ferreira, die so freundlich war, mich im Atlantic Hotel herumzuführen und mir all meine Fragen zu beantworten. Besonders betonen möchte ich, dass die Hausdame Fräulein Körber und sämtliche weitere Angestellte sowie Gäste des Hotels gänzlich meiner Phantasie entsprungen sind.

das Land Brandenburg, das freie Kulturschaffende wie mich während der Pandemiejahre mit Mikrostipendien unterstützt hat.

Quellen

Liedtext auf S. 8–9 aus Chubby Checker, The Twist, Text: Hank Ballard

Text auf S. 112 aus Hamburger Abendblatt, 19.2.1962

Liedtext auf S. 167 aus The Marvelettes, Please Mr. Postman, Text: Georgia Dobbins, William Garrett, Freddie Gorman, Brian Holland und Robert Bateman

Liedtext auf S. 252 aus You Are My Sunshine, Text: Paul Rice

Liedtext auf S. 257 aus Lilian Harvey, Guten Tag, liebes Glück, Text: Willy Dehmel

Text auf S. 263–265 aus Das dankbare Hamburg seinen Freunden in der Not: 17.2.1962, Hamburg: Senat der Freien und Hansestadt, Staatliche Pressestelle, 1962, S. 53–56

Liedtext auf S. 277 aus Franz Lehár, Hör ich Cymbalklänge aus der Operette Zigeunerliebe

Liedtext auf S. 325 aus Paul Lincke, Glühwürmchen-Idyll aus der Operette Lysistrata

Liedtext auf S. 388 aus Bertolt Brecht, Die Moritat von Mackie Messer aus der Dreigroschenoper

Liedtext auf S. 454 aus Bart Howard, Fly Me to the Moon (In Other Words)

Kerstin Sgonina
Als das Leben wieder schön wurde

Hamburg, 1954: Fast ihr gesamtes Leben hat Greta Bergström bei ihrer Großmutter in Stockholm verbracht, nun kehrt sie nach St. Pauli zurück, wo ihr Vater mit seiner neuen Familie lebt. Doch der empfängt die fremde Tochter eisig, eine Stelle als Kosmetikerin sucht Greta in der Hansestadt vergebens. Alles ändert sich, als sie sich mit zwei Frauen anfreundet: Marieke, die den Nachbarinnen in den Altonaer Nissenhütten die Haare macht; und Trixie, die

512 Seiten

im feinen Blankenese lebt. Gemeinsam beschließen die drei Frauen, einen mobilen Schönheitssalon zu eröffnen. Ihre Kundinnen sollen sich wieder wohl in ihrer Haut fühlen, das Leben endlich wieder genießen. Nach den schweren Jahren des Krieges ein Stück vom Glück zu finden, davon träumen auch die drei Freundinnen …

Weitere Informationen finden Sie unter **rowohlt.de**